MARIANNE WESSON

Sein letztes Wort

Buch

Viele Jahre erhob Cinda Hayes als Staatsanwältin Anklage. Gewöhnlich gegen Männer, die wegen Vergewaltigung vor Gericht standen. Doch eines Tages ist ihr das nicht mehr genug. Das Angebot, die Leitung eines Zentrums für Vergewaltigungsopfer zu übernehmen, scheint ihr bessere Möglichkeiten zu bieten, sich wirklich für die Interessen der betroffenen Frauen zu engagieren. Als sie sich aber kurz darauf von ihrem ehemaligen Professor überreden läßt, einen bereits abgeschlossenen Fall noch einmal zu überprüfen, gerät ihr Leben völlig aus den Fugen. Denn ihr Mandant Jason Smiley wurde zum Tod verurteilt – wegen Mord und Vergewaltigung. Hin und her gerissen zwischen der kategorischen Ablehnung der Todesstrafe und dem Verlangen nach einer gerechten Strafe für den Täter, vergräbt sie sich in die Akten. Doch das kostet sie nicht nur ihren Job. Plötzlich ist sie von einer Mauer der Feindseligkeit umgeben. Und im Gefängnis von Colorado beginnt für die junge Anwältin eine dramatische Zerreißprobe. Denn Jasons merkwürdiger Faszination kann sie sich immer weniger entziehen...

»Ein exzellentes Debüt und ein lesenswertes Buch!« Die Welt.

Autorin

Marianne Wesson, Rechtsanwältin und ehemalige Staatsanwältin, lehrt als Professorin für Jura an der Universität von Colorado. Mit ihrem aufsehenerregenden Debütroman »Sein letztes Wort« gelang ihr auf Anhieb der Sprung in die vorderste Reihe der weiblichen Spannungsautoren.

Marianne Wesson

Sein letztes Wort

Roman

Deutsch von Elke vom Scheidt

GOLDMANN

Die Originalausgabe erschien 1997
unter dem Titel
»Render up the Body«
bei HarperCollins, New York

Umwelthinweis:
Alle bedruckten Materialien dieses Taschenbuches
sind chlorfrei und umweltfreundlich.

Genehmigte Taschenbuchausgabe 6/2000

Umschlaggestaltung: Design Team München
Umschlagfoto: Random House
Druck: Elsnerdruck
Verlagsnummer: 44680
Redaktion: Martina Klüver
CN · Herstellung: Heidrun Nawrot
Made in Germany
ISBN 3-442-44680-5

1 3 5 7 9 10 8 6 4 2

Dieses Buch ist
JERRY GRANT FRYE
gewidmet

Habeas Corpus (lat.: »Du habest den Körper«). Name für eine Reihe richterlicher Anordnungen im anglo-amerikanischen Recht, deren Hauptfunktion darin besteht, ungerechtfertigte Haft aufzuheben … Zweck dieser Anordnungen ist es nicht, über Schuld oder Unschuld des Gefangenen zu entscheiden, sondern die Feststellung, ob der Gefangene rechtmäßig seiner Freiheit beraubt worden ist.

Black's Law Dictionary

Ich bin mit Politik befaßt, ohne mich ganz dem rohen Handwerk zu widmen, Manifeste, derbe Reden oder simplifizierende politische Vergleiche zu produzieren. Immer, wenn ich feststelle, daß ich hundertprozentig mit mir selbst übereinstimme, schreibe ich keine Geschichte; ich schreibe einen wütenden Brief, in dem ich meiner Regierung sage, was sie tun sollte (worauf sie natürlich nicht hört). Aber wenn ich in mir mehr als ein Argument finde, mehr als nur eine Stimme, dann geschieht es manchmal, daß die verschiedenen Stimmen sich zu Figuren entwickeln, und dann weiß ich, daß ich mit einer Geschichte schwanger gehe.

Amoz Oz

August 1989

MUTMASSLICHER FRAUENMÖRDER AUS COLORADO IN LARAMIE VERHAFTET

von Schuyler King für die *Daily Camera*

17. August. Zunächst dachte die Polizei in Laramie, Wyoming, sie beende auf dem Parkplatz der *Wrong Place Bar* lediglich eine nächtliche Schlägerei. Doch als man die Identität einer der Männer prüfte, die daraufhin festgenommen worden waren, stellte man fest, daß gegen ihn in Colorado ein Haftbefehl wegen Vergewaltigung und Mord vorlag. Das Opfer, Nicole Marie Caswell, 22, war vergangenen September aus der Villa ihrer Eltern in Colorado Springs spurlos verschwunden. Ein verstümmelter Leichnam, den die Eltern als den ihrer Tochter identifizierten, war im Oktober in der Gegend von Pennsylvania Gulch im westlichen Boulder County aufgefunden worden, und zwar gleich neben dem Peak-to-Peak-Highway.

Ein Sprecher von Wallace Groesbeck, dem Bezirksstaatsanwalt von Boulder County, erklärte, der Mann, Jason Troy Smiley, werde in Boulder County wegen Vergewaltigung und Mord unter Anklage gestellt. Er wollte sich nicht dazu äußern, welche Beweise für eine Vergewaltigung vorlägen. Mord in Tateinheit mit Vergewaltigung kann nach dem Gesetz von Colorado mit der Todesstrafe belegt werden, doch der Sprecher sagte, es sei noch nicht darüber entschieden, ob man dies anstrebe. Groesbeck, der seit 1972 Staatsanwalt ist, hat noch nie in einem Prozeß die Todesstrafe beantragt. In letzter Zeit haben einige Politiker des Bezirks die Ansicht geäußert, dies beweise Staatsanwalt Groesbecks laxen Umgang mit Verbrechern.

Eine der Polizei von Laramie nahestehende Quelle berichtete, Smiley, der bei seiner Verhaftung einen falschen Namen angab und offensichtlich unter dem Einfluß von Rauschmitteln stand, habe den verhaftenden Beamten gefragt: »Habt ihr Nicole gefunden?«

Smiley wird bis zu seiner Auslieferung im Bezirksgefängnis von Laramie in Haft gehalten.

August 1989

Viele Monate später saß ich in dem dämmrig beleuchteten Zuschauerraum und versuchte, nicht auf den häßlichen Stuhl auf der anderen Seite zu schauen. Ich fragte mich, ob ich die Geschichte jemals gut genug verstehen würde, um sie zu erzählen. Der Raum war schlecht geheizt und kahl. Ich schob mein Gewicht auf dem Stuhl mit dem Schalensitz aus Plastik leicht nach vorn. Die glatte, unnachgiebige Sitzfläche bot keinerlei Bequemlichkeit, aber das hätte die Beklemmung auch nicht lindern können, die ich bei jedem Atemzug empfand. Gleich würde mein Mandant hereingebracht und auf den Stuhl jenseits der Scheibe gesetzt werden, und er würde ihn nicht lebend verlassen. Ich konnte daran nichts ändern und auch keinerlei Gerechtigkeit darin finden. Den einzigen Trost, wie schwach auch immer, würde ich daraus schöpfen müssen, die Geschichte zu erzählen, die mich hierhergebracht hatte. Aber wo sollte ich anfangen?

Das erinnerte mich an gewisse Fälle, die mich auf der juristischen Fakultät verwirrt hatten. Jeder Jurastudent kennt diese Spielchen. Der Professor läßt einen erklären, welches die eigentliche, die *wirkliche* Ursache für die Entgleisung eines Zuges war – die mangelnde Wartung der Schienen durch die Eisenbahngesellschaft, die Trunkenheit des Zugführers oder die Achtlosigkeit des Signalgebers? Ich war im allgemeinen eine ganz gute Studentin, aber diese Fragestellungen haßte ich. Mir kam es immer so vor, als könne man für jede Katastrophe hundert Ursachen finden, wenn man nur genau hinschaute. Vielleicht hatte der Signalgeber sich mit seiner Freundin gestritten, weil sie ihn angeschrien hatte, nachdem ihr Kind in der Schule in eine Prügelei verwickelt worden war, und sie selbst müde war und besorgt. Vielleicht hatte auch die Stahlfirma, die die Schienen hergestellt hatte, vor zwanzig Jahren bei der Produktion eine Partie schlechtes Eisen verwendet. Vielleicht hatte der Zugführer geglaubt, daß der Zug Verspätung haben würde, und Vollgas gegeben.

Nichts in meiner juristischen Ausbildung hatte mich im Hinblick auf diese kniffligen Fälle klüger gemacht, und auch meine zehnjährige Erfahrung als Anwältin hatte da nichts geholfen. Ich könnte tausend Gründe nennen und sagen, genau dieses oder jenes Ereignis sei es, das mich letztendlich in diesen eiskalten Raum geführt hatte, wo ich den Tod meines Mandanten erwartete, allein mit nichts als der Übelkeit, die ich bei jedem Herzschlag in mir emporsteigen spürte.

So wäre beispielsweise alles anders gekommen, wenn ich meinen Job im Büro der Staatsanwaltschaft nur eine Woche später aufgegeben hätte.

Es war im August 1989. Meine letzten Stunden in diesem Job fielen auf einen schönen, ruhigen Spätsommerabend in den Rocky Mountains, den ich nur ab und zu durch einen kurzen Blick aus dem Fenster genießen konnte. Mein Chef, Wallace Groesbeck, Bezirksstaatsanwalt von Boulder County, Colorado, hatte eine höhlenartige »Sportbar« zum Schauplatz meiner Abschiedsparty bestimmt. Ich wollte dort nicht hin; ich hätte den Job lieber ohne jede Zeremonie verlassen, vielleicht nach einem Tag im Gerichtssaal, der damit endete, daß irgendein Jurysprecher »Schuldig« verkündete und das Opfer sich unter Tränen lächelnd an mich wandte und ein »Danke« murmelte. Aber die Abschiedsfeier war Tradition und anscheinend unvermeidlich. Wahrscheinlich kam ich als Ehrengast zu früh, die anderen Leute trudelten nach und nach in kleinen Gruppen ein. Eigentlich kann ich mich nicht mehr genau daran erinnern. Das erste, woran ich mich erinnere, ist Wally Groesbeck, der vor der Bar steht und einen Witz erzählt.

»Es dreht sich also um einen Fall von sexuellem Mißbrauch, und das Opfer ist im Zeugenstand, eine kleine, verhuschte Blondine, und der Staatsanwalt sagt zu ihr: ›Miss Smith, können Sie dem Gericht und den Geschworenen erzählen, was der Angeklagte genau zu Ihnen gesagt hat?‹ Und sie wird rot und flüstert: ›Also, er hat gesagt: Ich möchte … ich möchte … ach, ich kann das unmöglich laut sagen.‹ Und der Richter sagt zu ihr: ›Miss Smith, es würde uns auch reichen, wenn Sie es auf dieses Blatt Papier schreiben würden.‹«

Hier warf Wally seinen Zuhörern einen anzüglichen Blick zu. »Das tut sie also, und dann sagt der Staatsanwalt: ›Euer Ehren, dürfen wir den Geschworenen die Niederschrift zeigen?‹ Der Richter stimmt dem zu, und dann erhalten die Geschworenen einer nach dem anderen den Zettel und lesen ihn, und die weiblichen Geschworenen bekommen alle diesen angewiderten Blick. Schließlich will die vorletzte Geschworene, eine gutaussehende Frau, das Papier an den letzten Geschworenen weitergeben, einen Mann, und da merkt sie, daß der schläft.

Sie stößt ihn also mit dem Ellbogen an, und er wacht auf. Gott weiß, wie lange er geschlafen hat, und sie gibt ihm das Stück Papier, und er liest es, stutzt irgendwie, liest es noch einmal, und dann dreht er sich zu der Frau um, die ihm den Zettel gegeben hat, grinst dreckig, nickt, faltet das Papier zusammen und steckt es in die Tasche.«

Dabei grinste Wally selbst so, wie er es gerade beschrieben hatte, und alle im Raum brachen in dröhnendes Gelächter aus. Ich fand, daß das Lachen über die Pointe zwar laut, aber nicht sehr herzlich war. Sämtliche Stellvertretende Staatsanwälte, Staatsanwälte, Sekretärinnen, juristische Hilfskräfte und Gerichtsdiener hatten den Witz schon mindestens ein halbes dutzendmal gehört.

Aber es war nun mal der Lieblingswitz des Bezirksstaatsanwalts, und so erlaubte sich keiner außer mir, überhaupt nicht zu lachen. Selbst ich hätte vermutlich gelacht, ein bißchen, wenn es ein anderer Tag gewesen wäre. Vielleicht glaubte ich, nun auf die subtile, aber unverkennbare Speichelleckerei verzichten zu können, die Wally von seinen Untergebenen erwartete. Obwohl er mir in der überfüllten Bar den Rücken zudrehte, schien er zu spüren, daß ich mich nicht an der allgemeinen Fröhlichkeit beteiligte; er wandte sich um, kam zu mir und streckte einen schweren Arm aus, um ihn mir um die Schultern zu legen. Sein aufdringliches Herrenparfum stieg mir in die Nase.

»Na, so trübsinnig, Cinda?« sagte er und tätschelte mein Kinn, was sicher freundlich gemeint war. »Aber Sie haben recht. Das ist kein freudiger Anlaß. Ich hätte nie gedacht, daß ich den Tag erlebe, an dem Sie auf den Gerichtssaal verzichten. Die Geschworenen lieben Sie, wie kleine Jungen streunende Hunde lieben. Glauben Sie, daß diese Vergewaltigungsopfer Sie auch so lieben werden?«

Streunende Hunde. Der Mann konnte einen rasend machen, selbst wenn er versuchte, leutselig zu sein. Wie immer, wenn ich wütend war, versuchte ich, mich hochnäsig zu geben. »Ich muß nicht unbedingt geliebt werden, Wally. Ich brauche bloß Respekt und die Möglichkeit, gute Arbeit zu leisten.«

»Ach, das sagen Sie jetzt, Baby, aber warten Sie nur, bis Ihr Freund Ihnen erklärt, daß er es satt hat, dauernd von männlicher Gewalttätigkeit zu hören. Und Ihre Freunde werden untereinander sagen: *Wird sie nicht allmählich ein bißchen, äh, schrill?* Und den ganzen Tag müssen Sie Frauen zuhören, die zu dem Schluß gekommen sind, daß ihr Hauptlebenszweck darin besteht, Opfer zu sein. Und die Sie hassen, weil Sie nicht wie eines aussehen und sich nicht wie eines benehmen. Sie werden sich noch wünschen, wieder im Gerichtssaal zu sein, wo Sie die Heldin für diese Leute sind, statt versuchen zu müssen, ihre Freundin zu sein.«

Es war leicht, sich über Wallace Groesbecks wohlfrisiertes Haar und seine gut geölte, kleinstädtische Politmaschinerie lustig zu machen, über die salbungsvolle Art zu lachen, die er bei seinen häufigen öffentlichen Auftritten an den Tag legte, Verachtung zu empfinden, wenn sich bei den seltenen Gelegenheiten, bei denen er es nicht vermeiden konnte, vor Gericht zu erscheinen, Schweißperlen auf seiner Stirn sammelten. Aber manchmal überraschte mich sein Scharfsinn, ja, er beunruhigte mich sogar.

Über die Entscheidung, meinen Job als Chefanklägerin in der Kammer für Sexualverbrechen aufzugeben, hatte ich mindestens sechs Monate nachgedacht – seit Margaret Campion angerufen hatte, um mir zu sagen, sie ginge nach Alaska, und mich zu fragen, ob ich vielleicht ihre Nachfolgerin als Leiterin des Krisenzentrums für vergewaltigte Frauen in Boulder County werden wolle. Ich war fast sicher, daß ich das wollte. Ich rechnete zwar damit, daß ich den Gerichtssaal vermissen würde, aber ich konnte es gar nicht erwarten, dem Mief der Staatsanwaltschaft zu entkommen, für die diese Party mit ihrer falschen Kameraderie, Groesbecks lahmen Witzen und seiner unerwünschten, onkelhaften Umarmung typisch waren. Ich hatte genug vom Gerichtsalltag und glaubte nicht mehr ganz so fest wie früher an die Unfehlbarkeit der Justiz. Ich hatte mir vorgenommen, nichts zu bereuen. Aber irgendwie hatte dieser Mann, der in manchen Dingen so stumpfsinnig war, es geschafft, einen wunden Punkt zu treffen. Ich hatte manchmal auch Schreckensbilder vor Augen, wenn ich an das dachte, worauf ich mich da eingelassen hatte. In meiner Bestürzung reagierte ich vermutlich feindseliger, als eigentlich angebracht gewesen wäre.

»Bei Ihnen hört ›Opfer‹ sich wie ein unanständiges Wort an, Wally. Sie halten dauernd Reden über die Rechte von Verbrechensopfern und sagen, wie stolz Sie auf die Hilfsstelle für Verbrechensopfer und die Arbeit Ihrer Staatsanwälte sind. Sind Sie da nicht ein bißchen inkonsequent?«

»Ach, lassen Sie's gut sein, Cinda. Sie wissen, was ich meine.« In gewisser Weise wußte ich es tatsächlich, aber das machte die Kröte nicht leichter zu schlucken. Groesbeck schüttelte langsam und angewidert den Kopf. Dann drehte er sich um und ging wieder zur Bar und wandte sich der angenehmeren Gesellschaft seiner loyalen Untergebenen zu, die sich um den Fernseher versammelt hatten.

Oje, das hast du ja toll gemacht, Cinda, schimpfte ich mich selbst. Ich wußte, ich war auf Groesbecks guten Willen angewiesen, wenn schon nicht für mich selbst, dann doch für das Krisenzentrum für Vergewaltigungsopfer.

»Na, Minnie Mouse, schon wieder uneins mit unserem Alten?« Die willkommene heisere Stimme von Victoria Meadows, meiner Freundin und der jüngsten Stellvertretenden Staatsanwältin in Boulder, übertönte das dumpfe Gemurmel ringsum. Seit sie vor sechs Monaten aus Kansas City gekommen war, waren alle männlichen Stellvertretenden Staatsanwälte in Tory verknallt, aber aus irgendeinem Grund zog sie meine Gesellschaft vor. Ich drehte mich nach ihr um. Ihre nackten, gebräunten Schultern und ihr geblümtes Kleid ließen an ein elegantes Essen in irgendeinem Restaurant mit riesigen Fenstern, Dutzenden von Palmen in kunstvollen Kübeln und Babygemüsen auf einer in klangvollem Französisch abgefaßten Speisekarte denken. Ich fand, daß ihr Outfit in diesem verqualmten, dunklen Raum mit seinen halbbetrunkenen Gästen völlig fehl am Platz war.

Nur ihre heisere Stimme und das nicht ganz stubenreine Vokabular deuteten bei flüchtiger Bekanntschaft darauf hin, daß Tory eine interessante Frau war, obwohl sie aussah wie eine Debütantin. Aber ich kannte sie eben nicht nur flüchtig. Mit der Anrede Minnie Mouse hatte sie eines Tages angefangen, als ich zur Arbeit eine wirklich nicht sehr kleidsame getupfte Bluse getragen hatte. Den Spitznamen behielt sie bei, weil sie wußte, daß sie mich damit wütend machte. Leute wütend zu machen war für Tory eine Art Sport. Manchmal beteiligte ich mich auch daran.

»Können wir gehen?« flüsterte ich drängend und zeigte auf die Mauer aus Herrenanzügen, die die Bar umgab. »Glaubst du, die würden das merken?«

»Ja und nein. Wenigstens *du* kannst nicht gehen«, zischte Tory zurück. »Wenn wir Glück haben, lassen sie uns in Ruhe, solange wir hier sind, aber wenn du deine eigene Abschiedsparty verläßt, bevor sie zu Ende ist, dann reden sie noch im Jahre 2081 darüber.«

Wir kicherten, sicher zum tausendsten Mal. Gott, außer dem Gerichtssaal würde ich *tatsächlich* noch etwas an dem Job vermissen.

»Tory, komm mit mir. Ich kann dich doch nicht zurücklassen bei diesen, diesen … mir fehlen die Worte. Was will ich eigentlich sagen?«

»Der zweite Teil des Wortes, das dir nicht einfällt, ist ›Stiefel‹, nicht wahr? Und der erste dürfte wohl auf einen Geruch anspielen.« Tory hielt inne, um sicher zu sein, daß ich begriffen hatte. Als sie mich grinsen sah, fuhr sie fort: »Natürlich kannst du mich mit denen allein lassen. Was können sie mir schon tun? Groesbeck kann mich nicht feuern, weil ich weiß, wieviel Dreck er am Stecken hat, er kann mich nicht in den Wahnsinn treiben, weil ich bereits verrückt bin, und keiner will sich mehr mit mir verabreden, seit ich für diese Zeitungsgeschichte über Frauen interviewt wurde, die in Notwehr ihre Ehemänner umbringen.«

Daran erinnerte ich mich. Tory hatte gesagt, wenn irgendeines dieser sogenannten Opfer sie so behandelt hätte wie ihre verzweifelten Ehefrauen, dann wäre es sehr viel früher und auf sehr viel unangenehmere Art zu Tode gekommen. Ich glaube, sie hatte das nur gesagt, um den unerwünschten Aufmerksamkeiten ihrer Kollegen ein Ende zu machen. Die Erinnerung an Wallys empörte Reaktion auf diesen nicht autorisierten öffentlichen Kommentar brachte mich beinahe wieder zum Kichern, aber das Lachen verwandelte sich in ein schwaches Schnaufen, als ich eine rostfarbene Aura erblickte, bei der es sich nur um den Haarschopf von Schuyler King handeln konnte, dem Gerichtsreporter von Boulders *Daily Camera.*

»Scheiße, Tory, Sky King ist hier. Wer hat den denn eingeladen? Ich weiß ja, daß Wally die Presse selbst zum Zähneputzen mitnimmt, aber verdammt, das sollte meine Party sein, meine eigene Party, *meine Abschiedsparty.*«

Die letzten Worte, ein bißchen zu laut gesprochen, fielen in eine plötzliche Stille im Gesumme anderer Unterhaltungen und des laufenden Fernsehers, und mehrere Köpfe drehten sich fragend nach mir um. Darunter auch der zerzauste Schopf von Schuyler, der sofort begann, sich in unsere Richtung zu bewegen. Ich wußte, ich konnte nicht vermeiden, mit ihm zu reden. Um ehrlich zu sein, seine Anwesenheit paßte mir zwar nicht, aber so schlimm war es auch wieder nicht. Es ärgerte mich, daß Wally nicht mal eine Abschiedsparty für mich geben konnte, ohne die Presse einzuladen und die Sache als öffentliches Ereignis zu behandeln, aber ich mochte Sky. Er hatte eine schludrige, etwas atemlose Art zu reden, die ich rührend fand. Spielerisch boxte er einem Polizisten gegen den Unterarm, grüßte einen Ermittler und kam weiter auf uns zu, nickend und winkend wie ein betrunkener Boxer. Doch bei ihm argwöhnte ich keinen Rausch; es war einfach sein Gang.

»Cinda, Tory, Donnerwetter, ihr seht super aus. Nette Party, Cinda, ich hoffe, du hast nichts dagegen, Wally hat gesagt, ich könne kommen. Tja, das war's dann also wirklich für dich. Keine aufwühlenden Schlußplädoyers mehr, keine Aufforderung mehr an die Geschworenen, diesen Abschaum hinter Schloß und Riegel zu bringen, keine überraschenden Attacken mehr gegen die Pflichtverteidigung, die du mit dem hinterhältigen Hinweis auf obskure Vorschriften in der Beweisführung in die Enge treibst. Ich kann's kaum glauben.«

Tory sah mich an und rollte mit den Augen. Sie hatte weniger Geduld mit Sky als ich; sie hatten einmal einen Streit darüber gehabt, ob etwas, das sie gesagt hatte, vertraulich hätte bleiben sollen. Daran dachte sie jetzt, das hörte ich ihren nächsten Worten an.

»Das sage ich unter uns, Sky, und damit du weißt, was das heißt, es heißt, daß ich deinen Arsch von hier bis Katmandu gerichtlich verfolge, wenn du mich zitierst: gute Nacht.«

Sky sah gekränkt aus. »Unter uns, gute *Nacht*? Du meinst, einfach gute *Nacht*, aber ich darf das nicht zitieren? Gott, Tory ...«

Brüsk schnitt sie ihm das Wort ab. »Ich muß zu einer

Autopsie. Minnie, ruf mich an. Am Samstag laufen wir, okay?«

»Ich ruf dich an. Klar, am Samstag.« Einen Augenblick lang hatte ich die gräßliche Vision, wie Tory in ihrem geblümten Sommerkleid in der eiskalten Leichenhalle auf und ab ging und eine Autopsie beobachtete. So oder so würde sie eine Gänsehaut bekommen. Ich wandte meine Aufmerksamkeit wieder Sky zu.

Sky sah mich sehr ernsthaft und intensiv an; das schien Teil seines Versuchs, ein bißchen älter zu wirken. Er war alt genug, Journalist zu sein, aber keiner hielt ihn jemals dafür. Er sah aus wie eine dieser Gestalten, die man aus Fernsehserien kennt und die schon als Teenager ihre Berufsausbildung abschließen und sich dann zur gleichen Zeit mit der Pubertät und mit Pensionsplänen herumschlagen müssen.

»Also, sag mal, Cinda, stimmt es eigentlich, daß ...«

»Dir sag ich überhaupt nichts, Sky. Weder offiziell noch inoffiziell. Dies ist eine Party, auf der ich geehrt und betrauert werden soll, aber statt dessen besaufen sich bloß alle und sehen sich irgendein albernes Spiel der Broncos an. Mich vor irgendeinem Pressefritzen in acht nehmen zu müssen, ist wirklich das letzte, was ich will. Warum rückst *du* zur Abwechslung nicht mal mit was heraus? Was gibt's Neues in der Welt?«

Sky zwinkerte verschwörerisch und nahm meine Hand. Er führte mich zu einer Fensternische. Auf dem Weg dorthin kamen wir an einem Tisch vorbei, wo vier oder fünf Polizisten vom Boulder Police Department Zigaretten und Zigarren rauchten und eine nur mäßig freundliche Diskussion darüber führten, wie die Trainer der Broncos einzuschätzen seien. Tommy Malaga, ein aggressiver Bulle und einer der Lieblingskumpel von Wally, rammte einem anderen Polizisten, den ich nicht kannte, seinen kräftigen Zeigefinger gegen die Brust. »Du blöder Arsch ...«, sagte er gerade. »Du hast ja keine *Scheißahnung*.«

Die Nische, die Sky fand, schien etwas weniger verqualmt als der restliche Raum. »Das Neueste?« sagte er. »Es heißt, daß Lucinda Hayes das Büro der Staatsanwaltschaft verläßt, weil sie gegen die Todesstrafe ist und Angst hat, Bezirksstaatsanwalt Groesbeck könnte sie anweisen, im Fall Jason Smiley dafür zu plädieren, und weil sie nicht weiß, was sie dann machen soll.«

»Stimmt nicht, Sky. Ich bin gegen die Todesstrafe, aber ich glaube nicht, daß Wally sie im Fall Smiley anstreben wird. Er hat kein einziges Mal dafür plädiert, seit er gewählt wurde. Warum sollte er jetzt damit anfangen? Und außerdem, ich beginne einen neuen Job und ein etwas gesünderes Leben.«

»Er ist nicht dafür eingetreten, weil die Leute in Boulder im allgemeinen nicht so scharf darauf sind. Es hat bislang auch nicht so viele Mordfälle gegeben, und wenn, dann haben die Typen sich gewöhnlich schuldig bekannt, wenn die Staatsanwaltschaft nicht für die Todesstrafe plädierte«, sagte er, ohne Luft zu holen. »Aber Smiley ist anders – er wird sich nicht schuldig bekennen, weil er bescheuert ist und behauptet, er wäre unschuldig, und jeder friedensbewegte, vegetarische Atomkraftgegner und Feminist in Boulder, einschließlich der Leute, die ihre Kinder keine Käfer in Marmeladengläser einsperren lassen, weil sie das für grausam halten, findet, daß Smiley es verdient, für das zu sterben, was er getan hat.«

»Kein Kommentar«, sagte ich, und dann, weil mir Torys Spruch wieder einfiel, »und selbst das bleibt unter uns.«

»Es stimmt also, was die Leute sagen. Du *bist* ein Miststück, Cinda.«

»Das ganze Leben ist Mist. Du solltest nicht alles so persönlich nehmen.«

Ungefähr um diese Zeit brachte jemand einen Toast aus, und ich mußte meine Aufmerksamkeit wieder der Party zuwenden. Ich lächelte, bis mir der Kiefer weh tat, und nahm bis etwa sieben Uhr Glückwünsche und Beileidsbekundungen und bierselige Küsse entgegen; dann machte ich mich endlich davon. Mehrere meiner jetzt ehemaligen Kollegen blieben an der Bar, hörten sich den Kommentar nach dem Spiel an und gönnten sich einen Abschiedstrunk. Gewöhnlich verhaften Polizisten keine Staatsanwälte, die betrunken Auto fahren; das gehört sich einfach nicht.

Ich machte zwei Wochen Urlaub, die ich allein an einem Strand in Baja California mit der Lektüre von Schundromanen verbrachte. Zwischendurch las ich ein Buch von Jane Austen, um mir nicht wie eine komplette Idiotin vorzukommen. Dann trat ich meinen neuen Job an.

Von Zeit zu Zeit las ich etwas über Jason Smiley und seinen Prozeß, gewöhnlich irgendeine Story von Sky King in der *Daily Camera*, aber ansonsten dachte ich viele Monate lang nicht mehr an ihn. Das Krisenzentrum für Vergewaltigungsopfer hatte mit dem Fall Smiley nichts zu tun, weil es dabei nicht nur um eine Vergewaltigung, sondern um einen Mord ging. Das Opfer war nicht mehr in der Lage, uns um Hilfe zu bitten. Wie auch immer, mittlerweile hatte ich ohnehin andere Dinge im Kopf.

Hier also eine mögliche Ursache der ganzen Geschichte: mein Entschluß, das Büro der Staatsanwaltschaft zu ebendiesem Zeitpunkt zu verlassen. Wenn ich eine Woche später noch dagewesen wäre, als Jason Smiley unter Anklage gestellt wurde, hätte ich ihn niemals vertreten und folglich auch nicht in dem abgedunkelten Raum sitzen und darauf warten müssen, ihn sterben zu sehen. Aber man könnte auch noch weiter zurückgehen, bis zu Torys Ankunft im Büro etwa sechs Monate vor meinem Wechsel. Ohne Tory wäre die Geschichte anders gelaufen – ganz anders.

Zuerst hielten die Leute sie einfach für eine hübsche Frau, eine gute Anwältin mit einer gewissen Ausstrahlung. Aber Tory war ein Naturphänomen wie ein Erdbeben oder ein Hurrikan. Sie hatte ein Mundwerk wie ein vulgärer Comicstrip, und sie fürchtete sich vor gar nichts.

Nach kurzer Zeit kursierten eine Menge Bürolegenden über sie. Später waren einige davon wohl übertrieben, aber etliche stimmten auch. Ich denke, die beste war das Konfetti-Plädoyer, von dem ich persönlich wußte, daß es sich so zugetragen hatte, weil ich dabeigewesen war.

Das sogenannte Schlußplädoyer ist jedem Prozeßanwalt der liebste Teil. Nach all den vergeßlichen Zeugen, den Einwänden wegen Hörensagens und den vielen Anstrengungen, einen starrköpfigen Richter zu besänftigen, kommt endlich der Abschluß. Man kann sich vor den Geschworenen aufbauen und mit ihnen reden, sie direkt ansprechen, was man während der meisten Phasen des Prozesses nicht darf. Man kann die förmliche, gestelzte Juristensprache hinter sich lassen und sich mit eigenen Worten ausdrücken.

Besonders günstig ist das Schlußplädoyer für die Anklage in einem Strafprozeß, weil man zweimal zum Zug kommt, während die Verteidigung nur ein Plädoyer hat: Das Gesetz schreibt vor, daß die Vertretung der Anklage, weil sie die Beweislast trägt, zuerst und zuletzt zu den Geschworenen sprechen darf, während das Schlußplädoyer der Verteidigung dazwischenliegt wie der Belag auf einem Sandwich. Das zweite Plädoyer soll kurz sein – gewöhnlich dauert es weniger als fünf Minuten. Aber es ist eine Chance, Dinge zu sagen, auf die die Verteidigung nicht mehr antworten kann, und die Geschworenen, sozusagen mit den Worten der Anklage noch im Ohr, in ihre Beratung zu schicken.

Kurz nach ihrem Eintritt in das Büro der Staatsanwaltschaft vertrat Tory die Anklage gegen einen Bankier, der beschuldigt wurde, in seiner Bank Tausende von Dollars unterschlagen zu haben. Es handelte sich um etwas, das wir als Papierfall bezeichnen: Der größte Teil des Beweismaterials der Anklage waren Dokumente, Briefe, Kontobücher, Finanzunterlagen. Das gleiche galt für das Beweismaterial der Verteidigung.

Torys Stil als Anwältin hatte mich interessiert, und ein Fall von Inzest, in dem ich die Anklage vertreten mußte, hatte früher als erwartet geendet, da der Angeklagte sich für schuldig erklärt hatte. So kam es, daß ich einen Teil ihres Prozesses verfolgen konnte. Er war eigentlich ziemlich langweilig gewesen. Tory war gut vorbereitet, hatte alle Dokumente der Anklage als Beweismaterial durchgebracht und deren Bedeutung von Zeugen erklären lassen; ihre Zeugen erläuterten wiederum kompetent, warum die Unterlagen der Verteidigung nicht die Unschuld des Angeklagten bewiesen. Wir nannten so etwas GA-Syndrom – GA für glasige Augen. Man konnte es den Geschworenen nicht verübeln – es war langweiliges Zeug. Ich hätte auch nicht gewußt, wie ich es unterhaltsamer hätte gestalten können, aber ich dachte daran, Tory nach dem Prozeß vorzuschlagen, sie solle doch versuchen, sich etwas zur Belebung solcher Fälle auszudenken. Dann kamen die Schlußplädoyers.

Tory stand auf und ging noch einmal das gesamte Beweismaterial der Anklage durch, wobei sie eine große Tafel auf einer Staffelei benutzte, um visuell zu demonstrieren, wie raffiniert der Angeklagte die Bankguthaben manipuliert und seine Spuren zu verwischen versucht hatte. Sie machte das sehr elegant, sehr tüchtig und in recht kurzer Zeit, aber ich bemerkte auf der Geschworenenbank doch ziemlich viele glasige Augen. Über die Unterlagen des Angeklagten – acht Dokumente, die angeblich seine Unschuld bewiesen – sagte sie nichts. Ich weiß nicht mehr, worum genau es sich dabei handelte, und Torys Zeugen hatten sie quasi zerpflückt, aber es machte mir Sorgen, daß sie während ihres ersten Plädoyers überhaupt nicht darauf einging. Als sie das Podium verließ und wieder zum Tisch der Anklage ging, sah sie mich hinter der Sperre sitzen und zwinkerte mir zu. Ich lächelte zurück, aber ich dachte dabei, es wäre mir lieber gewesen, wenn sie den Geschworenen ein bißchen deutlicher erklärt hätte, wie wenig stichhaltig der Vortrag der Verteidigung war.

Der Verteidiger des Angeklagten, ein smarter, professioneller Bursche aus einer der großen Anwaltskanzleien Denvers, hielt sein Plädoyer so, wie ich es erwartet hatte. Er zückte jedes seiner acht Beweisstücke, eines nach dem anderen, und erklärte mit beruhigender, überzeugender Stimme, auf welche Weise sie darlegten, daß die Theorie der Anklage völlig falsch sei. Der Fall sei das Ergebnis einer übertriebenen Interpretation der Dienstvorschriften und belege unangebrachte Feindseligkeit gegenüber der Gemeinschaft der Banker seitens der Anklage. Was er da vortrug, ergab überhaupt keinen Sinn, aber es *klang* gut, und ich fürchtete, die Geschworenen, verwirrt von dem Fachchinesisch und all den Papieren und eingedenk der Beweislast, die der Anklage oblag, könnten sich von ihm einwickeln lassen und seinen Mandanten freisprechen. Wenn die Augen glasig werden, ist es mit dem Verstand oft auch nicht mehr weit her.

Tory stand wieder auf, um ihr Plädoyer zu beenden. Als sie

in ihrem blauen Kammgarnkostüm, das glatt und undurchdringlich wie eine Rüstung wirkte, zum Podium ging, sah ich in ihrer Hand etwas blinken. Ich schaute genauer hin und erkannte, daß sie eine kleine Schere bei sich hatte. Ich hatte kaum Zeit, mir zu überlegen, was in aller Welt sie damit wollte, da sprach sie auch schon. Aus dem Regal unter dem Podium zog sie einen Stapel Blätter und sagte: »Dies, meine Damen und Herren, sind nicht die Originalunterlagen des Angeklagten – aber es handelt sich um exakte Kopien.«

Dann legte sie die glänzende Schere auf das Pult, wo sie im Schein der Deckenbeleuchtung funkelte. Alle Geschworenen starrten wie gebannt darauf. Plötzlich war Spannung im Raum, ein elektrisiertes Knistern, das bisher nicht spürbar gewesen war. Sie nahm die Kopie des ersten Beweisstücks der Verteidigung und begann, mit ihrer leisen, heiseren Stimme darüber zu sprechen. Sie erklärte, was es aussagte und was es nicht aussagte und warum es nichts bewies. Die Geschworenen sahen abwechselnd sie oder die Schere an und beugten sich auf ihren Stühlen vor. Sie sprach weniger als eine Minute über das Dokument, und dann nahm sie die Schere zur Hand. Ich schluckte und wartete auf den Einspruch des Verteidigers, aber er war gebannt wie eine Maus vor einer angreifenden Kobra. Ich merkte, daß ihm kein Einspruch einfiel. Mir auch nicht.

Tory faltete mit raschen Bewegungen das Papier mehrmals zusammen und griff dann nach der Schere. Im Raum war es so still, daß ihr Klappern einer Explosion glich. Ich konnte nicht sehen, was danach aus dem Blatt Papier wurde; es muß wohl auf die Schreibfläche des Pults gefallen sein. Aber Tory war noch nicht fertig. Sie sah die Geschworenen hoheitsvoll an, holte Luft, nahm das zweite Beweisstück der Verteidigung und begann mit der gleichen Prozedur. Falten, *schnipp*. Drittes Dokument: falten, *schnipp*. Viertes. Und so weiter, alle acht Blätter. Der Angeklagte wurde jetzt unruhig und zupfte dringlich am Ärmel seines Verteidigers, aber der wußte, daß jeder Versuch, die Vorstellung an diesem Punkt zu beenden, die Geschworenen bloß ärgern würde. Ich sah sie mir noch einmal an. Sie waren entzückt. Die schnellen, anmutigen Faltbewegungen und das Glitzern der silbrigen Schere waren wie ein Tanz, ein Tanz voller Ideen.

Nachdem Tory erklärt hatte, jedes Beweisstück der Verteidigung beweise nichts außer der Verzweiflung des Angeklagten und seiner Hoffnung, er könne einer Jury aus Boulder etwas vormachen, legte sie die Schere weg. Sie sammelte etwas von der Schreibfläche des Pults auf und trat dahinter hervor, um zu den Geschworenen zu gehen.

»Meine Damen und Herren, die Vertretung der Anklage hat ihren Standpunkt klar und deutlich dargelegt. Die Verteidigung hat nichts entgegenzuhalten als die Mißachtung Ihrer Intelligenz. Die Anklage legt Ihnen Beweise vor. Die Verteidigung bietet Ihnen nichts als« – und hier öffnete sie mit einer leicht nach oben gerichteten Bewegung die Hände – »Konfetti«.

Die kleinen weißen Schnipsel flogen überraschend hoch in die Luft. Ein paar gerieten in den Luftzug des Heizgebläses und wirbelten umher. Nach und nach sanken sie alle mit hübschen, unregelmäßigen Bewegungen auf den roten Teppichboden des Gerichtssaals. Tory musterte sie einen Moment, als genieße sie ihr Kunstwerk. Dann lächelte sie die Jury an und nahm wieder Platz. Alle Geschworenen atmeten im gleichen Moment aus.

Der Angeklagte und sein Verteidiger sahen verblüfft aus. Richter Ramos wirkte, als wisse er nicht recht, ob er lachen oder Tory streng auffordern solle, das Konfetti vom Boden seines Gerichtssaals zu entfernen. Die Geschworenen sahen aus, als könnten sie es nicht erwarten, aus dem Gerichtssaal in ihr Geschworenenzimmer zu kommen. Dort brauchten sie zwanzig Minuten, um einstimmig zu einem Schuldspruch zu gelangen.

Später an diesem Nachmittag lud ich Tory zu einem Drink ein, um ihren Sieg zu feiern. »Wo hast du denn diese Papierschnipselei gelernt?« fragte ich sie.

Sie zuckte mit den Schultern. »Als Teenager war ich viel allein. Ich habe mir aus einem Buch Origami beigebracht. Wenn du erst mal Kraniche und Chrysanthemen machen kannst, ist Konfetti einfach.«

»Nein, ich meine, wo hast du gelernt, so was in einem Gerichtssaal zu machen? Himmel, Tory, hast du keine Angst gehabt, daß der Richter dich wegen dieser Vorstellung fertigmacht? Ich habe so etwas noch nie gesehen.«

Sie schlürfte ihren Campari-Soda. »Ich *wußte*, daß er mit mir schimpfen würde. Er *hat* auch mit mir geschimpft. Er rief mich in sein Richterzimmer, sobald die Jury draußen war, und sagte mir, ich solle ohne seine Erlaubnis nie wieder versuchen, in seinem Gerichtssaal so eine Vorführung zu veranstalten. Ich sagte: Okay. Aber ich weiß, daß es ihm gefallen hat.« Tory grinste boshaft. »Ich habe mich sogar erboten, von zu Hause meinen Staubsauger zu holen und das Konfetti zu beseitigen. Aber er hat bloß gesagt, ich solle machen, daß ich rauskomme.«

Ich lachte laut auf. »Tory, du bist unmöglich! Eines Tages wirst du dich in Riesenschwierigkeiten bringen.« Ich fühlte mich wie berauscht, obwohl ich bloß Mineralwasser trank. Der Gedanke an ihre Furchtlosigkeit machte mich schwindlig.

»Ich weiß, Minnie«, sagte sie. »Ich tue es, damit du es nicht tun mußt.«

Ich spürte den Stich. »Du denkst, ich bin ein Feigling, oder? Weil ich nicht gern die Grenzen überschreite.«

Sie sah mir direkt ins Gesicht und legte dann einen Finger auf meine Nase. »Ich denke, daß du eine brillante Frau bist, die die ersten achtzehn Jahre ihres Lebens trainiert hat, bloß keinem auf die Zehen zu treten, und das noch nicht ganz überwunden hat. Aber in dir steckt noch einiges.«

Ich schnaubte. »Vermutlich soll ich das als Kompliment betrachten.«

»Es ist eins, Minnie. Außerdem ist es gut, wenn eine von uns sich von Schwierigkeiten fernhält. Vielleicht brauche ich dich eines Tages, damit du mich auf Kaution rausholst.«

Das hörte sich nicht sehr wahrscheinlich an. Tory sah nicht wie eine Frau aus, die außer sich selbst irgend jemanden braucht. Wie auch immer, wir blieben noch eine halbe Stunde sitzen und beschlossen dann, joggen zu gehen, ehe es zu dunkel wurde. Wir kehrten in unsere Büros zurück, zogen die Laufklamotten an, die wir beide dort aufbewahrten, und rannten in der Dämmerung den Boulder Creek Path entlang. Obwohl sie den Campari intus hatte, lief sie mir davon.

April 1990

Einer meiner Lieblingsprofessoren an der juristischen Fakultät hat uns gesagt, das beste Maß dafür, wie gut jemand als Anwältin werden würde, sei ihre Toleranz für Langeweile. (In Wirklichkeit sprach er von »seiner Toleranz für Langeweile«, aber ich mochte diesen Professor wirklich, und so änderte ich im Geiste alle seine Lehren und Ratschläge in geschlechtsneutrale Formulierungen um oder, wenn das nicht möglich war, in solche, die sich auf Frauen bezogen.)

Ich mußte an diesen Ausspruch denken, als im Team des Krisenzentrums für vergewaltigte Frauen eine Stelle als Beraterin zu besetzen war und ich binnen eines Nachmittags mit den letzten fünf Anwärterinnen Bewerbungsgespräche führen mußte. Die ersten drei waren unmöglich gewesen. Die nächste, die mir gegenüber am Schreibtisch saß, hatte keinerlei berufliche Erfahrung mit Vergewaltigungsopfern. Aber sie hatte drei Jahre in einer Beratungsstelle für Abtreibungen gearbeitet, bevor sie nach Boulder gezogen war. Ich fand sie recht nett, aber ich konnte mich nur schwer konzentrieren. Ich war nicht wirklich müde, aber meine letzte Erholungspause lag zu lange zurück. Mein Kopf tat weh, und ich dachte, ich würde vielleicht Zahnschmerzen bekommen.

Doch das war nicht das eigentliche Problem. Mein Problem bestand darin, daß Graziela Cappucini fett war. Sie hatte ein schönes Gesicht – zarte Haut, glänzendes, gut geschnittenes dunkles Haar, riesige, auberginefarbene Augen. Aber sie war unförmig, vielleicht zweihundertundsiebzig Pfund schwer. Zu fett, um in normalen Läden Kleider zu kaufen. Zu schwer, um auf eleganten Stühlen zu sitzen. Und auch zu fett, nahm ich an, um zu wandern, Ski zu laufen oder radzufahren. Mich verwirrte, daß dieser Aspekt den Eindruck, den ich sonst von ihr hatte, so überlagerte. Ihre Behäbigkeit setzte sie herab – nein, das stimmt nicht. Setzte *mich* herab, weil ich nicht darüber hinweggehen konnte. Aber warum nur? Durfte ich mir überhaupt eine solche Haltung zu dem Thema anmaßen? Ich zwang mich, mich auf das zu konzentrieren, was sie sagte.

Sie erklärte mir gerade die Beratungstätigkeit bei Abtreibungen. »Jeder medizinische Eingriff kann zu Komplikationen führen, wenn er nicht fachgerecht durchgeführt wird oder wenn etwas Unvorhergesehenes passiert. Allerdings ist eine Abtreibung im ersten Trimester kein sehr schwieriger medizinischer Eingriff. Die einzige Schwierigkeit besteht heutzutage darin, einen Arzt zu finden, der kompetent und bereit ist, sie durchzuführen.«

Ihrer Bewerbung zufolge, die in eleganter Schönschrift abgefaßt war, war ihr letzter Job der der Chefberaterin am Northwest Kansas City Women's Health Center gewesen. Der Name erinnerte mich an irgend etwas – der Name des Zentrums, nicht der von Graziela Cappucini. Der paßte eher zu einer Opernsängerin oder einer Kaffeespezialität. Sie hatte mir gesagt, ich solle sie Grace nennen, was zu ihr zu passen schien. Aber was war mit diesem Zentrum? Sie bemerkte meine mangelnde Konzentration nicht, sondern beschrieb noch immer feierlich ihre vorherige Tätigkeit.

»Wirklich kompliziert ist der emotionale Teil der Sache. Das stört mich so an den Abtreibungsgegnern. Sie tun so, als hätten *sie* entdeckt, daß Frauen, die an eine Abtreibung denken, seelische Unterstützung brauchen. Dabei geben wir ihnen die schon seit Ewigkeiten. Bevor die Frau überhaupt einen Arzt sieht, haben wir mindestens zwei Stunden mit ihr verbracht und dafür gesorgt, daß sie genau weiß, welche Optionen sie hat...«

Ich fiel ihr ins Wort. »Grace, tut mir leid, daß ich Sie unterbreche. Ich würde gern mehr über die Arbeit hören, die Sie vorher gemacht haben, aber irgend etwas geht mir im Kopf herum. Der Name Ihrer Klinik ist mir irgendwie vertraut, aber mir fällt einfach nicht ein, wo ich ihn schon einmal gehört habe.«

Sie sah verwirrt aus. »Nun, die meisten Leute haben davon gehört. Am 30. Dezember 1988 ging dort eine Bombe hoch. Niemand hat sich je zu dem Anschlag bekannt, und es wurde auch nie jemand festgenommen. Die Klinik wurde zerstört und nicht wieder aufgebaut.« Sie sagte das höflich, aber wahrscheinlich dachte sie: *Was ist mit Ihrem Gedächtnis los?*

»O Gott, natürlich, ich erinnere mich. Mehrere Menschen kamen ums Leben, nicht?« Ich reiste gerade durch Südamerika, als es passierte. Ich hatte zu der Zeit wohl keine Berichte darüber gesehen, weil ich unterwegs war, aber ich erinnerte mich, nach meiner Rückkehr davon gehört und gelesen zu haben. »Waren Sie dort, als es passierte?«

»Ich war dort, aber ich habe nur noch eine schwache Erinnerung. Ich war draußen auf der hinteren Veranda und leerte den Mülleimer aus; zumindest haben die Feuerwehrleute mich dort gefunden. Ich hatte Prellungen und eine Menge Schnittwunden und blaue Flecken. Von der Explosion und den ungefähr zwanzig Minuten davor weiß ich nichts mehr. Und auch nicht von den ersten Tagen danach. Ich war im Krankenhaus, als sie mir sagten, daß Jan und Veronda – die beiden Leiterinnen – tot waren. Es war so eigenartig. Sie waren sonst fast nie zur selben Zeit im Gebäude, aber an dem

Tag machten sie gerade den Jahresbericht für den Aufsichtsrat fertig.«

»Es tut mir sehr leid. Was für ein schrecklicher Vorfall. Sicher möchten Sie nicht weiter darüber sprechen. Ich konnte mich nur noch vage entsinnen, warum mir der Name so vertraut vorkam.«

»Das ist schon okay, früher oder später muß ich immer darüber reden, wenn ich jemanden neu kennenlerne, wenigstens ein bißchen. Ich hätte es Ihnen ohnehin erzählt, weil ich weiß, daß sie meine Referenzen werden prüfen wollen, aber das wird nicht leicht sein, weil Jan und Veronda nicht mehr leben. Am meisten könnten Ihnen die Patientinnen erzählen, die ich beraten habe, aber deren Namen darf ich Ihnen natürlich nicht nennen.«

»Natürlich.« Mir war unwohl, weil ich diese Frau ein so furchtbares Ereignis noch einmal durchleben ließ. »Hören Sie, warum erzählen Sie mir nicht mehr über Ihre frühere Beratungstätigkeit? Und darüber, was Sie von der Beratung von Vergewaltigungsopfern unterscheidet beziehungsweise mit ihr verbindet?«

Und so sprach Grace Cappucini ernsthaft von angeleiteter, aber autonomer Entscheidungsfindung, von posttraumatischen Belastungsstörungen, von den Stadien der Trauer und notwendiger Vertraulichkeit. Ich hörte sie, ich registrierte ihre ernste Miene und ihre intelligenten Erklärungen, wahrscheinlich machte ich gelegentlich eine angemessen ermutigende Bemerkung, aber in Wirklichkeit war ich anderswo.

Es war, als versuche man, ein Gespräch zu führen, während in der Ecke ein Fernseher läuft und man immer wieder hinschauen muß. Dauernd sah ich die Explosion vor mir, den Lärm, das Chaos, das Inferno, herumfliegende Trümmer, aus Ohren und Mündern strömendes Blut. Und doch war Grace, die diesen Horror überlebt hatte, eine denkbar ruhige Person, zumindest äußerlich. Doch ihre nächsten Worte holten mich wieder zurück.

»Ärzte und Anwälte, wissen Sie«, vertraute sie mir an. »Sie können es sich nicht leisten, Gefühle in ihre Arbeit eindringen zu lassen, deshalb überlassen sie das Leuten wie Ihnen und mir. Ich weiß nicht, ob sie denken, wir täten ihre schmutzige Arbeit oder sie unsere, aber mir ist unser Job auf jeden Fall lieber als ihrer. Der Geist eines Menschen ist viel interessanter als der Körper, finden Sie nicht? Oder als ihre juristischen Klagen. Und indem wir diesen Frauen Aufmerksamkeit schenken, können wir ihnen helfen, das zu durchleben, was die Ärzte und Anwälte ihnen zumuten.«

Ich sah sie mir genau an. Ich glaube, daß die Menschen eine spirituelle Seite haben, aber wenn in Boulder jemand anfängt, darüber zu reden, frage ich mich immer, ob er vielleicht einer dieser New-Age-Spinner ist, die zu Seancen gehen. Ich bin eine notorische Skeptikerin, zumindest gelte ich in Boulder als solche. (In Detroit würde man mich vermutlich für eine glühende Mystikerin halten.) Und ich war nicht der Ansicht, daß es hilfreich wäre, wenn eine unserer Beraterinnen einem Vergewaltigungsopfer anraten würde, mit ihrem inneren Kind Kontakt aufzunehmen. Wir verweisen die Frauen an Therapeuten, wenn sie größere psychische Probleme zu bewältigen haben, und einige der Therapeuten auf unserer Liste wenden ungewöhnliche Methoden an. Ein paar arbeiten auf der Basis eines Stufenprogramms, ein paar mit Projektion früherer Leben. Für mich sind diese Therapien in Ordnung, wenn die Patientinnen damit zufrieden sind. Aber unsere Arbeit hier hatte in erster Linie etwas mit Schadensbegrenzung zu tun. Ich brauchte jemanden, der einer vergewaltigten Frau bei einer Unterleibsuntersuchung zur Seite stand, bei einer scheußlichen Befragung durch den Anwalt der Verteidigung und bei einer häßlichen Anhörung vor dem Prozeß zugegen war, in der der Richter beschließen mußte, ob die Geschworenen alles über jeden Sexualpartner zu hören bekommen würden, den sie seit der Pubertät gehabt hatte. Einen Prozeß. Einen möglichen Freispruch des Angeklagten. Ich brauchte jemanden, der dem Opfer zeigen konnte, wie stark es sein konnte.

War es möglich, daß Grace, selbst eine Überlebende, die Richtige für diesen Job war? Obwohl sie von Geist redete, glaubte ich nicht, daß sie der Typ war, der die Tarotkarten zückte. Ich fragte mich, ob ich ihre Selbstsicherheit würde erschüttern können. »So schlecht sind Anwälte nicht. Ich war früher selbst einer«, sagte ich.

»Ach, ich weiß«, sagte sie mit schalkhaftem Lächeln. »Ich habe gehört, daß Sie immer noch einer sind. Oder wurden Sie für diesen Job hier von der Anwaltsliste gestrichen?«

»Nein, das ist eher ein freiwilliger Rückzug.«

»Vorübergehend oder auf Dauer, was glauben Sie?«

»Ich weiß nicht. Mein ehemaliger Chef hat mir gesagt, ich tauge mehr für die Rolle der Heldin als für die der Freundin. Vielleicht hat er recht gehabt.«

»Also machen Sie das hier noch nicht sehr lange?«

»Ungefähr acht Monate.«

Lainie, unsere Empfangssekretärin, streckte den Kopf zur Tür meines Büros herein und warf mir einen vielsagenden Blick zu. Anscheinend wartete die nächste Kandidatin im Vorzimmer. Grace schien diesen Hinweis mitzubekommen, obwohl er hinter ihrem Rücken erfolgte. »Möchten Sie sonst noch etwas wissen?« fragte sie.

»Nein, ich glaube nicht. Haben Sie eine Nummer, unter der ich Sie erreichen kann?«

»Sie steht in dem Brief, den ich Ihnen geschickt habe. Sie können eine Nachricht auf dem Anrufbeantworter hinterlassen, wenn ich nicht zu Hause bin. Ich lebe allein.«

Grace ging, und Iris Hawksdottir trat ein. Iris und ich unterhielten uns zwanzig Minuten. Sie glaubte, daß Personen, denen tragische Ereignisse zustießen, irgendeine karmische Versöhnung mit dem Bösen erlebten, das sie in früheren Leben anderen zugefügt hatten. »Sehen Sie, es ist nicht eigentlich ihre *Schuld*«, erklärte sie. »Nur müssen sie mit dem zurechtkommen, was sie getan haben. Wenn jemand meint, das sei so, als würde man dem Opfer die Schuld geben, verneine ich das, weil Karma nichts mit Schuld zu tun hat. Verstehen Sie?«

Ich verstand. Iris war die letzte Kandidatin, mit der ich an diesem Tag sprechen mußte. Ich sagte Lainie, ich würde für den Rest des Tages nicht zurückkommen, und ging nach Hause, um mich zum Joggen umzuziehen.

Der Mond ging gerade auf, als ich den kurvenreichen Weg hinter dem Wonderland Lake bergan rannte, obwohl die Sonne noch am westlichen Himmel stand. Phoebus und Diana, anmutige Zwillinge, die man gewöhnlich nicht zusammen sieht. Als ich auf die eine Meile lange Wiese kam, versuchte ich, das goldene Abendlicht zu betrachten und nicht an Graziela Cappucini und ihre zweihundertundsiebzig Pfund zu denken. Aber Laufen ist ein heimtückischer Sport. Wenn man in einigermaßen guter Form ist und sich beim Laufen nicht zu sehr verausgabt, wenn es nicht zu heiß oder zu kalt ist, wenn die Waden nicht verkrampft sind und man nicht aufs Klo muß, dann springt der Geist nach etwa einer Meile auf einen anderen Kanal um. Der Empfang ist nicht so gut – es rauscht ein bißchen, aber wenn die Maschine auf diesen Kanal eingestellt ist, kann man nicht auf den Knopf drücken, um einen anderen zu wählen. Sie entzieht sich unserer Kontrolle und denkt nach, worüber sie will. Das ist ein bißchen wie diese Momente unmittelbar vor dem Einschlafen, bei denen man manchmal aufschreckt, erkennt, was im eigenen Kopf vorgeht, und sich fragt: *Woher, zum Teufel, ist das denn gekommen?*

An diesem Tag hatte es auf dem Weg am Wonderland Lake knapp unter zwanzig Grad, die Sonne schien, ich lief in gemäßigtem Tempo, und mein Kopf fing an, Grace Cappucini zu empfangen, als sende ihr unförmiger Körper mit 20 000 Watt. Warum war sie so fett? Und warum interessierte mich das so? Kümmerten sich gute Feministinnen darum, ob andere Frauen übergewichtig waren oder nicht? Vielleicht war sie einfach zu aufgeklärt oder freigeistig, um all diese mühsamen Regeln über Cholesterin, Kalorien, Bewegung, Damenhaftigkeit und Selbstbeherrschung zu befolgen und sich stets zu kasteien.

Ich entschied, daß ich, wenn ich das Tempo ein bißchen erhöhte und die Strecke nahm, die über die Lee Hill Road führte, den ganzen Weg zum Tunnel und wieder zurück nach Hause schaffen konnte, bevor die Abendnachrichten begannen. Etwa fünf Meilen insgesamt. Warum betrieb ich überhaupt diese ganze Lauferei? Ich würde nie wie mein Idol Rosa Mota werden, die beim Marathon weniger als sechs Minuten für die Meile brauchte. Ich würde nicht einmal irgendein Rennen hier in der Gegend gewinnen. *Gib es zu, du hast Angst, fett zu werden. Wie Graziela Cappucini.* Sei still, das ist nicht wahr. Ich laufe, weil ich mich dann besser fühle, weil es Spaß macht, weil ich mich danach stark fühle, ich kann dann besser Ski laufen, länger wandern, werde weniger müde. *Klar, klar, aber frag dich doch mal, ob du auch laufen wür-*

dest, wenn es kein Mittel wäre, um nicht fett zu werden? Sei still.

Und dann hatten sie mich, die Gedanken, denen ich nicht davonlaufen konnte. Meine eigenen fetten Jahre, von zwölf bis zwanzig, in denen ich immer nach Vorwänden suchte, mich nicht zum Turnunterricht ausziehen zu müssen, damit die anderen Mädchen nicht lachten. Zur Abschlußfeier ging ich mit dem fettesten Jungen der Schule; dieses gräßliche Foto von uns beiden (meine Mutter ließ es einrahmen), auf dem unsere Gesichter im Blitzlicht glänzten und unsere formlosen Körper in festliche Kleider eingezwängt waren. Im College trug ich sackartige Unterhosen für alte Jungfern, während meine Freundinnen Bikinis mit Leopardenmuster anhatten, emanzipierte Frauen waren, die sexuelle Revolution ausriefen, die Pille nahmen und *Love the One You're With* sangen. Bei meinen wenigen Rendezvous mit Männern, die über eine Annonce zustande gekommen waren, vergesse ich nie den Ausdruck auf ihren Gesichtern, wenn sie mich das erste Mal sahen, ihre Anstrengungen, höflich zu sein; sie waren größtenteils sehr freundlich, von einem abgesehen, der sich in einer Raststätte fünfzehn Meilen von Poughkeepsie entfernt entschuldigte, um auf die Toilette zu gehen, und nie zurückkam. Einmal hörte ich meine Freundinnen, die nicht wußten, daß ich im Zimmer nebenan war, sagen: »Sie ist so *lieb*. Und so *intelligent*. Meinst du nicht, irgendein Junge könnte darüber hinwegsehen, daß sie …«

Ein Läufer mit einem nicht angeleinten Hund neben ihm kam auf mich zu. Ich hatte eigentlich nichts dagegen, obwohl gesetzlich vorgeschrieben war, Hunde auf dieser Strecke an der Leine zu führen. Ich beobachtete die beiden, als wir uns einander näherten, ungeheuer froh über die Ablenkung. Der Läufer war ein großgewachsener Mann mit einer Baseballmütze, die sein Gesicht beschattete. Erst als wir nur noch wenige Meter voneinander entfernt waren, erkannte ich Hilton James, eben den Juraprofessor, der mir die Bedeutung der hohen Toleranzschwelle für Langeweile beigebracht hatte und jetzt Richter am Obersten Gerichtshof von Colorado war. Ich hatte ihn seit Jahren nicht gesehen, und er sauste so schnell an mir vorbei, daß ich auch diesmal nicht viel von ihm sah. Er war anscheinend kein schlechter Läufer, wenn ich auch etwas überrascht war, daß ein Richter so eklatant gegen die Vorschriften für Hundehalter verstieß. Ich hätte nichts gegen einen kurzen Halt gehabt, um einen Gruß auszutauschen, aber er schien diese Möglichkeit nicht zu erwägen, obwohl er grinste und »Hallo, Lucinda« rief, als er vorbeirannte. Ein schöner Hund, so etwas wie ein Husky.

Ich hatte auch schon daran gedacht, mir einen Hund anzuschaffen. Kurz vor dem Tunnel, nach ungefähr zwei Meilen, machte ich kehrt und dachte während des restlichen Laufs über dieses faszinierende Vorhaben nach. Hilton James und sein hübscher Hund hatten anscheinend Graziela Cappucini und meine elende Jugend veranlaßt, aus den Ätherwellen zu verschwinden. Mein Kopf stand einstweilen wieder unter der schwachen Kontrolle meines Willens. Aber früher oder später würde ich entscheiden müssen, ob ich den Anblick von Grace' Körper, der zu viele Erinnerungen in mir weckte, verkraften und sie für den Job anheuern konnte, für den sie offensichtlich qualifiziert war. *Der Geist eines Menschen ist viel interessanter als der Körper, finden Sie nicht?*

Oktober 1990

Widerstrebend ging ich zu meinem Treffen mit der Vereinigung der Strafverteidiger von Boulder und dachte daran, wie sehr ich solche Besprechungen haßte. Ich mußte wirklich eine Menge davon besuchen. Seit einem Jahr war ich Leiterin des Krisenzentrums für vergewaltigte Frauen, und wahrscheinlich hatte ich in dieser Zeit an mehr als eineinhalb solcher Konferenzen pro Tag teilgenommen. Das gehörte definitiv zu den weniger angenehmen Seiten der Arbeit. Aber der Job hatte auch große Vorzüge. Wie den Strumpfhosenfaktor. Der Job einer Stellvertretenden Staatsanwältin hatte einen Strumpfhosenfaktor von Fünf; ich konnte immer damit rechnen, die verdammten Dinger fünf Tage pro Woche tragen zu müssen. Der entsprechende Faktor meines jetzigen Jobs lag vermutlich unter Eins. Das letzte Mal, daß ich eine Strumpfhose getragen hatte, war vorletzte Woche zu einem Treffen mit den Bezirksräten wegen unseres Budgets gewesen. Ich fing an, müßig über die Möglichkeiten zu phantasieren, einen kombinierten Konferenz-Strumfhosenindex für die verschiedensten Jobs aufzustellen, eine Bewertungsliste zu veröffentlichen und eine Million Exemplare davon an aufstrebende berufstätige Frauen zu verkaufen – und blieb dann abrupt stehen, als ich merkte, daß ich an dem Gebäude vorbeigegangen war.

Ich kehrte um und ging einen halben Block bis zu dem kleinen hölzernen Bungalow zurück, der die Büros der Pflichtverteidigung von Boulder County beherbergte. Er lag fast am westlichen Stadtrand, und ich blieb ein paar Augenblicke stehen, um zu beobachten, wie sich die Wolken über den Hügelkämmen veränderten, die die Sicht auf die Rocky Mountains versperrte. Der Wind, der von ihnen herunterwehte, war heiß, zu heiß für Oktober; die Forstverwaltung sagte, die Brandgefahr in den Hügeln westlich der Stadt sei extrem hoch. Vor weniger als einem Jahr hatte ein Feuer auf dem Sugarloaf Mountain mehr als zwanzig Wohnhäuser zerstört. Waldbrände sind in trockenen Jahren in den Bergen normal, und man kann von Glück reden, daß die Leute von Boulder bis dahin davon verschont geblieben sind. Jedenfalls war mir warm, und im stillen dankte ich dem Strumpfhosenfaktor für die nackten Beine unter meinem Jeansrock, als ich die schwere, rustikale Tür mit den bleiverglasten Scheiben öffnete und in den Empfangsraum ging.

Die Dame an der Rezeption, eine kräftige, sommersprossige junge Frau, die noch lässiger gekleidet war als ich und Shorts und ein T-Shirt mit der Aufschrift *Women's Expedition to Mount Everest* trug, gab mir einen dicken Becher mit ausgezeichnetem Kaffee und führte mich zum Konferenzraum auf der Rückseite des Gebäudes. Im Unterschied zu den meisten anderen Kanzleien saßen hier keine Mandanten im Empfangsraum. Die Kundschaft der Pflichtverteidigung war zu arm, um einen Anwalt zu bezahlen, und die meisten waren daher auch zu arm, um Kaution zu stellen, und saßen im Gefängnis von Boulder County. Die Anwälte suchten die Mandanten auf statt umgekehrt. Das war der Grund, warum die Empfangsdame sich so bequem kleiden konnte. Ich dachte kurz über ihren Job nach. Strumpfhosenfaktor Null, Konferenzfaktor sehr niedrig; er müßte eine hohe Wertung bekommen.

Diese Gedanken lenkten mich von der bevorstehenden Begegnung mit Vertretern der hiesigen Pflichtverteidigung ab.

Ich hatte Angst davor, obwohl ich selbst um dieses Treffen gebeten hatte. Ich hatte mich mit den Pflichtverteidigern und den übrigen Strafverteidigern von Boulder immer gut vertragen, als ich noch bei der Staatsanwaltschaft gearbeitet hatte, obwohl wir üblicherweise Gegner gewesen waren. Aber in letzter Zeit ging etwas anderes vor, und ich war nervös, wenn ich an den Verlauf der Diskussion dachte, die mir bevorstand.

Sam Holt war Vorsitzender der Strafverteidigerkammer von Boulder, ein Studienkollege von mir und ehemaliger Pflichtverteidiger, der jetzt eine erfolgreiche Kanzlei führte und Mandanten verteidigte, die sich einen Anwalt leisten konnten. Das waren gewöhnlich Drogendealer – nun ja, *mutmaßliche* Drogendealer, aber Sam hatte auch Leute vertreten, denen Tötungsdelikte, Kindesmißbrauch, Raub und Sexualdelikte zur Last gelegt wurden. Er war gut, unaufdringlich, aber kraftvoll, und er hatte einige denkwürdige Siege errungen. Sam saß am Kopfende des Konferenztisches, als ich hereinkam, und seine markanten afroamerikanischen Züge erweckten sogleich mein Interesse. Ich lächelte Morris Traynor zu, einem Veteranen der Bürgerrechtsbewegung und exzellenten Verteidiger, und er erwiderte meinen Gruß. Die einzige andere Frau im Raum war Sandy Hirabayashi von der Pflichtverteidigung. Sandy war eine brillante Anwältin, die selten Prozesse führte, sondern als Revisionsspezialistin tätig war. Sie schaffte es, mir zuzuzwinkern und dabei trotzdem seriös auszusehen.

»Also, Freunde, Cinda ist hier, darum lassen Sie uns anfangen, ich habe um elf Uhr eine Anhörung.« Sams ruhige Stimme verbreitete genug Autorität, um das Geplauder der anderen verstummen zu lassen. »Sie wissen vermutlich alle, daß Cinda gefragt hat, ob sie zu unseren nächsten Treffen kommen könne, um mit uns über die zivilen Verleumdungsklagen zu sprechen, die einige unserer Mandanten in den ihnen zur Last gelegten Vergewaltigungsfällen eingereicht haben. Ich weiß, daß auf beiden Seiten starke Emotionen im Spiel sind, aber wir alle kennen auch Cinda. Wir wissen, daß sie fair ist und sich besonders um Vergewaltigungsopfer kümmert, weshalb sie die Staatsanwaltschaft verlassen hat, um für das Krisenzentrum für vergewaltigte Frauen zu arbeiten. Hören wir uns also an, was sie zu sagen hat, und diskutieren dann darüber. Ich weiß, daß wir alle die Ansichten der anderen Seite respektieren werden.«

Ich bewunderte Sams diplomatische Einleitung und wußte zu schätzen, daß er einen konzilianten Ton angeschlagen hatte. Ich erinnerte mich stillschweigend daran, langsam anzufangen, als müsse ich eine Jury auf meine Seite ziehen, die nicht recht wußte, ob sie glauben wollte, was ich ihr erzählte.

»Da in den Zeitungen darüber berichtet wurde, nehme ich an, jedem von Ihnen ist bekannt, daß letzten Monat zwei Vergewaltigungsopfer, die mutig genug waren, die Vergewaltigung anzuzeigen, von den Männern verklagt wurden, die sie vergewaltigt hatten. Die Anwälte dieser Männer reichten Klage ein, in denen behauptet wurde, die Anschuldigungen der Opfer stellten eine Verleumdung dar, und sie verlangten Schadensersatz wegen Rufmordes. Die betreffenden Frauen sind beide arm – eine ist Studentin, die andere Kellnerin –, und eine von ihnen war durch die Klage so eingeschüchtert, daß sie die Staatsanwaltschaft sofort aufforderte, die Strafverfolgung wegen Vergewaltigung einzustellen. Die andere erwägt, dasselbe zu tun. Ich nehme an, daß das beabsichtigt war, als die Anwälte der Vergewaltiger diese ermutigten, ihre Opfer zu verklagen.«

Ich merkte, daß mein Bemühen, neutral und nicht aggressiv zu klingen, erfolglos war, aber ich war zu sehr in Schwung, um innezuhalten. »Ich bin hier, um die tiefe Sorge und Empörung der Anwaltschaft der Opfer über das zum Ausdruck zu bringen, was hoffentlich nicht zur Routine werden wird, und um Ihre Mitwirkung zu bitten, diese Praxis zu beenden. Die Frauen sind bereits einmal zum Opfer gemacht worden, sie müssen sich der Tortur unterziehen, in einem Strafverfahren als Zeuginnen auszusagen, ihr Leben minutiös ausforschen zu lassen, sie müssen mit ansehen, wie ihre Freunde und Bekannten ausgehorcht werden, um festzustellen, ob irgend jemand aussagt, sie seien sexuell promiskuitiv oder abartig …«

»Was ist, wenn sie lügen?« unterbrach mich eine gedehnte Stimme. Es war Howie Blake. Blake hatte die erste Verleumdungsklage eingereicht und behauptet, Maggie Rowland habe seinen Mandanten Charley Neville fälschlich beschuldigt. Maggie hatte ein blaues Auge und einen Riß in der Vagina, aber sie bat die Staatsanwaltschaft, die ganze Sache zu vergessen, nachdem Howie die Zivilklage gegen sie eingereicht hatte. Ich hatte selbst mehrere Stunden mit ihr gesprochen, und zwei der besten Beraterinnen unseres Zentrums hatten versucht, sie umzustimmen. Aber die Aussicht, sich einen Anwalt zu nehmen, einen möglichen Rechtsstreit durchzustehen und ein Urteil über Tausende von Dollars hinzunehmen, wenn die Geschworenen ihr nicht glaubten, war zuviel für sie. Am Ende war ich nicht einmal mehr sicher, ob ich nicht an ihrer Stelle dasselbe getan hätte. Ich konnte spüren, wie die Wut zurückkehrte, die mich gepackt hatte, als ich von der Klage erfuhr, und ich zwang meine Hände, nicht zu zittern.

»Sie lügt nicht, Howie, das wissen Sie, und ich weiß das auch. Keiner in diesem Raum weiß es nicht. Sie haben in dem

Strafverfahren einen Job zu erledigen, und ich verlange nicht von Ihnen, das nicht zu tun. Versuchen Sie, den Geschworenen einzureden, sie lüge, wenn es das ist, was Ihr Mandant braucht. Aber diese Zivilklage ist einfach ein Einschüchterungsversuch. Ich glaube nicht einmal, daß Sie sie noch weiterverfolgen werden, nachdem Sie sie jetzt dazu gebracht haben, die Anzeige zurückzuziehen.«

»Aber Howie hat seine Gründe, Cinda.« Das war Morris Traynors vernünftiger Bariton. »Sein Mandant sagt ihm, daß sie eingewilligt hat. Wenn das stimmt, bedeutet es, daß sie jetzt lügt. Es ist sein Job, seinem Mandanten zu glauben. Und wenn er ihm glaubt, dann ist sein Mandant verleumdet worden. Ein Verleumdungsopfer hat das Recht, auf Schadensersatz zu klagen. Die Zivilklage einzureichen ist einfach Howies Job.«

»Es ist *nicht* Ihr Job, alles zu glauben, was Ihr Mandant Ihnen erzählt!« Ich merkte, daß meine Stimme außer Kontrolle geriet, hielt inne und schluckte, um wieder normal sprechen zu können, wie ich es so oft in angespannten Augenblicken im Gerichtssaal getan hatte. »Sie müssen sich nicht bereit erklären, ihn bei einer Zivilklage zu vertreten. Vor allem, wenn Sie ihm selbst nicht glauben, beteiligen Sie sich damit an einer ungerechtfertigten Einschüchterung des Opfers, und das ist unmoralisch.«

Schweigen im Raum. Ich wußte, das bedeutete, daß hier keiner meiner Meinung war. Sogar Howie, der nie etwas gegen einen verbalen Schlagabtausch hatte, glaubte wohl, seine Position nicht verteidigen zu müssen. Ich sah Sandy an, aber sie schaute auf ihren Notizblock und kaute auf ihrem Daumennagel herum. Ich haßte es, sie aufs Korn zu nehmen, aber dies hier war wichtig. »Sandy, ich kann nicht glauben, daß Sie nicht anderer Meinung sind als Sam und Howie.«

»Cinda, ich verstehe, was Sie da empfinden. Aus Ihrer Sicht ist das, was Sie sagen, absolut sinnvoll. Aber Sie sind keine Verteidigerin; das sind Sie nie gewesen. Es ist einfach anders, wenn man auf dieser Seite steht. Unsere oberste Loyalität gilt unserem Mandanten. Es ist tatsächlich unser Job, ihm zu glauben, so unglaublich seine Geschichte auch sein mag. Er hat ein Recht darauf, daß jemand auf seiner Seite steht, und zwar jemand, der ihm glaubt.«

»Und was ist, wenn er Ihnen erzählt, er hätte das Verbrechen nicht begangen, sondern kleine grüne Männchen vom Mars sind in einem Raumschiff auf die Erde gekommen, haben es getan und dann seine Fingerabdrücke auf die Mordwaffe gezaubert? Wollen Sie mir erzählen, daß es Ihr *Job* ist, auch *das* zu glauben?«

Sandy lächelte. »Nun, in dem Fall ist es Ihr Job, ihm klarzumachen, wie unwahrscheinlich es ist, daß die *Geschworenen* seine Geschichte glauben werden. Aber Jurys haben oft keinerlei Schwierigkeiten zu glauben, daß eine Frau einen Mann fälschlich der Vergewaltigung bezichtigt.«

»Ich weiß«, sagte ich bitter. »Aber erstreckt sich Ihre Pflicht, die Geschichte Ihres Mandanten zu glauben, auch darauf, eine Zivilklage gegen sein Opfer einzureichen?«

Das Schweigen, das darauf folgte, war endgültig. Nach einem Augenblick ging Sam zu einigen weiteren Punkten der Geschäftsordnung über, und damit war das Oktobertreffen der Strafverteidiger von Boulder beendet. Alle außer Howie sprachen freundlich mit mir, während wir nacheinander den Raum verließen, und dennoch fühlte ich mich verloren. Ich mußte mit Tory sprechen, aber sie machte mit ihrem mürrischen Freund Josh eine Rucksacktour im Gore Range, hundert Meilen entfernt. Ich war nicht einmal sicher, daß sie in dieser Sache mit mir einer Meinung sein würde, aber trotzdem wußte ich, wenn ich mit ihr redete, würde es helfen, die Faust zu lockern, die meine Eingeweide zusammenpreßte. Ich stand auf dem Bürgersteig und schaute nach Westen, als könnte ich sie zurückrufen, wenn ich ausmachen konnte, in welcher Richtung sie sich befand, aber da war natürlich nichts außer dem vertrauten Umriß des Dakota Ridge.

Es schien lange her, seit ich zuletzt etwas gewonnen hatte. Vielleicht hatte Wally recht gehabt, und ich brauchte den Gerichtssaal. Der Wind tat meinen Augen weh, und ich roch Rauch.

Etwa zwei Wochen später saß ich in meinem Büro und versuchte, gleichzeitig ein Thunfischsandwich zu essen und *The Brief Times* zu lesen, wobei ich die Ecke einer Seite mit dem Ellbogen festhielt. Ich hatte Lainie gebeten, zwischen zwölf und eins keine Gespräche durchzustellen, denn ich versuchte, diese Zeit an drei Tagen in der Woche zu nutzen, um juristisch auf dem laufenden zu bleiben. *The Brief Times* ist eine Art Lose-Blatt-Sammlung, in der die Entscheidungen der Berufungsgerichte von Colorado schon Tage nach der Verkündung bekanntgegeben werden. Manchmal werden sie revidiert, bevor die endgültige Fassung in den gebundenen *Colorado Reports* erscheint, aber die meisten Anwälte versuchen, sich mit der Lektüre von *The Brief Times* auf dem neuesten Kenntnisstand zu halten. Diese Unterlagen sind frühzeitiger verfügbar, und weil sie nur vorläufig sind, ist es nicht so schlimm, wenn man Kaffee – oder Thunfisch, wie es mir gerade passiert war – darüber verkleckert.

Jetzt markierte ein großer Fettfleck Richter McGuffins Erläuterung, warum das Rechtsmittel der Ungültigkeitserklärung verworfen wurde, solange kein »erheblicher« Vertragsbruch vorlag. Ich versuchte zweimal, die Ausführungen zu lesen, aber jedesmal verabschiedete sich mein Gehirn unentschuldigt, bevor ich zum Ende kam. Manchmal machte ich mir Sorgen, mein Gehirn sei zu Mus geworden, seit ich nicht mehr als Anwältin praktizierte, und manchmal dachte ich, es sei schlicht wieder normal geworden.

Ich gab die Sache mit dem Rechtsmittel der Ungültigkeitserklärung auf und fing einfach an, die anderen Erläuterungen zu überfliegen, weil ich sehen wollte, ob mein alter Professor Hilton James in dieser Woche irgendwelche Entscheidungsbegründungen geschrieben hatte. Als ich noch studierte, hatte er die Dinge immer so einleuchtend erklären können. Außerdem hatte er im Gegensatz zum Rest der Fakultät erfrischend gewirkt mit seinen respektlosen Ideen und seinen ausgebeulten Kordhosen. Ich war wirklich überrascht gewesen, als ich gehört hatte, daß er vor einigen Jahren zum Richter berufen worden war. Nicht, weil man ihn gewählt hatte, sondern weil er sich dafür entschieden hatte, die Lehre zugunsten des eingeengten Lebens eines Revisionsrichters aufzugeben. Wie auch immer, irgendwelche Begründungen von ihm schien es nicht zu geben.

Ich schloß die Augen und lauschte den Straßengeräuschen, die durch das offene Fenster kamen. In Boulder herrschte weiter Altweibersommer. Kühle, trockene Luft strömte herein – belebend, aber ich nahm noch immer den Geruch von Rauch wahr, obwohl ich von keinem Waldbrand gehört hatte.

Ich war überrascht und dann ärgerlich, als das Telefon auf meinem Schreibtisch zu läuten begann. »Was ist?« schnauzte ich in den Hörer und bereute es sofort, als ich Lainies besorgten Ton hörte.

»Cinda, tut mir wirklich leid, Sie zu stören, aber Marilyn ruft aus der Notaufnahme im Krankenhaus an. Sie scheint ganz aus dem Häuschen zu sein, und deshalb habe ich gesagt, daß ich sie mit Ihnen verbinde.« Marilyn Steptoe war eine der besten und erfahrensten Beraterinnen unseres Zentrums. Sie war gegen elf Uhr zur Notaufnahme des Community Hospital gefahren, nachdem vom dortigen Empfang ein »heißer« Anruf gekommen war; anscheinend hatte ein Vergewaltigungsopfer die Notaufnahme aufgesucht und um Hilfe gebeten. Ich hatte an den Anruf gar nicht mehr gedacht, nachdem ich Marilyn ins Krankenhaus geschickt hatte – woran man sieht, wie sehr ich Marilyn vertraute und wie sehr ich mich an die täglichen Sexualstraftaten in Boulder gewöhnt hatte.

»Okay, Lainie, stellen Sie sie durch.«

»Cinda, Gott sei Dank.« Marilyn klang verzweifelter, als ich sie je gehört hatte, und wir hatten eine Menge zusammen durchgemacht. Sie redete wie ein Wasserfall. »Hören Sie, in der Notaufnahme gibt es einen neuen Arzt, und er wird die Frau untersuchen, aber er behauptet, er müsse ihr für die Labortests ein paar Schamhaare ausreißen. Sie reißt sich zwar zusammen, ist aber kurz vor dem Ausflippen, und mir geht es genauso. Und dieser Idiot will einfach keine Vernunft annehmen. Meine Güte, sie *kennt* den Vergewaltiger. Es ist ihr Exfreund. Das habe ich dem Arzt gesagt, aber es hat ihn überhaupt nicht beeindruckt, er sagt, wenn er die Untersuchung macht, dann macht er sie vorschriftsmäßig oder gar nicht, und wir sollen uns zum Teufel scheren. Aber er hat sich bereit erklärt, mit Ihnen zu reden. Kann ich Sie mit ihm verbinden?«

»Herrgott, Marilyn, wollen Sie damit sagen, daß der Mann *dabeisteht* und zuhört, wie Sie ihn einen Idioten nennen?«

»Nein, natürlich nicht, er ist im Ärzteraum oder sonst irgendwo, er hat mir gesagt, ich soll ihn ausrufen lassen, wenn ich Sie am Apparat habe.«

Ich seufzte. »Also lassen Sie ihn ausrufen, Marilyn. Lassen Sie den Idioten ausrufen, und dann halten Sie sich zurück. Wo ist die Frau?«

»Sie ist in einer Umkleidekabine, keine Sorge, sie ist okay. Bleiben Sie dran, Cinda.«

Im Hintergrund konnte ich eine Lautsprecherstimme, die die fernen Krankenwagensirenen übertönte, *Dr. Mason, Dr. Thomas Mason* ausrufen hören. Ich stellte mir vor, welche Nachweise bei solch einer Untersuchung erbracht werden müssen – Abstriche, Haare und dergleichen. Ich ahnte, worin das Problem dieses Arztes bestand; er wollte den Vergewaltigungstest so machen, wie er ihn von anderen Krankenhäusern her kannte. Das war schon vorgekommen. Nach etwa vier Minuten sagte eine angenehme männliche Stimme: »Hier ist Dr. Mason. Mit wem spreche ich, bitte?«

»Dr. Mason, ich glaube, es hat wegen der Vorgehensweise beim Vergewaltigungstest ein Mißverständnis gegeben. Ich bin Cinda Hayes, die Leiterin des Krisenzentrums für Vergewaltigungsopfer. Ich glaube, sie haben eine betroffene Frau in der Notaufnahme, und meine Mitarbeiterin Marilyn Steptoe ist bei ihr. Gibt es irgendwelche Schwierigkeiten, bei denen ich behilflich sein könnte?«

»Von meiner Seite aus besteht keinerlei Mißverständnis, Miss Haynes. Wir haben am Seattle General genau diesen Vergewaltigungstest gemacht. Dabei werden dem Opfer mindestens drei Schamhaare entnommen, einschließlich der Follikel, für mögliche Vergleiche mit losen Schamhaaren im Beckenbereich des Opfers, da diese natürlich vom Täter stammen können, aber auch vom Opfer selbst.«

»Dr. Mason, ich weiß, was empfohlen wurde, als man 1983 anfing, diesen Vergewaltigungstest zu machen, aber heute ist es üblich, dem Opfer die Schamhaare *abzuschneiden* und nicht auszureißen. Mit großer Wahrscheinlichkeit kann ein visueller Vergleich die Übereinstimmung von Haaren des Opfers und losen Haaren, die gefunden wurden, ausschließen. Und wenn es dann immer noch Zweifel gibt, kann man dem Opfer ohne weiteres auch später noch ein Haar auszupfen. Im Boulder werden Vergewaltigungsopfer seit mindestens einem Jahr nicht mehr gezwungen, sich beim Test Haare ausreißen zu lassen. Ich bin sicher, daß Ihre Kollegen das bestätigen können, falls Sie irgendwelche Zweifel haben.«

»Nun, Miss Haynes, das hört sich ja alles sehr klug an, aber ich bin in dieser Schicht für die Notaufnahme verantwortlich, und da ich Arzt bin, bin ich wohl am befugtesten, diese Entscheidung zu treffen. Sie sind keine Wissenschaftlerin, oder?« Das klang nach Priesterschaft.

Ich holte tief Luft. Ich fing an, bei Dr. Mason einen gewissen Sadismus zu wittern. Vielleicht würde es nicht so einfach sein, wie ich gedacht hatte. »Nein, ich bin Anwältin. Ich war Leiterin der Abteilung für Sexualverbrechen bei der Staatsanwaltschaft in Boulder County. Ich habe mit vielen Ihrer Vorgänger zusammengearbeitet. Wir waren uns damals über diese Frage einig und sind es auch heute noch. Vergewaltigungsopfer haben einen brutalen Übergriff erlitten. Schlimm genug, daß sie weitere Schmerzen und Entwürdigungen auf sich nehmen müssen, damit Beweise gesammelt werden können, aber die meisten sind dazu bereit, wenn das nötig ist, um eine Verurteilung des Täters zu erreichen. Und das ist hier nicht der Fall. Die Haarwurzel ist nicht notwendig, und außerdem hat Miss Steptoe mir gesagt, daß das Opfer den Täter kennt. Sie kann ihn aufgrund früherer guter Bekanntschaft bei einer Gegenüberstellung identifizieren.«

Die angenehme Stimme schien auf einmal glatt und ölig zu werden. »Nun, Miss Haynes, wenn Sie so eine gute Anwältin sind, dann wissen Sie sicher, daß Geschworene diese kleinen Geschichten über vergewaltigende Exfreunde nicht immer glauben. Besser, man geht ganz sicher, finden Sie nicht? Vor allem in solchen Fällen. Ich denke, ich verlasse mich lieber auf mein eigenes Urteil, bis der Bezirksstaatsanwalt mir etwas anderes sagt. Sie erwähnten, daß Sie nicht mehr für Groesbeck arbeiten?«

Allmählich begriff ich, was da lief. Was Dr. Thomas Mason sagte, ergab natürlich überhaupt keinen Sinn. Sollte der Exfreund behaupten, es habe keine Vergewaltigung gegeben, weil sie einverstanden gewesen sei, dann würde das Vorhandensein oder Nichtvorhandensein von Schamhaaren, ihren oder seinen, keinerlei Unterschied machen. Ob er das wußte oder nicht, dieser Mann war ein ausgemachter Sadist, entschlossen, die Frau noch mehr zu demütigen und zu verletzten. Es arbeitete in meinem Kopf.

»Dr. Mason, würden Sie mir bitte noch einmal Miss Steptoe geben?« Marilyn war so schnell am Apparat, daß ich wußte, sie hatte in größtmöglicher Nähe gelauscht. Ich konnte sie förmlich am Telefon hyperventilieren hören.

»Marilyn, ist mit der Frau alles in Ordnung? Kann sie es aushalten, noch eine halbe Stunde in dieser Umkleidekabine zu warten?«

»Ich denke schon. Der Kerl hat sie geschlagen, aber sie blutet nicht. Sie friert, aber soeben hat man ihr eine dieser Heizdecken gegeben, und eine der Krankenschwestern ist ganz auf ihrer Seite und kümmert sich um sie.«

»Also, bleiben Sie einfach bei ihr, und wenn dieser Idiot Mason erscheint, sagen Sie ihm, daß er überhaupt nichts tun soll, bis ich dort bin.« Ich legte auf, sprang von meinem Stuhl, schnappte meinen Autoschlüssel und rief Lainie etwas zu, als ich zu meinem Wagen rannte. Ich brauchte nur vier Minuten, um den Rockies Health and Fitneß Club zu erreichen. Ich parkte vor einem Hydranten, kritzelte auf die Rückseite eines Briefumschlags die Bitte, mich für eine Gnadenfrist von fünf Minuten nicht abzuschleppen, unterschrieb mit »C. Hayes, 12:47 Uhr« und rannte los. Als ich in den Raum mit den Gewichten stürmte, sah ich Tory, die in ihrem Trikot mit dem Federmuster aussah wie Jane Fonda beim Training. Durch den großen verspiegelten Raum und über die wummernden Bässe irgendeiner Discomusik hinweg schrie ich ihr zu:

»Tory, Hilfe! Notfall! Arschloch-Alarm!« Alle im Raum drehten sich nach mir um. Ich war nicht mal verlegen.

Es nahm einen überraschend großen Teil des Nachmittags in Anspruch, diese Sache zu regeln. Mir tat die Frau schrecklich leid, eine sehr ruhige, aber sehr entschlossene afroamerikanische Studentin. Sie gehörte dem Frauenbasketballteam an. Vielleicht erklärte das einen Teil ihrer ruhigen Entschlossenheit.

Ich werde nie vergessen, wie Tory sich verhielt, der ich auf der siebenminütigen Fahrt zum Boulder Community alles erklärt hatte. Sie joggte in die Notaufnahme wie ein Racheengel in blaugrünem Lycra, nahm am Empfangspult selbst das Mikro in die Hand, um den armen Dr. Mason auszurufen, stellte sich als Stellvertretende Staatsanwältin vor und machte ihn vor versammelter Mannschaft zur Schnecke. Ich erinnere mich nicht mehr genau an ihren Vortrag, aber er war typisch Tory. Ich bin ziemlich sicher, daß Mason sich, als sie fertig war, lieber selbst ein paar Schamhaare mit den Wurzeln hätte ausreißen lassen. Ich habe ihn nie wiedergesehen und denke, daß er schnurstracks mit der nächsten Maschine ins feuchte Seattle zurückkehrte, wo ihm jetzt langsam grüner Schimmel auf dem … nun ja, auf den Zehen wächst.

Jedenfalls kam ich erst nach drei Uhr ins Büro zurück. Auf meinem Schreibtisch lagen die unappetitlichen Reste meines Thunfischsandwichs und mehrere Nachrichten. Die meisten der blauen Zettel sahen nach Routine aus, aber einer war verwirrend. RICHTER HILTON JAMES, stand da in Lainies hektischer Schrift. OBERSTES GERICHT VON COLOR.? BITTE WENN MÖGL. VOR 5 ZURÜCKRUFEN. WICHTIG. NR. 551-7997.

Ich hatte noch nie zuvor Gelegenheit gehabt, mit einem Richter des Obersten Gerichtshofes von Colorado zu telefonieren. Ich rechnete damit, zuerst an eine Reihe von Sekretärinnen zu geraten, aber Hilton James mußte wohl die Nummer einer persönlichen Leitung hinterlassen haben, denn nach dem ersten Läuten nahm er selbst den Hörer ab und sagte nur: »Hallo?« Ich hatte mich schon auf eine geschäftsmäßige Anfrage bei einer Sekretärin eingestellt, aber dieser sofortige Kontakt nahm mir den Wind aus den Segeln, und ich machte mich sofort zum Narren, indem ich als erstes unsere Lehrer-Schüler-Beziehung fortsetzte.

»Professor *James*, hallo. Hier ist Lucinda Hayes.« Ich haßte mich für meine Verlegenheit und meinen Eifer. Ich hatte schon Fälle vor dem Obersten Gerichtshof verhandelt. Warum war ich jetzt so unsicher?

»Lucinda, gut, daß Sie sich melden. Sie haben offenbar meine Nachricht bekommen.«

»Ja, habe ich. Tut mir leid, daß ich nicht hier war, als Sie anriefen.« Warum entschuldigst du dich, du Idiotin, fragte ich mich selbst. *Tut mir leid, daß ich auch noch etwas anderes zu tun habe, Professor.*

»Wie gefällt Ihnen Ihr neuer Job, Lucinda? Sind Sie zufrieden?«

»O *ja*«, sagte ich. »Ich bin wirklich *sehr* zufrieden.« Ich hörte meiner eigenen Stimme die fehlende Überzeugung an.

»Hören Sie, Lucinda, bei der heutigen Konferenz haben mehrere Richter darüber gesprochen, was Sie letztes Jahr im Fall Frohnmeyer für gute Arbeit geleistet haben.« Frohnmeyer war wegen Entführung und Vergewaltigung verurteilt worden; ich hatte den Fall verhandelt, Frohnmeyer hatte Berufung eingelegt. Die Hauptfrage bei der Revision war, ob es sich um Entführung handeln kann, wenn ein Krimineller sein Opfer mittels Täuschung überredet, ihm an einen abgeschiedenen Ort zu folgen, statt es mit Gewalt dorthin zu bringen. Es war ein heikler Fall gewesen, aber am Ende hatten wir gewonnen: Frohnmeyers Verurteilung wurde nicht aufgehoben.

»Das ist sehr schmeichelhaft, Euer Ehren, daß Sie und Ihre Kollegen sich daran erinnern, wenn man bedenkt, wie viele Berufungen Sie zu bearbeiten haben.« Mein Verstand kam endlich in die Gänge und schien jetzt zu rasen. Was sollte dieses Geplauder über meine Qualitäten als Anwältin? Ich war sicher, daß das Gericht nicht die Angewohnheit hatte, Rechtsvertreter anzurufen, um ihnen zu ausgezeichneten Leistungen bei mündlichen Verhandlungen zu gratulieren.

»Nun, wir waren sehr beeindruckt, Lucinda. Ich war sehr stolz, die anderen Richter daran erinnern zu können, daß Sie eine meiner Studentinnen waren.«

Eigentlich fand ich es gar nicht so toll, damit quasi zum Protegé erklärt zu werden, ertappte mich aber dabei, daß ich die Schmeichelei erwiderte. »Ich glaube, Ihr Kurs hat mein Interesse an Strafrecht erst geweckt. Bis dahin hatte ich gedacht, ich würde mich später als Anwältin für den Umweltschutz einsetzen.«

»Ach ja, das Grün-Syndrom der Jurastudenten von Boulder. All die Studenten in den Birkenstock-Sandalen und den *Earth-First!*-T-Shirts mit ihren Hunden, die bunte Taschentücher um den Hals geknotet trugen. Ich weiß noch, daß der Rektor schließlich ein ausdrückliches Verbot erlassen mußte, Hunde in die juristische Bibliothek mitzunehmen.«

Richter James' herablassender Ton ging mir allmählich auf die Nerven. »Das ist eigentlich nicht fair, Sir. Ich habe niemals Birkenstock-Sandalen getragen. Ich finde sie häßlich. Und ich hatte nie einen Hund. Obwohl, wenn wir schon von Hunden reden, ich habe Sie vor ein paar Monaten mit einem sehr hübschen Hund beim Joggen gesehen. Er war nicht angeleint, wenn ich das richtig in Erinnerung habe.«

»Ich sehe, Sie lieben den verbalen Schlagabtausch immer noch, Lucinda. Ich hoffe, das bedeutet, daß Sie sich nicht dafür entschieden haben, ganz aus der Juristerei auszusteigen.«

»Nein, Sir, ich glaube, ich brauchte nur mal etwas Neues. Außerdem hat meine Arbeit im Krisenzentrum für vergewaltigte Frauen eine Menge mit juristischen Fragen zu tun.« Wobei ich allerdings keinen nennenswerten Erfolg erziele, dachte ich zerknirscht und erinnerte mich an das hoffnungslose Treffen mit den Verteidigern und die Notwendigkeit, Tory zu Hilfe zu rufen, um Dr. Thomas Mason Einhalt zu gebieten.

»Nun, es freut mich sehr, das zu hören, denn der Grund meines Anrufs ist, eine Bitte des Gerichts an Sie weiterzugeben. Man möchte, daß Sie eine Bestellung in einem sehr faszinierenden Fall vor diesem Gericht annehmen.« Ich wußte, mit »Bestellung« meinte er, daß ich jemanden vertreten sollte, der ein Recht auf einen Anwalt hatte, sich aber keinen leisten konnte. Vermutlich ging es also um jemanden, der wegen eines Verbrechens verurteilt worden war.

»Es ehrt mich sehr, daß man an mich denkt, Euer Ehren, aber ich habe als Verteidigerin keine Erfahrung. Wie Sie wissen, war ich nur als Vertreterin der Anklage tätig.«

»Um so besser, Lucinda. Sie kennen also das System der Strafjustiz genau und wissen auch, wie strafrechtliche Verfahren laufen.«

»Nun, außerdem fürchte ich, daß ich nicht genug Zeit für so etwas hätte. Mein Job ist sehr anstrengend, eigentlich mehr als ein Full-time-Job. Und ich habe keine Assistentin und keine Sekretärin mehr. Und keine Berufshaftpflichtversicherung.«

»Lucinda, ich weiß, daß diese Bestellung eine Belastung für Sie wäre. Ich bedaure das, aber das Gericht und ich würden Sie nicht fragen, wenn wir nicht dächten, daß Sie bei weitem die Beste dafür sind. Wir haben verschiedene andere Kandidaten in Erwägung gezogen, und es gibt keinen Strafrechtler in diesem Staat, der für diesen speziellen Job in jeder Hinsicht so qualifiziert ist wie Sie. Es stehen Mittel zur Verfügung, um Ihre Kosten zu erstatten, wenn Sie die Hilfe einer Sekretärin brauchen oder Recherchen anstellen lassen müssen. Und Sie werden natürlich bezahlt.« Natürlich, mit vierzig Dollar pro Stunde, bis das Geld ausging, was jedes Jahr vorkam.

Dennoch wußte ich, daß es wirklich eine Ehre war, gefragt zu werden. Trotz meiner Bedenken war ich geschmeichelt. Und ich vermißte den Gerichtssaal wirklich ein bißchen, vor allem den Moment, in dem mich ein Jurysprecher oder ein Gerichtsbeschluß darüber informierte, daß ich gewonnen hatte – nicht nur überlebt oder Katastrophen zeitweilig abgewendet, wie in meinem jetzigen Job, sondern *gewonnen*. Bei Revisionsverhandlungen war ich immer gut gewesen, hatte keine einzige verloren. Vielleicht wäre dieses Angebot eine gute Sache und würde mir helfen, etwas von dem Selbstvertrauen zurückzugewinnen, das ich früher im Gerichtssaal empfunden hatte. »Nun, ich sage nicht gern nein auf eine Bitte des Gerichts, Euer Ehren. Können Sie mir ein bißchen über den Fall erzählen?«

»Der Name des Angeklagten ist Jason Smiley. Er wurde vom Bezirksgericht von Boulder wegen Mordes in Tateinheit mit einem Sexualverbrechen angeklagt. Er wurde schuldig gesprochen und zum Tode verurteilt. Vertreten wurde er von Howard Blake, der den Fall niedergelegt hat, weil die Mittel des Angeklagten erschöpft sind.«

O mein Gott. Jason Smiley. Mein Herz fing an zu rasen. »Euer Ehren, ich kann Smiley unmöglich vertreten.« Ich ergriff den ersten Vorwand, der mir einfiel. »Ich... ich arbeitete noch bei der Staatsanwaltschaft, als dieser Fall aufgenommen wurde.«

»Nicht wirklich, Lucinda. Wir haben dies vom Protokollführer des Gerichts überprüfen lassen. An Ihrem letzten Tag auf der Gehaltsliste der Staatsanwaltschaft war Smiley in Haft, aber er wurde erst vier Tage später formell unter Anklage gestellt. Wie wir gehört haben, waren Sie nicht an den Ermittlungen in diesem Fall beteiligt. Das Gericht glaubt nicht, daß die Situation irgendwelche Interessenkonflikte beinhaltet.«

Es war unmöglich, das mußte er einsehen. »Euer Ehren, ich bin Leiterin eines Zentrums für Vergewaltigungsopfer. Unser Anliegen ist es, dafür zu sorgen, daß Vergewaltigungsopfer von der Strafjustiz gut behandelt werden und daß Vergewaltiger für ihr Verbrechen verurteilt und bestraft werden. Meinen Sie nicht, daß das einen schweren Interessenkonflikt darstellt?«

»Nein, das meine ich nicht, Lucinda, sonst würde ich Sie nicht fragen. Gewiß erinnern Sie sich an unsere Diskussionen in der Fakultät über die fundamental unterschiedlichen Rollen der Anwälte bei Strafverfahren und bei Revisionsverfahren?«

»Ja, natürlich.« Na ja, einigermaßen. Es war lange her.

Richter James war so freundlich, den entscheidenden Punkt für mich zu rekapitulieren. »Mr. Smiley hatte bei seinem Prozeß einen fähigen Rechtsbeistand und wurde verurteilt. Es wäre nicht Ihre Aufgabe, für seine Unschuld zu plädieren. Ihr Job würde darin bestehen, das Verfahrensprotokoll auf Fehler zu untersuchen und unser Gericht gegebenenfalls auf solche Fehler aufmerksam zu machen. Das alles wissen Sie, Lucinda. Es ist ein Job für eine Rechtsgelehrte. So, wie der Staat Jason Smiley den Prozeß machte, machen Sie nun sozusagen dem Verfahrensprotokoll den Prozeß. Das ist Papierkram, wenn auch von ungeheurer Wichtigkeit. Das Gericht war auch beeindruckt von der Tatsache, daß Sie sogar als Anklagevertreterin eine Gegnerin der Todesstrafe waren. Wir sind überzeugt, daß Sie sich energisch mit der Verfassungsmäßigkeit der Todesstrafe auseinandersetzen werden. Dieser Fall betrifft mehr als nur das Dilemma einer einzigen Person. Sie brauchen Ihren Mandanten nicht einmal zu sehen, wenn Sie das nicht wollen, obwohl Sie natürlich mit ihm korrespondieren sollten.«

Es stimmte, daß ich immer gegen die Todesstrafe gewesen war und gelegentlich sogar Geld für verschiedene Gruppen gespendet hatte, die an ihrer Abschaffung arbeiteten. Doch der Gedanke, Jason Smiley zu vertreten, den berüchtigtsten Vergewaltiger und Mörder von Boulder, verursachte mir die gleiche Benommenheit und Übelkeit, die ich empfunden hätte, wenn ich an einer Frauenexpedition auf den Mount

Everest hätte teilnehmen sollen. Smiley war Abschaum. Ich erinnerte mich an die Zeitungsberichte über seinen Prozeß: Er hatte seine frühere Geliebte im Haus ihrer Eltern in Colorado Springs vergewaltigt, sie in sein Auto gezwungen und war zu einer abgelegenen Stelle im westlichen Boulder County gefahren. Er hatte ihr die Kehle aufgeschlitzt und ihren nackten Körper den Kojoten und Bussarden zum Fraß vorgeworfen. Ich fand zwar, daß die Justiz niemanden zu Tode bringen sollte, auch nicht Jason Smiley, aber ich wollte mich nicht für ihn einsetzen.

Doch wie so oft während des Studiums war es meinem früheren Professor auch diesmal gelungen, all meine Argumente gegen seinen Vorschlag zunichte zu machen; mir blieb nur ein Rest Widerstand, der zu formlos war, um ihn in Worte zu fassen. Aber ich konnte sicher sein, daß keine Glocke läuten würde, die mir Zeit gab, mir meine Argumente bis morgen zu überlegen.

»Sie machen es mir sehr schwer, nein zu sagen, Euer Ehren.«

Er verhielt sich, als hätte ich ja gesagt. »Das ist großartig, Lucinda. Das Gericht ist Ihnen sehr dankbar. Nur den Bemühungen guter Anwälte, die bereit sind, diese Arbeit zu tun, haben wir es zu verdanken, daß das System überhaupt funktionieren kann.« Anscheinend saß ich in der Falle. Nein, ich war *bestellt*. Bestellt von Seiner Majestät, dem Obersten Gerichtshof von Colorado – mein Leben war im Begriff, völlig aus den Fugen zu geraten.

Richter James erklärte gerade, das Büro des Gerichts werde mir die Verfahrensakte zustellen. Er versprach, mir eine Kopie der Bestellung zu schicken, unterschrieben vom Vorsitzenden Richter, wobei er es so klingen ließ, als sei diese Kopie es wert, eingerahmt und an die Wand gehängt zu werden. Er dankte mir überschwenglich und schmeichelte mir noch eine Weile, bevor ich auflegen konnte. Da saß ich nun vor den Trümmern meines Schreibtischs, meines Tages und wahrscheinlich meines nächsten Jahres. Verdammt. Ich wußte doch, daß ich Rauch gerochen hatte.

November 1990

Den Metalldetektor hatte ich schon passiert, aber sie waren noch nicht mit mir fertig. »Bitte, ziehen Sie Ihre Schuhe aus«, sagte der Beamte hinter der hölzernen Sperre, »und stellen Sie sie auf die Ablage.« Grimmig schaute ich auf den Fußboden der kleinen Hütte, in der ich als Besucherin für den Insassen Nummer 1129436, Smiley, Jason, überprüft wurde. Ich spürte den sandigen Schmutz unter meinen Füßen, aber welche Wahl hatte ich? Ich mußte die kurzen Stiefel aufschnüren, die ich in der irrigen Erwartung angezogen hatte, sie würden für diese Fahrt bequem und passend sein. Es gab nichts, worauf ich mich hätte setzen könne, also beugte ich mich mit gestreckten Knien vor – wenn ich mich gebückt hätte, wäre mein weiter Rock mit dem Schmutz in Berührung gekommen – und stellte mir vor, daß die zwei scheinbar müßigen Strafvollzugsbeamten, die an der Tür standen, von hinten beobachteten, wie ich den Hintern in die Höhe reckte. Vielleicht war das ein Spiel, das sie mit allen weiblichen Besuchern spielten, damit sie in ihren scheinbar reichlichen Mußestunden unsere Hinterteile vergleichen und bewerten konnten. Barfuß hob ich meine Stiefel auf den Tisch, wo der Beamte sie inspizierte und mir dann kommentarlos zurückgab.

»Wenn Sie gehen wollen, sagen Sie Jorge, Sie müßten noch einmal hierher, um das Zeug abzuholen.« Er deutete mit dem Kopf in Richtung meiner Aktenmappe und meiner Handtasche, die er konfisziert hatte. Ich nickte und wiederholte die Rumpfbeuge, um meine Stiefel wieder zuzuschnüren. Er hatte bereits erklärt, ich dürfe nur zwei Bleistifte (keinen Füller), einen Notizblock, Kopien aller juristischen Dokumente, die den Fall meines Mandanten betrafen (ich hatte keine bei mir) und mein Kleingeld (keine Geldscheine) ins Gefängnis mitnehmen. Ich hatte keine Ahnung, welche Verwendung ich für 3,84 Dollar in Münzen haben würde, aber da sie zu den wenigen Dingen gehörten, die ich bei mir tragen durfte, behielt ich sie. Dankbar für die Taschen in meinem Rock ließ ich das Geld hineinfallen, und dabei bemerkt ich, daß zwei Frauen, die an der Wand standen und auf Einlaß warteten, jede etwa fünfzehn bis zwanzig Dollar in Münzen mitgebracht hatten und in kleinen, durchsichtigen Plastiktäschchen bei sich trugen, wie man sie in Billigläden für kleine Mädchen verkauft. Sie musterten mich mit versteinertem Gesicht. Ich dachte, sie seien vielleicht wütend, daß ich anscheinend schneller hineinkam als sie, und so versuchte ich sie anzulächeln, aber vielleicht war das zu plump. Ihre Mienen blieben unverändert.

Der Beamte am Schreibtisch reichte mir einen grünen Passierschein mit meinem Namen, meiner Adresse und meinem Geburtsdatum; dann nahm er einen Telefonhörer und tippte einige Zahlen ein. Ohne auf Antwort zu warten, legte er wieder auf und wies mich an: »Stellen Sie sich dort drüben an die Tür. Wenn das rote Licht angeht, drücken Sie gegen die Sperre und gehen durch. Bleiben Sie unterwegs nicht stehen und versuchen Sie nicht, hierher zurückzukommen. Jorge ist auf der anderen Seite; er wird Sie zu Ihrem Mandanten begleiten.« Ich ging zur Tür hinüber, das rote Licht leuchtete mit einem lauten Summton auf, und ich drückte gegen die Sperre. Ich rechnete fast damit, eine Art elektrischen Schlag zu bekommen, als ich das Metall berührte.

Ich wünschte, ich hätte aufhören können, mich wie eine

Figur in einem zweitklassigen Film zu fühlen, als mich ein großgewachsener Beamter mit einem Plastikschildchen auf der Brust, auf dem JORGE VILLALPONDO stand, über einen leeren Hof in ein anderes Gebäude führte. Dann ging es über blauen Steinboden durch eine Reihe von Gängen, unterbrochen von Gittertüren, die er öffnete, indem er Codenummern in eine Wandkonsole eingab, die sich jeweils rechts von der Tür befand. Die Metallplatten, die die Zahlenfelder umgaben, waren glänzend, aber die Stahltüren sahen alt und verkratzt aus. Ich hätte gern gesehen, ob es in den Türen Schlüssellöcher gab, die darauf hinwiesen, daß sie früher mit altmodischen Schlüsseln geöffnet worden waren, aber Jorge war zu schnell und gewandt, während er mir die Türen öffnete, als daß ich Zeit für eine gründlichere Musterung gehabt hätte. Ich fühlte mich etwas benommen durch die feuchte, beengende Atmosphäre und den Duft von Jorge Villalpondos Rasierwasser.

Das Verhandlungsprotokoll war in der Vorwoche bei mir zu Hause eingetroffen. Es füllte acht Pappkartons. Ich hatte angefangen, es zu lesen, und versucht, systematisch vorzugehen, aber das war wie die Arbeit an einem Puzzle aus tausend Teilen, für das man die Vorlage verloren hat, so daß man keine Ahnung hat, wie es aussehen soll, wenn es fertig zusammengesetzt ist. Am Ende war ich zu dem Schluß gekommen, daß es doch recht seltsam war, meine Nächte mit Arbeit für jemanden zu verbringen, dem ich nie persönlich begegnet war. Während des Studiums hatte man uns beizubringen versucht, Distanz zu wahren, aber in meinem Fall war das nie von großem Erfolg gekrönt gewesen. Ich war zu dem Schluß gekommen, daß ich meinen Mandanten kennenlernen mußte, um möglichst gute Arbeit für ihn leisten zu können.

Jorge programmierte eine letzte Tür, die in einen Aufenthaltsraum führte, eingerichtet mit Resopaltischen und Plastikstühlen. Offenbar war ich die erste Besucherin an diesem Tag. Wenigstens würde ich nicht mit meinem Mandanten allein sein, wie ich gefürchtet hatte. Ich fragte mich, ob ich die beiden Frauen aus dem Einlaßbereich hier wiedersehen würde und warum sie dort so lange warten mußten. Jorge trat hinter mir ein und sprach mit zwei dicklichen Beamten um die Sechzig, die hinter einer Glaswand in einer etwa einen Meter erhöhten Galerie saßen und den ganzen Raum überblicken konnten. Sie teilten sich eine Schachtel glasierter Doughnuts. Jorge wies mich an, ihnen durch einen Schlitz meinen Passierschein zu reichen. Dann lächelte er und sagte: »Sagen Sie den beiden Bescheid, wenn ich zurückkommen soll, um Sie abzuholen, ja?« Er ging. Einer der Doughnuts kauenden Beamten mit dem Namensschild RICHARD FARBER inspizierte meinen Passierschein genau, sah mich dann an, schüttelte traurig den Kopf, als sollte jemand in meinem Alter schlauer sein, und sagte in ein Mikrophon: »Mr. Smiley kommt in ein paar Minuten. Bitte nehmen Sie an Tisch drei Platz.«

Ich fand den Tisch mit einer verblichenen, in die Resopalplatte gekratzten 3 und setzte mich hin. Es war nicht leicht, unbefangen auszusehen. Ich hatte nichts zu lesen und keine Papiere, in denen ich kramen konnte, und mein Kleingeld zu zählen, schien keine so gute Idee. Immerhin begann ich zu begreifen, wozu es möglicherweise dienen konnte: der Raum war gesäumt von Automaten mit allen möglichen Eßwaren – Eiscreme, Sandwiches, Popcorn. Ein Stahlwägelchen, auf dem ein Mikrowellenherd stand, war zwischen zwei riesige Verkaufsautomaten mit einzelnen Fächern geklemmt. Ich wußte, daß Besucher den Insassen keine Speisen mitbringen durften. Jetzt sah ich, daß Familien, die zu Besuch kamen, dennoch das Ritual gemeinsamen Essens genießen konnten. Familienmahlzeiten aus Automaten. Suppe aus der Mikrowelle und Süßigkeiten mit Lakritze. Eine abgelegene Tür öffnete sich, und ein kleiner, dunkelhaariger Mann mit auffallend weißen, knöchelhohen Turnschuhen kam herein, ging durch den Raum und sprach mit einem der Beamten hinter dem Fenster. Dann drehte er sich um, kam an den Tisch, zog den Stuhl mir gegenüber heraus und setzte sich. Sein Jeanshemd hatte einen aufgenähten Streifen, auf dem SMILEY stand, und darunter einen zweiten, der schockierenderweise die Aufschrift ZUM TODE VERURTEILT trug. Niemand hat mir gesagt, daß er so klein ist, dachte ich töricht. Er sagte nichts, und mir wurde klar, daß er erst reden würde, wenn ich es tat.

Mir schnürte es die Kehle zu. Ich räusperte mich. »Hallo, Mr. Smiley. Ich bin Lucinda Hayes. Ich hoffe, Sie haben meinen Brief und eine Kopie meiner Bestellung zu Ihrem Rechtsbeistand durch das Oberste Gericht bekommen.« Während ich das sagte, durchströmte mich eine vertraute, professionelle Gelöstheit. Es wird gehen, dachte ich, ich schaffe das.

»Hallo, Miss Hayes.« Smiley hatte ein angenehmes Lächeln, einen gepflegten, glänzenden Schnurrbart und einen Händedruck, der weder weich noch hart war. Sein Gruß wirkte höflich, doch sein Lächeln kam mir ironisch vor. Macht er sich über mich *lustig*? fragte ich mich. Grüne Augen und schwarzes Haar; ein dunkelhaariger Ire, dachte ich. Ein Vergewaltiger, ein Mörder, rief ich mir in Erinnerung. Aber dann sprach er wieder. Seine Stimme war markanter als seine Erscheinung, ein wenig heiser, mehr Springsteen als Brando.

»Sie sind also meine Anwältin. Ich habe mich hier nach Ihnen erkundigt. Ich habe gehört, Sie waren eine verdammt scharfe Staatsanwältin, haben damit aufgehört und sind jetzt Beraterin für vergewaltigte Frauen. Habe ich das richtig verstanden? Ganz guter Witz, was? Für Sie sicher auch, nicht? Ich meine, ich bezweifle, daß es für Sie eine besondere Ehre ist, mich zu vertreten.«

»Hören Sie, Mr. Smiley, ich hätte nicht eingewilligt, wenn ich nicht denken würde, beste professionelle Arbeit für Sie leisten zu können. Was ich von Vergewaltigung und Mord halte, hat nichts mit den Fragen zu tun, über die wir reden müssen, etwa, ob es bei Ihrem Prozeß Fehler gegeben hat und ob Sie angemessen vertreten worden sind. Wenn Sie nicht möchten, daß ich Sie vertrete, können Sie beim Gericht den Antrag stellen, Ihnen einen anderen Rechtsbeistand zu gewähren, aber ich bezweifle, daß Sie damit durchkommen würden, wenn Sie keine besseren Gründe angeben können als meine vorherigen beruflichen Erfahrungen.« Ein bißchen steif, dachte ich, aber angemessen. Ich fühlte mich unbeteiligt an der Szene, während ich meine Worte sorgfältig wählte.

»Nein, nein, ich denke, es ist gut so. Sie sind genau die Anwältin, die ich will.«

Ich musterte ihn, um zu sehen, ob das sarkastisch gemeint war, aber er sah ernst aus. Trotzdem kam mir seine Bemerkung zweideutig vor, doch ich beschloß, nicht weiter darauf einzugehen. »Okay, dann lassen Sie uns über Ihren Fall sprechen. Ich habe einen Teil der Verfahrensakte durchgearbeitet – nicht alles, es sind sechsundvierzig Ordner, und ich habe sie erst letzte Woche bekommen. Aber die über die Auswahl der Jury und die Anhörungen vor dem Prozeß habe ich recht sorgfältig gelesen, weil darin am ehesten Fehler und falsche Anordnungen zu finden sein dürften. Ich habe ein paar eigene Ideen dazu, was die vielversprechendsten Argumente in der Revision sind, aber mich würde interessieren, was Sie denken. Ich meine, Sie waren dabei, ich nicht. Was waren

Ihrer Meinung nach die größten Fehler oder schlimmsten Versehen bei Ihrem Prozeß oder in Ihrer Rechtsvertretung?«

»Der schlimmste Fehler war, daß ich unschuldig bin, die Geschworenen mich aber für schuldig hielten. Das ist der einzige Fehler, der mir aufgefallen ist, aber ich fand ihn ziemlich erheblich.«

Natürlich, dachte ich bei mir. Komm schon, Cinda, werd lockerer, hör auf, wie ein Lehrbuch zu reden. So erreichst du diesen Kerl nicht. »Okay, klar, das verstehe ich, aber Sie müssen einsehen, daß Unschuld kein Revisionsgrund ist. Um Unschuld geht es beim Prozeß, und wenn eine Jury eine angemessen vertretene Person in einem angemessen geführten Prozeß verurteilt, dann bleibt dieses Urteil auch in der Revision bestehen, selbst wenn die Person unschuldig ist. Sehen Sie, das Revisionsverfahren ist nicht dazu bestimmt, neu über die Schuldfrage zu entscheiden – oder über die Frage, wie das Urteil lauten sollte. Es dient lediglich dazu, das Verfahren zu prüfen und zu sehen, ob Fehler gemacht wurden – verstehen Sie, juristische Fehler, etwa, daß Beweise nicht vorgelegt worden sind, die eigentlich hätten vorgelegt werden müssen, oder das Gegenteil davon, oder ob den Geschworenen eine falsche Rechtsbelehrung erteilt worden ist, oder ob der Staatsanwalt Dinge hat sagen können, die er eigentlich nicht hätte sagen dürfen. Verstehen Sie, was ich meine?«

»Ich verstehe, was Sie meinen, und ich weiß, daß das stimmen muß, denn ich habe etwas in der Art in den juristischen Büchern gelesen, die es hier gibt. Aber schauen Sie, Miss… kann ich Sie Lucinda nennen?«

»Cinda.«

»Okay, Cinda, entschuldigen Sie, daß ich das sage, aber ich glaube nicht, daß *Sie* verstehen, wie aberwitzig es aus meiner

Sicht ist, wenn Sie mich fragen, ob der Richter die richtigen Anweisungen gegeben oder der Staatsanwalt etwas Falsches gesagt hat. Wenn ich der Bursche wäre, der Nicole Caswell vergewaltigt und ermordet hat, dann hätten sie einfach ihren Job erledigt. Ich denke, sie haben ihn gut erledigt. Der Staatsanwalt hat eine Menge Sachen gesagt, die nicht richtig waren, aber meistens hat er bloß wiederholt, was die Zeugen gesagt hatten. Vielleicht hat er wirklich gedacht, daß ich es war, ich weiß es nicht. Die Geschworenen, meine Güte, ich glaube nicht, daß sie bestochen waren. Ich glaube, sie haben gedacht, daß ich es war. Vielleicht hätte ich dasselbe gedacht, wenn ich da gesessen und nichts weiter gewußt hätte als das, was ich da hörte. Sie haben mich niemals sagen hören, daß ich es nicht getan habe, und vermutlich haben sie sich gefragt, warum ich nicht aufstehe und das sage, wenn ich es nicht war.«

»Nun, das war eine Sache, nach der ich Sie fragen wollte. Wie kam es zu der Entscheidung, Sie nicht aussagen zu lassen? Haben Sie und Blake darüber diskutiert?«

»Wenn Sie das so bezeichnen wollen. Meistens hat er geredet. Er hat mir erklärt, ich solle nicht aussagen. Und ich habe eingewilligt.«

»Sie meinen, er hat Ihnen eigentlich keine Wahl gelassen?«

»Richtig. Schauen Sie, wenn Sie das Protokoll lesen, müßten Sie erkennen, warum. Blake wollte die Jury davon überzeugen, daß ich eine Kopfverletzung von einem Motorradunfall mit neunzehn Jahren habe und seither nicht mehr richtig denken konnte. So wollte er erreichen, daß sie mich bei einem Schuldspruch nicht zum Tode verurteilen können, denn das ist ein, wie heißt es noch gleich…«

»Ein mildernder Umstand?«

»Ja, so hat er das genannt. Eine Kopfverletzung sei ein klassischer mildernder Umstand, hat er gesagt. Und ich war so blöd, da mitzumachen, weil ich wußte, daß ich es nicht getan habe. Ich war sicher, die Geschworenen würden das begreifen, wenn es soweit war. Mildernde Umstände waren mir egal. Howie Blake konnte seine mildernden Umstände haben.«

»Ich weiß nicht, ob ich verstehe, was das mit Ihrer Aussage zu tun hat.«

»Nun, Sie reden jetzt mit mir. Ich weiß, ich drücke mich nicht aus wie einer von diesen Juraprofessoren oder Richtern, mit denen Sie zu tun haben, aber höre ich mich an wie ein Typ, der eine zu weiche Birne hat, um die – wie heißt das noch – um die zur Strafbarkeit erforderliche Schuldunfähigkeit zu besitzen?«

Ich mußte sein juristisches Vokabular bewundern, und seine Erklärung war sinnvoll. Howie konnte es sich nicht leisten, die Geschworenen – dieselben Geschworenen, die das Urteil fällen würden, falls sie Smiley für schuldig befanden – sehen und hören zu lassen, daß Smiley ziemlich normal wirkte, wenn er bei der Strafzumessung auf einen Hirnschaden setzte. Andererseits hatte Smiley recht mit der Annahme, daß die Jury es gegen ihn auslegen würde, obwohl sie das eigentlich nicht wollte, wenn er beim Prozeß nicht aussagte. Howie mußte also die Hoffnung auf einen Freispruch mehr oder weniger aufgegeben und bestenfalls ein Lebenslänglich erwartet haben. Oder er hatte einen anderen Grund, Smiley nicht aussagen zu lassen. Falls das so war, fragte ich mich, worin dieser bestanden haben könnte.

»Jason, haben Sie und Blake über irgendwelche anderen Gründe gesprochen, Sie nicht in den Zeugenstand zu lassen?«

»Ich glaube nicht, daß Sie das richtige Bild von mir und Mr. Howard Blake haben, Cinda. Es war nicht so, daß er zu mir gesagt hätte: He, wir sind Partner, wir stehen das zusammen durch. Er schien nicht mal sonderlich daran interessiert, was wirklich passiert war. Ich habe ein- oder zweimal versucht, ihm zu sagen, daß ich Nicole nicht getötet habe, daß ich sie nicht vergewaltigt habe, daß ich beide Male nicht der Täter war, wie ich Ihnen das jetzt sage. Er hat mir geantwortet, vom professionellen Standpunkt aus sei es am besten, wenn er so wenig wie möglich über meine Version der Geschichte wüßte; meine *Version*. Als könnte ich bei etwas, von dem ich nichts weiß, eine bestimmte Version vertreten. Mir kam das nicht sehr sinnvoll vor, aber was wußte ich schon? Ich wußte, daß er sich für die Sache mit der Kopfverletzung interessierte, ich mußte dauernd Vollmachten unterschreiben, die ihm Einsicht in meine Krankenakten gewährten, und mich psychiatrischen Tests unterziehen, bei denen mir gesagt wurde: ›Sehen Sie sich dieses Bild an, erzählen Sie eine Geschichte darüber.‹ Als der Prozeß anfing, hat er gesagt, daß wir nach den Ausführungen der Anklage darüber entscheiden, ob ich aussagen soll oder nicht. Mir war es recht. Dann, nachdem der Staatsanwalt fertig war oder, wie heißt das, die Beweisführung abgeschlossen war, gab es eine Unterbrechung. Er sagte zu mir, er wolle erst sehen, wie sich unsere Zeugen halten, bevor er entscheidet, ob ich aussagen muß. Okay, habe ich gesagt. Und dann läßt er all diese Psychofritzen aufmarschieren, ruft Ärzte als Zeugen auf, streitet sich wahnsinnig mit dem Staatsanwalt, der ständig einwendet, das solle alles erst bei der Urteilsfindung kommen, und Blake sagt, nein, es gehe um verminderte Zurechnungsfähigkeit. Mir kam es vor, als ob der Staatsanwalt recht hätte, aber der Richter hat dauernd zugunsten von Blake entschieden, und mir läuft es kalt den Rücken herunter, als ich auf einmal merke, daß alle so reden, als würde es auf jeden Fall zu einer

Verurteilung kommen. Als wäre die Möglichkeit, daß ich vielleicht für nicht schuldig befunden werden könnte, von vornherein ausgeschlossen.«

»Und so haben Sie schließlich beim Prozeß überhaupt nicht ausgesagt, oder? Haben Sie Blake danach gefragt, bevor er sein Plädoyer abgab?«

»Ich kann mich wirklich nicht erinnern, Cinda. Wenn ja, dann hat er mich sicher so abgefertigt, wie er es bei all meinen Fragen getan hat. Ich erkannte ja erst nach und nach, wie dumm ich gewesen war, ihm all die Entscheidungen zu überlassen. Und ganz plötzlich, ganz schnell, war alles vorbei. Mir kam es so vor, als würde er einfach einräumen, daß ich es getan habe, und den Geschworenen vormachen, ich wäre irgendein elender Spinner, der glaubte, er würde ein Omelett machen, als er eine schöne Frau vergewaltigte und umbrachte, daß ich also nicht die geistige Verfassung hätte, um schuldig zu sein.«

Ich hatte Howie Blakes Schlußplädoyer gelesen und dachte, daß Jason Smileys kurze Zusammenfassung recht gut war. Jedenfalls war es kein überzeugendes Plädoyer gewesen und auch keine vielversprechende Strategie. Vor allem jetzt, da ich Smiley kennengelernt hatte. Er wirkte keineswegs mental beeinträchtigt. Worauf war Blake aus gewesen? Ich mochte den Mann nicht sonderlich, aber keiner hielt ihn für inkompetent. Warum hatte er auf eine sehr unsichere Verteidigung mit verminderter Zurechnungsfähigkeit gebaut und Smileys Behauptung, unschuldig zu sein, nicht einmal in Erwägung ziehen wollen? Ich dachte an Blake, wie ich ihn bei der Versammlung der Strafverteidiger erlebt hatte, als er mir erzählte, es sei Aufgabe eines Verteidigers, seinem Mandanten zu glauben. Natürlich hatte ich dem nicht zugestimmt.

Was also machte ich hier? Warum hörte ich Jason Smiley

wie meiner besten Freundin zu, mit genausowenig Skepsis? Ich hatte nur erfahren, wie Jason seine Beziehung zu Howie sah. *Dieser Mann ist ein Vergewaltiger und Mörder,* rief ich mir ins Gedächtnis. *Und ein Lügner. Ich brauche ihm nicht zu glauben, um ihn zu vertreten. Ich brauche ihn nicht zu mögen. Meine Gefühle haben nichts damit zu tun.* Ich brauchte eine Gesprächspause.

»Hören Sie, Jason, möchten Sie eine Cola? Ich habe nicht gewußt, daß ich Kleingeld für die Automaten mitbringen muß, ich habe nur knapp vier Dollar, aber ich kann uns was zu trinken kaufen.«

»Klar, hier, ich hole sie, wenn Sie möchten. Manchmal sind diese Automaten störrisch, man muß wissen, wo man draufhauen muß.« Ich gab Jason mein Kleingeld und bemerkte dabei, wie dezent er jede unnötige Berührung meiner Hand vermied. Während er zu dem Cola-Automaten ging, fiel mir auf, daß der Raum sich inzwischen gefüllt hatte. Männer in ähnlichen Hemden wie Jasons hielten Babys auf dem Schoß, saßen dicht bei ihren Freundinnen oder Ehefrauen, aßen und tranken und hatten dabei besitzergreifend den Arm auf die Schenkel der Frauen gelegt. Fast alle Gefangenen hatten ungeheuer muskulöse Arme, das Produkt endloser Stunden im Gewichtsraum, nahm ich an. Ich sah drei andere Gefangene mit dem ZUM TODE VERURTEILT-Aufnäher auf den Hemden. Sie lachten und schienen die Picknickatmosphäre genauso zu genießen wie alle anderen. Sie aßen Schinkensandwiches aus dem Automaten, in Cellophan und Styroporschachteln. Mir kam das Wort *Henkersmahlzeit* in den Sinn.

Jason kam mit zwei Dosen Cola wieder. Er gab mir einen Dollar und vierunddreißig Cents zurück. »Die Colas aus den Automaten kosten einen Dollar fünfundzwanzig. Tut mir leid. Wir nennen das die Häftlingssteuer.«

Ich dachte, dies wäre vielleicht der richtige Moment, um das Gespräch auf professionellerer Basis wieder in Gang zu bringen. »Jason, ich glaube, ich sollte Ihnen sagen, daß es für Sie unwichtig ist, ob Sie mich davon überzeugen, daß Sie Nicole Caswell nicht umgebracht haben. Es gehört nicht zu meinem Job herauszufinden, ob Sie es getan haben oder nicht. Wenn ich mich darauf einließe, würde es mich von anderen Dingen ablenken, die für Ihren Fall wichtiger sind, verstehen Sie?«

»Scheiße, nein, ich verstehe nicht«, sagte er ohne Groll. »Ich hatte schon einen Anwalt, den es nicht interessierte, ob ich es getan habe oder nicht. So, wie er damit umging, denke ich heute, daß er wahrscheinlich meinte, ich *hätte* es getan. Ich will einen Anwalt, der mir glaubt. Verstehen Sie, worum es mir geht, Cinda? Ich will einen Anwalt, den es interessiert, ob ich es getan habe oder nicht. Wollen Sie mir sagen, daß Sie das nicht sein können? Erzählen Sie diesen Vergewaltigungsopfern, denen Sie helfen wollen, daß es keine Rolle spielt, ob sie vergewaltigt wurden oder nicht, daß Sie ihnen trotzdem guten professionellen Beistand leisten können?«

»Das ist etwas anderes.«

»Überhaupt nicht«, sagte er milde, noch immer ruhig und liebenswürdig.

Scheiße. Vielleicht war ich es ihm schuldig, mir seine Behauptung, er habe Nicole Caswell nicht getötet, wenigstens anzuhören. Ich brauchte nicht davon überzeugt zu sein, sie irgendwie verwenden zu können. »Schauen Sie, Jason, als ich das Protokoll gelesen haben, habe ich nach Fehlern gesucht, nach Einsprüchen, die nicht erhoben wurden, und nach falsch ausgelegten Beweisregeln. Ich habe es weniger im Hinblick auf die, wie soll ich sagen, auf die Sachverhalte gelesen. Ich müßte noch einmal ganz von vorn anfangen, um Qualität und Quantität des Beweismaterials einzuschätzen und Ihnen einen Rat bezüglich einer Unschuldsbehauptung geben zu können.«

»Ich meine, Sie hätten gesagt, das sei irrelevant, Cinda.« Smiley schien meinen Namen in diesem Gespräch ein bißchen häufiger zu benutzen als nötig.

»Nun, für das Revisionsverfahren ist es das auch, und das ist das Verfahren, das ich am besten kenne. Es sei denn, ich kann nachweisen, daß Ihr Rechtsbeistand Sie unzureichend vertreten hat – daß Blake in Ihrem Fall beispielsweise nicht richtig ermittelt hat. Und es gibt Vorgehensweisen, mit denen ich mich befassen kann, um eine Begnadigung oder Strafumwandlung durch den Gouverneur zu erreichen – Mangel an zwingenden Beweisen oder neuentdeckte Beweise können da ein Rolle spielen. Und es gibt auch die Möglichkeit, einen neuen Prozeß zu beantragen, wenn wir neues Beweismaterial finden. Wenn es neues Beweismaterial gibt.«

»Soll ich Ihnen sagen, was ich weiß? Es ist nicht sehr viel. Ich habe Nicole gekannt, wissen Sie. Wir waren mal ein Liebespaar. Ich mochte sie, vielleicht habe ich sie geliebt. Ich vermisse sie. Ich würde sie vielleicht noch mehr vermissen, wenn mir nicht auch alles andere fehlen würde, so daß sie keine so herausragende Rolle spielt, verstehen Sie?«

Ich dachte einen Augenblick nach. »Ich glaube nicht, daß es sinnvoll ist, wenn ich mir jetzt Ihre ganze Geschichte anhöre; ich muß das Protokoll noch einmal lesen und mir ein paar Notizen machen. Dann möchte ich von Ihnen hören, wieviel Sie Blake erzählt haben. Dann möchte ich alles hören, was Sie wissen. Aber ich muß zuerst ein paar Fragen formulieren, und dazu brauche ich etwas Zeit, um mich noch einmal mit der Niederschrift zu befassen. Und dieses Wochenende ist Thanksgiving.« Plötzlich war ich verlegen, und mein

Gesicht wurde heiß; warum hatte ich diesem Mann gegenüber, für den wahrscheinlich alle Tage gleich waren, einen Feiertag erwähnt? »Kann ich Sie«, ich sah auf meine Uhr, Gott weiß warum, »morgen in einer Woche wieder besuchen?«

»Denken Sie vielleicht, ich hätte was anderes vor? Kommen Sie, wann Sie wollen. Ich werde Ihnen alles sagen, was Sie wissen wollen.«

»Kann ich Ihnen irgend etwas mitbringen, wenn ich wiederkomme?«

»Man wird Sie nicht lassen. Sie haben Glück, daß Sie dieses Geld in der Rocktasche mitbringen durften, gewöhnlich müssen die Frauen es in diesen Plastiktaschen tragen, damit die Wachleute sehen können, daß sie sonst nichts rein- oder rausbringen. Vermutlich hat man Ihnen das durchgehen lassen, weil Sie Anwältin sind. Wie alt sind Sie übrigens, Cinda?«

»Fünfunddreißig. Warum?«

»Sie sehen jünger aus. Sind Sie verheiratet?«

»Ich war verheiratet. Jetzt bin ich es nicht mehr. Spielt das irgendeine Rolle, Jason?«

»Ich dachte bloß, daß ich gern mehr über Sie wüßte. Ist das ein Problem?«

Was sollte ich darauf sagen? Ich log natürlich, um das Unbehagen zu verbergen, das ich bei seiner Frage empfand. »Nein. Also, kann ich Ihnen etwas schicken? Zeitschriften oder Bücher?«

»Ja, Sie könnten mir irgendwas abonnieren. Einzelne Exemplare können Sie nicht schicken. Wenn Sie das tun würden, hätte ich wirklich gern ein Abonnement von *Delta Blues*.«

»Ist das eine Zeitschrift?«

»Ja, für Musik.«

»Spielen Sie ein Instrument?«

»Haben Sie denn keine Angst, daß dieses Gespräch Sie von den *wichtigen* Bereichen meines Falls *ablenkt*, Cinda?«

»Okay, Jason, touché. Ich komme nächste Woche wieder, und ich werde Ihnen *Delta Blues* abonnieren. Und das Protokoll noch einmal lesen.«

»Sie sind in Ordnung, Cinda. Ich wußte, Sie sind die Anwältin, die ich brauche. Bis nächste Woche.« Und nachdem Jason Smiley mich so höflich, aber defintiv entlassen hatte, ging er wieder zum Fenster der Wachleute, sprach kurz mit Richard Farber und verließ den Aufenthaltsraum durch dieselbe Tür, durch die er gekommen war. Ich saß an Tisch Nummer drei mit unseren halbleeren Coladosen und fühlte mich absurderweise, als sei mein Rendezvouspartner verschwunden und hätte mich allein in einer Bar sitzenlassen. Mein professionelles Auftreten schien etwas gelitten zu haben. Mit Erleichterung machte ich mir klar, daß ich von hier verschwinden konnte, wenn dazu auch einige Formalitäten nötig waren.

Ich sprach selbst mit Richard Farber und stellte mich dann an die Besuchertür, um darauf zu warten, daß Jorge mich hinausführte. Ich bemerkte eine der Frauen, die ich vorher beim Einlaß gesehen hatte, eine zarte Rothaarige in dünnem Kleid, die jetzt so dicht, wie es die Plastikstühle zuließen, bei einem traurig aussehenden jungen Mann mit langem braunen Pferdeschwanz und Tätowierungen auf den Unterarmen saß. Als ich genauer hinschaute, sah ich, daß er unter anderem deshalb so traurig aussah, weil er tätowierte Tränen im Gesicht hatte, die aus den Augenwinkeln zu rinnen schienen. Ich spürte in meinen eigenen Augen den scharfen Schmerz, der den Tränen vorangeht; ich mußte die Zähne zusammenbeißen, um sie zu stoppen. Ich wußte nicht, ob sie dem jungen Mann, der Frau oder der Einsamkeit meines eigenen Körpers galten, den so lange niemand mehr berührt hatte. Aber ich wußte, daß sie nicht Jason Smiley galten. Er war vermutlich ein Vergewaltiger und Mörder, aber nicht einmal das spielte eine Rolle. Unsere Beziehung war rein beruflich.

Thanksgiving 1990

Als ich noch verheiratet war, waren Feiertage immer ein schrecklicher Kampf. Mike dachte, Thanksgiving und Weihnachten seien die beiden besten Tage des Jahres zum Skilaufen, weil dann all die »Truthähne« zu Hause waren und wir und ein paar andere fanatische Pulverschneefahrer die Hänge für uns allein hatten. Nach den ersten paar tränenreichen Krächen gab ich nach. Ich erinnere mich an mehr als ein Weihnachtsfest, an dem ich im Lift nach oben fuhr, während mir hinter meiner teuren Skibrille dicke Tränen in den Wimpern hingen und ich mir vorstellte, daß jedermann auf der Welt am Kaminfeuer saß und Kürbiskuchen aß, außer mir. Nach der Scheidung ging ich drei Jahre nicht zum Skilaufen, sondern legte Wert auf großartige Feiertagspartys. Das war schon eine Weile her, und inzwischen habe ich mir angewöhnt, Weihnachten bei meiner Schwester, ihrem Mann und ihren Kindern zu verbringen. Ich liebe sie, wenigstens meine Schwester und ihre Kinder, aber nach vier Tagen in ihrer Gesellschaft bekomme ich Anfälle von Klaustrophobie und sehne mich nach meinem eigenen, ruhigen Haus. So unterdrücke ich auch wirksam das Selbstmitleid, das ich sonst vielleicht empfinden könnte, weil ich über die Feiertage allein bin.

Aber an Thanksgiving umgebe ich mich noch immer gern mit Freunden. Dieses Jahr habe ich im September angefangen, sie einzuladen, und es ist mir gelungen, vierzehn Personen zusammenzukriegen. Ich liebe solche Anlässe, aber es gibt immer einen Moment, gewöhnlich gegen zehn Uhr am

Vorabend, bei dem ich mich frage, warum in aller Welt ich das eigentlich machen wollte. Letztes Jahr waren die Servietten das Problem gewesen – wieder mal hatte ich vergessen, genügend Stoffservietten zu kaufen, und wußte nicht, wie ich meinen Freunden Terry und John vom Verein der Umweltanwälte mit Papierservietten in die Augen sehen sollte. Dieses Jahr war es das Wasser – Mineralwasser. Es hatte auf meiner Einkaufsliste gestanden, aber irgendwie hatte ich es überlesen: *bloß Wasser*, hatte mein Unbewußtes wahrscheinlich gesagt, *nichts* Wichtiges. Und jetzt stand ich da, die Geschäfte waren geschlossen, und ich hatte nichts als Wein, Champagner und ein paar vereinzelte Dosen Cola für mehr als ein Dutzend Leute, die morgen mittag kommen würden. Anderswo wäre das kein Problem, aber in Boulder verachten selbst Leute, die es für prätentiös halten, ein weniger als zehn Jahre altes Auto zu fahren, Wasser aus der Leitung. (Wer weiß, welche Schwermetalle es enthalten könnte?) Und meine Freunde sind keine Trinker, o nein. An Wein nippt man nur, bewundert allenfalls noch die künstlerischen Etiketts kleiner kalifornischer Winzer. Und Coca-Cola? Kann man vergessen.

Bei Wasser ist Tory der schlimmste Snob von allen. Sie kauft sogar solches Mineralwasser, das geschmacklich von Leitungswasser nicht zu unterscheiden ist, und hat immer eine kleine Flasche davon bei sich. Ich habe schon gesehen, daß sie die Augen zusammenkneift und langsam die Flasche öffnet, um verächtlich einen Schluck davon zu nehmen, wenn sie zuhören muß, wie irgendein Verteidiger einen besonders ermüdenden Vortrag hält. Daher bestand durchaus die Möglichkeit, daß sie einen genügend großen Vorrat im Haus hatte, den sie morgen mitbringen könnte. Ich griff nach dem Telefon und tippte ihre Nummer ein.

»Hallo, dies ist der Anrufbeantworter von Victoria Meadows. Bitte hinterlassen Sie eine Nachricht nach dem Pfeifton.« Nachdem ich viele Male nur ihren Anrufbeantworter erreicht hatte, ging mir durch den Kopf, wie untypisch steif diese Ansage für Tory war. Aber ihre tiefe, heisere Altstimme konnte sie nicht verstellen. Ich sprach also gehorsam nach dem Pfeifton: »Tory, Hilfe. Ich habe vergessen, Wasser für die verwöhnten Massen zu kaufen, die morgen kommen. Könntest du welches mitbringen? Etwa vier oder fünf Liter wären gut. Oder sogar mehr, für den Fall, daß ich die Bratensauce versalze. Und wo bist du überhaupt um diese späte Stunde, junge Frau?« Ich legte auf, dankbar, daß Torys Apparat mir nicht, wie immer mehr Anrufbeantworter, abverlangte, weitere Optionen zu wählen. (»Wenn Sie Ihre Nachricht noch einmal hören möchten, drücken Sie jetzt die 2.«)

Die Aussicht, daß Freunde kamen, um den morgigen Feiertag mit mir zu verbringen, war herzerwärmend und erfreulich, löschte aber den Schmerz des Alleinseins, die Sehnsucht nach einem perfekten Liebhaber nicht aus, der heute nacht neben mir schlafen und morgen mit männlichen Gesten und blitzendem Besteck den Truthahn tranchieren würde. Offenbar habe ich die konventionellen Rollenvorstellungen der Geschlechter noch nicht ganz überwunden, dachte ich; wie nachlässig von mir. Meine leicht melancholische Stimmung war auch mit Ironie nicht zu bezwingen. Und auch mit der Erinnerung, welches Glück ich hatte, nicht Jason Smiley zu sein und das Thanksgiving-Dinner in einer Zelle erwarten zu müssen, kam ich ihr nicht bei. Ich wollte heute abend nicht an Smiley denken.

Ich meinte, ein heißes Bad würde meine Stimmung heben oder mich, falls das nicht gelang, wenigstens schlafen lassen. Ich legte die McGarrigles auf und schenkte mir ein Glas Rotwein ein und füllte die Wanne mit dampfendem Wasser. Ich stieg hinein und schauerte ein wenig, weil es so heiß war. Um mich besser entspannen zu können, hatte ich das Licht im Badezimmer ausgeschaltet und die Tür offen gelassen, so daß ich durch die Beleuchtung des Schlafzimmers ein wenig sehen konnte. Und so hörte ich zufällig über Kate McGarrigles glockenhellen Sopran hinweg, wie Tory mich zurückrief und auf *meinen* Anrufbeantworter sprach.

Sie klang angespannt. »Hallo, Cinda. Hör mal, es tut mir wirklich leid, aber ich schaffe es morgen nicht. Ich kann das jetzt nicht richtig erklären, aber ich weiß, du wirst es verstehen. Ich kann... ich kann einfach nicht. Ich werde an dich denken. Du kannst bei King Soopers Mineralwasser kaufen, die haben bis Mittag geöffnet. Ich wünsch dir viel Spaß. Bis später.«

Steif saß ich in der Wanne, und wie Dampf stiegen mir Flüche in den Kopf. *Verflucht*, was sollte dieser Mist? Es erschreckte mich, wie traurig und wütend es mich machte, daß Tory morgen nicht kommen würde. Aber ich wollte verdammt sein, wenn ich aus der Wanne sprang und zum Telefon lief. Zuerst würde ich mich beruhigen, und dann würde ich sie zurückrufen und eine Erklärung verlangen, was los war. Ich zwang mich, still zu sitzen, während das Wasser abkühlte, und dachte an die Zeit im vorigen Sommer, als Tory und ich eine Rucksacktour gemacht hatten, acht Meilen aufwärts zu den heißen Quellen von Conundrum zwischen Aspen und Crested Bute. Es war spät im Sommer, um noch so hoch hinaufzugehen, und wir hatten die Quellen gerade erreicht, als das Wetter richtig schlecht wurde und es zu regnen anfing. Wir hatten keine Zeit, unser Zelt aufzustellen, sondern dachten, wir könnten einfach unsere Rucksäcke mit den wasserdichten Ponchos abdecken, uns ausziehen und in die heißen Quellen springen, bis das Gewitter sich verzog. So würden wir warm und unsere Sachen trocken bleiben.

Und das wäre auch ein wirklich intelligenter Plan gewesen, wenn es nicht ungefähr zehn Minuten, nachdem wir in das heiße Becken gestiegen waren, zu hageln begonnen hätte. Die Hagelkörner wurden immer größer und taten ganz schön weh, wenn sie uns trafen; wir versuchten, uns die flachen Steine, die das Becken umgaben, zum Schutz über unsere Köpfe zu halten, und das half einigermaßen, obwohl die Hagelkörner an den Händen weh taten. Aber wir hatten immer noch ziemlichen Spaß und lachten über unsere Anstrengungen, die Steine auf den Köpfen zu balancieren, ohne sie festzuhalten. Aber dann bemerkten wir zu unserem Entsetzen, daß das Wasser kühler wurde. Das Becken wird von geothermaler Hitze erwärmt, die aus Felsspalten kommt, und gewöhnlich bleibt die Temperatur mehr oder weniger bei angenehmen siebenunddreißig Grad Celsius, aber die riesigen Hagelkörner hatten die gleiche Wirkung wie eine Ladung Eiswürfel. Wir lachten noch ein Weilchen und gaben uns gegenseitig die Schuld an dieser dummen Notlage, aber nicht mehr lange. Uns wurde klar, daß wir bald unterkühlt sein würden, wenn wir im Wasser blieben. Hektisch rannten wir zu unseren Kleidern, zogen uns unter dem prasselnden Hagel an und suchten mißgelaunt unter einem Baum Schutz. Nach einer halben Stunde ließ das Gewitter nach. Auf der ganzen Tour wurden wir nicht mehr trocken, und warm wurde uns auch nicht mehr. Aber es war ein denkwürdiger Ausflug.

Ich würde ihn morgen wieder machen, dachte ich trotzig. Nun, nicht morgen. Morgen erwartete ich vierzehn Leute. Dreizehn. Ich kletterte aus der kühlen Badewanne, wickelte mich in meinen alten Frotteebademantel und setzte mich ans

Telefon. Hoffentlich hast du einen guten Grund, Tory. Ich wählte.

»Hallo, hier spricht der Anrufbeantworter von Victoria Meadows. Bitte hinterlassen Sie nach dem Pfeifton eine Nachricht.« Piep.

»Tory, *verdammt*, ich *weiß*, daß du da bist. Vor weniger als einer Viertelstunde hast du mir eine Nachricht hinterlassen, und ich weiß, daß du um elf Uhr abends nicht mehr ausgehst.« Ich hielt inne und schluckte. »Ich bin nicht wütend«, log ich, »bloß etwas durcheinander. Was ist los? Bist du in Ordnung? Nun nimm ab, Tory, bitte.« Schweigend blieb ich am Apparat, hörte, wie sich der Anrufbeantworter abschaltete, und legte langsam auf.

Ich wartete eine halbe Stunde, aber Tory rief nicht zurück. Ich schlief ein und träumte, ich säße in einer trüben, heißen Quelle, umkreist von einem schlangenähnlichen Geschöpf mit scharfen Zähnen. Ich konnte es nicht sehen, aber ich wußte, daß es da war, und hatte Angst davor. Aus irgendeinem Grund konnte ich das dunkle Becken nicht verlassen, und ich fragte mich, wo Tory war, aber als ich sie zu rufen versuchte, war meine Stimme nur mehr ein schwaches Krächzen. So schien es die ganze Nacht zu gehen, bis ich mit heiserer Kehle erwachte und es am Himmel gerade rötlich zu dämmern begann. Ich zog einen schmuddeligen Trainingsanzug an, fuhr hinüber zu King Soopers und kaufte Halspastillen, kastenweise Wasser und Fruchtsäfte aller Art und zu guter Letzt zwei große Flaschen Evian. Danach fühlte ich mich etwas besser.

Trotz des schlechten Traums und des nicht sehr verheißungsvollen Beginns wurde es ein ganz netter Tag. Die Sonne schien hin und wieder, und im Haus war es warm durch den neuen, sauber brennenden Holzofen, den mein Freund Caleb mit seiner Tischlerfreundin Patty letzten Sommer installiert hatte. Die Leute tranken jede Menge Mineralwasser, aber auch erstaunlich viel Champagner und Merlot. Der Truthahn war köstlich, die Beilagen, die meine Gäste mitgebracht hatten, paßten gut (nicht wie voriges Jahr, als fast alle Kuchen oder Kekse beigesteuert hatten und es vor dem Dessert nichts zu dem Truthahn gab), und die Saucenflecken beschränkten sich auf dunkle Möbel. Die Leute unterhielten sich lebhaft, ohne in Streit zu geraten, und die drei Kleinkinder schienen glücklich, nach dem Essen *Die kleine Meerjungfrau* auf Video anschauen zu dürfen. Es waren drei Anwälte und vier Mitarbeiter aus dem Zentrum für Vergewaltigungsopfer in der Runde, und ich freute mich zu sehen, daß sie miteinander redeten, statt sich nur an Gäste zu halten, die sie schon kannten. Einmal trat ich zu Grace Cappucini und Sam Holt, die angeregt diskutierten, und fürchtete schon, ihr Thema seien Zivilklagen gegen Vergewaltigungsopfer (*mutmaßliche* Opfer, hätte Sam gesagt), aber sie sprachen nur über *Der mit dem Wolf tanzt*; Lainie Goldston, die Empfangssekretärin des Zentrums, hörte gespannt zu. Ich reichte Kaffee herum und bekam nicht viel mit von ihrem Gespräch, aber anscheinend hatte der Film Sam besser gefallen als Grace. Er sagte etwas über die geheimnisvoll poetische Qualität der Landschaft. Masochistischer Quatsch, sagte Grace und goß Sahne in ihren Kaffee.

Sandy Hirabayashi bot schließlich Sky King an, ihn nach Hause zu fahren, und ich fragte mich, ob dies der Beginn einer neuen Ära der Kooperation zwischen Anwaltschaft und Presse sei. Jedenfalls war es das Ende der Party; einer nach dem anderen begannen die Leute zu gehen, schläfrige Kinder oder eingepackte Reste im Arm. Es wurde um halb fünf bereits dunkel. Der Stapel von Stiefeln und Schuhen hinter der Haustür wurde kleiner und verschwand. Ich wanderte in die Küche zurück und bemerkte mit maliziösem Vergnügen, daß fast alles verschwunden war, bis auf das Evian-Wasser, das ungeöffnet auf der Arbeitsplatte stand. Anscheinend trinkt keiner außer Tory das blöde Zeug, dachte ich. Ich schenkte mir noch ein halbes Glas Merlot ein, gelobte, morgen früh zu joggen, so grau das Wetter auch sein mochte, und ging zum Wohnzimmer zurück. Ich wollte mich auf dem Sofa ausstrecken und die Wärme des Ofens genießen, bevor ich mich an den Abwasch machte (obwohl Patty in aller Stille eine Menge Geschirr gespült hatte, ehe sie und Caleb gingen). Aber bevor ich durch die Tür trat, hörte ich über die Platte von Billie Holiday hinweg Stimmen, und mir wurde klar, daß noch nicht alle gegangen waren. Lainie Goldston und Sam Holt saßen auf dem Sofa und plauderten zwanglos. Sie schauten auf, als ich hereinkam, und wirkten beide ein bißchen verlegen, was ungewohnt war. Sam sah man äußerst selten verlegen, und Lainie war bei uns im Büro für ihre Beherrschtheit bekannt.

Sam sagte, der Truthahn sei köstlich gewesen. Lainie meinte, alles habe wunderbar geschmeckt. Sam spekulierte darüber, ob es über Nacht schneien würde. Lainie hoffte es, damit sie am Sonntag zum Skilanglaufen gehen konnte. So ging es eine Weile hin und her, bis mir klar wurde, daß jeder von beiden mich allein sprechen wollte und darauf wartete, daß der andere ging. Ungefähr im selben Moment schien auch Sam dahintergekommen zu sein, denn er stand auf und sagte: »So, ich sollte jetzt besser gehen. Cinda, würden Sie mich heute abend anrufen, wenn Sie Zeit haben?«

»Klar, Sam. Danke fürs Kommen. Und danke für die Artischocken und die Oliven – sie haben toll geschmeckt.«

»Nichts zu danken. Ich finde selbst hinaus, bleiben Sie sitzen. Wiedersehen, Lainie.«

Lainie lächelte und sah ihn mit zusammengekniffenen Augen und anscheinend echter Zuneigung an. »Wiedersehen, Sam. Geben Sie auf diese geheimnisvoll poetischen Landschaften acht.« Wir lachten, während er zur Haustür trottete. Eine halbe Minute später konnte ich seinen alten Saab hustend anspringen hören.

Ich wandte mich Lainie zu. »Was ist los?«

»Cinda, das wird kein einfaches Gespräch werden. Sie waren so gut zu mir, und ich bewundere Sie so sehr.«

Das hörte sich in der Tat nicht gut an. »Ja, und?« fragte ich.

»Ein paar von uns haben etwas gehört, was uns Sorgen macht, und ich wollte Sie fragen, ob es stimmt.«

»Was denn?«

»Jemand war mit einer unserer Mandantinnen im Gerichtsgebäude, Sie wissen schon, der Merrell-Prozeß vorige Woche, und hat im Büro des Gerichtsdieners Papiere gesehen, aus denen hervorging, daß Sie Jason Smiley vertreten. Stimmt das, Cinda? Ich kann es nicht glauben.«

»Ja, es stimmt. Ich wurde vom Obersten Gerichtshof des Staates bestellt, ihn in der Revisionsverhandlung zu vertreten.« Ich wollte gerade anfangen, von Hilton James' persönlicher Bitte zu reden, aber etwas ließ mich innehalten. Vielleicht wollte er nicht, daß das öffentlich bekannt wurde.

»Tja, dann muß es wohl stimmen, denn wer würde so etwas erfinden? Aber, Cinda, viele von uns sind wirklich besorgt deswegen, und ich dachte, Sie sollten das wissen.«

»Was, zum Teufel, soll das, sind Sie eine Art Abgesandte? Wer ist ›viele von uns‹?«

»Schauen Sie, ich haben Ihnen ja gesagt, es ist nicht einfach. Lassen Sie mich erst ein paar Dinge sagen, okay? Bitte, werden Sie nicht wütend. Ich kann nicht sagen, wer noch dabei ist, weil die Leute von Ihnen wirklich eingeschüchtert sind. Sie sehen, daß Sie Typen wie Howie Blake oder diesem Richter Campbell die Stirn bieten, der so beschissen mit Vergewaltigungsopfern umgeht, und haben einfach ungeheuren Respekt. Im Büro sind Sie immer nur liebenswürdig, aber die Leute haben einfach Angst vor Ihnen, und viele wollen nicht, daß Sie erfahren, was ich Ihnen jetzt sagen werde. Aber die Leute kennen auch mich, sie wissen, daß ich eine Menge durchgemacht habe und mich durchbeißen kann, und ich habe schließlich zugesagt, daß ich versuchen würde, mit Ihnen zu reden. Ich bin nicht die einzige, aber ich kann Ihnen wirklich nicht sagen, wer sonst noch dabei ist – ich habe es versprochen.«

Verflucht. Ich konnte spüren, wie der Glanz verging, der über dem Tag gelegen hatte, und das schlangenähnliche Geschöpf in der heißen Quelle in meinem Traum begann mich wieder zu umkreisen. »Also gut, Lainie.«

»Na ja, sehen Sie, wir sind keine Juristen, also verstehen wir das vielleicht nicht. Ich meine, wir verstehen es beim besten Willen nicht. Wie können Sie versuchen, einen Kerl freizukriegen, der eine Frau vergewaltigt und dann ermordet hat? Sie sind auf *unserer* Seite, Cinda, der Seite der Opfer. Wir brauchen Sie dort, und wir brauchen Sie ganz. Jemanden wie Sie haben die betroffenen Frauen noch nie gehabt. Margaret Campion war eine sehr nette Frau und eine gute Leiterin, aber es hat nie jemanden wie Sie gegeben, der für die Opfer einstand und die anderen zum Zuhören zwang. Wir fühlen uns verraten. Verstehen Sie, was ich meine?«

»Lainie, für mich ist das auch schwer. Ich wollte den Fall überhaupt nicht annehmen. Aber wenn man eine Zulassung als Anwältin hat und gebeten wird, einen Fall zu übernehmen, kann man manchmal nicht nein sagen. Und außerdem vertrete ich Jason Smiley ja nicht beim Strafprozeß, ich versuche nicht, sein Opfer zu diskreditieren oder der Jury einzureden, er sei unschuldig, obwohl ich verdammt genau weiß, daß er doch schuldig ist. Das hätte ich nicht übernommen, ganz gleich, wer mich darum gebeten hätte. Aber dies hier ist anders, es geht nur darum, den Obersten Gerichtshof zu zwingen, die Prozeßführung zu überprüfen und ganz sicher zu sein, daß alles, was zu diesem Schuldspruch und diesem Urteil geführt hat, vorschriftsmäßig verlaufen ist, bevor er hingerichtet wird. Begreifen Sie den Unterschied?« Ich hörte beunruhigende Anklänge an Richter Hilton James bei dieser pompösen kleinen juristischen Lektion.

Lainie zwinkerte und sagte: »Ich bin wohl ein bißchen verwirrt. Ich meine, wenn Sie jetzt nicht nein sagen konnten, wie können Sie dann behaupten, Sie *hätten* nein gesagt, wenn man Sie gebeten hätte, ihn im Strafprozeß zu verteidigen?«

»Ja, das ist verwirrend. Ich nehme an, ich weiß auch nicht genau, was passiert wäre, wenn ich es einfach abgelehnt hätte, aber derjenige, der mich gefragt hat, hat es mir sehr schwergemacht, und am Ende habe ich zugesagt. Und ich denke, ich kann das tun, ohne das Zentrum oder die betroffenen Frauen oder irgend etwas zu verraten, woran ich glaube, Lainie, denn sonst hätte ich es abgelehnt.«

»Damit ich das richtig verstehe – Sie versuchen also nicht damit zu argumentieren, daß er es nicht getan hat?«

Da war sie wieder, diese Schlange, die mich im trüben Wasser der Quelle umkreiste. Das ist nicht fair, dachte ich, daran wollte ich heute nicht denken. »Es ist ziemlich kompliziert, aber normalerweise ist die Frage, ob ein Angeklagter schuldig ist oder nicht, kein Thema mehr, wenn der Fall in die Revision geht. Ich meine, auf einige wenige indirekte Arten kann sie bedeutsam werden, aber eigentlich geht es darum bei der Revision nicht.« Das stimmte haargenau, weshalb also kam ich mir irgendwie unehrlich vor, als ich es sagte?

»Cinda, wir wünschen uns einfach, Sie würden darüber nachdenken. Bislang weiß nur das Personal des Zentrums davon, aber eines Tages wird eine der von uns betreuten Frauen davon hören. Wie wird die sich fühlen, wenn sie zu uns kommt, um Hilfe zu finden, und erfährt, daß jemand von uns sich für einen Vergewaltiger einsetzt?«

Mir fiel auf, daß Smileys Schuld an einer Vergewaltigung Lainie bedeutsamer erschien als der Mord. Aber vielleicht lag das bloß daran, daß das Zentrum Mordopfern nicht mehr nützte. »Im Zentrum beschäftige ich mich nicht mit dem Fall, Lainie. Ich habe meinen Computer und meine juristischen Bücher zu Hause, und wenn ich daran arbeite, bin ich entweder hier oder in der Bibliothek der juristischen Fakultät.«

»Na ja, wo auch immer. Wo Sie arbeiten, ist nicht entscheidend. Es ist das Gefühl, daß das Zentrum als sicherer Ort für unsere Klientinnen bedroht ist. Und das können wir nicht hinnehmen, so sehr wir Sie auch respektieren.«

»Hören Sie, es tut mir leid, daß Sie und andere so empfinden. Ich denke, ich verstehe das. Vielleicht sollten wir eine Personalversammlung einberufen und darüber reden.«

»Ich glaube nicht, daß das eine gute Idee wäre, wirklich nicht, Cinda. Die Leute regen sich zu sehr auf, und sie haben Angst, mit Ihnen darüber zu sprechen. Können Sie nicht einfach jemanden suchen, der den Fall übernimmt, und dann das Gericht bitten, Sie vom Haken zu lassen?«

Das klang so einfach. Einen Augenblick dachte ich über die Möglichkeit nach. Vielleicht würde Sam es machen; er war ein fabelhafter Strafrechtler, er wußte, wie man mit einem Mann wie Smiley reden mußte. Ich schob die Erinnerung daran beiseite, wie Smiley mir gesagt hatte, ich sei genau die Anwältin, die er bräuchte, schob die Vorstellung des roten ZUM TODE VERURTEILT-Aufnähers auf seinem Hemd von mir. Es schien lange her zu sein, daß ich ihn getroffen hatte, wie in einem anderen Leben.

»Ich werde darüber nachdenken, Lainie. Mehr kann ich im Augenblick nicht versprechen. Ich bin müde, und ich muß noch ziemlich viel Geschirr abwaschen.«

Lainie sah zerknirscht aus. »Kommen Sie, ich helfe Ihnen. Ich trockne nämlich gern ab.« Sie war ein lieber Mensch, und das Angebot war aufrichtig, aber ihre Gesellschaft war das letzte, was ich in diesem Moment brauchte. Ich mußte eine schreckliche Geschichte erfinden: Ich hätte das Porzellan und das Silber von meiner Großmutter geerbt und ihr beim Seelenheil *ihrer* Mutter versprechen müssen, es nie von jemand anderem abwaschen und abtrocknen zu lassen.

Nachdem sie gegangen war, wusch ich rasch das Geschirr und Besteck aus dem Kaufhaus ab, und dann trank ich das letzte Glas Merlot, beobachtete durch die Glastüren des neuen Holzofens, wie das Feuer erlosch, und hörte Billie Holiday. Als ich schläfrig wurde, ging ich die schmale Treppe hinauf und zu Bett, entschlossen, vor morgen nicht an Jason Smiley, Tory oder das Zentrum zu denken. Kurz vor dem Einschlafen, zu spät, fiel mir wieder ein, daß ich Sam Holt hatte anrufen sollen. Es war die Art von schläfrigem letztem Gedanken, die manchmal zu einem Traum wird, aber ich kann mich nicht erinnern, in dieser Nacht von Sam geträumt zu haben. Und soweit ich mich entsinne, kam auch die häßliche Wasserschlange aus dem früheren Traum nicht zurück.

Ende November 1990

Der Tag nach Thanksgiving ist ein Feiertag in Colorado, und da das Krisenzentrum für Vergewaltigungsopfer eine Einrichtung des Bezirks war, hatten das Personal und ich einen freien Tag. Was nicht heißen soll, daß auch die Vergewaltiger einen freien Tag machten; das tun sie nie. Aber an diesem Wochenende war Marilyn Steptoe an der Reihe, den Piepser zu tragen, und ich rechnete nicht damit, gerufen zu werden. Unter einem niedrigen Himmel hatte ich rasch eine Runde um den See gedreht, und den Rest des Tages wollte ich mit der erneuten Lektüre des Smiley-Protokolls verbringen, um zu sehen, ob es irgendwelche legitimen Zweifel an seiner Schuld geben konnte. Ich wußte nicht, was ich tun würde, wenn es welche zu geben schien; aber jetzt, fern von Jason Smileys eigenartiger Wirkung auf mich, erwartete ich nicht, auf irgendwelche Vorbehalte zu stoßen. Ich hatte eine Menge Protokolle für Revisionsverfahren in Kriminalfällen gelesen. Gewöhnlich gab es keine Zweifel. Im Gegenteil, Plädoyers der Verteidigung, die bei einer Jury ganz gut angekommen waren, wirkten oft an den Haaren herbeigezogen, wenn man sie schriftlich vor sich hatte.

Meinen Lieblingsbecher mit stark geröstetem, französischem Kaffee in der Hand, setzte ich mich mit gekreuzten Beinen vor meinem neuen Holzofen auf das Sofa. Die Protokollbände hatte ich geordnet auf dem Fußboden gestapelt. Draußen war Nebel, was in Boulder selten vorkam, und ich war froh, zu Hause zu sein. Im Radio spielten sie irgendwelche Barockkonzerte, und mir war fast, als hätte ich mich zu einem langen, faulen Tag niedergelassen und würde zu meinem Vergnügen einen Kriminalroman lesen. Das heißt, wenn es Kriminalromane gäbe, die über vierzig Bände umfassen und in sprödes Plastik gebunden sind.

Die Auswahl der Geschworenen ließ ich aus und gelangte damit zu Band acht. Offenbar hatte es drei Tage gedauert, eine Jury zusammenzustellen. Ich begann, die einleitenden Erklärungen zu lesen, verlor aber bald die Geduld mit den vorhersagbaren Vorträgen der Anwälte und nahm mir direkt den ersten Zeugen der Anklage vor. Sein Name, den er für das Protokoll buchstabierte, lautete Edgar Folger Caswell. Der Stellvertretende Staatsanwalt Kitchens befragte ihn zu seinem Lebenslauf. Er war 1923 auf Zypern geboren. Seinem britischen Vater hatte eine Schiffswerft gehört; seine griechisch-zypriotische Mutter war eine schöne, auf der Insel berühmte Sängerin gewesen. Edgar war das jüngste von vier Kindern, hatte im Zweiten Weltkrieg in der britischen Army gedient und in Italien eine amerikanische Krankenschwester kennengelernt, in die er sich verliebte. Sie heirateten und gingen in die Vereinigten Staaten, nach Cleveland, wo Edgar in das Geschäft seines Schwiegervaters eintrat, der Registrierkassen herstellte. Das Geschäft florierte; in den fünfziger Jahren begannen sie auch Rechenmaschinen und in den sechziger Jahren Computer zu bauen. Im Jahre 1978 hatte Edgar eine Dependance der Firma in Colorado Springs eröffnet, die den hektischen Computerboom der siebziger und beginnenden achtziger Jahre überlebte. Als sein Schwiegervater 1982 starb, wurde Edgar Präsident der Firma; er und seine Frau erbten einundfünfzig Prozent der Anteile. 1985 wurde die Firma an Compaq Computer verkauft, und Edgar und seine Familie verfügten über ein beträchtliches Vermögen. Um die gleiche Zeit gab seine Frau ihre Arbeit als Krankenschwester auf, und von da an beschäftigten sie sich damit, indianische Kunst zu sammeln und in seinem Privatflugzeug zu Auktionen und Kunstausstellungen zu reisen.

Die Caswells hatten nur ein Kind: ihre Tochter Nicole. Nicole war 1966 geboren und ein ruhiges, glückliches Kind gewesen, bis die Familie nach Colorado Springs zog. Nicole war zu dem Zeitpunkt zwölf Jahre alt. Sie gewöhnte sich nie an die dortigen Schulen und ließ riesige Telefonrechnungen auflaufen, weil sie ständig ihre Freunde zu Hause in Cleveland anrief. Mit vierzehn lief sie einmal weg und schaffte es, sich mit der Kreditkarte ihrer Mutter ein Flugticket zu kaufen und eine Maschine nach Cleveland zu nehmen. Die Caswells fanden sie im Haus einer Kindheitsfreundin. Die Eltern dieser Freundin waren erst entsetzt und dann erleichtert, als die Caswells vor ihrer Tür standen; Nicole hatte ihnen erzählt, ihre Eltern seien bei einem Flugzeugunglück umgekommen. Danach wurde Nicole auf eine Privatschule für psychisch gestörte Mädchen in Connecticut geschickt; sie war eine gute Schülerin mit einer besonderen Begabung zum Singen. Sie schien etwas ruhiger zu werden, aber sie verbrachte nie viel Zeit mit ihren Eltern in deren Haus in Colorado Springs.

An diesem Punkt erhob Howard Blake für Jason Smiley Einspruch und bemerkte, er sei sehr geduldig gewesen, aber bislang sei nichts an dieser Zeugenaussage relevant gewesen, und es habe auch nicht den Anschein, als würde noch etwas Relevantes kommen. Der Richter lehnte den Einspruch ab, ermahnte Kitchens aber, zur Sache zu kommen. Ich wußte, was Don da machte: Er versuchte, dem Opfer ein menschliches Gesicht zu geben. Wenn ich Vergewaltigungsfälle verhandelt hatte, hatte ich immer dafür gesorgt, daß das Opfer und sein Leben den Geschworenen durch die Zeugenaussage ein wenig vorgestellt wurden, bevor es um das Verbrechen ging. Die Geschworenen müssen begreifen, daß da ein menschliches Wesen verletzt und vergewaltigt wurde.

Edgar Caswell setzte seine Zeugenaussage fort. Nicoles Noten besserten sich so sehr, daß sie in das Smith College aufgenommen wurde; 1988 machte sie ihr Examen in Kunstgeschichte. Während ihrer College-Jahre verbrachte sie die Sommer meist mit Freunden oder auf Reisen in Europa; sie benutzte selten das Zimmer, das die Caswells in ihrem Haus in Austin Bluffs hoch über Colorado Springs für sie bereithielten. In dem Sommer nach ihrem Examen überredeten die Eltern Nicole, nach Hause zu kommen und bei ihnen zu wohnen, während sie sich nach einem Job umsah. Sie schrieb an verschiedene Museen und Galerien in New York, um eine Anstellung zu bekommen, aber im September hatte sie noch keine Zusage erhalten. Inzwischen begann sie in einer großen antiquarischen Buchhandlung mit Café in der Nähe des Colorado College Campus zu arbeiten. Der Laden hieß *Curious George's* und wurde von Studenten und einigen der unkonventionelleren Bewohner der Stadt frequentiert. Sie wirkte glücklich und entspannt, und ihre Eltern freuten sich, weil ihre Beziehung zu ihrer Tochter anscheinend enger geworden war. Sie blieb abends oft lange aus, manchmal kam sie die ganze Nacht nicht nach Hause, aber Edgar und seine Frau waren übereinstimmend der Meinung, sie sei jetzt erwachsen und brauche keine Rechenschaft abzulegen.

Am Wochenende nach dem Labor Day flogen Edgar und seine Frau in Edgars privater Beechcraft nach Crownpoint, New Mexico, am Rande des Navajo-Reservats, zu einer Teppichauktion. Nicole hatte, soweit sie wußten, vor, über das Wochenende zu Hause zu bleiben und vielleicht in der Buchhandlung zu arbeiten, falls sie gebraucht wurde. Als sie am

Dienstag nach Hause kamen, fanden sie Nicoles Zimmer in einem Zustand vor, der sie beunruhigte und ängstigte. Alles Bettzeug war vom Bett gerissen und lag zerknüllt und verdreht am Boden. Auf den Laken, der nackten Matratze und dem Fußboden waren Blut- und andere Flecken. Ansonsten war von Nicole nichts zu sehen. Die Caswells riefen sofort die Polizei.

Auf Anweisung der Polizei erstellten sie eine schnelle Inventur ihrer Besitztümer, und obwohl das Haus voll seltener und wertvoller Gegenstände war, schien nichts zu fehlen. Soweit sie sagen konnten, fehlte auch nichts von Nicoles Kleidung und Habseligkeiten. Sie hatte keinen Brief und keine Nachricht hinterlassen. Am Dienstag abend rief der Besitzer der Buchhandlung an, um sich zu erkundigen, warum Nicole nicht zur Arbeit gekommen sei; er hatte nichts von ihr gehört.

Fast sechs Wochen lang lebten die Caswells in Angst und Sorge und hofften jeden Tag, etwas von Nicole zu hören. Am Ende dieser Zeitspanne erhielt Edgar den Anruf, den er gefürchtet hatte: Die Leiche einer jungen Frau war aufgefunden worden, und man bat ihn, zu kommen und sie zu identifizieren.

Ich stand auf, um mir noch eine Tasse Kaffee zu machen und im Ofen etwas Holz nachzulegen; es war jetzt später Vormittag, aber der Himmel verdunkelte sich. Ich fröstelte leicht, während ich darauf wartete, daß die Kaffeemaschine ihre Wunder vollbrachte, und konzentrierte mich darauf, nicht an Torys Stimme auf meinem Anrufbeantworter, Jason Smiley in seiner Zelle oder Edgar Caswell zu denken, der die Leiche einer jungen Frau ansehen mußte, die, als sie noch lebte, möglicherweise seine Tochter gewesen war.

Während ich den nächsten Teil des Protokolls las, mußte ich mir unwillkürlich vorstellen, welchen Eindruck Edgar Caswells Zeugenaussage wohl auf die Geschworenen gemacht hatte, und dabei berücksichtigen, was die Mitschrift nicht zeigen konnte:

MR. KITCHENS: Wurde Ihnen gesagt, wo die Leiche aufgefunden worden war?

MR. BLAKE: Einspruch, Euer Ehren. Hörensagen.

GERICHT: Stattgegeben.

MR. KITCHENS: Wohin gingen Sie, um den Leichnam zu identifizieren?

MR. CASWELL: Das war hier, in Boulder. Im Amt des Leichenbeschauers von Boulder County.

MR. KITCHENS: Und zeigte man Ihnen eine Leiche, als Sie dort ankamen?

MR. CASWELL: Ich muß es wohl als solche bezeichnen, äh... Entschuldigen Sie.

MR. KITCHENS: Es tut mir leid, Sir. Könnten Sie wohl ein wenig lauter sprechen?

MR. CASWELL: Einen Augenblick, bitte. Ich würde es als, äh, als sterbliche Überreste bezeichnen.

MR. KITCHENS: Mr. Caswell, brauchen Sie eine kurze Pause?

MR. CASWELL: (unhörbar)

MR. KITCHENS: Konnten Sie die Überreste als... als Ihre Tochter identifizieren?

MR. CASWELL: Nein, das, äh, konnte ich nicht. Da war nicht genug (unhörbar). Verzeihung, Euer Ehren.

MR. KITCHENS: Mr. Caswell, es tut mir leid. Nur noch einige wenige Fragen. Wurden Ihnen irgendwelche Kleidungsstücke gezeigt?

MR. CASWELL: Ja, ein goldener Ring, ein Ring mit Initialen.

Mr. Kitchens: In welchem Zustand war die Kleidung?

Mr. Caswell: Sie war zerrissen und schmutzig, schlammig. Ziemlich, äh, verrottet.

Mr. Kitchens: Konnten Sie sie überhaupt identifizieren?

Mr. Caswell: Ja, es war ein Rock, ich glaube, das heißt Voile, ein dünner Stoff. Ein Pullover, ein langer weißer Pullover. Unterwäsche. Sie waren... sie hatten meiner Tochter gehört. Ich erkannte sie. Der Ring gehörte ihr auch. Er war ein Geschenk von ihrer Mutter und mir.

Mr. Kitchens: Hat man Ihnen gesagt, wo die Kleidungsstücke gefunden worden waren?

Mr. Caswell: Bei meiner, äh, bei der Leiche. Darunter, glaube ich. Ich kann nicht, es tut mir leid (unhörbar).

Gericht: Wir machen jetzt eine kurze Pause, damit der Zeuge sich fassen kann. Gerichtsdiener, würden Sie Mr. Caswell bitte ein Glas Wasser holen? Die Sitzung wird in zehn Minuten fortgesetzt.

Howie Blake hatte sich nicht einmal die Mühe gemacht, vor der Pause gegen die letzte Frage und Antwort Einspruch zu erheben, obwohl sie reines Hörensagen waren. Ich stellte mir vor, daß die Gefühle im Gerichtssaal so aufgeheizt waren, daß er davon ausging, die Geschworenen würden es ihm übelnehmen, wenn er mit einem Einspruch eine Unterbrechung bewirkte, selbst wenn der Richter ihr stattgab. Ich hätte an seiner Stelle dasselbe getan. Sicher würde später ohnehin die Rede darauf kommen, wo die Kleidungsstücke gefunden worden waren.

Ich las weiter. Nach der Pause identifizierte Caswell den Angeklagten, Jason Troy Smiley, als Bekannten seiner Tochter aus dem *Curious George's*. Er hatte ihn kennengelernt, als Smiley Nicole einmal zu Hause abholte, und einmal hatte er ihn beim Säubern der Tische im Café gesehen, als er Nicole bei der Arbeit besuchte. Dann sagte Don Kitchens, er habe keine weiteren Fragen. Ich fragte mich, wie Howie Blake beim Kreuzverhör vorgehen würde. Natürlich will man einen sympathischen Zeugen wie Edgar Caswell nicht schikanieren. Ich dachte, ich hätte bloß ein oder zwei Fragen gestellt, um zu klären, daß Caswell keinerlei Grund hatte, Jason Smiley mit dem Tod seiner Tochter in Verbindung zu bringen. Man konnte sicher sein, daß das der Fall war, denn wenn Caswell solche Gründe gehabt hätte, dann hätte Kitchens sie während seiner direkten Befragung zur Sprache gebracht. Ich blätterte die Seite um.

MR. BLAKE: Ich habe keine Fragen an diesen Zeugen, Euer Ehren.

Darüber dachte ich nach, als das Telefon läutete. Es war Sam Holt.

»Sam, tut mir leid, daß ich gestern abend vergessen habe, Sie anzurufen. Lainie ist noch eine Weile geblieben, dann habe ich das Geschirr abgewaschen, und danach dachte ich, es wäre schon zu spät.« Ich merkte, daß ich neuerdings ohne Unbehagen lügen konnte.

»Schon in Ordnung, Cinda. Wie sich herausstellte, mußte ich ohnehin ins Gefängnis. Einer meiner früheren Mandanten war verhaftet worden, weil er einem Süchtigen Crack verkauft hat, und ich mußte eine Kaution besorgen.«

»Meinen Sie nicht, daß er *mutmaßlich* Crack verkauft hat?«

»Ach ja, das habe ich vergessen. Natürlich steht er nur unter Verdacht. Hören Sie, Cinda, ich möchte mit Ihnen etwas besprechen. Hätten Sie heute Zeit zum Lunch?«

Ich sah auf meine Uhr. Es war elf Uhr vierzig. »Wie wär's um zwölf bei *Jay*? Sollte heute nicht zu voll sein.« *Pasta Jay's* war ein billiger, schneller Spaghettiimbiß gleich neben dem Einkaufszentrum in der Innenstadt.

»Aber wie werde ich Sie erkennen, Miss Hayes? Sie werden eine purpurne Rose am Aufschlag tragen und ein Buch mit grünem Einband bei sich haben, ja? Ich werde um Punkt zwölf Uhr nach Ihnen Ausschau halten.« Sam liebte Filme; er redete immer wie in einem alten Film. Froh, dem Smiley-Protokoll für eine Weile zu entkommen, zog ich einen dicken Pullover an, legte noch ein Scheit nach, um den Ofen während meiner Abwesenheit warm zu halten, und ging hinaus, um den Subaru anzulassen. Ich konnte kaum die Hügelausläufer sehen, als ich in Richtung Stadt fuhr. Jeder Rauch, den ich heute roch, mußte von einem Ofen oder Kamin stammen; das Gras war tropfnaß, und Nebel überzog die Landschaft.

Weniger als einen Block von *Pasta Jay's* entfernt fand ich unerwartet einen Parkplatz. Im Einkaufszentrum in der Innenstadt war es viel ruhiger als sonst. Sam Holt saß am besten Tisch in einer Ecke, wo die Fenster auf die Terrasse hinausgingen. Natürlich saß heute niemand dort draußen, aber sie hatten die Tische und Stühle noch nicht für den Winter hereingeholt, und die Terrasse sah aus, als erwarte sie Gesellschaft. Sam auch.

Von Zeit zu Zeit fragte ich mich nach Sam Holts Privatleben. Er war einer der besten Anwälte in Boulder, ja, in ganz Colorado. Jeder, den ich kannte, bewunderte seine Professionalität und mochte ihn. Ich kannte ihn seit dem Studium; er war mir ein Jahr voraus gewesen und wahrscheinlich der einzige schwarze Student in seinem Semester, was sicher nicht leicht war. Es gibt in Boulder nicht viele Schwarze und nur sehr wenige schwarze Anwälte. Ich nahm an, daß sie miteinander verkehrten. Aber ich wußte nicht, wer Sams Freunde waren oder was er machte, wenn er nicht arbeitete, vorausgesetzt, daß es Zeiten gab, in denen er nicht arbeitete (bei manchen Anwälten gibt es die nämlich nicht). Ich wußte, daß er gern ins Kino ging und eine Menge über Filme zu wissen schien. Zum gestrigen Thanksgiving-Dinner hatte ich ihn mehr oder weniger spontan eingeladen, als ich ihm eines Tages im Gerichtsgebäude begegnet war, und ich war ein bißchen überrascht gewesen, als er zugesagt hatte. Es war das erste Mal, daß er mein Haus betrat.

Sam zwinkerte mit einem Auge, als ich mich ihm gegenüber hinsetzte. »Sie sind also Cinda? Sie haben Glück, daß ich Sie erkenne, weil Sie die Anweisungen nicht befolgt haben.« Er nahm eine halbwegs purpurrote Plastikblume aus der Vase auf dem Tisch und steckte sie in die Tasche meiner Bluse. »So ist es in Ordnung.«

»Sie sind heute sehr komisch, Sam. Haben Sie sich Filme mit Bela Lugosi angesehen?«

»Leider nein. Zuviel Arbeit in letzter Zeit. Ich hatte gehofft, in diesem Jahr öfter mal zum Skifahren gehen zu können, aber es sieht nicht allzu gut aus. Ich habe im Dezember drei Strafprozesse und im Januar vier.«

»Na, ist doch gut, daß Sie so gefragt sind, oder?«

»Gut fürs Scheckbuch, schlecht für die Seele. Wissen Sie, im September habe ich mir diesen schicken neuen Apparat gekauft, um Filme anzusehen, einen Videodisc-Player, und hatte noch nicht mal Zeit, ihn anzuschließen. Letzten Sommer war ich kein einziges Mal angeln. Es muß im Anwaltsgeschäft irgendeinen Trick geben, hinter den ich noch nicht gekommen bin. Andere Leute nehmen Urlaub, haben Freunde, trainieren die Fußballmannschaften ihrer Kinder und sind trotzdem gute Anwälte.« Ich hatte Sam noch nie so viel über sich selbst sprechen hören.

»Ich bin anscheinend auch noch nicht dahintergekommen«, stimmte ich ihm zu. »Aber das ist nur eine der Seiten des Anwaltsberufs, die ich noch nicht begriffen habe.«

Ein modisch aufgemachter Kellner kam, um unsere Bestellungen entgegenzunehmen: Salat und Schmetterlingsnudeln mit Marinarasauce. Nach dem gestrigen Tag war ich nicht sehr hungrig. Sam gab die Speisekarten zurück und sah mich über seine randlose Brille hinweg an.

»Und welches sind die anderen Seiten?«

»Ach, ich weiß nicht. Ob ich wirklich dafür arbeite, daß die Welt besser wird. Wie man sich weiterhin glücklich und siegreich fühlt, auch wenn der Sprecher der Geschworenen ›schuldig‹ sagt und ich weiß: Es bedeutet, daß der Angeklagte, wie mies er auch immer sein mag, sich auf dem Weg in die Hölle befindet, auch als Gefängnis bekannt, wo er nur noch gemeiner und noch dümmer wird. Wie ich nicht zu genau der Art von Anwältin werde, die ich nie sein wollte; eine, die das System verteidigt, selbst wenn sie weiß, daß es beschissen ist, weil sie dahintergekommen ist, wie man bequem davon lebt. Solche Sachen.«

Sam war ein guter Zuhörer. Seine Augen wichen nicht von meinem Gesicht, solange ich sprach, und er sagte nichts, bis er sicher war, daß ich geendet hatte. »Also all das war der Grund, warum Sie das Büro der Staatsanwaltschaft verlassen haben?«

»Ich vermute, meine Zweifel an dem, was ich tat, haben dazu beigetragen. Aber ich hätte zu dem Zeitpunkt nicht daran gedacht, wenn mir nicht der Job im Krisenzentrum für Vergewaltigungsopfer angeboten worden wäre. Und so einfach ist es auch nicht, wissen Sie. Ich vermisse den Gerichtssaal, ich vermisse das sichere Gefühl, den Job ganz im Griff zu haben.« Melancholisch drehte ich den Stiel meines Wasserglases zwischen Fingern und Daumen. »Ich vermisse den Sieg.«

»Hmm. Ist das der Grund, warum Sie die Smiley-Revision akzeptiert haben?«

»Woher wissen Sie das?«

»Ich glaube, jeder in der Stadt weiß es, Cinda. Aber ich nehme an, ich habe es zuerst von Richter Bogue gehört. Er hielt Sie für eine ausgezeichnete Wahl.« Bogue war der Richter in Smileys Strafprozeß gewesen, derjenige, dessen Besorgtheit um Edgar Caswells Trauer Gegenstand eines Teils meiner Morgenlektüre gewesen war.

»Ich nehme an, es ist nicht gerade schmeichelhaft, daß der Richter, gegen dessen Urteil ich Revision einlege, sich über meine Bestellung freut. Er könnte denken, daß die Anzahl der Fälle, in denen seine Urteile der Revision standhalten, durch meine Tätigkeit nicht gefährdet ist.«

»Ich bin sicher, daß er nicht so denkt, Cinda.«

»Wie auch immer, Sam, worüber wollten Sie mit mir reden?«

»Warten wir, bis das Essen kommt, ja?«

Und so unterhielt Sam mich mit urkomischen Geschichten aus dem Gerichtssaal und der Imitation von Figuren aus neueren Filmen, bis unsere Salate serviert wurden. Wir aßen in freundschaftlicher Atmosphäre und beobachteten die Leute, die in dicken Pullovern und Jacken an der leeren Terrasse vorbeischlenderten. *Jay's* liegt zwischen dem Gerichtsgebäude, in dem sich das Büro der Staatsanwaltschaft befindet, und den meisten Anwaltspraxen der Innenstadt; ich kannte vermutlich mindestens jeden fünften Passanten. Ich merkte, daß ich nach Tory Ausschau hielt und halb damit rechnete, ihren vertrauten, kraftvollen Gang zu sehen, aber meine Hoffnungen erfüllten sich nicht.

»Sam, haben Sie in letzter Zeit Tory Meadows gesehen? Ich meine, in den letzten beiden Wochen?«

»Ja, am Montag bei Gericht. Sie hat dafür gesorgt, daß mein Mandant einen Prozeß wegen Körperverletzung ersten Grades bekommt. Wieso, haben Sie sie nicht gesehen? Ich dachte, Sie beide wären dicke Freundinnen.«

»Sie sollte zum Thanksgiving-Dinner kommen, ich meine, sie kommt sonst immer, sie und ich sind wirklich gute Freundinnen. Und dann bekomme ich diese seltsame telefonische Nachricht, sie würde nicht kommen, und sie könne nicht sagen, weshalb nicht. Ich weiß nicht, was da los ist.« Nachdenklich kaute ich meine letzte Nudel. »Es hat mich gekränkt. Und es macht mir auch Sorgen. Ich meine, wenn sie nicht kommen kann, ist das in Ordnung, aber wieso kann sie mir den Grund nicht sagen? Ich hatte nicht gedacht, daß wir Geheimnisse voreinander haben.«

Sam sah angemessen mitfühlend aus, dann streckte er den Arm aus und tätschelte tröstend meine Schulter. »Ich bin sicher, daß es eine Erklärung gibt. Vermutlich nichts Bedeutendes. Aber Sie sollten sie fragen.« Die letzten Worte hörte ich kaum, weil ich so überrascht war, wie gut es sich anfühlte, seine Handfläche über meine Schulter streichen zu fühlen. Mann, Cinda, paß bloß auf, sagte ich mir. Ich weiß, daß ich mich sehr dumm verhalten kann, wenn ich sexuell frustriert bin. Mir fiel auf, daß Sam sehr gut aussah.

Sam hustete ein wenig und rückte seine Brille zurecht, als der Kellner kam, um unsere Teller abzuräumen. »Möchten Sie Kaffee?« Sam bestellte einen koffeinfreien Cappuccino. Ich nahm normalen schwarzen Kaffee: Ich mußte nüchtern werden.

»Also, Sam. Es hat mir gefallen, wie Sie Dustin Hoffman imitiert haben, und ich habe über die Geschichten von Richter Richmond gelacht. Die Nudeln haben gut geschmeckt. Aber worum geht es eigentlich?«

»Es geht um Smiley«, sagte er ernst. »Ihren neuen Mandanten.«

»Was ist mit ihm?«

»Ich möchte nicht, daß Sie verheizt werden.«

»Warum sollte ich verheizt werden?«

»Haben Sie gewußt, daß ich Smiley vertreten habe, bevor Howard Blake das tat?«

»Nein, das habe ich nicht gewußt. Machen Sie Witze? Wie kommt es, daß Sie ihn beim Prozeß nicht vertreten haben?«

»Es wird Sie sicher nicht überraschen zu hören, daß ich Ihnen das nicht sagen kann.«

Vertrauliche Mitteilungen eines Mandanten, natürlich. »So... aber gibt es denn etwas, was Sie mir sagen *können*, Sam? Oder ist ›Ich möchte nicht, daß Sie verheizt werden‹ alles, was ich aus Ihnen herausholen kann?«

»Cinda, manchmal benehmen Sie sich wie die dümmste intelligente Frau, die ich je gekannt habe. Muß ich es buchstabieren? Nachdem ich eine gewisse Unterredung mit Mr. Smiley hatte, kamen er und ich übereinstimmend zu der Auffassung, daß es besser für ihn wäre, sich einen anderen Anwalt zu nehmen. Das hat er getan. Howard Blake. Da wir wissen, daß Mr. Blake ihn auch während des Prozesses vertreten hat, kann man annehmen, daß Smiley nicht geruht war, Mr. Blake dieselben Informationen zu geben, die er mir gegeben hatte.«

»*Geruht*, sagen Sie? Merkwürdige Ausdrucksweise.«

Sam machte einen gequälten Eindruck. »Ich versuche, Ihnen zu helfen, Cinda. Vermutlich – nein, sicher – gehe ich dabei weiter, als ich dürfte, weil ich Sie mag. Sie benehmen sich, als sei das ein dummer Witz.«

Er hatte recht. Ich war in vieler Hinsicht zu verwirrt, um in diesem Moment angemessen zu reagieren. Was sollte das heißen, daß er mich mochte?

»Sam, es tut mir leid. Ich hatte bloß nicht damit gerechnet, daß das hier irgend etwas mit Smiley zu tun haben würde. Ich habe mich über unser Treffen auch deshalb gefreut, weil ich die Smiley-Akten mal zur Seite legen konnte. Ich habe den ganzen Morgen die Niederschrift gelesen.«

»Mmh.«

»Ich meine, ich wollte Sie gern sehen. Ich meine, ich habe mich gefreut.« Scheiße, das wurde immer schlimmer. »Hören Sie, ich glaube, ich verstehe, was Sie mir sagen wollen. Ich soll nicht zu vertrauensselig sein bei den Dingen, die Smiley sagt.«

»Ja, oder vielleicht sollten Sie ihn auch einfach nicht zuviel sagen lassen. Sie könnten sich in eine üble Lage bringen, wenn Sie zuviel wissen. Sich selbst und ihn auch. Sie können bessere Arbeit für ihn leisten, wenn Sie nicht zulassen, daß er Ihnen sein Herz ausschüttet, Cinda, das will ich sagen. Schauen Sie, ich halte Sie für eine fabelhafte Anwältin. Sie sind klug und sensibel, und Sie wissen fast besser als jeder andere, den ich je gesehen habe, wie man mit Richtern und Geschworenen redet. Aber Sie waren nie Strafverteidigerin. Das ist wirklich etwas anderes als die Anklage, glauben Sie mir. Ein Staatsanwalt kann nie zuviel über einen Fall wissen. Ein Verteidiger schon. Wenn Ihr Mandant Ihnen bei der ersten Besprechung eine Sache sagt und beim Prozeß etwas anderes sagen möchte, dann können Sie das nicht zulassen. Sie können Ihren Mandanten keine Geschichte erzählen lassen, von der Sie wissen, daß sie nicht stimmt.«

»Also gut, okay, Sam. Ich verstehe das alles. Ich weiß das vielleicht nicht so aus dem Bauch heraus wie Sie, aber ich verstehe Sie. Doch ich vertrete Jason Smiley nicht in einem Strafprozeß. Gott sei Dank.«

»Ja, ich weiß. Aber wissen *Sie* das auch? Sie wissen, daß es bei dieser Revision nicht darum geht, ob er schuldig ist oder nicht. Lassen Sie sich von ihm alles mögliche Zeug erzählen, das Sie gar nicht wissen müssen, um ihn in der Revisionsverhandlung zu vertreten?«

»Nun ja, ich... ich nehme an, das darf ich Ihnen nicht sagen, oder?«

»Nein, das dürfen Sie nicht.« Sam stand langsam auf, zog die Plastikrose aus meiner Tasche und stellte sie wieder in die Vase. Wir hatten eine kurze Auseinandersetzung über die Rechnung, die ich ihn gewinnen ließ.

Draußen auf dem eisigen Bürgersteig verabschiedeten wir uns. »Haben Sie je *Um Mitternacht* gesehen, Cinda? Der Regisseur war ein Franzose, Tavernier, und Dexter Gordon hat diesen traurigen alten Jazzmusiker im Paris der fünfziger Jahre gespielt.«

»Nein, ich bin ziemlich sicher, daß ich ihn nicht gesehen habe. Ich weiß nicht mal, wer Dexter Gordon ist.«

»O Mann. Wenn ich eines Tages diesen Videodisc-Player angeschlossen habe, dann müssen Sie kommen und ihn sich mit mir ansehen. Sie kennen Dexter Gordon nicht?« Sam fing an, die komische Pantomime eines Saxophonspielers vorzuführen und erregte die Aufmerksamkeit einiger vorbeigehender Teenager. Sie kicherten.

»Rufen Sie mich an, Sam. Wenn Sie ihn angeschlossen haben. Und danke für den Rat.«

»Nichts zu danken, Lady.« Sam drehte sich um und ging zu seinem Büro zurück, noch immer ein bißchen zu imaginärer Saxophonmusik tänzelnd. Ich versuchte, auf der Heimfahrt im Radio des Subaru den Jazzsender von Denver zu finden, hatte aber keine Ahnung, welche Frequenz er hatte. Außer meinen Platten von Billie Holiday hörte ich niemals Jazz.

An diesem Nachmittag kehrte ich überhaupt nicht mehr zu dem Smiley-Protokoll zurück. Jedesmal, wenn ich daran dachte, mich wieder hinzusetzen, raste mein Angstpegel in die Höhe. Die Stimmen von Jason *(Sie sind genau die Anwältin, die ich brauche)*, Hilton James *(Gewiß erinnern Sie sich an die fundamental unterschiedlichen Rollen des Rechtsbeistands in einem Straf- und in einem Revisionsverfahren)*, von Lainie *(Wie können Sie versuchen, einen Kerl freizukriegen, der eine Frau vergewaltigt und dann umgebracht hat?«)* und Sam *(Lassen Sie sich von ihm alles mögliche Zeug erzählen, das Sie nicht wissen müssen, um ihn in einem Revisionsverfahren zu vertreten?)* jagten einander in meinem Kopf, bis ich sie alle satt hatte.

Ich hasse es, in geschlossenen Räumen zu trainieren, aber wenn ich an diesem Morgen nicht schon gejoggt hätte, wäre ich vielleicht trotzdem ins Fitneßzentrum gegangen, nur, um den Chor in meinem Kopf mit Schweiß und Discomusik zu vertreiben. So gab ich mich mit der nächstbesten Form des Vergessens zufrieden. Ich fand ein altes Taschenbuch von Dorothy Sayers, und das hielt mich wach und beschäftigt bis nach elf, während ich mir überlegte, wie Lord Peter die Bösewichte entlarven würde.

Doch der nächste Morgen kam ohne Gnade, und als ich nach unten ging, um Kaffee zu machen und den Ofen anzuzünden, lag die Niederschrift noch immer in Stapeln auf dem Fußboden herum. Mit dem Kaffeebecher in der Hand setzte ich mich wieder hin und begann zu lesen. Ich fing am Ende von Edgar Caswells Zeugenaussage an.

Die nächsten paar Seiten waren erheblich weniger dramatisch, wenn auch ziemlich belastend. George Hampstead, der Besitzer des *Curious George's*, sagte aus, irgendwann in dem Sommer vor Nicole Caswells Verschwinden habe er die Liebesbeziehung zwischen Nicole und Jason Smiley bemerkt. Dann, gegen Mitte August, hörte er die beiden zufällig in der Küche des Cafés streiten. Den Anfang hatte er nicht mitbekommen, aber er hörte Nicole weinen und sagen: »Wenn du nicht mal das für mich tun kannst, okay, dann laß mich in Ruhe. Ich werde dich nie wieder um etwas bitten.« Danach, sagte er, habe er sie niemals wieder miteinander sprechen sehen, und im Geschäft schienen sie sich aus dem Weg zu gehen. Nicole war in den nächsten paar Wochen ziemlich viel krank gewesen und mehrmals nicht zur Arbeit erschienen, und dann hatte sie angerufen und gesagt, am Labor-Day-Wochenende würde sie nicht in der Stadt sein und könne nicht arbeiten. Jason hatte an diesem Wochenende am Freitag abend und Samstag nachmittag gearbeitet, aber er hatte das Geschäft gegen sechs am Samstag verlassen, als seine Schicht endete, und war nie mehr zurückgekehrt. Bevor er ging, hatte Jason Hampstead gefragt, ob Nicole an diesem Wochenende arbeiten würde, und Hampstead hatte das verneint. Er hatte auch Nicole nie wieder gesehen, obwohl sie am Dienstag nach dem Labor Day zur Arbeit eingeteilt gewesen war.

Das war das Ende seiner direkten Zeugenaussage. Im Kreuzverhör fragte ihn Howie Blake, ob Jason Smiley ihm jemals vergeßlich und zerstreut vorgekommen sei. Hampstead sagte, man könne Smiley vielleicht als launisch beschreiben. Damit schien Howie zufrieden und stellte keine weiteren Fragen.

Der nächste Zeuge war Hilfssheriff Simon Angers vom Boulder County Sheriff's Department. Er berichtete von einem Anruf seiner Zentrale, der ihn zu einer Stelle in der Nähe von Pennsylvania Gulch im westlichen Bezirk von Boulder schickte, wo einige Wanderer etwas gefunden hatten, das sie für eine Leiche hielten. Als er ankam, vernahm er die Leute, sah, daß das, was sie gefunden hatten, tatsächlich ein menschlicher Leichnam war, sicherte den Fundort und rief über Funk die Ermittler der Kriminalpolizei. Der Leichnam war, von Blättern und Erde fast vollständig verdeckt. Ihm kam es so vor, als seien ein großer Teil des Gesichts und Teile der Arme von Tieren gefressen worden, aber er deckte den Leichnam nicht auf, sondern überließ das der Spurensicherung. Als die Kriminalbeamten kamen, machten sie Fotos, nahmen Proben von verschiedenen Gegenständen und brachten den Leichnam dann auf einer Trage fort. Angers beobachtete, daß er völlig entkleidet war. Nachdem der Leichnam abtransportiert worden war, bemerkte Angers in der flachen Vertiefung, in der er gelegen hatte, Stücke von Stoff, und er wies die Beamten darauf hin. Die Gegenstände wurden in Tüten gepackt und sichergestellt; es schien sich um die Kleider der Frau zu handeln, wenn auch sehr schmutzig und zerrissen. Angers bemerkte auch, daß die Leiche einen schmalen Goldring am kleinen Finger der linken Hand trug. Er wies die Männer, die die Leiche wegtragen wollten, darauf hin, und sie nahmen den Ring ab und steckten ihn in eine Tüte. Angers identifizierte Beweisstück der Anklage Nummer drei als die Kleidungsstücke, die am Fundort sichergestellt worden waren, und Beweisstück der Anklage Nummer vier als den Ring. Er bestätigte, sie später, als Edgar Caswell nach Boulder bestellt worden war, diesem gezeigt zu haben. Beim Kreuzverhör durch Howie Blake bejahte er, daß Edgar Caswell die Leiche wegen ihres schlimmen Zustands nicht habe identifizieren können.

Dann fragte Don Kitchens, ob irgend jemand in der Lage gewesen sei, den Leichnam definitiv als den von Nicole Caswell zu identifizieren.

MR. ANGERS: Ja, am Tag nach der Sicherstellung hat Mrs. Rose Caswell die, äh, die Leiche als die ihrer Tochter Nicole identifiziert.

MR. KITCHENS: Keine weiteren Fragen.

MR. BLAKE: Von mir ebenfalls keine weiteren Fragen.

Wenn ich damals Jasons Anwalt gewesen wäre, hätte ich sicher gern gewußt, ob man Mrs. Caswell die Kleidungsstücke und den Ring gezeigt und ihr gesagt hatte, wo sie gefunden worden waren, bevor sie gefragt wurde, ob sie die Leiche identifizieren könne. Schließlich hatte Mr. Caswell ausgesagt, er habe nicht sagen können, ob es sich um Nicoles Leiche handelte. Ich nahm an, daß eine Mutter den Körper ihrer jungen Tochter vielleicht intimer kennt als ein Vater; trotzdem erschien mir Mrs. Caswells Identifizierung nicht allzu zuverlässig. Dennoch konnte ich Howies Entscheidung verstehen, nicht weiter auf die Frage einzugehen. Es war nicht so, als bestünden große Zweifel an der Identifizierung, und nichts in Angers' Zeugenaussage brachte den Tod der Frau mit Jason Smiley in Verbindung.

Alle Zweifel an der Identität der toten Frau wurden vom nächsten Zeugen beseitigt. Der Labortechniker Sterling Mabry bekam die Kleidungsstücke gezeigt, die bereits als Beweisstück drei registriert waren, und sagte aus, als er diese Stücke sichergestellt und zur Lagerung und späteren forensischen Untersuchung eingepackt habe, habe er in der Tasche des Voilerocks einige Gegenstände gefunden: etwa zwanzig

Dollar in bar und etwas, das er als »ein Dokument« bezeichnete. Ist dieses Dokument, gekennzeichnet als Beweisstück der Anklage Nummer fünf, der Gegenstand, den Sie in der Tasche fanden, wurde er gefragt. Ja, sagte er. Und würden Sie den Geschworenen das Dokument beschreiben? Ja, Sir, es ist ein Führerschein von Colorado, ausgestellt auf Nicole Marie Caswell, geboren am 14. September 1966.

Also war Nicole Caswell wirklich und wahrhaftig tot. Die Beweise, die ihren Tod mit Jason Smiley in Verbindung brachten, mußte ich erst noch lesen, aber aus den Zeitungen erinnerte ich mich an genügend Berichte über den Fall, um zu wissen, daß noch mehr kam.

Die nächste Zeugin kannte ich: die Pathologin Linda Hutchinson. Ich hatte sie mehrmals getroffen, als ich noch bei der Staatsanwaltschaft arbeitete. In Boulder County kannte sie fast jeder. Linda war eine große Blondine mit einem Doktor in Medizin von der Columbia Medical School und einem Weltklassekörper, den sie durch die Teilnahme an Triathlons in Form hielt. Es gab Gerüchte, sie habe mit jedem in der Stadt ein Verhältnis gehabt, vom früheren Bürgermeister (der eine Frau war) bis zu einem mürrischen Rockstar, der ein Haus im Boulder Canyon besaß. Sie war eine exzellente Zeugin, aber immer, wenn ich sie verwendet hatte, hatte ich mich gefragt, ob die Geschworenen ihr Aussehen wohl lange genug vergessen konnten, um auf ihre Aussage zu achten. Doch davon stand natürlich nichts in der Niederschrift. Sie sagte aus, sie habe an der Leiche, die in der Nähe von Pennsylvania Gulch gefunden worden war, eine Autopsie vorgenommen. Die Leiche war eine gut ernährte weiße Frau zwischen achtzehn und fünfundzwanzig Jahren gewesen. Ein großer Teil des Körpers, besonders des Gesichts, war von Wildtieren angefressen gewesen, wahrscheinlich von Kojoten und Bussarden. Ihrer Ansicht nach war der Tod vier bis neun Wochen vor der Entdeckung der Leiche eingetreten. Die Verwesung war nicht sehr fortgeschritten, da die Leiche in großer Höhe in der Nähe eines Wassergrabens gelegen hatte; die kühlen Temperaturen und die Feuchtigkeit hatten einen »Kühlschrankeffekt« erzeugt, der die Verwesung verzögerte und so die Schätzung des Todesdatums erschwerte. Der Leichnam hatte zahlreiche oberflächliche Stichwunden an Armen, Bauch, Oberkörper, aber nach Dr. Hutchinsons Meinung war die Todesursache eine Messerwunde an der Kehle, die die Halsschlagader durchtrennt und zu massiven und schnell tödlichen Blutungen geführt hatte. Außerdem war sie aufgrund von Färbungsmustern der Haut und anderen Anzeichen der Auffassung, daß die Leiche nach dem Tod nicht oder nur um wenige Meter bewegt worden war.

MR. KITCHENS: Da Sie wissen, wo die Leiche gefunden wurde, Dr. Hutchinson, würden Sie annehmen, daß die tödliche Wunde im Boulder County zugefügt wurde?

DR. HUTCHINSON: Ja.

Letzteres war wichtig, das wußte ich. Denn die Mordanklage gegen Jason Smiley ging davon aus, daß er Nicole Caswell »im County von Boulder im Staate Colorado« getötet hatte.

Howie Blakes Kreuzverhör mit Linda Hutchinson war eigenartig. Er fragte weder nach der Todesursache noch nach dem Tatort.

MR. BLAKE: Sie sagen, daß es außer der tödlichen Halswunde noch mehrere oberflächliche Stichwunden gab?

DR. HUTCHINSON: Zwölf, am Bauch, an den Armen und am Oberkörper. Es ist möglich, daß es noch einige weitere gab, die wegen der postmortalen Verstümmelung des Leichnams nicht mehr festzustellen waren.

MR. BLAKE: Verstümmelung durch Tiere, meinen Sie?

DR. HUTCHINSON: Ja.

MR. BLAKE: Ist es möglich, daß einige der oberflächlichen Stichwunden auch nach Eintritt des Todes zugefügt worden sein könnten?

DR. HUTCHINSON: Das ist möglich. Wenn wir die Autopsie näher am Todeszeitpunkt hätten durchführen können, dann könnte ich diese Frage mit größerer Sicherheit beantworten, aber so, wie die Dinge lagen, ist es schwierig. Meiner Meinung nach ist es durchaus möglich, daß die Wunden vor dem Tod zugefügt wurden.

MR. BLAKE: Und infolgedessen ebenso möglich, daß sie nach dem Tod zugefügt wurden?

DR. HUTCHINSON: Ja.

MR. BLAKE: Danke, Doktor. Keine weiteren Fragen, Euer Ehren.

Ich glaubte, in diesem kurzen Kreuzverhör den Keim für Howies erfolglose Verteidigung Jasons ausmachen zu können: Ein abgewiesener Liebhaber mit Hirnschaden begegnet seiner Exfreundin, die ihn wütend macht, und dreht durch; daß er dem Körper der Geliebten noch nach dem Tod sinnlose Wunden zufügt, beweist seine Unzurechnungsfähigkeit. Eine respektable, wenn auch ziemlich verzweifelte Argumentation der Verteidigung.

Ich las weiter. Der nächste Zeuge war Officer Maria Delgado vom Colorado Springs Police Department. Sie sagte aus, daß die Caswells sie am Abend ihrer Rückkehr von der Reise in ihr Haus riefen und ihr die heruntergerissenen schmutzigen und blutbefleckten Laken in Nicoles Zimmer zeigten. Sie identifizierte Fotos, die sie von dem durchwühlten Zimmer aufgenommen hatte, sowie eine versiegelte Tüte mit Bettwäsche, die sie mit Einwilligung der Caswells aus dem Zimmer mitgenommen hatte. Sie bemerkte, die Aufschrift auf der Tüte besage, daß diese seit Sicherstellung der Gegenstände einmal geöffnet worden sei, nämlich vom Labor des Colorado Bureau of Investigation, und man sie danach wieder versiegelt habe. Es gab kein Kreuzverhör.

Ich legte eine Pause ein, um über das nachzudenken, was ich gelesen hatte. Bei Don Kitchens' direkter Befragung von Linda Hutchinson tauchte kein Hinweis darüber auf, daß bei der Autopsie Beweise für eine Vergewaltigung entdeckt worden waren. Ich nahm an, daß zuviel Zeit vergangen und die Leiche auch zu stark verstümmelt gewesen war, um solche Beweise noch sicherstellen zu können. Es sah aus, als bestünde die Theorie der Anklage nur aus der Geschichte, an die ich mich aus den Zeitungsberichten erinnerte: daß Nicole Caswell in ihrem eigenen Bett in Colorado Springs vergewaltigt wurde (was die Laken beweisen sollten) und dann nach Boulder County gebracht und ermordet wurde. Die Anklage gegen Jason Smiley hatte gelautet, er habe »den Tod von Nicole Caswell im County von Boulder im Staate Colorado verursacht, und zwar im Verlauf einer Sexualstraftat ersten Grades oder zu deren Verdeckung.«

Je mehr ich darüber nachdachte, desto weniger plausibel kam mir das vor. Wenn jemand bei der Begehung eines Verbrechens (oder »zur Verdeckung desselben«) eine Tötung begeht, so handelt es sich dabei um Mord ersten Grades, selbst wenn die Tat nicht beabsichtigt oder sogar ein Unfall war. Doch selbst wenn Jason Nicole vergewaltigt und unmittelbar danach entführt, in die Berge westlich von Boulder gebracht, ihr den Hals durchgeschnitten und sie tot liegengelassen hatte – dann besagte das noch lange nicht, daß er sie »im Verlaufe eines Sexualverbrechens ersten Grades« getötet hatte. Das Sexualverbrechen schien viele Meilen entfernt und viele Stunden davor begangen worden zu sein, auch wenn man die Beweismittel der Anklage im günstigsten Licht sah. Aber natürlich gab es auch noch die Alternative der »Verdeckung der Straftat«. Allerdings glaubte ich mich daran zu erinnern, daß es dabei immer um Tötungen durch Personen ging, die sich auf der Flucht befanden und denen die Polizei dicht auf den Fersen war. Auch das schien hier nicht der Fall zu sein. Ich notierte mir diese Frage auf meinem gelben Notizblock. Vielleicht konnte ich daraus in der Revision etwas machen.

Eine weitere Möglichkeit fiel mir ein: Die Anklage warf Jason nicht einmal eine separate Sexualstraftat vor, vermutlich, weil die Beweise nahelegten, daß die Vergewaltigung in Colorado Springs im County El Paso und nicht in Boulder stattgefunden hatte. Könnte ich argumentieren, daß eine Vergewaltigung in einem anderen Gerichtsbezirk nicht Grundlage einer Verurteilung wegen Mordes vor einem Gericht in Boulder County sein dürfe? Ich konnte mich nicht entsinnen, je einen solchen Fall gesehen zu haben, notierte mir aber, das zu recherchieren.

Ich beschloß, mir eine Unterbrechung zu gönnen, und ging zum Telefon, um nochmals Tory anzurufen. Diesmal erreichte ich nicht einmal mehr ihren Anrufbeantworter. Genauer gesagt, auch nach fünfundzwanzig Klingelzeichen meldete sich niemand. Ich hatte noch nie erlebt, daß Tory ihren Anrufbeantworter ausgeschaltet hatte. Tatsächlich hatte sie, seit sie Staatsanwältin geworden war, einen Apparat bekommen, dessen gespeicherte Nachrichten man von jedem beliebigen Telefon aus abrufen konnte, da sie praktisch ständig Rufbereitschaft hatte. Allmählich machte ich mir echte Sorgen. Ich wußte, daß sie manchmal die Nacht mit ihrem halbwilden Freund verbrachte, dem Bergsteiger Josh, aber ich glaubte nicht, daß das sehr häufig vorkam. Sie hatte mir einmal anvertraut, daß sie nicht sonderlich gut schlafen konnte, wenn noch jemand bei ihr im Bett lag. Jedenfalls hätte sie mit Sicherheit ihren Anrufbeantworter eingeschaltet gelassen und abgehört, wenn sie bei Josh gewesen wäre.

Ich brauchte ohnehin frische Luft und ein Frühstück, da ich an diesem Morgen außer zuviel Kaffee noch nichts zu mir genommen hatte. Tory wohnte in der Sugarloaf Road auf halber Höhe eines gleichnamigen Hügels, der vom Boulder Canyon aus zugänglich war. Nicht allzuweit von der Stelle entfernt, an der Nicole Caswells Leiche gefunden worden war, fiel mir jetzt ein. Ich beschloß, bei ihr vorbeizufahren, um zu sehen, wie es dort stand, und einen kurzen Umweg zu *Brillig Works* auf dem Hügel zu machen, um dort unterwegs ein Blaubeermuffin zu essen.

Der Laden war voll mit Studenten, die aßen, Kaffee tranken und verbissen lasen, größtenteils Lehrbücher. Um Thanksgiving herum gleichen Studenten, die im September mit schicken Haarschnitten und Koffern voll teurer Kleider in Boulder angekommen sind, oft obdachlosen Landstreichern, so abgerissen sehen sie aus. Bevorstehende Prüfungen scheinen den Antrieb zur Wäsche- und Körperpflege stark zu beeinträchtigen. Für Leute wie mich hat dies den Vorteil, daß man in vielen Vierteln mit einem Minimum an Aufwand gepflegter aussieht als fünfundneunzig Prozent der Einwohner. Bei *Brillig* waren es sogar neunundneunzig Prozent. Ich bezahlte mein Muffin, das ich in einer Tüte mitnahm, ging hinaus und fühlte mich extrem sauber und gewaschen.

Als ich den Boulder Canyon hinauffuhr, fiel mir auf, daß das Wetter heute viel schöner war als am Vortag. Die Sonne hatte die Luft erwärmt und die zerklüfteten Felsen im Canyon getrocknet, und überall waren Bergsteiger und Kletterer unterwegs. Schaulustige standen am Fuß einer Felsformation und beobachteten sie, und gelegentlich vorbeikommende Autofahrer überfuhren vor lauter Gaffen den Mittelstreifen. Ich hielt eine Hand dicht an der Hupe. Es war eine Erleichterung, in die Sugarloaf Road einzubiegen, wo der einzige Verkehr aus einem Paar auf Mountainbikes bestand, das die steile zweite Kurve hinaufstrampelte.

Torys Haus lag am Anfang der Angel Fire Road. Der Straßenname hatte bis zu dem großen Feuer vor drei Jahren liebliche Assoziationen geweckt. Torys Haus war der Zerstörung entgangen, zweiundzwanzig andere auf dem Hügel aber nicht. Als ich abbog, bemerkte ich, daß der abgebrannte Bereich längst nicht mehr so ins Auge stach wie noch bei meinem letzten Besuch hier im Sommer. Die Präriegräser und sogar ein paar kleine Bäume waren nachgewachsen und ließen die schwarzen Flächen, die wie Wunden die Hänge überzogen hatten, allmählich verheilen. In dieser Höhe war vom gestrigen Nebel alles noch ein bißchen feucht.

Ich fuhr über eine kleine Brücke und erreichte Torys Einfahrt. Ihr Haus war klein, aber fein und so angelegt, daß man aus dem Wohnraum einen weiten Blick über die Rocky Mountains hatte. Das Licht auf der Veranda brannte, obwohl später Vormittag war, und Torys Wagen stand in der offenen Hütte, die sie als Garage benutzte. Ein enormer Stapel Feuerholz war ordentlich an der Außenwand aufgeschichtet. Ich läutete und klopfte an die schwere Eisentür. Nichts. Ich spähte durch das fächerförmige Fenster in der Haustür, aber das Glas war so dick und unregelmäßig, daß ich drinnen nichts erkennen konnte. Also ging ich zur rechten Seite und stieg auf einen Wacholderstrauch, um durch das Fenster in die Küche zu schauen. Ich stellte fest, daß sie ungewöhnlich aufgeräumt und leer war; auch im Raum dahinter waren keinerlei Bewegungen oder Anzeichen von Bewohntheit festzustellen. Jetzt wünschte ich mir, ich hätte in Torys Briefkasten geschaut, aber der lag eine halbe Meile entfernt an der Zufahrt zur Angel Fire Road.

Ich konnte also wohl nichts anderes tun, als nach Hause zu fahren. Ich meine, nur weil ich wußte, wo Tory ihren Ersatzschlüssel aufbewahrte, hatte ich ja noch nicht das Recht, uneingeladen ihr Haus zu betreten, nicht wahr? Bloß weil wir gute Freundinnen waren, weil sie sich eigenartig benommen hatte und ich mir echte Sorgen machte? Ich fand den kleinen, magnetischen Schlüsselhalter, wo er immer gewesen war: oben an dem metallenen Gitter, das Eichhörnchen vom Vogelhaus fernhielt.

Im Haus war es kalt. Tory heizte es immer nur mit zwei Holzöfen, einem unten und einem im ersten Stock, aber keiner schien in Betrieb zu sein. »Tory«, schrie ich ohne jeden Grund. Jetzt wünschte ich mir, ich hätte bei der Lektüre von Lord Peter Wimseys Methoden etwas besser aufgepaßt. Da ich praktisch illegal eingedrungen war, sollte ich nun wohl nach Indizien Ausschau halten, aber ich hatte keine Ahnung, wo ich anfangen sollte. Im Gegensatz zu manchen anderen Staatsanwälten war ich nie als Ermittlerin ausgebildet worden. In unserem Büro lieferte die Polizei uns die Beweise, und wir machten einen Fall daraus. Manchmal brauchten die Polizisten juristischen Rat, um einen Haftbefehl oder eine Genehmigung zum Abhören zu bekommen, verdeckt zu ermitteln oder einen Undercover-Agenten einzuschleusen, aber ich hatte noch nie selbst losgehen und entscheiden müssen, wo ich mich umzusehen hatte. Und außerdem, nach was denn? Ich hatte keine Ahnung, was ich eigentlich suchte.

Mir fiel ein, daß ich Glück hatte, weil Tory keine Alarmanlage besaß. Daran hatte ich nicht mal gedacht, als ich das Haus betrat. Ich hätte bestimmt keinem meiner alten Freunde im Büro des Sheriffs erklären mögen, was ich in Torys Haus machte. Gerade, als ich mir zu ihrem Fehlen gratulierte, ging die Alarmanlage los und versetzte meinem Körper einen Adrenalinstoß wie ein Tritt in den Magen. Dann verstummte das Teufelsding, um gleich darauf erneut loszugehen. Welche verdammte Alarmanlage tut denn so etwas?

Ach ja. Das Telefon. Statt eines leisen, höflichen Summens hatte Torys Telefon eine altmodische, laute, schrille Glocke. Ungefähr bis zum fünften Klingeln hatte ich mich genügend von meiner Panik erholt, um in der Lage zu sein, den Hörer abzunehmen. Vielleicht würde mir der Anrufer einen Hinweis darauf geben, wo Tory sein mochte, aber ich hatte das vage Gefühl, daß dieser Plan nicht ganz einwandfrei war, und während ich noch überlegte, läutete das Telefon ein sechstes Mal und verstummte dann. Mir wurde immer klarer, daß ich nicht das Zeug zum Detektiv hatte. Aber das Telefon erinnerte mich an den rätselhaften Anrufbeantworter, und ich setzte mich aufs Sofa, um ihn zu untersuchen. Es war eines dieser Kombinationsgeräte. Eine runde Wählscheibe bot drei Einstellungen, die mit 2, 4 und OFF beschriftet waren; ich nahm an, daß sich der Apparat damit nach dem zweiten oder vierten Läuten oder gar nicht einschaltet. Im Augenblick stand er auf OFF. Null problemo, wie mein Neffe Louis sagen würde. Ein weiterer Schalter besagte RECORD, PLAY oder SELECT. Das schien etwas schwieriger – ich meine, warum sollte man SELECT wählen? PLAY jedoch war mir ziemlich klar.

Ich weiß nicht, warum ich zögerte, den Schalter zu bedienen. Ich war bereits unbefugt eingedrungen und hatte wahrscheinlich noch einige weitere Verstöße begangen. Auch war mir nicht klar, ob es überhaupt ein Vergehen wäre, Torys Telefonnachrichten abzuhören. Nun ja, unbefugte Benutzung fremden Eigentums vielleicht. Ein geringfügiges Vergehen, das schlimmstenfalls mit einer Geldstrafe belegt wird. Trotzdem brauchte ich gute zehn Minuten, um einen Entschluß zu fassen. So lange wanderte ich herum, ging die Treppe in den winzigen ersten Stock hinauf, schaute in den Schrank, um festzustellen, ob ein paar von Torys Kleidern fehlten. Es war hoffnungslos. Die Frau war ein Versandhaus-Junkie. Da gab es Kostüme und Kleider, die ich überhaupt noch nie gesehen hatte. Schuhe. Ich fragte mich, ob ich sie je damit aufziehen könnte, daß sie einer Imelda Marcos Konkurrenz machte, ohne zu verraten, daß ich in ihrer Abwesenheit in ihrem Haus herumgeschnüffelt hatte. Tory, verdammt, *wo bist du?* dachte ich.

Ich polterte die Treppe hinunter und stellte den Schalter auf PLAY. Das Band gab ein sirrendes Abspulgeräusch von sich, dann vernahm ich meine eigene, ärgerliche Stimme von Mittwoch abend: »*Verdammt,* Tory, ich *weiß,* daß du da bist. Vor weniger als einer Viertelstunde hast du mir eine Nachricht hinterlassen, und ich weiß, daß du um elf Uhr abends nicht mehr ausgehst. Ich bin nicht wütend, bloß etwas durcheinander. Was ist los? Bist du in Ordnung? Nun nimm ab, Tory, bitte.« Stille. Piep.

Noch eine weibliche Stimme, wesentlich gefaßter, irgendwie vertraut, aber nicht zu identifizieren: »Hallo. Du bist sicher schon unterwegs. Falls nicht, warum nicht? Falls doch, bis bald.« Piep.

Eine sehr vertraute männliche Stimme: »Tory, hier ist Sam Holt. Tut mir leid, daß ich Sie zu Hause anrufe, aber ich dachte, Sie hätten sicher nichts dagegen. Ich muß dringend mit Ihnen über etwas sprechen, sobald Sie eine Minute Zeit haben. Meine Privatnummer ist 473-9570; Büro 442-1588. Bitte rufen Sie unbedingt zurück.« Das war die letzte Nachricht.

Tja, da hatte ich sicher einige Indizien gefunden. Ich hatte bloß absolut keine Ahnung, welche Schlüsse ich daraus ziehen sollte. Ich nahm an, meine Nachricht bedeutete, daß Tory nicht mehr zu Hause gewesen war oder wenigstens das Band nicht mehr abgehört hatte, seit ich sie hinterlassen hatte. Mit diesem Apparat kannte ich mich nicht richtig aus, aber die meisten überspielen die Botschaften, die man schon abgehört hat. Aber was, wenn sie die Fernabfrage benutzt hatte? Würde der Apparat die Nachricht dann überspielen oder speichern, bis sie am Gerät nochmals abgehört worden war? Das wußte ich nicht, und ich wußte auch nicht, wie ich es hätte feststellen sollen. Vielleicht gab es eine Bedienungsanleitung, in der solche Dinge standen? Ich öffnete die Schublade in dem Beistelltisch, auf dem das Gerät stand, als das verdammte Telefon erneut läutete, und wieder reagierte mein Magen heftig. Ich konnte das Blaubeermuffin hinten im Hals schmecken. Scheußlich.

Aber diesmal war ich ein bißchen schneller. O ja, allmählich bekam ich Übung. Ohne sicher zu sein, was passieren würde, stellte ich die Schalter des Apparats rasch auf 4 und Record. Das vierte Läuten brach ab, ich hörte Torys brüske Ansage und dann: »Tory, hier ist noch mal Sam Holt. Ich verstehe das nicht. Manchmal meldet sich Ihr Anrufbeantworter und manchmal nicht. Sie melden sich nie. Ich muß immer noch mit Ihnen reden. Es geht um Cinda. Ich bin heute in meinem Büro, Samstag, gegen halb eins. Ich bleibe hier. Bitte, rufen Sie an. Es ist wichtig.« Mir wurde klar, daß ich eigentlich gern selbst mit Sam gesprochen hätte, aber ich konnte ja nun nicht nach dem Hörer greifen, den Apparat ausschalten und erklären, ich hörte zufällig Torys Anrufe ab, oder? Die Vorstellung, daß Sam und Tory hinter meinem Rücken über mich sprachen oder es auch nur *versuchten,* machte mich wütend. Ich mußte trotz meines Zorns daran denken, wie Sams Hand gestern bei *Pasta Jay's* meine Schulter gestreichelt hatte.

Ich mußte hier raus. Ich stellte die Schalter zurück auf OFF und RECORD – ich glaubte, daß sie so gestanden hatten, als ich kam. Verdammt. Lord Peter hätte sich das sicher genau gemerkt.

Als ich in meinem Subaru rückwärts aus Torys langer, ungepflasterter Einfahrt setzte, rätselte ich noch immer, wie der Anrufbeantworter funktionierte. Meine Nachricht befand sich noch auf dem Band – hieß das, daß Tory nicht zu Hause gewesen war, seit ich sie am Mittwoch abend hinterlassen hatte? Falls ja, wer hatte das Gerät dann ausgeschaltet? Und wann? Meine erste Nachricht, die über das Mineralwasser, war gelöscht. Sie mußte sie also abgehört, mich zurückgerufen und mir dann hinterlassen haben, daß sie am folgenden Tag nicht zum Essen kommen konnte. Aber was dann? Vielleicht war sie zu Hause gewesen, als ich zurückrief, und hatte einfach nicht abgenommen, aber was war dann mit den beiden anderen Anrufen, dem der nicht identifizierten Frau (wessen Stimme *war* das bloß?) und dem von Sam? Wenn Tory dagewesen war, warum hatte sie sie nicht angenommen? Wenn sie nicht dagewesen und seither auch nicht zu Hause gewesen war, wer hatte den Apparat dann ausgeschaltet?

Ohne recht zu wissen, warum, fuhr ich zurück, ging erneut ins Haus, suchte den Hebel, mit dem sich das Fach für das Aufnahmeband öffnen ließ, und wollte die kleine Kassette herausnehmen. Tatsächlich enthielt es zwei Bänder – das eine mit Torys Ansage, das andere mit den Nachrichten der Anrufer. Ich war ziemlich sicher, daß das, was ich einsteckte, das mit den Nachrichten war. Tory würde wissen, daß etwas Eigenartiges passiert war, wenn sie zurückkam und feststellte, daß das Band fehlte. Aber es würde wohl nicht das einzige sein, was ihr seltsam vorkommen mußte.

Mein Ausflug in die Kleinkriminalität (ich hatte nicht einmal Handschuhe getragen und überall Fingerabdrücke hinterlassen) hatte mich so nervös gemacht, daß ich nicht mehr daran dachte, in ihren Briefkasten zu schauen. Doch um keinen Preis wollte ich noch einmal zurückfahren. Tatsächlich bereute ich bereits ernsthaft, das Band genommen zu haben. Was in aller Welt sollte ich bloß damit anfangen? Als ich nach Hause kam, warf ich es in eine Schachtel mit alten Bändern von juristischen Lehrvorträgen, die ich gekauft und angehört hatte, um mich auf meine Zulassung vorzubereiten. Sie waren stinklangweilig; niemand würde sich je dafür interessieren.

Ich war zu fahrig, um irgend etwas Vernünftiges zu tun. Ich machte einen langen Spaziergang, aber ich erinnere mich nicht einmal mehr, wohin ich ging. Als ich nach Hause kam, war es dunkel. Ich sah nach meinem eigenen Anrufbeantworter; diese Dinger gingen mir nicht aus dem Kopf. Das rote Licht leuchtete: Niemand hatte angerufen.

Den ganzen Samstag abend brachte ich nicht mehr genug Konzentration auf, um zu arbeiten, obwohl das Prozeßprotokoll noch immer wartete und mich jedesmal, wenn ich es sah, daran erinnerte, daß ich Jason versprochen hatte, es zu lesen. Am Sonntag rief ich Marilyn Steptoe an, und zusammen fuhren wir in die alte Minenstadt Gold Hill hinauf, um zu wandern, unseren liebsten Antiquitätenladen zu besuchen und in einem Gasthof zu Abend zu essen. Das *Gold Hill Inn* schließt jedes Jahr nach dem Thanksgiving-Wochenende, weil der Schnee dann zu tief und die Straßenverhältnisse zu schlecht werden. Bis Ende Mai würden nicht genügend Gäste kommen. Ich freute mich, vor dem nächsten Sommer noch einmal dort essen zu können. Auf dem Weg aus der Stadt brachten Marilyn und ich den Piepser des Zentrums bei Graciela Cappucini vorbei; sie hatte gesagt, sie kümmere sich gerne um irgendwelche hereinkommenden Notrufe.

Es war ein herrlicher Tag. Die Espen hatten inzwischen alle Blätter verloren, aber der Himmel war erstaunlich klar. Man hatte das Gefühl, es sei Herbstanfang, dabei stand der Winter schon vor der Tür. Während Marilyn und ich in ihrem Jeep aus dem Sunshine Canyon hinausfuhren, unterhielten wir uns ein bißchen über Grace. Marilyn fand, sie sei eine der besten Beraterinnen, die sie kannte. »Ich kann kaum glauben, daß sie nie zuvor Vergewaltigungsopfer betreut hat. Sie hat einfach diesen natürlichen Draht zu den Frauen; sie vertrauen ihr sofort. Außerdem engagiert sie sich und opfert dafür ihre Freizeit. Hat sie Ihnen gesagt, daß sie ehrenamtlich im Verband für Vergewaltigungsopfer tätig sein will? Sie ist bereit, zu dessen Treffen nach Denver zu fahren und uns über seine Projekte Bericht zu erstatten.«

»Ja, sie war ein echter Volltreffer. Ich hatte ihr zu dieser Verbandsarbeit zugeraten, weil es sonst keiner machen wollte. Wissen Sie, daß ich sie fast nicht eingestellt hätte, weil ich so schwer damit klarkam, daß sie so dick ist? Ist das nicht schrecklich? Ich meine, es war nicht richtig, aber ihr Übergewicht hat mich einfach gestört.«

Marilyn schwieg eine Sekunde, während sie herunterschaltete und den Jeep durch eine scharfe Haarnadelkurve steuerte. Als sie sprach, wandte sie den Blick nicht von der Straße. »Möglicherweise hat sie, weil sie so dick ist, ein besonderes Verständnis dafür, was es heißt, mit einem Stigma herumzulaufen, und dieses Gefühl haben ja so viele Vergewaltigungsopfer. Aber ich kann Ihr Zögern auch begreifen. Vielleicht wollten Sie bloß nicht das Vorurteil bestätigen, das viele Leute haben, Feministinnen wären unattraktiv. Vor allem diejenigen, die in Krisenzentren für Vergewaltigungsopfer oder Frauenhäusern arbeiten.«

Ich dachte darüber nach. »Vielleicht. Ich glaube, sie hat mich auch an meine früheren Gewichtsprobleme erinnert. Das ist etwas, woran ich nicht gern zurückdenke.«

Da sah Marilyn mich an. »Sie? Fett? In irgendeinem früheren Leben? Ich hatte nicht gedacht, daß Sie an diesen New-Age-Kram glauben.«

»Nein. Ich war in diesem Leben fett. Aus irgendeinem Grund war ich während der High-School und der meisten Zeit im College richtig übergewichtig. Unmittelbar vor dem Abschluß habe ich angefangen abzunehmen, und in drei Jahren Jurastudium habe ich dann noch mal fünfzig Pfund verloren. Eigentlich weiß ich noch immer nicht, wieso. Eine Zeitlang kam es mir so vor, als könnte ich nie genug kriegen, und dann machte Essen lange Zeit einfach keinen besonderen Spaß mehr. Jetzt tut es das wieder, aber anscheinend nehme ich nicht mehr zu.«

»Tja, wer weiß. Jedenfalls haben wir nach der Wanderung, die ich im Sinn habe, ein schönes Abendessen im *Gold Hill Inn* verdient.«

Für den Rest des Tages sprachen wir über andere Dinge. Wir erwähnten das Zentrum nicht, und ich brachte die Rede nicht auf den Fall Smiley oder meine neuesten, seltsamen Erfahrungen mit (oder ohne) Tory. Marilyn war angenehm und unkompliziert, und als sie mich nach zehn Uhr abends bei mir zu Hause absetzte, fühlte ich mich so entspannt und normal wie seit Richter James' Anruf mit der unwillkommenen Bestellung nicht mehr.

Das Feiertagswochenende war vorüber, das Zentrum war wieder zu chaotischem Leben erwacht, und ich hatte Jason ein Versprechen gegeben, das ich halten mußte. Zwei Versprechen. Ich kam spät aus dem Büro, nachdem ich eine neue Freiwilligengruppe in unsere Arbeit eingewiesen hatte, und auf dem Heimweg hielt ich bei *Ead's News and Smokes,* dem größten Zeitungsstand der Stadt, in der Hoffnung, daß sie *Delta Blues* führten. Ich dachte, wenn ich die Zeitschrift bekäme, könnte ich im Impressum eine Adresse finden, um sie für Jason zu abonnieren. Es gibt nichts, was es bei *Ead's* nicht gibt, und so fand ich *Delta Blues* in der Musikabteilung sofort und trug das Heft zur Kasse.

Es war schon mehrere Stunden dunkel, als ich nach Hause kam. Mein Wohnzimmer sah alles andere als einladend aus mit dem kalten Holzofen und den unordentlichen Stapeln von Aktenordnern auf dem Fußboden. Ich erinnerte mich an die angenehme Vorfreude, mit der ich letzte Woche die Lektüre begonnen hatte. Jetzt empfand ich sie nur noch als mühsam. Seufzend hängte ich meine Jacke auf, legte die *Delta Blues* neben mein Bett, damit ich nicht vergaß, das Bestellformular auszufüllen, legte Holz in den Ofen, kochte mir eine Kanne Kaffee und machte mir ein gegrilltes Käsesandwich. Als ich gegessen hatte, war das Wohnzimmer warm, und der Kaffee dampfte. Mit einem Gefühl der Resignation, das der Kaffee kaum linderte, blätterte ich den Ordner auf dem Tisch durch, bis ich mein Lesezeichen fand. Gerade war Officer Delgado vom Colorado Springs Police Department aus dem Zeugenstand entlassen worden.

Der nächste Zeuge der Anklage war Tiller Corrigan, der

sich als Chemiker vorstellte, angestellt beim Colorado Bureau of Investigation. Er rasselte verschiedene Abschlüsse und Diplome herunter, ehe Howie Blake unterbrach und sagte, er und sein Mandant räumten ein, daß Dr. Corrigan qualifiziert sei, um als Sachverständiger auszusagen.

Corrigan setzte dazu an, seine Methoden und Befunde zu erläutern. Er war einer der Sachverständigen, deren Ausführungen so bewundernswert gründlich und präzise sind, daß die Geschworenen nach fünf Minuten glasige Augen bekommen. Zusammengefaßt ergab sich folgendes: Er hatte mehrere Gegenstände untersucht, darunter auch die Bettwäsche aus Nicole Caswells Zimmer und die Kleidung, die unter dem Leichnam in der Nähe von Pennsylvania Gulch gefunden worden war. Er hatte auch Zugang zu Blut- und Speichelproben, die Jason Smiley nach seiner Festnahme in Laramie entnommen worden waren. Aus den Speichelproben war ersichtlich, daß Smiley kein »Sekretor« war, seine Blutgruppe war B, der Rhesusfaktor negativ. Dann erklärte er, Nicole Caswells Blutgruppe habe er anhand der Unterlagen ihres Arztes identifiziert: Gruppe A, Rhesusfaktor positiv.

Anschließend wandte er sich den Beweismitteln aus Nicoles Schlafzimmer zu. Die Bettwäsche wies Spuren von Blut und Sperma auf. Das Blut gehörte zwei verschiedenen Blutgruppen an, eine davon, A positiv, war dieselbe wie die Nicoles. Die andere Blutprobe entsprach der Blutgruppe von Jason Smiley. Das Sperma auf den Bettlaken stammte von einer Person, die kein Sekretor war.

Weniger als fünf Prozent der männlichen Bevölkerung der Vereinigten Staaten sind Nichtsekretoren mit der Blutgruppe B, fuhr Corrigan fort. Doch zum Zweck genauerer Identifizierung hatte er an Blut und Sperma von den Bettlaken sowie an Blut- und Speichelproben von Jason Smiley

DNS-Analysen vornehmen lassen. Sie stimmten perfekt überein.

Howie Blake erhob Einspruch und sagte, es gebe keinen Präzedenzfall für die Zulassung von DNS-Analysen als Beweismittel vor den Gerichten von Colorado, aber Richter Bogue gab dem Einspruch nicht statt, sondern sagte, die wissenschaftliche Zuverlässigkeit der Untersuchung sei hinreichend nachgewiesen. Danach bezeugte Corrigan, daß es an den am Fundort der Leiche sichergestellten Kleidungsstükken Blut einer Blutgruppe gab; es war A positiv, entsprach also dem von Nicole. Außerdem befanden sich getrocknete Spermaspuren am Stoff: Dem DNS-Vergleich zufolge stammten sie von Jason. Wieder nach abgelehntem Einspruch von Howie sagte Corrigan aus, die Wahrscheinlichkeit, daß es sich um zwei verschiedene Personen handele, sei geringer als eins zu einer Million.

Hoppla. Ich überlegte einen Moment, warum Corrigan nicht weitergemacht und einen DNS-Vergleich der A positiven Blutproben mit Nicoles Blut durchgeführt hatte, bis mir einfiel, daß die lebende Nicole ja nicht mehr zur Verfügung stand. Falls nicht irgendwo Blut von ihr gelagert war, war kein DNS-Vergleich möglich. So hatte man ihre Blutgruppenzugehörigkeit nur anhand ihrer medizinischen Unterlagen feststellen können. Aber nichts von all dem war hier das wirkliche Problem. Das wirkliche Problem bestand darin, daß mein Mandant, derselbe, der mir letzte Woche in die Augen gesehen und gesagt hatte, er habe Nicole nicht vergewaltigt und ermordet, in der Nacht ihres Verschwindens auf ihren Laken und Kleidern Körperflüssigkeiten hinterlassen hatte, die zweifelsfrei von ihm stammten. Aber keinerlei Speichel. Was sollte ich nun damit anfangen?

Weiter gab es nicht viele Beweise der Anklage. Jasons Vermieterin sagte aus, er sei ungefähr Anfang September aus ihrem aus vier Wohnungen bestehenden Haus verschwunden, nachdem er die Miete für diesen Monat entrichtet hatte. Er hinterließ Kleidung, eine umfangreiche Sammlung an Kassetten, einen billigen Recorder, einen Bücherschrank voller Taschenbücher und einiges Geschirr. »Aus Plastik«, fügte sie in bezug auf letzteres hastig hinzu, als werbe sie um Mitgefühl für die neuerdings nachlassende Qualität von Mietern. Sie hatte ihn nie wiedergesehen, »bis heute«, wie sie sagte. Beim Kreuzverhör räumte sie ein, er sei ein »guter Mieter« gewesen und habe den Eindruck eines »netten jungen Mannes« gemacht.

Sergeant Duane Penrose vom Police Department in Laramie, Wyoming, sagte aus, er habe Jason am 15. August 1989 vor der *Wrong Place Bar* in Laramie festgenommen, nachdem ein Unbekannter angerufen und gesagt hatte, ein Betrunkener versuche auf dem Parkplatz der Bar eine Schlägerei vom Zaun zu brechen. Sergeant Penrose sagte, Jason sei stark berauscht gewesen und habe sich als Henry Gray ausgegeben. Er schien nicht zu begreifen, weswegen er festgenommen wurde. Während der Beamte ihm Handschellen anlegte, fragte Jason: »Habt ihr Nicole gefunden?« Bei sich trug er eine Sozialversicherungskarte auf den Namen Jason Troy Smiley. Man gab diesen Namen in den Polizeicomputer ein und stellte fest, daß Smiley mit einem Haftbefehl aus Colorado wegen Mordes gesucht wurde. Daraufhin wurde er nach Boulder überstellt.

Damit war die Beweisführung der Anklage abgeschlossen. Ich schaute mir rasch die nächsten paar hundert Seiten an, die Mitschrift der Aussagen der Zeugen der Verteidigung. Es schien sich fast ausschließlich, wie Jason gesagt hatte, um verschiedene psychiatrische Sachverständige zu handeln, die

Aussagen zu bestimmten Anomalien machten, welche sie in Jason Smileys Elektroenzephalogramm, Persönlichkeitsstruktur und Phantasiewelt festgestellt hatten; bis auf sein Horoskop zogen sie so ungefähr alles heran. Ich wußte, früher oder später würde ich mich mit diesem Zeug beschäftigen müssen, aber zuerst wollte ich eine Weile innehalten und über das nachdenken, was ich bis jetzt gelesen hatte.

Jason hatte mit Nicole gestritten und war am Abend ihres Verschwindens in ihrem Zimmer gewesen; er hatte auf ihrem Bett ejakuliert und dort sein Blut mit ihrem vermischt. Er hatte sein Sperma auf den Kleidern hinterlassen, die unter ihrem leblosen Körper lagen, war zur gleichen Zeit verschwunden wie sie und in Colorado nicht mehr gesehen worden, bis er verhaftet und zurückgebracht wurde; bei seiner Festnahme hatte er gefragt, ob die Polizei Nicole gefunden habe.

Kurz, er hatte mich belogen, als er gesagt hatte, er sei unschuldig. Wie Verbrecher es eben tun; das wußte ich, damit hatte ich gerechnet. Es spielte keine Rolle. Vielleicht fühlte ich mich ein wenig niedergeschlagen, weil ich mich von meinem eigentlichen Job hatte ablenken lassen. Aber das war nun unerheblich. Ich würde ihn morgen besuchen und bereit sein, die Arbeit zu tun, die wirklich von mir erwartet wurde. Und ich hatte auch schon ein paar gute Ideen für die Argumente, die wir bei der Revision vortragen würden.

Um diese Morgenstunde war der Boulder-Denver-Turnpike von Pendlern verstopft, aber ich konnte es mir nicht leisten, später loszufahren. Ich hatte noch zahllose Stunden gut, weil ich im Zentrum so viele Überstunden geleistet hatte; dennoch war mir nicht ganz wohl dabei, den ganzen Tag lang überhaupt nicht dort aufzutauchen. Aber was sollte ich machen?

Canon City, wo der Hochsicherheits- und Todestrakt des Staatsgefängnisses von Colorado lag, war mindestens vier Autostunden von Boulder entfernt. Ich konnte unmöglich hinfahren, mit meinem Mandanten sprechen und wieder zurückfahren, ohne einen Arbeitstag zu versäumen, es sei denn, ich suchte ihn an einem Samstag oder Sonntag auf. Wenn ich mich öfter mit Jason Smiley besprechen wollte, würde ich mir vielleicht doch ein Autotelefon zulegen müssen. Doch das war für mich ungefähr genauso schlimm, wie eine Tarantel als Haustier zu halten.

Ich beschloß, die Fahrt zu genießen und legte eine Kassette von Bonnie Raitt ein. Sie war so alt, daß ich mich nicht mehr erinnern konnte, woher ich sie hatte. Bonnie legte sich mächtig ins Zeug, um in einem alten Blues-Song zu erklären, welche Art von Frau sie sei.

I'm a mighty tight woman
I'm a real tight woman
Yeah, I'm a jack of all trades
I can be your pretty mama
Or I can be your slave.

Nicht zum ersten Mal dachte ich über die sexuellen Anspielungen nach. Ich schien neuerdings überhaupt recht häufig an Sex zu denken. Ist das ein Wunder? Jetzt brauchte ich mit meinem detektivischen Gespür nur noch das richtige Maß für mich herauszufinden.

Ich dachte, ich sollte besser ein bißchen darüber nachdenken, was ich meinem Mandanten sagen würde, statt auf dem ganzen Weg nach Canon City in einem angenehmen Blueskoma zu schwelgen. Es führte kein Weg daran vorbei: Ich war wütend auf ihn, weil er mich belogen hatte. Und es führte auch kein Weg um die Tatsache herum, daß meine Reaktion völlig unangemessen war. Sam hatte recht gehabt, als er meinte, ich sei für den Job eines Strafverteidigers nicht sonderlich geeignet. Von den Mandanten angelogen zu werden, häufiger zu verlieren als zu gewinnen, die Tatsachen und das Gesetz meist nicht auf seiner Seite zu haben: das alles betraf die Anklage normalerweise nicht, aber die Verteidigung mußte sich darauf einstellen und lernen, damit umzugehen.

Was hatte Sam sonst noch gesagt? Irgend etwas in dem Sinne, ich solle mir von Jason nicht alles mögliche erzählen lassen, das nicht notwendig war, um ihn im Revisionsverfahren zu vertreten. Ich hatte von Anfang an gewußt, daß ich mich nicht hätte hinreißen lassen dürfen, mich um seine Schuld oder Unschuld zu sorgen, aber irgendwie war mir dieses weise Vorhaben abhanden gekommen. Nun ja, ich brauchte mir keine Vorwürfe zu machen. Schließlich war ich neu in diesem Geschäft.

Es gab eine einfache Methode, allen Schwierigkeiten aus dem Weg zu gehen. Ich würde das Gespräch bei diesem Besuch auf die möglichen Revisionsgründe beschränken. Vielleicht würde ich Jason Smiley nach dem heutigen Tag auch gar nicht mehr aufsuchen müssen. Ich konnte ihn brieflich darüber unterrichten, wie die Sache lief. Ich konnte ihm noch ein paar weitere Zeitschriften schicken oder auch Kassetten, wenn ich das durfte und er eine Möglichkeit hatte, sie zu hören. Es war sinnvoller, meine Zeit mit dem Recherchieren möglicher Revisionsgründe zu verbringen als damit, zwischen Boulder und Canon City hin und her zu fahren. Dann würden auch meine Samstage mir gehören, und ich mußte mir kein Autotelefon zulegen.

Dreieinhalb Stunden und ungefähr sechs Kassetten später fuhr ich vor dem Gefängnistor vor und wurde auf den Parkplatz gewunken. Die Routinekontrolle, bei der ich die Schuhe ausziehen, meine Hand stempeln lassen und gegen die Metallstange drücken mußte, wirkte beim zweiten Mal wesentlich weniger einschüchternd. Ich hielt fast zwanzig Dollar Kleingeld bereit; Jason und ich konnten jede Menge Junk-food genießen. Zuerst sagte mir der Wachmann, ich könne das Geld nur in einer durchsichtigen Plastiktasche in die Anstalt mitnehmen, und wollte es schon konfiszieren, aber nachdem ich protestiert und erklärt hatte, ich sei Anwältin, förderte er einen staubig aussehenden, durchsichtigen Beutel mit Reißverschluß zutage und sagte, den könne ich nehmen. »Aber nächstes Mal bringen Sie so ein Täschchen mit wie die anderen Frauen«, ermahnte er mich. »Sie können es im Kaufhaus in der Stadt besorgen.«

Ich dachte schon daran, gegen diese dämliche Regel zu protestieren (wollten die mir etwa erzählen, daß männliche Anwälte sich Plastiktäschchen für ihr Kleingeld kaufen mußten?), aber dann überlegte ich es mir anders. Wahrscheinlich würde ich sowieso nicht mehr wiederkommen. Jorge Villalpondo erkannte mich wieder und lächelte mich freundlich an. Während er mich in den Besuchsraum führte, erkundigte er sich höflich nach meiner Fahrt. In dem Raum befanden sich viel weniger Leute als beim letzten Mal. Wieder wurde ich an Tisch drei gewiesen, und nach ungefähr zehn Minuten erschien Jason.

Ich stand auf, um ihm die Hand zu geben. »Hallo, Jason. Wie geht es Ihnen?«

»Nicht übel. Danke, daß Sie gekommen sind.« Er sah noch immer zu gesund und gepflegt aus für einen Häftling. Bei *Brillig* hätte man ihn für einen Verbindungsstudenten gehalten.

Ich wollte nicht gleich mit den juristischen Dingen anfangen, vor allem, weil ich jedes Gespräch über seine Unschuldserklärung vermeiden wollte. »Wie war Thanksgiving hier? Bekommen Sie da etwas Besonderes zu essen?«

»O ja, Truthahn. Es schmeckt nicht schlecht, aber es ist eigenartig, wenn man es allein in seiner Zelle essen muß. Wissen Sie, man kann bloß auf seiner Pritsche sitzen, und dann ist die, äh, Toilette nicht weit entfernt. Und sie hat natürlich keinen Deckel. Das nimmt einem etwas von dem Festtagsgefühl, wenn Sie verstehen, was ich meine.«

Ich war entsetzt. »Gräßlich. Müssen Sie alle Mahlzeiten so zu sich nehmen?«

»Ja. Nun ja, die normalen Gefangenen essen in einem Speisesaal. Aber die zum Tode Verurteilten wie ich essen alle in ihrem Haus. So nennt man hier die Zellen, Haus. Jemand sagt vielleicht: ›Gestern hat die Schmiere mein Haus gefilzt.‹ Unglaublich, was?« Er mußte meinen verwirrten Blick bemerkt haben. »Das bedeutet, daß die Wachen seine Zelle durchsucht haben, aber er bezeichnet sie eben als sein Haus.« Er schüttelte den Kopf. »Jetzt rede ich schon selber so. *Haus.* Tolles Haus.«

Ich war froh, ein Gesprächsthema gefunden zu haben, und bat ihn, mir mehr über sein Leben im Gefängnis zu erzählen. Viel hatte er allerdings nicht zu berichten. Er hatte mit dem Mann in der Nachbarzelle Schach gespielt. Sie riefen sich die Züge gegenseitig durch die Gitter zu. Früher hatte er nie Schach gespielt, aber allmählich konnte er es ganz gut. Und es ging das Gerücht, es gebe in der Anstalt eine Tuberkuloseepidemie, und nun fragten sich die Häftlinge dauernd, wer wohl betroffen sei. Man hatte bei allen Tests gemacht, das sagte jedenfalls der Direktor, und er hatte eine Verlautbarung herausgegeben, in der es hieß, man habe keinen Fall von Tb gefunden. Aber ein paar der Insassen hatten gehört, die

Black-Muslim-Häftlinge hätten den Test aus religiösen Gründen verweigert. Andere behaupteten, das Gerücht sei von einigen der Wärter ins Leben gerufen worden, die der Arischen Bruderschaft angehörten, um unter den Gefangenen Rassenunruhen zu schüren.

»Im Gefängnis wissen Sie nie, ob etwas wahr ist oder nicht. Das zeichnet das Leben hier aus«, sagte Jason mir. »Sie hören tausenderlei Gerüchte, Sie wissen, daß die Leute Sie anlügen, aber es ist nicht aufzuklären. Wer weiß schon, was die Wahrheit ist? Nach einer Weile sind Sie nicht mal mehr sicher, ob es so was wie Wahrheit überhaupt gibt.«

Ich glaubte zu verstehen, was Jason meinte. Vielleicht erklärte es seine Unschuldsbehauptungen. Wenn jemand denkt, seine Anwältin würde mehr Sympathie für ihn empfinden, wenn er ihr etwas erzählt, das nicht stimmt, dann tut er es eben. Warum auch nicht?

»Jason, möchten Sie etwas essen? Diesmal habe ich jede Menge Geld mitgebracht.«

»Na, fabelhaft. Okay, ich möchte gern ein paar M&Ms, ein bißchen Dörrfleisch, Hühnersuppe mit Nudeln, ein Sandwich mit Schinken und Käse. Und hinterher vielleicht ein Eis.«

»Okay. Sind Sie wirklich so hungrig? Ich meine, ist das Essen hier sonst so viel schlimmer, daß Sie jetzt Lust auf Dörrfleisch haben?«

»Schauen Sie, Cinda, erstens bin ich in Rahway, New Jersey, aufgewachsen. Mein alter Herr hat in einer Maschinenfabrik gearbeitet. Wir bekamen keine Delikatessen aufgetischt, als ich klein war. Als Teenager habe ich Dörrfleisch entdeckt und fand es ziemlich gut. Zweitens, alles schmeckt, wenn Sie es nicht einen halben Meter neben dem Scheißhaus essen müssen. Entschuldigung, neben der Toilette.«

Ich lachte. »Okay. Möchten Sie es holen? Hier ist das Geld. Ich möchte bloß eine Cola, bitte.«

»Geht nicht. Neue Regeln seit letzter Woche. Häftlinge dürfen im Besuchszimmer kein Geld in die Hände kriegen. Sie werden die Kellnerin spielen müssen. Und ich kann Ihnen gleich sagen, daß ich auch nicht in der Lage bin, Ihnen ein gutes Trinkgeld zu geben. Tut mir leid.«

Ich steckte also meine Münzen in die Automaten und stellte zusammen, was er haben wollte. Als ich anfing, seine Suppe in der Mikrowelle zu erhitzen, kam er zu mir herüber; anscheinend war es noch nicht verboten, sich als Koch zu betätigen. »Stellen Sie auf die höchste Stufe, Cinda, dieser Apparat ist furchtbar schwach.« Wir lachten zusammen darüber, daß die Suppe auch nach zehn Minuten nur lauwarm war. Ich merkte, daß ich Spaß hatte. Während er aß und ich meine Cola trank, brachte er mir verschiedene Ausdrücke aus dem Häftlingsjargon bei, von denen er behauptete, im Interesse meiner neuen Karriere als Strafverteidigerin müsse ich sie kennen.

»Gebunkert?«

»Na ja, das ist, wenn Sie sich etwas hinten reingesteckt haben, verstehen Sie? Um es zu verstecken.«

»Gräßlich.«

»Das sagen Sie nun schon wieder, Cinda. Im Gefängnis ist *alles* gräßlich. Sie brauchen ein bißchen mehr Feinheiten, gewisse Abstufungen des Gräßlichen in Ihrem Vokabular.«

»Kritisieren Sie mein Vokabular? Sie haben vielleicht Nerven.«

»Na ja, Sie waren diejenige, die nicht wußte, was gebunkert bedeutet. Und was ist mit *Lebenshure?«*

»Ich gebe auf. Ich meine, ich könnte einige Vermutungen anstellen, aber die wären alle sexistisch.«

»Hat mit sexistisch gar nichts zu tun. Es gibt drei Arten von Huren. Die kleine Hure, die große Hure und die Lebenshure.«

»Und das ist nicht sexistisch?«

»Mit Sicherheit nicht. Hat überhaupt nichts mit Frauen zu tun. *Hure* ist eine Bezeichnung für Krimineller. Von der kleinen Hure spricht man, wenn Sie zwei Vorstrafen haben. Obligatorische Haftstrafe von zehn Jahren. Die große Hure ist, wenn Sie drei Vorstrafen haben. Zwanzig Jahre. Die Lebenshure hat drei Vorstrafen wegen Gewaltdelikten. Eine Menge Typen hier drin haben lebenslänglich.«

Mir dämmerte etwas. »O ja. Diese Huren kenne ich allerdings. Ich hatte mit ihnen zu tun, als ich Staatsanwältin war. Ich kannte bloß ihre ... ihre Spitznamen nicht.«

»Tja, nun kennen Sie sie. Diese Huren haben eine Menge Jungs in Schwierigkeiten gebracht. Mich allerdings nicht. Keine Huren für mich, nein, Ma'am.« Das war ein ziemlich tapferer Scherz, aber er verweilte nicht weiter dabei. »Und was ist ein *Schuß?«*

»Hmm. Ich nehme an, nichts Naheliegendes wie eine Injektion oder eine Schußwunde.«

»Richtig. Ich meine, stimmt, nichts dergleichen.«

»Ich gebe auf.«

»Ach, Cinda, mit Ihnen macht's keinen Spaß. Es ist eine Disziplinarstrafe, wissen Sie, wenn ein Wächter Sie aufschreibt, weil Sie gegen eine Vorschrift verstoßen haben. Sie können Privilegien oder gewisse Annehmlichkeiten einbüßen, wenn er damit durchkommt.«

»Haben Sie welche bekommen?«

»Ich nicht, Ma'am. Keine Huren, keine Schüsse. Musterhäftling. Alle Privilegien.«

Das erinnerte mich an etwas. »Hören Sie, Jason, ich habe

Delta Blues für Sie abonniert. Aber es hieß, daß es vier bis sechs Wochen dauern kann, bis Sie das erste Exemplar bekommen.«

»Na, ich denke, bis dahin bin ich schon noch da. Vielen Dank, Cinda. Aber haben Sie für ein ganzes Jahr abonniert? Ich frage mich, ob man Ihnen die Kosten erstattet, wenn sie mich um die Ecke bringen, bevor das Jahr rum ist. Sie sollten sich besser erkundigen.«

»Reden Sie nicht so, Jason. So schnell geht das nicht, wissen Sie. Und wir haben ein paar wirklich gute Argumente für die Revision.«

Er sah mich lange an. »Also sind wir jetzt beim Geschäft, was? Kein Geplauder mehr.« Mit der geöffneten Hand fuhr er sich über das Gesicht, als wolle er es abwischen, und setzte einen ernsten Ausdruck auf. »Okay, was sind das für tolle Argumente, mit denen wir in die Revision gehen, Sie und ich?«

Diesmal ignorierte ich seine Clownerien. »Eines davon hat mit der Definition für Mord ersten Grades zu tun. Kennen Sie die Regel? Sie wurde in Ihrem Prozeß angewendet.«

»Ja, ich habe darüber gelesen, als ich herkam. Verschuldensunabhängiger Mord, nicht? Sie begehen ein Verbrechen, jemand stirbt, Sie sind ein Mörder. Die Verbindung braucht gar nicht so eng zu sein. Irgendwie wurde ich deswegen verurteilt, richtig?«

»So in etwa. Eine im Verlauf eines Verbrechens, etwa einer Vergewaltigung, erfolgte Tötung ist Mord. Selbst wenn sie völlig zufällig passierte. Das ist eine sehr strenge Auslegung, und viele Gerichte sind bereit, sie gegebenenfalls einzuschränken, weil sie insgeheim wissen, daß diese Bestimmung ungerecht ist. Ich denke, wir können argumentieren, daß die Vergewaltigung in einem Gerichtsbezirk stattfand, der Tod aber in einem anderen eintrat, also daß eine Tötung unter diesen Umständen kein Mord ersten Grades sein kann. Hinzu kommt, daß zwischen der Vergewaltigung und der Tötung zuviel Zeit verstrichen ist, um von Mord ersten Grades sprechen zu können.«

Er sah skeptisch drein. »Und das sind Ihre *guten* Argumente?«

»Nun ja, ich denke schon. Ich meine...«

Jason würde mir hier nicht helfen. Er schwieg und beobachtete mein Gesicht.

»Ich meine, man weiß nie, was bei einem Gericht ankommt. Im Prozeß hat es keine eklatanten Fehler gegeben, ich habe jedenfalls keine gefunden. Aber diese Einwände sind berechtigt.«

»Aha. Berechtigt.«

»Dann ist ja noch ein anderer Punkt, an dem wir ansetzen können. Es gibt in Colorado ein Urteil im Fall eines gewissen *Curtis,* das besagt, der Angeklagte müsse offiziell vom Richter darauf hingewiesen werden, daß er ein Recht hat auszusagen, und er müsse offiziell erklären, daß er auf dieses Recht verzichtet, wenn er nicht in den Zeugenstand geht. Wenn der Richter im Strafprozeß ihn nicht darauf hinweist, ist das ein Revisionsgrund.«

»Aber?«

»Der Fall Curtis wurde erst nach Ihrem Prozeß entschieden. Daher lautet die Frage, ob die Entscheidung rückwirkend gültig ist. Also ob Angeklagte, die davor verurteilt wurden und denen der Strafrichter diese Erläuterung nicht gegeben hat, aufgrund dieser Unterlassung in die Revision gehen können. Wir müssen das Oberste Gericht davon überzeugen, daß die Entscheidung gelten sollte.«

»Welche Chancen haben wir?«

Ich wußte, daß sie nicht sehr gut waren. Der Oberste Gerichtshof von Colorado hatte mit rückwirkenden Entscheidungen in Strafverfahren nicht viel im Sinn. Aber das wollte ich nicht sagen. Ich wollte die Hoffnung nicht sofort aufgeben, daß wir ein ordentliches, schlagkräftiges Argument hatten, das nicht davon abhing, ob ich Jason Smiley für den Täter hielt oder nicht. »Das kann ich wirklich nicht sagen. Aber es ist…«

»Ich weiß: berechtigt.« Er sah mich nicht mehr an.

»Jason, ich kann nicht garantieren, daß wir gewinnen. Wir haben eine gewisse Chance, das ist alles.«

Jason sah sich um und zerdrückte dann mit der Faust die Verpackung von Rindfleisch und Sandwich. »Okay, Cinda. Danke, daß Sie gekommen sind. Ihre Argumente klingen gut. Ich wette, Sie werden damit fabelhafte Arbeit leisten.« Er schob seinen Stuhl zurück, als wolle er aufstehen.

»Moment, Jason. Was ist los? Ich dachte, wir würden…«

Er setzte sich wieder hin, die Faust noch immer fest geschlossen. »*Was* dachten Sie, was wir würden, Cinda? Schauen Sie, ich bin nicht gebildet, aber ich bin nicht blöd. Sie wollen diese glatten Argumente vorbringen, diese Erläuterungen und rückwirkend anwendbaren Entscheidungen und diesen ganzen Quatsch. Sie interessieren sich nicht für das, was ich Ihnen letztes Mal zu sagen versucht habe. Ich habe sie nicht umgebracht, kapieren Sie das nicht? Anscheinend haben Sie viel Zeit damit verbracht, sich was auszudenken, bei dem das keine Rolle spielt. Mir soll es recht sein, solange ich weiß, daß es so ist, aber versuchen Sie nicht, so zu tun, als wären Sie meine Vertraute.«

»Ich will diese Revision gewinnen, damit Sie am Leben bleiben und vielleicht wieder ein freier Mann sein können. Alles andere, ob Sie es getan haben oder nicht, ist unwichtig.

Ich habe recherchiert, und es ist so, wie ich dachte: Sobald jemand einmal schuldig gesprochen und verurteilt ist, spielt die Schuldfrage bei der Revision keine Rolle mehr. Sie dient nur dazu, Fehler im Strafprozeß aufzudecken. Das ist die Wahrheit.«

»Die Wahrheit. Was liegt Ihnen an der Wahrheit? Gar nichts, darum dreht sich dieses ganze Gespräch.« Nachdenklich rieb er sich mit dem Zeigefinger die Lippen. Sein Gesicht war jetzt verschlossen. Ich zwang mich, ihn anzusehen. »Das stimmt nicht, Jason. Ich glaube, daß es so etwas wie Wahrheit gibt, aber ich glaube, sie ist sehr schwer zu erkennen. Verschiedene Leute sehen dieselben Dinge und nehmen sie unterschiedlich wahr.«

»Ja, ja, so redet man heutzutage an der Universität. Nicole redete auch über solches Zeug. Sie mochte diesen japanischen Film *Rashomon.* Sie wissen schon, den, in dem jeder was anderes gesehen hat. Ich habe ihn nicht kapiert. Ich kapier ihn immer noch nicht. Glauben Sie, die Wahrheit darüber, ob ich Nicole getötet habe, wäre so eine Art Ansichtssache?«

»Nein, natürlich nicht. Es ist bloß, daß das Gericht sich darum nicht mehr schert, zumindest nicht so, wie es sollte. Es interessiert sich nicht mehr für die wahre Antwort auf diese Frage, sobald Sie einmal schuldig gesprochen und verurteilt sind. Wissen Sie, wir haben ja schon darüber gesprochen. Da ich Ihre Anwältin bin, ist es meine Pflicht, mich mit dem zu beschäftigen, was uns weiterbringt. Und mich nicht von dem ablenken zu lassen, was bereits abgehakt ist.«

»Sie meinen also, daß es Sie als Anwältin nicht interessiert, ob ich es getan habe oder nicht?«

»Nun ja, als Anwältin in Ihrem Revisionsverfahren interessiert es mich nicht.«

»Und als Mensch.«

»Was meinen Sie?«

Er antwortete mit übertriebener Geduld. »Ich meine, Cinda, interessiert es Sie als Mensch, ob ich es getan habe oder nicht?«

Ich hätte gewettet, daß er gut Schach spielte. Ich sah mich im Raum nach einem Hinweis um, was ich als nächstes sagen könnte, fand aber keinen. Ein älteres Paar saß händchenhaltend an einem Tisch, Kopf an Kopf. Sie sahen aus wie ein Farmerehepaar, sie in einem schäbigen Kleid, er in weiten Arbeitshosen, das vor dem Abendessen ein Dankgebet spricht. Ein gutaussehender Schwarzer hielt ein kleines Mädchen auf dem Schoß und las ihr flüsternd eine Geschichte aus einem abgegriffenen Kinderbuch vor, während die hübsche Mutter teilnahmslos Kartoffelchips aß. Die Beamten hinter der Glaswand wirkten schläfrig. Ich wandte mich wieder Jason zu.

»Als Mensch interessiert es mich, aber ich versuche auch, nicht über Sie zu urteilen. Das ist nicht mein Job.«

Er verschränkte die Arme, als wolle er seine Magengegend schützen. »Und wenn es Ihr Job wäre?«

Jetzt konnte ich ihn nicht mehr ansehen. »Ich weiß nicht. Ich war nicht dabei. Meiner Meinung nach wurden Sie bei dem Prozeß sehr schlecht vertreten.«

»Als Mensch, Cinda.«

Irgendein Widerstand in mir gab schließlich seinem Drängen nach, und ich explodierte. »Hören Sie, ich habe das Protokoll gelesen. Als Mensch denke ich, die Beweise der Anklage dafür, daß Sie Nicole Caswell vergewaltigt und ermordet haben, waren *sehr* überzeugend. Ist es das, was Sie hören wollen? Außer natürlich, wenn sie eingewilligt hat, mit Ihnen zu schlafen, aber irgendwie hat der Vorgang dazu geführt, daß überall im Zimmer Ihr Blut und das von Nicole war. Okay? Und mir fällt überhaupt keine Alternative zu der Schlußfolgerung ein, daß Sie sie umgebracht haben. Tut mir leid, Jason, und es beeinträchtigt auch nicht die Arbeit, die ich für Sie leisten möchte, aber ich kann nicht so tun, als glaubte ich, daß Sie unschuldig sind. Sind wir wenigstens soweit miteinander, daß ich mich nicht verstellen muß, ja?« Ich merkte, daß ich zu laut gesprochen hatte, aber als ich mich umsah, schien keiner zuzuhören. Die Farmersfrau weinte leise, aber das hatte anscheinend nichts mit mir zu tun.

Jason lehnte sich auf seinem Stuhl zurück und fuhr mit den Fingerspitzen über die verblaßte 3 auf dem Resopaltisch. »Nein, Sie müssen sich nicht verstellen. Sie sind ohnehin nicht sehr gut darin, falls Sie das noch nicht wußten. Reden wir deshalb heute über das Curtis-Urteil und diesen ganzen Quatsch? Wollen Sie mir damit zu verstehen geben, daß Sie keine Argumente für meine Unschuld finden wollen, weil Sie glauben, daß ich ein Mörder bin?«

»Warum müssen Sie das so ausdrücken? Können wir nicht einfach Dinge aus dem Spiel lassen, die unwichtig sind? Wie etwa die Frage, was ich glaube? Ich habe Ihnen doch schon gesagt: Was nicht im Protokoll steht, ist für die Revision überhaupt nicht zu gebrauchen.«

Jason fuhr sich mit der flachen Hand über die Haare und musterte dann seine Handfläche, als könne er darin eine Erklärung finden. »Da gibt es so viel, was ich nicht verstehe, genau wie in diesem gottverdammten *Rashomon.* Sie meinen, wenn wir entdecken würden – na ja, beispielsweise, wenn wir felsenfeste Beweise dafür hätten, daß der Staatsanwalt alle Geschworenen bestochen hat, mich schuldig zu sprechen. Nur *im Protokoll* steht es leider nicht.« Er sagte das mit sarkastischem Unterton. »Also, Sie meinen, das Gericht würde bloß sagen, tut uns leid, aber selbst wenn Sie es beweisen können, da es nicht *im Protokoll* steht, müssen Sie trotzdem auf den elektrischen Stuhl? Funktioniert so das Gesetz?«

»Ganz so ungerecht ist es nicht. Wenn Sie beweisen könnten, daß die Jury bestochen war, daß der Staatsanwalt einen Zeugen zur Lüge veranlaßt hat oder daß die Geschworenen sich die Fernsehnachrichten angesehen haben, obwohl sie eigentlich unbeeinflußt sein sollten, dann gibt es dagegen ein Rechtsmittel. Es heißt Habeas Corpus.

Smiley richtete sich gerade auf. »Was ist das? Ich habe davon gehört, aber was bedeutet es?«

»Irgendwas Lateinisches. *Den Körper zurückgeben* oder so ähnlich.«

»Nein, ich meine, wie macht man so was? Wie geht das?«

»Man reicht einen Antrag ein, aber nicht bei einem Revisionsgericht, sondern bei dem Strafgericht, das Ihren Prozeß geführt hat. Sie legen die Dinge dar, die nicht im Protokoll stehen, deretwegen Ihre Verurteilung rückgängig gemacht werden sollte, wie Fehlverhalten der Geschworenen oder was auch immer. Und dann gibt es eine Anhörung, bei der Sie zu beweisen versuchen, daß diese Dinge passiert sind. Wenn Sie es beweisen können und der Richter auch der Meinung ist, daß Ihr Urteil deswegen aufgehoben werden sollte, erläßt er etwas, das gerichtliche Anordnung eines Haftprüfungstermins heißt. Die Wirkung ist dieselbe, wie wenn das Urteil bei der Revision aufgehoben werden würde: Man muß Sie freilassen oder Ihnen einen neuen Prozeß machen.«

»Muß man für ein Habeas Corpus auf die Revision verzichten?«

»Nein, man kann beides tun. Wenn Sie das Habeas-Verfahren verlieren, können Sie sogar dagegen Revision einlegen. Die ganze Sache kann lange dauern, besonders in Fällen, in denen es um die Todesstrafe geht.«

Jason sah mich erwartungsvoll an. Mir fiel auf, daß wir inzwischen, außer den beiden schläfrigen Wachleuten hinter der Glaswand, die beiden letzten Personen im Besuchsraum waren. Das Schweigen zog sich in die Länge.

»Schauen Sie, Jason, erstens wurde ich nicht bestellt, um Sie bei irgendeiner Habeas-Corpus-Sache zu vertreten; zweitens, selbst wenn es so wäre, bin ich nicht sicher, daß Unschuld eine Behauptung ist, mit der man eine Habeas-Corpus-Sache durchfechten kann. Im Gegenteil, ich glaube, das geht nicht.«

»Aber Sie sind sich nicht sicher.«

»Nein, das habe ich nicht recherchiert. Aus dem erstgenannten Grund.«

»Und wie kann ich Sie dazu bestellen, mich beim Habeas-Corpus-Verfahren zu vertreten?«

»Gar nicht. Die Gerichte von Colorado haben entschieden, daß es in einem Habeas-Corpus-Fall kein Recht auf einen Pflichtverteidiger gibt.«

»Und wie kommen andere Leute an einen Anwalt, der sie dabei vertritt?«

»Sie haben Geld, nehme ich an. Oder sie haben einen Anwalt, der es ehrenamtlich macht.«

»Sie könnten es also ehrenamtlich für mich tun? Als Anwältin. Und als Mensch.«

Scheiße. Schach und matt. »Ja, das könnte ich schon.«

»Aber das wollen Sie nicht, weil Sie mir nicht glauben.«

»Wie ich schon sagte, ich glaube nicht, daß es ausreicht, bloß unschuldig zu sein, um solch ein Verfahren zu gewinnen.«

»Ja, richtig, das habe ich gehört. Sie müssen entschuldigen, daß ich so langsam bin. Der Ausdruck ›*bloß* unschuldig zu sein‹ bringt mich ein bißchen durcheinander. Als wäre das ganz belanglos.«

Ich konnte einen der Wachleute hinter der Glaswand hervor und in unsere Richtung kommen sehen. Als er sah, daß ich ihn anschaute, blieb er stehen und wies auf seine Uhr. Jason drehte sich nach ihm um und nickte bestätigend.

»Zeit zum Appell, Cinda. Ich muß zurück in den Zellenblock. Hören Sie, könnten Sie eines für mich tun? Finden Sie heraus, ob ich mit dieser Habeas-Corpus-Sache erreichen kann, daß jemand sich anhört, daß ich Nicole nicht getötet habe. Wenn Sie sich informiert haben und mir sagen, daß das nicht geht, dann werde ich Ihnen glauben. Aber wenn es geht, kann ich vielleicht irgendeinen Anwalt finden, der mir dabei hilft.«

Die schwere Tür zum Zellenblock öffnete sich. Der Wachmann, der dort stand, hatte grotesk kräftige Unterarme, wie der Matrose Popeye, und darauf mehr Tätowierungen, als ich je bei einem Häftling gesehen hatte. Er winkte Jason zu sich. »Ich muß gehen, Cinda. Danke für das leckere Rindfleisch. Und für *Delta Blues.* Und dafür, daß Sie meine Anwältin sind, denn ich finde Sie super. Ich bin sicher, wenn ich Sie jemals unter anderen Umständen kennenlernen würde, würde ich feststellen, daß Sie auch ein wunderbarer Mensch sind.« Er grinste höhnisch, berührte mein Handgelenk und verschwand durch die Tür.

Dezember 1990

Anfang Dezember wurden in dem alten Viertel Goss-Grove in der Innenstadt binnen drei Tagen zwei Frauen von einem Einbrecher vergewaltigt. Er benutzte raffinierte Werkzeuge, um ihre Fensterscheiben aufzuschneiden und so viel Glas herauszunehmen, daß er hindurchgreifen und die Verriegelung der Fenster öffnen konnte. Der Vergewaltiger trug einen Strumpf über dem Kopf und gab seinen Opfern mit vorgehaltener Waffe sadistische und demütigende Befehle. Die Polizei machte in ihren Ermittlungen keine besonderen Fortschritte, und eines der Opfer, eine Professorin an der Ballettakademie, war selbstmordgefährdet. Grace hatte Stunden mit der Frau zugebracht, die sich fürchtete, allein zu sein. Ich fragte mich, wie lange Grace das durchhalten würde, aber sie schien in Ordnung. Manchmal hatte sie schier unerschöpfliche Energien. Unser Stab von Freiwilligen war mehr als dezimiert durch die Urlaubssaison, und ich nahm einen Tag lang selbst Anrufe entgegen, nachdem Lainie mit Grippe zu Hause geblieben war und niemand sonst zur Verfügung gestanden hatte.

Nach der zweiten Vergewaltigung in Goss-Grove dachte ich daran, in den Eisenwarenladen zu gehen und mir Sicherheitsschlösser für meine Fenster zu besorgen. Doch das Wetter wurde eisig kalt und brachte mich von meinen Heimwerkerplänen ab. Eine Sicherheitsfirma in der Stadt machte Ende des Jahres Rekordgewinne mit Alarmanlagen. Ich haßte den Gedanken, hinter einer elektronischen Mauer zu leben, wollte aber die Idee nicht ganz verwerfen. Inzwischen eilte ich jeden

Tag in der Dämmerung des späten Nachmittags nach Hause, um Scheite im Ofen zu stapeln und das Haus mit Musik zu wärmen. Platten, die ich früher fröhlich gefunden hatte, etwa Coplands *Appalachian Spring*, hörten sich inzwischen irritierend an. Die einzige Musik, die mich wirklich beruhigte, war die von »Lady Day«; ich spielte alle meine Platten von Billie Holiday in chronologischer Reihenfolge und hörte, wie ihre Stimme mit der Zeit älter und trauriger wurde. Als ich zum Ende kam, hatte ich keine Lust mehr, wieder von vorn zu beginnen. Zweifellos litt ich an dem, was man neuerdings als jahreszeitlich bedingte affektive Störung bezeichnet, aber Billie drückte das besser aus, wenn sie mir abends vorsang: Ich hatte den Blues.

Am Freitag war Lainie, anscheinend gesund, wieder an ihrem Schreibtisch. Ich beschloß, das Büro ein bißchen früher zu verlassen, weil alles einigermaßen ruhig wirkte. Aber vorher versuchte ich, Tory anzurufen.

»Tut mir leid, Cinda, sie ist nicht hier«, sagte meine alte Freundin Lucille, die Empfangssekretärin im Büro der Staatsanwaltschaft.

»Woher wissen Sie das?« fragte ich gereizt. »Sie haben Sie ja nicht mal angepiepst.«

»Weil ich sie vor ein paar Minuten persönlich aus der Tür habe gehen sehen, Cinda. Was ist mit Ihnen los?«

»Nichts«, murmelte ich. »Sie soll mich anrufen, ja?«

»Sicher«, sagte Lucille.

Dann versuchte ich es mit Torys Privatnummer, und das beharrliche Klingeln erinnerte mich an mein peinliches Abenteuer in dem Häuschen in der Angel Fire Road. Der Anrufbeantworter war anscheinend noch immer ausgeschaltet.

Ich erwartete nicht viel außer Rechnungen, als ich den

Briefkasten an meiner Einfahrt aufmachte. Es war nicht gerade ein Vergnügen, einen Brief mit dem offiziellen Briefkopf des Obersten Gerichtshofes von Colorado zu erhalten, aber immerhin etwas Neues. Der Briefkasten war mit Schnee bedeckt, und der Briefumschlag gewellt wie Papier, das naß geworden und dann wieder getrocknet ist. Ich legte ihn zu der übrigen nutzlosen Post, zog zuerst einen grauen Trainingsanzug und dicke Socken an und setzte den Wasserkessel für einen heißen Kakao auf. Dann öffnete ich zu den beschwingten Anfangsnoten von *Rhapsody in Blue* den Umschlag.

5. Dezember 1990

Sehr geehrte Frau Rechtsanwältin,

das Gericht dankt Ihnen für Ihre Bereitschaft, die kürzlich erfolgte Bestellung zu übernehmen. Wie Sie wissen, können Sie Geldmittel für Recherchen und juristische Hilfskräfte in Anspruch nehmen, sofern das zur wirksamen Rechtsvertretung Ihres Mandanten notwendig ist. Miss Sharyn Benson, meine Sekretärin, kann Ihnen Formulare für entsprechende Anträge zur Verfügung stellen.

Außerdem hat das Gericht kürzlich einen Vertrag mit LawText Legal Research Services geschlossen, der allen vom Gericht bestellten Anwälten in Colorado kostenlosen Zugang zu den Datenbanken und Suchdiensten gewährt, wenn dieser im Zusammenhang mit ihrer Bestellung steht. Falls Sie einen Computer mit mindestens 640 Bytes Speicher, ein Modem und einen 286er oder schnelleren Prozessor zu Ihrer Verfügung haben, kann die Benutzung der Software und der Datenbanken von LawText Ihre juristischen Recherchen erheblich erleichtern. Unser Vertrag beinhaltet auch die kostenlose

Unterweisung in ihrer Benutzung. Bitte beachten Sie, daß die Inanspruchnahme der Dienste von LawText nur im Zusammenhang mit Ihrer Bestellung zum Pflichtverteidiger Ihres Mandanten gestattet ist; die unautorisierte Benutzung oder die Benutzung für andere Recherchezwecke würden gegen unseren Vertrag mit LawText verstoßen. Für weitere Informationen, die entsprechende Software und die Bedienungsanleitungen oder Termine zur Schulung wenden Sie sich bitte an Miss Benson.

Mit vorzüglicher Hochachtung
Joseph K. Sanderson III, Vorsitzender Richter
Oberster Gerichtshof von Colorado

Donnerwetter. Ich hatte noch auf der Universität den Umgang mit dem LawText-System sowie mit den konkurrierenden System Lexis und Westlaw erlernt. Sie waren wunderbare Hilfsmittel zum Recherchieren; man kam an nahezu alle juristischen Informationen heran, wenn man einmal begriffen hatte, wie man die Suchkriterien geschickt formulierte. Das einzige Problem waren die Kosten: Ihre Dienste kosteten stolze einhundert Dollar pro Online-Stunde, und die meisten Anwälte konnten sich das nicht leisten. Die Chance, LawText gratis in Anspruch zu nehmen, durfte man sich nicht entgehen lassen. Damit konnte ich für Jason schnell herausfinden, ob er in einem Habeas-Corpus-Verfahren mit seiner Unschuldsbehauptung Aussicht auf Erfolg hatte. Wenn das erst aus dem Weg geschafft war, konnten wir wieder an unserer Revision arbeiten.

Ich ging sofort zum Telefon und erreichte Sharyn Benson noch an ihrem Schreibtisch, ehe sie das Dienstzimmer des Vorsitzenden Richters über das Wochenende schloß. Sie versprach, mir eine Diskette mit der Software von LawText, eine

Codenummer für meine Zugangsberechtigung und Anweisungen zum Installieren und benutzen des Programms zu schicken. Ich sagte ihr, die Unterweisung würde ich wahrscheinlich nicht brauchen. Das war ein Fehler, aber es sollte eine Weile dauern, bis ich das merkte.

Im Zentrum waren wir wieder knapp an Personal. Ich verbrachte den ganzen Montag im Gerichtssaal mit Nora Tan, einer Radrennfahrerin aus Steamboat Springs, die nach einem Renntag von einem Mannschaftskameraden in einem Motel in Boulder vergewaltigt worden war.

Als ich nach Hause kam, lag auf meiner vorderen Veranda ein bräunliches Päckchen mit dem kunstvollen Absenderstempel des Obersten Gerichtshofes von Colorado. Nach dem Abendessen machte ich es auf und nahm die Disketten und Broschüren heraus. Ich brauchte den größten Teil des Abends, um die Anweisungen zu verstehen und LawText auf meinem kleinen Laptop zu installieren. Dann machte ich eine Pause, um mir im Fernsehen *L. A. Law* anzusehen, wo nach einer Stunde viele knifflige Fälle und Liebesprobleme gelöst waren. Danach setzte ich mich wieder an den Computer. Gegen elf Uhr abends wurde ich belohnt, als ich sah, wie auf dem Bildschirm in einem Muster von Sternen das Wort LAWTEXT erschien, begleitet von verschiedenen Copyrighthinweisen. Dann löste es sich auf, und auf dem Schirm erschienen eine Reihe von Anweisungen.

GEBEN SIE IHR PASSWORT EIN, hieß es da. Ich kramte im Inhalt des Päckchens und fand einen laminierten Ausweis mit der Aufschrift COLORADO SUPREME COURT PRO BONO ACCOUNT und einer eingeprägten Nummer. Ich gab die Ziffern ein.

GEBEN SIE IHREN FAMILIENNAMEN UND DEN FAMILIENNAMEN IHRES KLIENTEN EIN, DURCH KOMMA GETRENNT, wurde ich angewiesen.

HAYES, SMILEY, tippte ich und drückte auf ENTER. Anscheinend akzeptierte der Computer das, denn er zeigte WÄHLVORGANG LÄUFT an und gab dudelnde Geräusche von sich. VERBUNDEN, informierte er mich dann. Das machte Spaß. Ich wählte eine Bibliothek (STATES) und eine Datei (COLORADO-FÄLLE).

GEBEN SIE JETZT IHRE SUCHBEGRIFFE EIN, sagte mir der Computer. Ich wußte, das war der schwierige Teil. Das Programm würde alle richterlichen Entscheidungen in Colorado seit 1930 nach jedem Wort oder jeder Wortkombination durchforsten, die ich eingab. Ich gab also UNSCHULD* & HABEAS CORPUS ein, sah es mir einige Augenblicke an und drückte dann ENTER.

SUCHE WIRD DURCHGEFÜHRT, informierte mich der Bildschirm, und der Cursor verschwand. Nach ungefähr vier Minuten gab der Apparat einen Piepton von sich und zeigte an: SECHZEHN DOKUMENTE GEFUNDEN, DIE IHRER ANFRAGE ENTSPRECHEN. LISTE, AUSZUG ODER VOLLTEXT?

Hmm. LISTE, gab ich ein. Sofort erschien eine Liste der Entscheidungen, nach Namen geordnet, mit dem Datum und dem jeweiligen Gericht. Die Liste war in umgekehrter chronologischer Reihenfolge verfaßt, etwa die Hälfte der Titel stammte vom Obersten Gerichtshof von Colorado, die andere Hälfte vom niedrigeren Revisionsgericht. Die neueste Entscheidung war eine des Obersten Gerichtshofes aus dem Jahre 1989. Ich mußte im Handbuch blättern, um festzustellen, wie ich den ganzen Text der Entscheidung auf den Schirm holen konnte, aber als ich es tat, war es enttäuschend. Irgendwo auf der letzten Seite kam der Begriff Habeas Corpus vor, und zwanzig Seiten vorher tauchte das Wort UNSCHULDIG auf. Mir wurde klar, daß meine Suchstrategie einer Verfeinerung bedurfte.

Ungefähr zwanzig Minuten später kam ich nach erneuter Lektüre des Handbuchs dahinter, wie ich dem Computer sagen konnte, daß ich nur Fälle sehen wollte, in denen die Begriffe UNSCHULD und HABEAS CORPUS im selben *Satz* vorkamen. Ich hatte mir nicht die Mühe gemacht, die Verbindung in der Zwischenzeit zu unterbrechen. Schließlich bezahlte ich nicht dafür. Ich gab ein SELBER SATZ (UNSCHULD* & HABEAS CORPUS). Allwissend blinkte der Cursor, während ich wartete.

EIN DOKUMENT ENTSPRICHT IHRER ANFRAGE, hieß es dann hilfreich. LISTE, AUSZUG ODER VOLLTEXT?

AUSZUG, gab ich vorsichtig ein. Dieser Befehl sollte mir nur die Überschrift des Falles und den Teil auf den Bildschirm holen, der die Begriffe meiner Suche enthielt. Der Bildschirm füllte sich mit Text.

STUART BRIAN MAJORS, ANTRAGSTELLER/REVISIONSKLÄGER GEGEN VOLK DES STAATES COLORADO, BEKLAGTER/REVISIONSBEKLAGTER

Nr. 75CA492
16. Juni 1977

Majors' Antrag auf Anordnung eines Haftprüfungstermins wurde von der Mehrheit der Richter abgewiesen, weil formale Fehler in der Antragstellung gemacht wurden. Nur Richterin Twitchell bekundete eine andere Meinung: *»In gewissen Fällen dient die Beachtung solcher formalen prozessualen Feinheiten einem legitimen Zweck, doch nicht, wenn ein Mann mit einer plausiblen Behauptung, an einem schrecklichen Verbrechen unschuldig zu sein, die Todesstrafe erwartet.«*

Anne Twitchell war während ihrer fünfjährigen Tätigkeit an diesem Gericht die jüngste und liberalste Richterin gewesen. Es war nicht überraschend, daß sie sich geweigert hatte, eine Verfahrensregel wichtiger zu nehmen als das Leben eines Menschen. Aber nicht darüber dachte ich nach. Ich starrte auf den Bildschirm, und langsam kamen die Erinnerungen. Majors, Brian Majors. Jetzt fiel es mir wieder ein. Er war Hausmeister an der Universität von Denver gewesen und in den siebziger Jahren des Mordes an einer Studentin für schuldig befunden worden. Das war kurz vor Beginn meines Studiums gewesen, und ich erinnerte mich vage an die Gespräche über den Fall. Der Mann war geistig etwas zurückgeblieben, und viele Leute dachten, er sei nicht schuld an dem Mord, den man ihm in die Schuhe geschoben habe. An mehr konnte ich mich nicht erinnern. Ich tippte VOLLTEXT und las die ganze Entscheidung des Obersten Gerichtshofes von Colorado. Doch am Schluß war ich auch nicht klüger als zuvor. In Colorado war die Rechtsgrundlage, ob faktische Unschuld jemals ein Grund für die gerichtliche Anordnung eines Haftprüfungstermins sein konnte, alles andere als klar, und dieser Fall trug auch nichts zur Klärung bei. Der einzige Präzedenzfall war 1988 entschieden worden, als der Oberste Gerichtshof in einem Fall namens *Hayden gegen Marmaduke* die Meinung vertreten hatte, Unschuld sei irrelevant für Habeas-Corpus-Verfahren. In jedem Fall schien nun eines völlig klar: Wer immer die Beschwerdeschrift eingereicht hatte, hatte die Sache, wie meine Neffen sagen würden, gründlich versaut. Ich fragte mich, wer das gewesen sein mochte und wie er oder sie dieses Versäumnis jetzt empfand. Ich konnte mich nicht mal erinnern, was mit Majors passiert war. War er schließlich hingerichtet worden?

Inzwischen war es schon nach ein Uhr nachts. Hin- und hergerissen zwischen Müdigkeit und Neugier, unterbrach ich die Verbindung zu LawText, und ging zu Bett. Beim Geräusch eines Föhnsturms, der von den Bergausläufern kam, schlief ich ein.

Als ich am Samstag aufwachte, fragte ich mich noch immer, was aus Brian Majors geworden sein mochte, und so verbrachte ich den Vormittag im Archiv der *Daily Camera* in Boulder. Sky King hatte mich wissen lassen, daß man es jetzt als Bibliothek bezeichnete. Er hatte mich dort um zehn Uhr getroffen und mir gezeigt, wie man die Mikrofiches und das Register benutzt; dann war er gegangen, um an einer Story über Weihnachtsspendenbetrug zu arbeiten. Im Einkaufszentrum in der Innenstadt wehten die Weihnachtsdekorationen heftig im Föhnwind, und eine Gruppe in Samt gekleideter Straßenmusikanten erfreute die einkaufende Menge abwechselnd mit Weihnachts- und Chanukkah-Liedern. Im Archiv hörte ich nichts außer dem Summen der Neonröhren und dem Geräusch, das ich ab und zu machte, wenn ich die Mikrofiches im Lesegerät wechselte.

Die alten Zeitungen waren überraschend interessant. Die Reklameanzeigen und das Layout schienen die Zeit wieder lebendig zu machen, in der die Geschichten geschrieben worden waren. Im Mai 1974 verkaufte das Kaufhaus May Company Schuhe mit Plateausohlen und hochgeschlossene Spitzenblusen, die man zu geblümten, weiten Röcken trug. Die Rufe nach einer Anklage gegen Richard Nixon wegen Watergate wurden lauter. Duke Ellington war gestorben. Ellen Berlin, eine Musikstudentin an der Universität von Denver, war auf dem Fußboden des Klavierzimmers aufgefunden worden; ihre Brieftasche fehlte, und ihre Brust wies eine Schußwunde auf, an der sie verblutet war.

Brian Majors, ein vierzigjähriger Mann, der in den Artikeln als »Gammler« beschrieben wurde, hatte kurz zuvor als Hausmeister in der Universität zu arbeiten begonnen. Nachdem Ellen Berlins Leiche aufgefunden worden war, war er nicht zur Arbeit erschienen, und die Polizei hatte die Öffentlichkeit um Mithilfe gebeten, ihn aufzufinden. Ungefähr eine Woche nach Ellens Tod wurde er in Pueblo festgenommen, und als man sein Motelzimmer durchsuchte, fand man ihre Brieftasche. Die Untersuchungen ergaben, daß er ein langes Vorstrafenregister wegen Einbruchs, Körperverletzung und Marihuanabesitz hatte.

Ich las weiter, suchte nach mehr Artikeln über Majors. Majors' Prozeß fand in Denver im Januar 1975 statt. Er sagte aus, er habe Ellen Berlins Leiche gefunden, und er sei in Panik geraten, weil er geglaubt habe, sein Vorstrafenregister werde unweigerlich dazu führen, daß man ihm die Schuld an ihrem Tod gab. Er habe ihre Brieftasche genommen und sei geflüchtet. Die Geschworenen hatten ihm offenbar nicht geglaubt: Sie hatten ihn schuldig gesprochen und zum Tode verurteilt. Majors' Pflichtverteidiger wurde mit der Aussage zitiert, er werde in Revision gehen.

Achtzehn Monate nach Brian Majors' Prozeß behauptete ein geständiger Serienmörder namens Jeffrey Keane, der eine mehrfache lebenslange Haftstrafe absaß, er habe Ellen Berlin getötet. Die Staatsanwaltschaft glaubte Mr. Keanes Geständnis jedoch nicht und hielt an der Überzeugung fest, daß Brian Majors den Mord begangen habe. Inzwischen war es für Majors zu spät, einen neuen Prozeß zu verlangen; in Colorado muß das binnen neunzig Tagen nach dem Schuldspruch geschehen. Majors' Revision war erfolglos gewesen. Das Datum seiner Hinrichtung war festgesetzt, aber dann aufgeschoben worden, weil die Pflichtverteidigung für ihn einen Habeas-Corpus-Antrag gestellt hatte.

Nach der nächsten Story über Majors mußte ich lange suchen. Sie war vom 17. Juni 1977 datiert und berichtete von der Urteilsbegründung, die ich in LawText gelesen hatte: Der Oberste Gerichtshof von Colorado hatte dem untergeordneten Gericht darin zugestimmt, daß Majors' Habeas-Corpus-Antrag unbegründet sei. Im letzten Satz hieß es, die Pflichtverteidigung habe angekündigt, sie werde die Überprüfung des Urteils durch den Obersten Gerichtshof der Vereinigten Staaten beantragen.

Die nächste Story erschien sechs Tage später. Unter dem Datum des 23. Juni 1977 wurde der Bericht aus Canon City mit einer unverblümten Schlagzeile eingeleitet, die das Ende der Geschichte enthielt: ZUM TODE VERURTEILTER STUDENTINNENMÖRDER ERHÄNGT SICH IN SEINER ZELLE. Der Artikel war kurz und bot wenig mehr Informationen als die Schlagzeile. Majors' Anwalt im Revisionsverfahren, Dan Chipman von der Pflichtverteidigung, sagte, der Tod seines Mandanten sei eine »große Tragödie«, und bekräftigte erneut seine Überzeugung, Majors habe Ellen Berlin nicht getötet. Ich starrte auf den Text auf dem Schirm, bis er mir vor den Augen verschwamm, und ging dann ein Telefon suchen, um Sandy Hirabayashi anzurufen. Gleich hinter der Eingangstür gab es ein Münztelefon. Sandy meldete sich beim ersten Läuten.

»Sandy, wie geht's? Hier ist Cinda. Ich hoffe, ich störe Ihre Samstagsruhe nicht.«

»Hallo, Cinda. Nein, kein Problem. Ich habe in den nächsten zehn Tagen drei Schriftsätze vorzulegen und sitze gerade an einem davon. Ehe ich nicht damit fertig bin, werde ich überhaupt keine Ruhe haben. Das macht es nicht gerade leichter, sich auf die Feiertage einzustellen, was? Jedesmal, wenn ich das Radio einschalte und *Stille Nacht, heilige Nacht* höre, sehne ich mich nach himmlischer Ruh', müde wie ich bin.«

Ich lachte mitfühlend. »Hören Sie, ich habe eine Frage. Etwas, von dem ich hoffe, daß Sie es für mich finden können.«

»Was denn?«

»Es liegt schon lange zurück, Sie waren damals noch nicht bei der Pflichtverteidigung, aber ich wette, daß jemand von Ihren Kollegen schon so lange da ist und sich erinnern wird. Sagt Ihnen der Fall Brian Majors etwas? Er wurde in den siebziger Jahren wegen Mordes an einer Studentin verurteilt und erhängte sich in seiner Zelle.«

»Cinda, in den siebziger Jahren war ich noch auf dem College. Ich bin erst 1982 nach Colorado gezogen, nach dem Jurastudium.«

»Nun, wie gesagt, ich hatte nicht angenommen, daß Sie sich selbst an den Fall erinnern würden. Aber ich weiß, daß dieser Majors die ganze Zeit von einem Pflichtverteidiger vertreten wurde. Strafprozeß, Berufung, Habeas Corpus, alles.«

»Hmm. Und was müssen Sie nun wissen?«

»Lassen Sie mich etwas fragen: Wenn jemand aus Ihrem Büro einen Angeklagten bei einem Strafprozeß vertritt und verliert, ist er dann auch für die Vorbereitung der Beschwerdeschrift verantwortlich?«

»Ja, immer. Die Revisionsabteilung kümmert sich um die Revision, aber der Anwalt aus dem Strafprozeß muß die Gründe für die Revision nennen und die Beschwerde einreichen.«

»Aha, das dachte ich mir. Und Dan Chipman ist einer der Anwälte aus der Revisionsabteilung, nicht? Schon ewig lange dabei?«

»Ja. Chipman macht nur Revisionen, meines Wissens hat er nie Strafprozesse oder Habeas oder irgend etwas anderes gemacht, seit er anfing. Ein richtiger Gelehrtentyp, der Magengeschwüre kriegt. Ich nehme an, deshalb konnte er keine Strafprozesse führen.«

»Dann möchte ich eine Sache wissen: Wer aus Ihrem Büro hat Majors vor der unteren Instanz vertreten, als er den Habeas-Corpus-Antrag stellte?«

Sandy schwieg einen Moment, aber ich konnte die Tastatur ihres Computers klicken hören. Sie machte sich eine Notiz. »Okay, ich kann herumfragen und es wahrscheinlich herausfinden. Wissen Sie ein Datum?«

»Es dürfte wohl 1976 gewesen sein. Der Oberste Gerichtshof bestätigte die Verweigerung des Habeas im Juni 1977.«

Wieder tippte Sandy ein paar Sekunden auf ihrer Tastatur. »Möchten Sie mir sagen, warum Sie das wissen müssen?«

»Wer immer es war, er hat bei der Beschwerdeschrift etwas ausgelassen. Etwas Wichtiges. Ich will ihm deswegen keinen Ärger machen, ihm oder ihr, sollte ich besser sagen. Ich möchte nur wissen, weshalb dies geschah. Vielleicht haben sie damals Recherchen angestellt, die für den Fall wichtig sein könnten, den ich im Augenblick bearbeite.«

»O ja, der Smiley-Fall. Cinda, ich konnte es nicht fassen, als ich gehört habe, daß Sie Smiley vertreten.«

»Sie auch, Sandy? Ich dachte, ausgerechnet Sie würden mich vielleicht verstehen. Ich meine, Sie sind doch Strafverteidigerin.«

»Nein, verstehen Sie mich nicht falsch, ich finde das großartig. Ich bin bloß überrascht, das ist alles.«

»Ach, wissen Sie, ich habe mich nicht gerade freiwillig dafür gemeldet. Richter James hat mich mehr oder weniger genötigt, das zu machen.«

»Wirklich? Ich verstehe zwar immer noch nicht, was dieser alte Fall Majors damit zu tun hat, aber das ist schon in

Ordnung, sagen Sie mir's nicht. Ich habe wegen dieser Schriftsätze so viele verschiedene Dinge im Kopf, daß ich gar keine Kapazitäten mehr frei habe. Ich werde mich nächste Woche im Büro umhören und Sie anrufen, wenn ich etwas herausfinde, ja?«

»Danke, Sandy, vielen Dank. Viel Glück mit diesen Schriftsätzen. Möchten Sie was trinken gehen, wenn Sie damit fertig sind?«

»Gute Idee. Ich rufe Sie am 23. an. Dann ist der letzte abgeliefert.«

Im Kopf rechnete ich schnell nach. »Mist, bis dahin bin ich wahrscheinlich schon weg. Ich besuche über Weihnachten meine Schwester in Dallas. Aber ich komme vor Neujahr zurück. Dann rufe ich Sie an, und wir gehen aus, okay?«

»Hören Sie, Cinda«, schlug Sandy vor, »warum kommen Sie nicht zur Silvesterparty der Strafverteidiger ins *Red Lion Inn?* Jetzt, da Sie Verteidigerin sind, würde das doch Spaß machen.«

Ich stellte mir vor, wie ich Lainie und dem restlichen Personal des Zentrums erklärte, daß ich mich jetzt in meiner Freizeit mit Strafverteidigern abgab, Wange an Wange mit Morris Traynor tanzte und Howie Blake küßte, wenn es Mitternacht schlug. »Tut mir leid, Sandy, ich habe schon andere Pläne. Aber danke für die Einladung. Wir sprechen uns später.«

»Tschüs, Cinda. Schöne Feiertage.«

Torys Anrufbeantworter war wieder eingeschaltet, aber das bedeutete nicht, daß ich mit ihr reden konnte. Ich hinterließ an diesem Wochenende vier Nachrichten, was Ausdruck meiner wachsenden Verzweiflung war. Ich dachte daran, wieder zu ihrem Haus zu fahren, aber die Erinnerung an meinen letzten absurden Versuch, Detektiv zu spielen, war so peinlich, daß mein Hirn sofort das Thema wechselte. Außerdem setzte am Sonntag nachmittag ein aus Wyoming kommender Schneesturm ein. Ich hätte es ohne Winterreifen niemals nach dort oben und wieder zurück geschafft, und meine standen in der Garage, weil ich sie noch nicht hatte aufziehen lassen. Irgendein Urinstinkt läßt mich immer in den Lebensmittelladen eilen, wenn es nach einem Unwetter aussieht. Ich fuhr also statt zu Tory in den *Ideal Market*, schlitterte über die Kreuzungen und schwor mir, morgen oder sofort nach dem Schneesturm die Winterreifen montieren zu lassen. Wieder zu Hause, kämpfte ich mich mit etlichen Tüten voller Nahrungsmittel durch die Vordertür, als ich ein Blatt Papier zu Boden flattern sah. Auf der Außenseite des gefalteten Blattes stand *Cinda.* Ich erkannte die Handschrift nicht.

Wollte fragen, ob Sie Lust haben, ins Kino zu gehen. Wenn Sie heute zurückkommen und mitkommen wollen, dann rufen Sie mich bitte im Büro an. Heute abend läuft im Rahmen der internationalen Filmreihe Ran. *(Meinen Videodisc-Player habe ich immer noch nicht angeschlossen.)*
Sam

Langsam räumte ich die Lebensmittel ein und achtete mehr als sonst auf die Ordnung in meiner Speisekammer, weil ich hoffte, mir würde dabei klar, ob ich ihn anrufen wollte oder nicht. Ich versuchte, mich genau zu erinnern, was Sam vor dem Thanksgiving-Wochenende auf Torys Anrufbeantworter gesprochen hatte. Mehr oder weniger zur Ablenkung versuchte ich es nochmals mit Torys Nummer. Als mit vertrautem Geräusch ihr Anrufbeantworter ansprang, legte ich auf.

Ran. Ich hatte den Film nie gesehen. Die japanische Version von *König Lear*, wenn ich das richtig in Erinnerung hatte. Es war nicht so, als hätte ich für den Abend mehrere Pläne. Ich suchte im Telefonbuch Sams Büronummer und wählte. Sam schlug vor, wir sollten uns vor dem Unigebäude treffen, in dem der Film lief, und ich kam mir ziemlich dämlich vor, als ich ihm erklären mußte, ich sei noch nicht dazu gekommen, die Winterreifen montieren zu lassen. Aber Sam sagte bloß, er würde mich gegen halb sieben abholen. »Es ist ein langer Film, Cinda. Aber prachtvoll.«

Und das *war* er. *Ran*, meine ich. Ein Wirbel von Farben und verschlungenen Szenen, herzzerreißend und böse. Sam versuchte nicht, den Film für mich zu erklären oder zu interpretieren, und über weite Strecken vergaß ich beinahe, daß er da war. Ich war so versunken gewesen, daß ich, als wir das Gebäude auf dem Campus verließen, im wehenden Schnee einen Moment ganz desorientiert war. Ich ging zögernd einen Schritt in eine Richtung, doch Sams unbehandschuhte Hand faßte meine und zog mich in die andere; er hielt meine Hand auf dem ganzen Weg zu seinem geparkten alten Saab, der jetzt tief eingeschneit war. Bis wir ihn abgefegt und er den Motor gestartet hatte, bibberten wir beide. Vor Kälte und vielleicht noch aus einem anderen Grund. Ich nehme an, in diesem Augenblick wußte ich, daß ich sein Gesicht auf einem Kopfkissen sehen, seine Hände auf meinen Hüften fühlen würde. Es ist lange her, dachte ich. Schweigend fuhren wir zu meinem Haus, während im Radio irgendeine Jazzklarinette aus einem fernen Sendestudio klang.

Nachdem wir im Ofen Feuer gemacht, Kaffee getrunken und ausgiebig Billie gelauscht hatten, war der Saab draußen völlig im Schnee verschwunden, aber inzwischen hatte keiner von uns mehr das Bedürfnis, darüber zu sprechen, um eine Rechtfertigung zu haben, zusammen nach oben zu gehen. Ich erinnere mich nicht an viel von dem, was wir sagten, nur, daß weder Torys noch Jason Smileys Name erwähnt wurde. Und an dies, nachdem wir uns gegenseitig ausgezogen hatten:

»Bist du nervös, Cinda?«

»Ich glaube nicht. Na ja, vielleicht. Ja.« Jetzt wird er mich nach dem Grund fragen, dachte ich, und sich über meine Antwort amüsieren. Ich erinnerte mich daran von anderen Männern und anderen Anlässen. Aber er fragte nicht.

»Ich glaube, ich auch«, sagte er statt dessen.

»Ist das der Grund, warum du heute abend gar nicht Jimmy Stewart warst?«

»Ja. Heute kein Kino. Wenn du mit Sidney Poitier ins Bett willst, mußt du schon seinen Agenten anrufen.«

»Will ich nicht. Ich will mit dir ins Bett.«

»Dann komm.« Das tat ich.

Nachdem er am nächsten Morgen abgefahren war und der Saab tiefe Spuren im Schnee hinterlassen hatte, hätte ich ein bißchen Zeit gebraucht, um über alles nachzudenken. Aber die würde ich wahrscheinlich nicht haben; eine hektische Woche erwartete mich. Am Freitag sollte ich zu meiner Schwester aufbrechen; ich würde zwei Tage fahren und Samstag abend ankommen. Bis dahin mußte ich jeden Tag zur Arbeit gehen, da wir noch immer knapp an Personal waren. Ich wollte Sam wiedersehen. Ich mußte Weihnachtsgeschenke für meine Schwester und ihre Familie und ein paar Freunde kaufen. Ich mußte im Haus eines unserer reichen vorstädtischen Förderer an einer Zusammenkunft teilnehmen, bei der Spenden gesammelt wurden. Aber vor allem mußte ich Tory sehen. Tory und ich lieferten uns eine Art Wettstreit darum, wer mit dem ausgefallensten Weihnachtsgeschenk für die andere aufwarten konnte. Letztes Jahr hatte sie mir Slips geschenkt, wie kleine

Mädchen sie tragen, jeweils mit aufgesticktem Wochentag – nur waren diese in Hindi bestickt, ein Souvenir ihrer Indienreise. Ich wollte sie unbedingt sehen, weil ich sie vermißte, weil ich wütend auf sie war und weil ich mir Sorgen über das machte, was zwischen uns geschah. Weil ich herausfinden mußte, warum zum Teufel sie und Sam über mich gesprochen hatten. Und weil ich dachte, daß sie die einzige Person war, der ich von Sam erzählen konnte. Was immer es da zu erzählen gab. Aber die Nachrichten, die ich bei ihr zu Hause und im Büro hinterließ, blieben unbeantwortet. Am Ende ließ ich meinen Ärger an Lucille aus.

»Hören Sie, Lucille, es ist sinnlos, noch eine Nachricht aufzunehmen, ich habe diese Woche schon drei hinterlassen. Sie ist doch diese Woche im Büro, oder?«

»Das kann ich wirklich nicht sagen. Ich werde dafür sorgen, daß die Nachricht auf ihrem Schreibtisch liegt.«

»Lucille, Sie sprechen mit Cinda. Erinnern Sie sich noch, daß ich einmal ihre Freundin war? Und zweimal mit dem Preis der Staatsanwaltschaft für hervorragende Dienste ausgezeichnet wurde? Was zum Teufel ist bei euch los, daß sie nicht mit mir reden will?«

»Cinda.« Eine lange Pause. »Hören Sie, ich weiß, daß das nicht richtig ist. Sie ist hier, okay? Sie weiß, daß Sie angerufen haben. Sie will nicht mit Ihnen reden. Ich weiß nicht warum, aber ich glaube, Sie sollten es aufgeben, Cinda.«

Aufgeben. Der Gedanke war bitter und ließ mich gleichzeitig doch aufatmen.

»Vielleicht komme ich einfach vorbei und warte in ihrem Büro«, sagte ich dennoch. »Bis sie Zeit hat.«

»Tun Sie das nicht, Sie würden nicht hereinkommen. Die Büros sind jetzt gesichert, und Sie kommen nicht durch die Sperre, wenn Sie nicht jemand hereinläßt.«

»Können Sie mich nicht hereinlassen?« Im Hintergrund hörte ich Stimmengemurmel. »Lucille?«

»O tut mir leid, Ma'am, ich glaube, Sie wollten mit der Abteilung für Kindesunterhalt sprechen, nicht wahr? Ich stelle Sie durch.« Es knackte in der Leitung, und dann hörte ich einen Wählton.

Sam und ich aßen zusammen zu Abend, bevor ich nach Dallas fuhr. Ich wollte nicht zu lange aufbleiben, denn ich würde am nächsten Morgen losfahren, einen Tag später als geplant, und bis Dallas durchfahren müssen, um rechtzeitig zum Weihnachtsabend anzukommen. Bei unserer Verabredung hatte es eine kleine Verwirrung gegeben; er hatte mir gesagt, ich solle ihn um halb sieben in »dem Thai-Lokal« treffen, und ich hatte ungefähr zwanzig Minuten im *Bangkok Café* beim Einkaufszentrum in der Innenstadt gewartet, bis ich auf die Idee kam, im *The Siamese Plate* drüben bei der Universität anzurufen und zu fragen, ob ein großgewachsener Herr mit goldgeränderter Brille auf jemanden zu warten schien.

»Wo bist du?« fragte er, nachdem die Kellnerin uns verbunden hatte. Seine Stimme klang wie die von Humphrey Bogart.

»Mal sehen«, antwortete ich. »In irgendeiner geheimnisvoll poetischen Kinolandschaft, glaube ich, wo es nur hohe Sandsteinkliffs und Kakteen gibt und – warten Sie! Ich sehe ein Schild. Darauf steht, Moment mal – *Bangkok Café!* Auch unter dem Namen das Thai-Lokal bekannt.«

»Oh«, sagte er. »Da hab ich wohl was verpatzt.«

»Einer von uns sicher, aber wir werden nie herausfinden, wer. Was machen wir jetzt?«

»Ich bin in zehn Minuten da«, sagte er und legte auf.

Ich ging an den Tisch zurück, und die Kellnerin erschien mit fragendem Blick.

»Wie wär's mit einer der kleinen Vorspeisen aus Krebsfleisch?« schlug sie vor. Ich hatte Hunger.

Während ich an dem Krebsfleisch knabberte und auf Sam wartete, dachte ich daran, wie ich ihn der Kellnerin im *Siamese Plate* am Telefon beschrieben hatte. Ich hatte nicht gesagt, daß er schwarz war, obwohl das in einer weißen Stadt wie Boulder die schnellste und treffendste Bezeichnung gewesen wäre, um ihn von irgendwelchen anderen Herren zu unterscheiden, die da vielleicht warteten. Und sie hatte nur gesagt: »O ja.« Dann hatte sie ihn ans Telefon gerufen. Sie hatte nicht gefragt: »Meinen Sie den schwarzen Herrn?« In Boulder tun wir gern so, als spiele die Hautfarbe keine Rolle, obwohl es viele Beweise für das Gegenteil gibt. Ich fragte mich, ob es für Sam und mich je eine Rolle spielen würde und wenn ja, welche.

Sam kam herein und sah besonders reizvoll aus mit Schnee auf den Haaren und auf den Schultern seines grauen Mantels. Er trug einen schicken dunkelblauen Anzug mit roten Hosenträgern, und schon übten meine Finger die Bewegungen, die erforderlich sein würden, um diese Hosenträger abzuknöpfen.

Wir sprachen über tausenderlei Dinge, während wir Pad Thai und Kokosmilchcurry aßen. Sam hatte gerade für einen Mandanten, der nach einer Rauferei in einer Bar wegen schwerer Körperverletzung angeklagt worden war, einen Freispruch wegen Notwehr erreicht. Wir sprachen über die Filme in der Stadt, die wir sehen wollten und für die wir noch keine Zeit gehabt hatten, und einigten uns darauf, an Silvester in *Die fabelhaften Baker Boys* zu gehen. Ich fragte ihn, ob er zum Dinner der Strafverteidiger ginge, aber er sagte nur kurz angebunden, er würde den Abend lieber mit mir verbringen. Ich wußte es zu schätzen, daß er nicht vorschlug, gemeinsam hinzugehen.

Er bat mich, ihm ein bißchen von meiner Familie zu erzählen, und so sprach ich von meiner Schwester, ihrem Mann und ihren Kindern, die ich besuchen würde. Er hatte vor, am nächsten Morgen das Flugzeug nach West Virginia zu nehmen und vier Tage bei seiner Mutter zu verbringen. Seine Schwester aus New York und deren Freund würden ebenfalls dort sein. Manchmal machten sie sich Sorgen, ihre Mutter sei zu alt, um allein in dem Farmhaus zu wohnen, sagte er, aber sie habe nie Schwierigkeiten gehabt, an Weihnachten ein Festmahl zu bereiten, das für eine ganze Armee gereicht hätte.

Wirst du ihnen von mir erzählen? Diese Frage kam mir nicht über die Lippen, denn ich fand es nicht fair, sie zu stellen. Außerdem, wenn er mir dieselbe Frage stellen würde, was würde ich antworten? Als ich an die zu erwartende Reaktion meiner Schwester und ihres Mannes dachte, falls ich ihnen von Sam erzählte, wußte ich, daß ich besser nichts sagen würde. Es sei denn, ich würde ihn so beschreiben, wie ich ihn der Kellnerin im *Siamese Plate* beschrieben hatte.

Er blieb nicht die ganze Nacht. Er mußte eine frühe Maschine erreichen, und ich würde vor der Morgendämmerung aufbrechen. Ich hatte nicht daran gedacht, ein Weihnachtsgeschenk für ihn zu besorgen – das erschien mir verfrüht. Aber als ich noch im Dunkeln packte, fand ich auf dem Nachttisch eine holzgeschnitzte Figur, etwa zehn Zentimeter groß. Es war eine Frau, die mit einer Hand einen Korb auf ihrem Kopf festhielt und die andere ausstreckte; ich konnte nicht entscheiden, ob es eine schenkende oder eine bittende Geste sein sollte. Ihr Lächeln wirkte geheimnisvoll, genau wie der Zettel, der unter der Figur lag. *Erinnere mich daran, Dir eines Tages von ihr zu erzählen*, stand darauf. *Frohe Weihnachten. Sam.*

Heiligabend und Weihnachten 1990

»Komm, Herr Jesus, sei unser Gast, und segne, was Du uns bescheret hast. Amen.«

Das kindliche Lispeln meines Neffen Woody und das Kieksen seines Bruders Louis, der im Stimmbruch war, vermischten sich bei diesem gemurmelten Vers mit dem Bariton und dem Sopran ihrer Eltern. Wir saßen um den wunderschön gedeckten Eßzimmertisch meiner Schwester herum und hielten uns an den Händen. Ich hatte vergessen, daß es bei früheren Besuchen zum Ritual gehört hatte, sich nach dem *Amen* die Hände zu drücken, und so war ich zuerst überrascht, als Louis rechts und Jerry links von mir nach meinen Händen griffen.

Ich war nicht in bester Verfassung. Weniger als eine Stunde zuvor war ich in Danas und Jerrys großem Kolonialhaus im Norden von Dallas angekommen, todmüde, denn ich hatte außer zum Tanken keine Pause gemacht. Jerry hatte mir einen Eierpunsch angeboten, und ich war töricht und hungrig genug gewesen, ihn anzunehmen. Immer wieder mußte ich an den wahnsinnigen Stoßverkehr denken, in den ich an der Stadtgrenze von Denver geraten war, und hörte zu, wie Jerry von einem Jagdausflug erzählte, bei dem er kürzlich einen wilden Eber erlegt hatte. Ich konzentrierte mich darauf, das schwere Silberbesteck nicht auf einen der zerbrechlichen Porzellanteller fallen zu lassen. Die eleganten Gedecke paßten nicht recht zu Danas hausgemachtem texanisch-mexikanischem Essen.

»Die Enchiladas sind köstlich, Dana«, sagte ich in eine Pause der Jagdgeschichte. »Eßt ihr jeden Abend so?«

»Ach, das ist nichts Besonderes, weißt du, morgen gibt es ja das richtige Weihnachtsessen.«

»Sie schmecken wunderbar. Du bist viel zu bescheiden. Aber ich habe gemeint, ob ihr jeden Abend hier im Eßzimmer und von diesem wunderbaren Porzellan eßt.«

Es war Jerry, der antwortete. »Ein gutes Leben, Cinda, ist der Lohn für Gebete und eine intelligente Arbeitsteilung.« Unbehaglich blickte Dana auf, aber das letzte, was ich wollte, war ein weiteres Streitgespräch mit Jerry über Religion und den angemessenen Platz von Frauen. Er und ich hatten damit schon etliche Feiertage ruiniert, und ich hatte mir geschworen, daß das dieses Jahr nicht passieren würde. Ich lächelte ihn an und sah nach dem Weihnachtsbaum in der Fensternische. Seine blinkenden Lichter hatten eine angenehm halluzinatorische Wirkung auf mein vom Eierpunsch vernebeltes Gehirn.

»Tante Cinda?« piepste Woody, mein fünfjähriger Neffe. »Bist du den ganzen Weg von Colorado nach hier gefahren?«

»Ja, bin ich, mein Herzchen, und es war eine sehr, sehr lange Fahrt.«

»Gibt es bei euch Schnee?« fragte er melancholisch. Kinder aus Dallas bekommen nicht sehr oft Schnee zu sehen.

»Es hat diesen Winter schon ein paarmal geschneit, aber nicht, als ich abgefahren bin. Aber ich denke, daß noch etwas Schnee liegt.«

»Wie sind dieses Jahr die Verhältnisse auf den Skipisten?« fragte Louis, der die nettesten Manieren aller Dreizehnjährigen besitzt, denen ich je begegnet bin.

»Ich habe gehört, daß sie ganz gut sein sollen, aber ich hatte zuviel Arbeit, um selbst rauszufahren.«

»Arbeit in deinem Job?« fragte Woody ungläubig. Er kannte wohl nicht viele Frauen, die einen Job hatten, außer seiner Kindergärtnerin und Danas Putzhilfe. Das war fast so exotisch wie Schnee.

»Ja, größtenteils«, antwortete ich aufmunternd. *Gib acht, mein Kleiner*, sagte ich im stillen zu ihm, *Frauen sind zu allem möglichen fähig*.

Woody sah einen Moment seinen Vater an. Dann zog er eine komische Grimasse und fragte: »Und was macht das Vergewaltigungsgeschäft?«

»Woodrow!« rief Dana aus. »O Jerry«, wandte sie sich an ihren Mann. »Was hast du ...«

»Das reicht, junger Mann«, sagte Jerry und stand von seinem Stuhl auf. »Komm mit.«

»Aber das hast du doch selber *gesagt*, Daddy«, jammerte Woody, als Jerry ihn von seinem Stuhl zog und zur Treppe schleppte.

Dana stand ebenfalls auf, aber Jerry wandte sich um und sagte zu ihr: »Setz dich hin. Ich kümmere mich darum.« Ich konnte Woodys erstickte Proteste auf der Treppe verklingen hören.

Louis, höflich wie immer, versuchte, die Verwirrung zu überspielen, indem er nach meinem Auto fragte. »Hast du noch immer einen Subaru, Tante Cinda?« fragte er.

»Ja«, sagte ich kurz. »Dana, was, zum Teufel, war das?«

»Ich wünschte, du würdest in meinem Haus nicht fluchen, Cinda«, sagte sie und schaute in ihren Schoß.

»Dana«, sagte ich sanfter. »Was in aller Welt war das?«

»Soll ich abräumen, Mom?« fragte Louis und begann Teller und Gläser einzusammeln, ohne auf Antwort zu warten.

Als Louis durch die Schwingtüren in der Küche verschwunden war, blickte Dana zu mir auf. Ihre blauen Augen schwammen vor Tränen. »Das war bloß ein Scherz, Cinda. Woody hätte es eigentlich nicht hören sollen. Es ist bloß so, daß Jerry endlich eingesehen hat, wie gut es war, daß du diesen tollen Job als Staatsanwältin hattest, weil du ja keine Kinder und keinen Mann hast. Damit hattest du etwas, womit wir uns wirklich identifizieren konnten, und dann, als du das alles aufgegeben hast für diese Stelle als Beraterin für vergewaltigte Frauen…«

»Ich bin keine Beraterin«, sagte ich ruhig. »Nicht, daß daran etwas auszusetzen wäre, aber ich bin die Leiterin dieses Zentrums, verdammt« – sie warf mir einen raschen Blick zu –, »und ich bin *sehr stolz auf meine Arbeit.*« Die letzten fünf Worte sprach ich mit unnötigem Nachdruck aus. Ich war wütend, trotz meines Schwurs, mich bei diesem Besuch nicht aufzuregen. Ich konnte förmlich hören, wie Jerry bei seinen Kumpels im Country Club über die verrückte Schwägerin und ihren neuen Job herzog. *Was glaubt ihr, was die Leute zu ihr sagen, wenn sie sie treffen, he? Was macht das Vergewaltigungsgeschäft? Ha, ha.* Und jetzt war er oben und schimpfte mit dem armen Woody. Oder tat er mehr als das? »Dana, was macht Jerry mit dem Kind?«

Dana schaute unbehaglich zur Treppe. »Keine Sorge, Cinda. Er schlägt die Jungen nicht, das hat er mir versprochen.« Sie sah wieder mich an. »Es ist bloß so – so schmutzig, Cinda. Ich weiß, die Arbeit ist wichtig, und jemand muß sie machen, aber warum mußt du das sein? All deine früheren Lehrer waren so stolz auf dich, als du zum Beispiel nach Vassar gegangen bist. Was würden sie denken, wenn sie das wüßten?«

»Ich weiß nicht, was sie denken würden. Und es ist mir eigentlich auch egal. Was meinst du übrigens mit *schmutzig*?«

»Na ja… gibt es da nicht viele, du weißt schon, Lesbierinnen, die in solchen Häusern arbeiten, in Frauenhäusern und Krisenzentren und all diesen Einrichtungen?«

»Ein paar gibt es vermutlich. Und da, wo du deine College-Zeit verbracht hast, gab es wahrscheinlich auch einige. Vermutlich gehören auch einige deinem Golfclub an. Also, was soll's?«

»O nein, Cinda, das glaube ich nicht. Bestimmt nicht.« Dana spielte an den Diamantohrringen herum, die sie zum zehnten Hochzeitstag bekommen hatte. »Und noch etwas verstehen wir nicht an deinem Job. Was ist, wenn Frauen zu euch kommen und erfundene Geschichten über Vergewaltigungen erzählen? Ich meine, woher wißt ihr, ob sie die Wahrheit sagen? Schließt ihr sie an einen Lügendetektor an?«

»Wenn uns eine Frau ruft und sagt, sie wäre vergewaltigt worden, dann glauben wir ihr.« Das stimmte nicht ganz. Einmal hatten wir einen Fall, in dem wir an der Ehrlichkeit der Frau zweifelten, nachdem sie bei ihrem ersten Anruf im Zentrum eine widersprüchliche und bizarre Geschichte erzählt hatte. Aber ich wollte verdammt sein, wenn ich das Dana gegenüber genau in diesem Moment zugab.

»Nun, was passiert dann, wenn sich herausstellt, daß es nicht simmt?«

»Das ist noch nicht passiert, seit ich dort bin. Soviel ich weiß, ist es überhaupt noch nie passiert.« *Außer vielleicht einmal, und das wissen wir nicht genau*, flüsterte mein Gewissen mir zu.

»Aber irgendwann *muß* es doch mal vorgekommen sein, Cinda. Ich meine, Menschen lügen doch.«

Ich seufzte. »Menschen lügen, wenn sie dadurch etwas zu gewinnen haben, Dana. Eine Frau hat nichts zu gewinnen, wenn sie sagt, sie wäre vergewaltigt worden, obwohl das nicht stimmt. Gewöhnlich nicht einmal dann, wenn es stimmt.«

Danas Gesicht bekam den störrischen Ausdruck, an den ich mich aus zahllosen Kinderstreitereien erinnerte. »Vielleicht doch, wenn sie sich an einem Mann rächen wollen, der sie verlassen hat, oder wenn sie jemanden wegen Vergewaltigung anzeigen oder erpressen wollen, damit sie befördert werden. Oder wenn sie damit einverstanden waren und es ihnen hinterher peinlich ist.«

Eine Welle des Zorns strömte durch meinen Körper, prikkelte auf meiner Haut und verebbte. Ich war nur noch unendlich müde. »Dana, laß uns darüber jetzt nicht streiten. Warum versuchen wir nicht, uns einfach schöne Feiertage zu machen? Du und Jerry und Woody und Louis seid die einzige Familie, die ich habe. Ich möchte mich nicht mit euch zanken.« Zum ersten Mal bemerkte ich jetzt, daß Louis still am Ende des Tisches saß und zuhörte. Ich schämte mich, weil ich den Tränen nahe war.

Dana antwortete nicht, aber Louis stand auf, setzte sich neben mich und legte mir eine Hand auf die Schulter. »Ich finde es toll, was du machst. Und wir sind nicht deine einzige Familie; du hast ja auch noch Großvater.«

Jetzt begann ich wirklich zu weinen. »Danke, Louis. Du hast recht, ich hätte Großvater auch nennen sollen.« Ich suchte Danas Blick, die mich ignorierte und verlegen zur Treppe schaute. »Gehen wir ihn morgen besuchen, Dana?«

»Ach, laß uns morgen früh darüber reden, ja? Ich glaube, ich sollte besser gehen und Woody seinen Gutenachtkuß geben. Jerry bringt ihn sicher ins Bett. Armes Kerlchen, er war wirklich müde.« Dana sprang auf und verschwand die Treppe hinauf.

»Tante Cinda?« Das war Louis, der immer noch neben mir saß. »Ich würde Großvater auch gern sehen. Laß uns Mom morgen früh noch mal fragen, ja? Dad hat es nicht so gern, daß wir ihn besuchen, er sagt, das regt Mom auf, aber ich bin immer traurig, wenn wir ihn lange nicht sehen.«

Ich schaute in Louis' besorgtes dreizehnjähriges Gesicht und drückte meine Stirn an seine. »Ja«, stimmte ich ihm heiser zu. »Ich muß deinen Großvater auch sehen. Wir fahren morgen zu ihm.«

Um neun Uhr am Morgen des Weihnachtstages saßen Louis und ich im überheizten Aufenthaltsraum eines Pflegeheims und warteten darauf, daß die überlastete Feiertagsschicht damit fertig war, unseren Großvater und Vater zu baden, damit wir ihm frohe Weihnachten wünschen konnten. Die bleiche Wintersonne warf Lichtstreifen auf die geschmackvolle Nußbaumtäfelung des Raumes, und auf einem riesigen Buffet standen frische Lilienblüten und Stechpalmenzweige, aber der Krankenhausgeruch war unverkennbar.

Dana hatte am selben Morgen bei einem hastigen Frühstück fröhlich erklärt, vor dem Öffnen der Geschenke würden wir alle in die Kirche gehen. Sie sagte, Jerry sei eingeteilt, die Gläubigen auf ihre Plätze zu begleiten, als er in einem eleganten Blazer mit sehr blanken Knöpfen hereinkam. Mir fiel auf, daß auch Louis und Woody für diese frühe Stunde extrem gepflegt aussahen in ihren Khakihosen, Slippern und Oxfordhemden.

Ich hatte es richtig gefunden, meinen Standpunkt gleich klarzustellen. »Danke, ich glaube, ich werde nicht mitgehen. Ich warte hier auf euch. Ich verspreche auch, nicht in die Geschenkpäckchen zu schauen.« Ich zwinkerte Woody zu, dem es trotz des abrupten Abschieds gestern abend gutzugehen schien. Er versuchte zurückzuzwinkern, hatte aber keinen Erfolg damit.

»Cinda ...«, begann Dana protestierend, aber sie hielt inne, als sie Jerrys Blick begegnete und sein fast unmerkliches Kopfschütteln sah. »Gut, in Ordnung, aber du solltest wenigstens an Weihnachten in die Kirche gehen.«

»Sonst kommt Cinda vielleicht in die Hölle, nicht, Dad?« sagte Woody fröhlich, doch dann hielt er sich sofort eine Hand vor den Mund und sah Jerry an, als sei ihm klar, daß er soeben gegen eine Vorschrift verstoßen hatte.

»Wir werden für sie beten, mein Junge«, sagte Jerry milde und steckte ein Stück Wurst in den Mund.

Eine halbe Stunde später räumte ich das Frühstücksgeschirr in die Spülmaschine, als Dana in ihrer Nerzjacke und Schwaden von Chanel No. 5 in die Küche kam. »Cinda, Louis fühlt sich nicht wohl. Ich fürchte, er bekommt die Grippe, die vor den Feiertagen in seiner Schule umging. Ich habe ihm eine Tablette gegeben, und er hat sich wieder ins Bett gelegt. Wir lassen ihn hier bei dir.«

»Natürlich«, sagte ich. »Wir werden gegenseitig auf uns aufpassen.«

Aber nachdem Jerry, Dana und Woody in dem silbernen Lincoln Town Car davongefahren waren, und ich gerade Sellerie für unser Essen vorbereitete, erschien Louis voll bekleidet in der Küche.

»Laß uns Großvater besuchen, ja, Tante Cinda?« sagte er grinsend.

»Louis, du erstaunst mich. Ich habe nicht gewußt, daß du so schummeln kannst.« Ich war entzückt über diesen überraschenden Beweis von Mumm bei dem geradezu unheimlich wohlerzogenen Louis, aber sowie ich das gesagt hatte, verfinsterte sich sein Gesicht.

»Ich versuche, nicht zu lügen, Tante Cinda, aber manchmal geht es nicht anders.« Schon grinste er wieder, und ich sah, daß er doch einige Erfahrung mit der gelegentlichen Notwendigkeit hatte, die Unwahrheit zu sagen. Ich war erleichtert.

»Tja, Kumpel, damit kenne ich mich aus.«

»Ich wollte Großvater wirklich sehen, und Mom hat mir und Woody heute morgen gesagt, wir hätten keine Zeit wegen der Kirche und den Geschenken, und außerdem würde er ohnehin nicht merken, ob wir kommen. Woody hatte auch keine Lust, das habe ich gesehen. Er ist so klein, daß er sich gar nicht mehr richtig an Großvater erinnert, wie er früher war, aber ich schon. So, wie er immer mit mir geredet hat und alles, die Geschichten, die er uns über seine Fälle am Gericht erzählt hat.« Ich liebte Louis dafür, daß er sich genauso an meinen Vater erinnerte wie ich.

Als letzter wahrer Gläubiger hatte mein Vater die Überzeugung nie aufgegeben, das Gesetz sei ein perfektes Instrument der Gerechtigkeit. Er war ein hervorragender, aber unbequemer Anwalt gewesen. Meine Mutter war mit den Jahren an seiner Vorliebe, Präzedenzfälle anzufechten und unbemittelte Mandanten anzunehmen, schier verzweifelt. Schließlich, als Dana mit der High-School begann und ich im College war, hatte sie darauf bestanden, daß er sich eine bessere Kundschaft suchte, und das hatte er getan. So hatte er am Ende doch eine Menge Geld verdient, mit dem er nun das hübsche Heim bezahlen konnte, in dem er lebte.

Ich glaube, nach dem Tod meiner Mutter wurde Dad in bestimmten Kreisen (nicht denen, die meine Mutter angestrebt hatte) zu einem durchaus begehrenswerten Mann, aber damals lebte ich schon in Colorado. Wenn wir Zeit zusammen verbrachten, sprach er ungern über etwas anderes als seine Arbeit. Etliche Jahre lang war Dana meine einzige Informationsquelle, was sein gesellschaftliches Leben betraf. Dana war damals schon mit Jerry und seiner Lincoln-Mercury-Vertretung verheiratet und seiner Kirche beigetreten. Sie berichtete, Dads Freundinnen »taugten nichts«, aber als ich endlich eine kennenlernte, eine schlanke Frau namens Sandy, mit der er mich einmal in Colorado besuchte, war sie recht nett.

Doch in einem hatte Dana vermutlich recht: Dad merkte nicht, wenn ihn jemand besuchen kam. Obwohl seine Augen offen waren, bewegte sich außer den Lidern nichts, und die Ärzte hatten uns gesagt, er »verarbeite Bilder wohl nicht mehr zu Informationen«, wie sie sich ausgedrückt hatten. Aber er hatte eine gute Konstitution. Er konnte noch jahrelang leben.

Eine gehetzt aussehende Pflegerin mit einem rotgrünen Ansteckstäußchen erschien an der Tür des Aufenthaltsraumes. »Sie können Ihren Vater jetzt sehen«, sagte sie und lächelte. »Und frohe Weihnachten.« Ritterlich nahm Louis meinen Arm, als wir den Flur entlang zu Dads Zimmer gingen.

Er saß in einem Ohrensessel vor dem Fenster, das auf das winterlich braune Gras im hinteren Garten der Anstalt hinausging. Er trug ein rotkariertes Flanellhemd, das ich erkannte. Ich hatte es ihm zu seinem Geburtstag im Oktober geschickt. Sein Kopf mit der dichten, silbernen Löwenmähne ruhte stolz wie immer auf dem kräftigen Hals. Ich bekam einen riesigen Kloß in der Kehle, als ich das Hemd sah, und war froh, daß Louis als erster mit ihm sprach.

»Hallo, Großvater«, sagte er leise. »Wir wollten dir frohe Weihnachten wünschen. Freust du dich, Cinda zu sehen?« Der alte Mann drehte uns den Kopf zu, doch sein Gesicht verriet nicht, ob er uns wahrnahm oder Louis' Begrüßung verstand. Seine Züge wirkten unbeweglich, aber noch immer intelligent.

Ich ging zu ihm und küßte ihn auf die Wange. »Hallo, Daddy. Erinnerst du dich, daß heute das Fest der fettleibigen Elfen ist?« Dad war nie ein religiöser Mensch gewesen und hatte einmal in Moms Gegenwart den Feiertag so bezeichnet, aber nur ein einziges Mal. Danach war es ein privater Scherz zwischen uns beiden gewesen. Louis grinste und zwinkerte mir aufmunternd zu.

Aber mir fiel nichts mehr ein, was ich sagen konnte. Ich zog ein Sitzkissen neben den Ohrensessel, setzte mich darauf und hielt bloß die immer noch starke Hand meines Vaters, während Louis so natürlich sprach, als unterhalte er sich mit zwei Schulfreunden. Ich beobachtete Dads Gesicht, während Louis eine hinreißend komplizierte Geschichte über sein Fußballteam, dessen Reise zu einem Turnier in Austin und irgendwelches verlorene Gepäck erzählte. Gelegentlich bewegte Dad den Kopf und blinzelte, aber man konnte unmöglich erkennen, ob er wirklich etwas mitbekam. Manchmal seufzte er, versuchte aber nicht zu sprechen. Nach etwa zehn Minuten, nachdem die Fußballgeschichte beendet und von einer anderen über seinen Hund Luke abgelöst worden war, der eine tote Maus auf den Boden im Wohnzimmer gelegt hatte, wo sich gerade Danas Gebetsgruppe versammelte, stand Louis auf und sagte: »Frohe Weihnachten, Großvater.« Er küßte den alten Mann auf den Scheitel. »Du und Großvater solltet ein paar Minuten für euch haben«, sagte er zu meiner Überraschung. »Ich warte in dem Aufenthaltsraum auf dich, wo wir vorher waren.«

Eigentlich war es sehr friedlich, ich empfand nicht den Zwang, irgend etwas zu reden. Ich würde einfach ein paar Minuten bei ihm sitzen und seine Hand halten, bevor ich mich verabschiedete. Ich erinnerte mich nicht mal, wie ich angefangen habe, ihm die Geschichte von Jason und Sam und Tory und dem Krisenzentrum zu erzählen, aber irgendwann merkte ich, daß sie aus mir herausströmte wie Wasser aus einem zerlöcherten Faß. Ich muß eine Stunde lang geredet haben. Louis kam ein paarmal an die Tür und ging dann wieder. Endlich, nach dem Bericht über meinen letzten erfolglosen Versuch, Tory anzurufen, ging mir der Stoff aus. Ich schwieg und dachte darüber nach, daß sich beim Erzählen meine Tätigkeit für Jason und der Verlust von Torys Freundschaft irgendwie verflochten hatten, obwohl es sich natürlich um ganz verschiedene Angelegenheiten handelte. Aber mein Vater wies mich nicht darauf hin, daß ich Persönliches nicht vom Beruflichen trennen konnte; er sah mich noch immer mit intensiver Ausdruckslosigkeit an.

Plötzlich strömten meine Tränen, und ich konnte sein Gesicht kaum noch sehen. »Daddy, ich brauche deine Hilfe! Verdammt, was soll ich bloß tun? Ich weiß, daß er schuldig ist, aber ich soll ihn vertreten!« Mein Vater seufzte schwer. Das Gesicht, das hundert Richter und mindestens tausend Geschworene dazu bewegt hatte, seinen Argumenten zu vertrauen, unternahm keinen Versuch, mir einen Weg zu weisen.

Louis kam wieder an die Tür, diesmal mit einer Pflegerin. »Tante Cinda? Bist du in Ordnung?«

Unbeholfen wischte ich mir mit dem Ärmel meiner Seidenbluse die Augen ab. »Alles in Ordnung, mein Schatz. Tut mir leid, daß ich dich so lange habe warten lassen.«

»Vielleicht sollten wir besser wieder nach Hause fahren, weißt du. Mom und Daddy werden bald aus der Kirche kommen.«

Mir wurde klar, daß ich Louis' Alibi für den Kirchenbesuch gefährdet hatte, indem ich so lange geblieben war. »Wiedersehen, Daddy«, flüsterte ich und hob seine Hand, um sie zu küssen. Begreifen huschte über sein Gesicht, aber vielleicht war es auch nur ein Lichtreflex in seinen Augen. Die Pflegerin kam näher und machte sich an seinem Hemdkragen zu schaffen, und ich ging zu Louis an die Tür.

Der Junge tätschelte tröstend meinen Arm, als sei ich das Kind und er der Erwachsene. »Wiedersehen, Großvater«, sagte er, als wir gingen. »Laß dich nicht von den Bettwanzen beißen.«

Januar 1991

Unmittelbar vor Weihnachten hatte ich noch die Winterreifen montieren lassen, und jetzt gab der undankbare Subaru kränkliche Geräusche von sich, wenn ich schneller als achtzig Stundenkilometer fuhr. Ich mußte ihn der Fürsorge der freundlichen Hippies in der *Good News Garage* anvertrauen, aber seit das Rumpeln begonnen hatte, war ich zu beschäftigt gewesen, um auch nur einen Tag lang ohne Auto auszukommen.

Auch heute konnte ich es mir nicht leisten, den Wagen zu verhätscheln, denn ich war in Denver mit Hilton James zum Mittagessen verabredet. Während ich in meinem störrischen Vehikel über den Boulder-Denver-Turnpike polterte, dachte ich daran, wie begeistert ich über diese Aussicht gewesen wäre, als ich noch in Professor James verknallt gewesen war. Natürlich war mir heute klar, daß es eine lächerliche, idealisierende Verliebtheit gewesen war, wie sie nur eine junge Studentin für einen attraktiven Professor empfinden kann. Trotzdem war selbst nach all den Jahren noch ein bißchen davon übrig, wenn auch nicht genug, um die Fahrt zu einem ungetrübten Vergnügen zu machen. Außer dem angsterregenden Rumpeln, wann immer ich Gas zu geben versuchte, gab es hinterhältig vereiste Abschnitte. Und dann war da noch Tory und die Erinnerung an mein hoffnungsloses Gespräch mit ihr am Vorabend.

Vor vier Tagen, am Neujahrstag, hatte ich die letzte einer Reihe immer empörter werdender Nachrichten auf ihrem

Anrufbeantworter hinterlassen. Ich weiß überhaupt nicht mehr, was ich alles gesagt habe, aber ich weiß, daß es ungefähr so endete: »Wenn du mich nicht zurückrufst, mußt du mir schon persönlich den Grund dafür sagen. Wenn ich nichts von dir höre, steige ich ins Auto und fahre zu dir hinauf und warte vor deiner Tür, bis du mit mir redest. Du entkommst mir nicht, Tory, also kannst du dich genausogut melden.«

Und das hatte sie schließlich getan, gestern abend. Sie sei sehr beschäftigt gewesen, hatte sie gesagt. Sie wünschte, ich würde aufhören, jeden Tag eine Nachricht zu hinterlassen, sie hätte sie *bekommen*, und sie werde sich mit mir treffen, wenn sie etwas weniger zu tun hätte. Sie wolle nicht, daß ich zu ihr ins Haus kam.

»Was ist *los*?« fragte ich.

»Nichts. Du machst aus einer Mücke einen Elefanten«, sagte sie zu mir. »Schau, ich habe zu tun. Manche von uns haben eben noch einen richtigen Beruf.«

Einen *richtigen* Beruf. Die Arbeit im Krisenzentrum für Vergewaltigungsopfer war also kein richtiger Beruf? Und das sagte Tory? Bevor ich antworten konnte, sprach sie weiter.

»Du hörst von mir, Cinda. Ich habe einen großen Prozeß, aber ich rufe dich an, wenn er vorbei ist und wir uns treffen können, okay? Laß mich bis dahin in Ruhe. Bitte.« Sie legte auf.

So gedemütigt hatte ich mich schon lange nicht mehr gefühlt. Ich wollte nicht länger daran denken. Plötzlich kam meine Ausfahrt, und ich verließ die Interstate 25 und fuhr über das verfallene Viadukt in das untere Stadtzentrum von Denver. Jetzt wandte ich meine Gedanken Hilton James zu.

Ich war verwirrt, aber nicht sonderlich wißbegierig gewesen, als er mich zwei Abende zuvor zu Hause angerufen hatte, um heute mit mir zu Mittag zu essen. Ich freute mich darauf, diesen Mann zu treffen, den ich früher so bewundert hatte. Er hatte vorgeschlagen, ich sollte um zwölf Uhr in seinen Club kommen. So fuhr ich durch die mit schmutzigen Schneeresten durchzogene Innenstadt von Denver und suchte nach einem Parkplatz in der Nähe des *Patent Club Building*. Ich bin keine sehr ausgefuchste Großstadtpflanze und habe es nie verstanden, unter dem wütenden Gehupe von Konkurrenten einen freigewordenen Parkplatz zu okkupieren, aber diesmal schaffte ich es. Ich sperrte den Subaru ab, als hätte jemand so wenig Geschmack, ihn stehlen zu wollen, und wickelte mich enger in meinen grauen Wollmantel, da ein eisiger Wind durch die Schluchten pfiff.

Der *Patent Club* trug seinen Namen nicht wegen irgendwelcher Erfindungen. Ein »Patent« ist ein Anrecht auf einen Grubenclaim, und die wuchtigen Gebäude in der Stout Street waren ursprünglich exklusiv zur Unterhaltung jener Leute erbaut worden, die erfolgreich in den Bergbau investiert hatten. Ich war erst einmal dort gewesen, zu einem offiziellen Empfang der Anwaltsvereinigung für Anne Twitchell, die damals in den Obersten Gerichtshof von Colorado berufen wurde. In ihrer kurzen und ansonsten liebenswürdigen Rede hatte sie darauf hingewiesen, daß der Club, in dem sie geehrt wurde, sie vor weniger als einem Jahrzehnt nicht einmal eingelassen hätte. Ich war ziemlich sicher, daß er seine Mitgliedschaftsregeln inzwischen liberalisiert hatte und jetzt auf einige wenige Frauen und andere zuvor unerwünschte Personen als Mitglieder stolz war, aber ich zweifelte daran, hier eine Bastion des Multikulturalismus zu betreten.

Ein verbindlicher Portier ließ mich aus Wind und Schmutz herein, dann nahm er mir meinen Mantel ab. Als ich mich in der hohen Eingangshalle umsah, stellte ich fest, daß ich weit und breit die einzige Frau war – bis auf eine blonde Hosteß in überaus kurzem, schwarzem Kleid, die mit besorgtem Blick auf mich zukam, als hätte sie mir mitzuteilen, ich sei hier fehl am Platz.

Bemüht, ihr diese Sorge zu nehmen, sprach ich als erste. »Ich bin hier mit Hilton James zum Mittagsmahl verabredet.« Ich bezweifelte, daß ich das Wort *Mittagsmahl* jemals laut ausgesprochen hatte, aber es schien sich um einen Ort zu handeln, an dem man so etwas sagt.

»O ja.« Sie nickte ernst. »Richter James. Er ist im Waverly-Salon, die Treppe hoch, zweite Tür rechts.«

»Könnten Sie mir noch sagen, wo ich mich kurz frisch machen kann? Ich glaube, nach dem Wind draußen muß ich mal einen Blick in den Spiegel werfen.«

Kühl musterte sie mich, als wolle sie mein ramponiertes Aussehen bestätigen, zweifle aber an meiner Erklärung dafür. Dann neigte sie den Kopf in Richtung eines diskreten Schildes in einer nahen Nische. Der Raum war in gedämpftem Rosa beleuchtet und duftete nach einer blumigen Seife, von der ich einen Niesreiz bekam. Die Bürste knisterte elektrisch aufgeladen in meinen Haaren, als ich versuchte, meine Frisur in eine halbwegs karrierefraumäßige Fasson zu bringen. Die Klofrau, eine ältere Person, die auf einem Hocker saß und einen kleinen Stapel schneeweißer Handtücher bereithielt, zeigte sich mitfühlend. »Ist doch gut so, Herzchen«, versicherte sie mir. Ich hoffte, daß sie recht hatte. Meine glänzenden schwarzen Stiefel, die mir beim Anziehen heute morgen wie eine elegante Lösung für die vereisten Bürgersteige vorgekommen waren, sahen plötzlich wie das Schuhwerk eines Cowgirls aus. Ich ging die Treppe hinauf und rief mir ins Gedächtnis, daß die Gründer dieses hochnäsigen Etablissements auch ab und an etwas Dreck an den Stiefeln gehabt haben mußten.

Hilton James stand an der Tür eines kleinen Zimmers, das, wie ich bei seiner Begrüßung erkannte, ein privates Speisezimmer sein mußte. Privat insofern, als dort nur ein einziger Tisch stand. James trug einen edlen Anzug und hielt sich sehr gerade. »Oh, Lucinda, Sie sind sogar pünktlich. Sie sehen fabelhaft aus. Kommen Sie herein.«

»Hallo, Euer Ehren. Schön, Sie zu sehen. Sie sehen auch gut aus.«

Er nahm den Mantel von meinem Arm, hängte ihn ordentlich an einen verzierten Wandhaken aus Messing und steckte in jede Tasche einen Handschuh, wobei er sich vergewisserte, daß der rechte Handschuh in die rechte Manteltasche kam und der linke in die linke. Dann forderte er mich auf, einen Blick auf die Speisekarte zu werfen, und schwieg, während ich das tat. Nachdem ich auf eine Speise gedeutet und gesagt hatte, das klinge gut, informierte er einen aufmerksamen Kellner, die Dame würde die Ente à l'orange nehmen und er die Hühnerbrust. Dann wandte er seine Aufmerksamkeit der Weinkarte zu.

»Möchten Sie Wein trinken, Lucinda?«

»Vielleicht ein Glas, wenn Sie auch welchen trinken. Aber es ist nicht notwendig.«

»Gut, dann nicht.« Er klappte die braune Ledermappe zu und reichte sie mit einem dezenten Kopfschütteln dem ältlichen Kellner. Irgendwann auf seinem Weg schien sein eindrucksvolles Selbstvertrauen durch ein zuchtmeisterliches Beharren auf Ehrerbietung ersetzt worden zu sein. Als der Kellner uns verließ und vor lauter Unterwürfigkeit beinahe rückwärts aus dem Zimmer stolperte, sah Hilton James mir zum ersten Mal voll ins Gesicht. Ich glaubte mich an einen schalkhaften Ausdruck und eine gewinnende Offenheit zu erinnern, doch diese Miene konnte ich jetzt nicht wiederfinden. Der Mann sah mich mit streng urteilendem Blick über den Rand seiner Brille hinweg an. Von der Nase liefen tiefe Falten zu den Mundwinkeln. Früher einmal war er schlank gewesen, jetzt war er hager. Ich merkte, daß ich immer unruhiger wurde, und hatte das unheimliche Gefühl, daß dieser Mann, der mir gegenübersaß, ganz anders war als der mitreißende junge Professor, dessen Charisma mich davon überzeugt hatte, daß ich Anwältin werden wollte. Abgesehen von der kurzen Begegnung beim Joggen in der Nähe meines Hauses im letzten Frühjahr hatte ich ihn seit dem Abschluß meines Studiums vor fast fünfzehn Jahren nicht mehr gesehen. Er konnte nicht älter als fünfzig sein, und in Colorado sind viele Fünfzigjährige strahlend jugendlich, aber nicht Hilton James. Seine Haut war noch straff, doch sein Gebaren das eines viel älteren und unglücklichen Mannes.

»Was, äh, was macht das Joggen, Richter James?« fragte ich, da ich fürchtete, er würde mir meine Bestürzung anmerken, wenn ich nicht anfing zu reden.

»Ich bin sehr zufrieden, danke. Und bei Ihnen? Trainieren Sie noch?«

»Ich laufe bloß zum Spaß und um ein bißchen fit zu bleiben. Bei Rennen habe ich nie mitgemacht. Eigentlich jogge ich nur, damit ich das Essen genießen darf.« Das stimmte, obwohl ich es gewöhnlich keinem erzählte. Ich muß nervös gewesen sein.

»Ja, wissen Sie, diese Ente, die Sie bestellt haben, hat einen sehr hohen Fettanteil. Sehr ungesund. Lassen Sie mich nachsehen.« Zu meinem Erstaunen zog er eine laminierte Karteikarte aus einer Tasche. »Fünfunddreißig Gramm Fett, sechzig Prozent Fettkalorien. Eine solche Ernährung können Sie auch durch noch soviel Laufen nicht ausgleichen, wissen Sie?« Er schaute mich an, als wollte er mich herausfordern, meine Eßgewohnheiten zu verteidigen.

Es stimmte also: Mein früheres Idol war zu einem Spinner geworden. Ich spürte einen gefährlichen Drang zu kichern. Er hatte mich hierher eingeladen, mir die Speisekarte in die Hand gedrückt und mich aufgefordert, mir etwas auszusuchen. Ich hatte die Ente nur deshalb bestellt, weil alles andere so langweilig aussah. Wie sollte ich diese verdammte Ente jetzt noch essen, wenn sie gebracht wurde? Das war die rüdeste Behandlung, die ich seit langem erlebt hatte, einschließlich der Musterung meines Hinterteils in Canon City. Doch mein Entsetzen war gemischt mit der aufblitzenden Erkenntnis, daß dies hier eigentlich ziemlich komisch war. Wenn ich die gräßliche Einladung durchstand, würde ich den richtigen Zuhörern eine tolle Geschichte zu erzählen haben. James wartete noch immer darauf, daß ich sprach. Offensichtlich war er auf einen Streit aus. Den würde er von mir nicht bekommen.

»Da haben Sie sicher recht«, murmelte ich.

Er sah mich vorwurfsvoll an. »Ich habe Sie nicht hierher eingeladen, um über Ihre Ernährung zu sprechen, Lucinda«, sagte er tadelnd, als hätte ich das Thema aufgebracht.

»Und weswegen wollten Sie mich sehen, Sir?«

Ich weiß nicht, was ich erwartet hatte, aber das, was er sagte, war es nicht. »Sie haben sich eine sehr schlimme Verfehlung zuschulden kommen lassen, Lucinda.«

In diesem Augenblick erschien der Kellner mit unseren Bestellungen, so daß ich einen Moment Zeit hatte, diese Anschuldigung zu überdenken, falls es denn eine war. Ich versuchte mir etwas einfallen zu lassen, was ich sagen könnte, und bemerkte dabei, daß die Ente à l'orange unangenehm roch, ein bißchen verbrannt. Seine Hühnerbrüstchen sahen scheußlich aus, sie lagen wie blanke, hellgraue Steine nebeneinander auf dem Teller. Als der Kellner fort war, wählte ich meine Worte sorgfältig und sagte: »Das glaube ich nicht, Euer Ehren. Wovon sprechen Sie eigentlich?«

»Sie haben die LawText Corporation und den Obersten Gerichtshof von Colorado betrogen.«

»Tut mir leid, aber ich weiß nicht, wovon Sie reden.«

»Der einzige Grund für unser heutiges Gespräch unter vier Augen ist, daß ich mich ein bißchen verantwortlich fühle, weil ich Sie gedrängt habe, die Bestellung für Jason Smiley zu akzeptieren. Ich war so sicher, daß Sie diese Aufgabe kompetent und sogar hervorragend erfüllen würden, daß es mich schockiert hat, als ich Beweise für das sah, was Sie getan haben. Vielleicht gibt es eine Erklärung. Das hoffe ich jedenfalls.« Er sah mich an und schob sich ein Stück Huhn in den Mund. Der humoristische Gehalt dieser Begegnung schrumpfte rapide.

Ich schob den Teller mit Entenfleisch von mir, auf dem die üppige Sauce allmählich erstarrte, und sprach mit ruhiger Stimme. »Euer Ehren, ich kann auf diese Anschuldigungen nicht antworten. Ich weiß nicht, was ich angeblich getan haben soll.«

Langsam legte er seine Gabel hin, seufzte und stand auf, um eine glänzende lederne Aktentasche zu holen, die an der Wand gestanden hatte. Ein Kellner kam mit fragendem Blick herbeigeeilt, aber James winkte ihn fort.

»Einen Moment noch«, rief ich. Der Kellner kam zurück. Es war nicht der ältere Herr, der unsere Bestellung entgegengenommen hatte, sondern ein hübscher junger Mann mit einem Pferdeschwanz. Ich war überrascht, daß sie ihm das hier gestatteten. »Könnte ich bitte eine Tasse Kaffee haben?

Und das hier können Sie mitnehmen«, sagte ich und zeigte auf die Ente.

Pferdeschwanz sah mich und dann Hilton James an, der seine Gegenwart ignorierte, während er in der Aktentasche nach einigen Papieren kramte. »Selbstverständlich, Ma'am. War alles zu Ihrer Zufriedenheit?«

Ich lächelte ihn an und dachte, er könnte vielleicht ein Verbündeter sein, wenn diese Szene noch merkwürdiger würde, hielt es aber für einen Fehler, jetzt schon zuzugeben, daß etwas nicht stimmte. »Es ist schon in Ordnung, ich hätte nur gern einen Kaffee, bitte, mit Koffein und Sahne.«

Seine Augen begegneten meinen mit einem Ausdruck, der vielleicht ein gewisses Verständnis erkennen ließ, und er sagte: »Selbstverständlich. Sofort.«

James beendete die Durchsuchung seiner Aktenmappe und warf mir einen Stapel Papiere zu. »*Dafür* hätte ich gern eine Erklärung von Ihnen, Lucinda.«

Verwirrt sah ich mir die etwa zehn Blätter an, die Eselsohren hatten und etwas abgegriffen waren. Ich spürte die gleiche Art von Unruhe, die ich schon früher einmal empfunden hatte, als ein Schizophrener mir einen Stapel vielfach kopierter Dokumente als Beweis für die Verschwörung der Welt gegen ihn aufgedrängt hatte. Die Aufschrift oben auf der ersten Seite lautete:

LAWTEXT CORPORATION

SUCHAUFTRÄGE VON 1. 12. 1990 BIS 31. 12. 1990

RECHNUNG NR. MX43965JF (OBERSTER GERICHTSHOF VON COLORADO)

Die restlichen Seiten enthielten Namen, Daten und Uhrzeiten sowie einzelne Wortkombinationen. Offenbar speicherte das LawText-System auf jeder Rechnung die Suchaufträge und erstellte monatlich eine Liste. Warum zeigte James mir das? Zudem schien es unangebracht, mir ein Dokument auszuhändigen, aus dem hervorging, welche Art juristischer Recherchen die Mitglieder des Gerichts durchführen ließen – zweifellos betrafen einige davon noch anhängige Fälle. Mir schauderte bei dem Gedanken, welchen Gebrauch Sky King oder irgendein anderer aggressiver Reporter von dieser Information machen könnte.

Richter James schaute mir ungeduldig über die Schulter. Sein heißer Atem roch säuerlich. Endlich nahm er mir mit zitternden Händen die Blätter wieder ab. »Sehen Sie!« sagte er empört und blätterte ungefähr bis zur Mitte, wo einige Eintragungen mit orangefarbenem Marker angestrichen waren. Flüchtig kam mir der Gedanke, daß dieses Orange genauso aussah wie die Sauce auf dem fetten Entenbraten, aber dann erkannte ich, daß die markierten Zeilen meinen Namen enthielten:

10. 12. 1990. ANWALT: HAYES. MANDANT: SMILEY.
Verbindung hergestellt 23:07 Uhr, abgebrochen 01:04 Uhr.
Suchaufträge:
1. UNSCHULD* & HABEAS CORPUS
2. GLEICHER SATZ (UNSCHULD* & HABEAS CORPUS)

»Ja«, sagte ich. »Ich hatte einen Brief bekommen, in dem stand, daß ich bei meiner Arbeit am Fall Smiley das LawText-System benutzen könnte, und die Sekretärin des Vorsitzenden Richters Sanderson hat mir die Software und den Zugangscode geschickt. Ich verstehe nicht. Wieso haben Sie das? Haben Sie die Angewohnheit, bei allen Anwälten, die das Gericht für einen Fall bestellt, nachzuprüfen, welche Suchbegriffe sie eingeben? Das muß ja schrecklich viel Arbeit sein.«

»Nur, wenn es Grund für den Verdacht des Mißbrauchs gibt, wie in diesem Fall.«

»Wieso Mißbrauch?«

»Ich denke, wenn Sie sich den Brief noch einmal ansehen, den der Richter Ihnen geschickt hat, werden Sie die Anweisung finden, daß das Gericht die Benutzung von LawText nur im Zusammenhang mit dem Fall gestattet, für den Sie bestellt sind.«

»Natürlich. Dies stand im Zusammenhang mit meiner Arbeit für Jason Smiley. Ich glaube wirklich nicht, daß ich mit Ihnen darüber reden sollte. Das Gericht wird möglicherweise am Ende über einige Fragen entscheiden müssen, zu denen ich recherchiert habe. Aber es handelte sich um Arbeit für den Fall Smiley.«

James nahm seine Lesebrille ab und putzte sie mit seinem Taschentuch. »Das war ganz und gar irrelevant. Eine Vergeudung begrenzter Mittel.«

Ein leichtes Kratzgeräusch an der Tür ließ mich aufblicken, und ich sah Pferdeschwanz, der ein Tablett mit einer silbernen Kaffeekanne und zwei Tassen hereintrug. Er schaute mich mit fragend hochgezogenen Augenbrauen an, und ich lächelte beruhigend. »Danke.«

»Soll ich Ihnen einschenken?«

»Gern, danke. Nur wenig Sahne, bitte.«

»Euer Ehren?«

Ärgerlich sah James auf, schüttelte den Kopf und wandte sich wieder den Papieren zu. Der Kellner sah mir direkt ins Gesicht und sagte, während er hinausging, langsam: »Bitte lassen Sie mich wissen, wenn ich noch irgend etwas für Sie tun kann.« Ich nickte ihm dankbar zu.

»Richter James, ich bin sehr betroffen und verwirrt. Ich habe lediglich die Benutzung eines Suchdienstes akzeptiert, die mir angeboten wurde. Und ich bin sehr überrascht, daß Sie nachprüfen, was ich recherchiert habe. Diese Aufzeichnungen sollten vertraulich sein; wenn jemand Einblick darin erhält, könnten sie eine Verfahrensstrategie oder vertrauliche Mitteilungen eines Mandanten enthüllen.«

James errötete und hustete. »Seit 1987 gibt jeder Benutzer von LawText automatisch die Genehmigung, daß Listen der erteilten Suchaufträge erstellt werden, damit überprüft werden kann, ob die Bedingungen eingehalten wurden.« Dann fuhr er fort: »Aber darum geht es gar nicht. Es ist nicht mein Verhalten, das hier zur Diskussion steht, sondern Ihres. Welchen denkbaren Zusammenhang könnte Ihr Suchauftrag mit Ihrer Tätigkeit beim Revisionsverfahren eines Mannes haben, der wegen eines schweren Verbrechens zum Tode verurteilt ist?«

Ich überlegte, ob ich besser mauern oder versuchen sollte, Hilton James durch Erklärungen zu besänftigen. Es paßte mir nicht, den Fall mit ihm zu diskutieren, aber er war Richter am Obersten Gerichtshof von Colorado und in der Lage, mir und meinem Mandanten irreparablen Schaden zuzufügen, wenn er entschied, daß ich eine betrügerische Handlung begangen hatte.

»Ich habe nur nachgesehen, ob die Frage faktischer Unschuld bei einem Habeas-Corpus-Antrag in Colorado auf dem Prozeßwege verfolgt werden kann.«

Seine Reaktion war abrupt. »Natürlich. Welchen Sinn sollte ein solcher Suchauftrag sonst haben? Aber Sie sind nicht bestellt, um Mr. Smiley bei irgendeinem Habeas-Corpus-Antrag zu vertreten, Lucinda. In dieser Frage waren Sie nicht zu Recherchen berechtigt. Ganz zu schweigen davon, daß sie auch völlig unnötig waren. Ich bin überrascht, daß Sie überhaupt recherchieren mußten. Die Sache ist eindeutig. Bei einem Habeas-Corpus-Antrag können Fragen faktischer Schuld oder Unschuld nicht auf dem Prozeßweg behandelt werden.«

Gegen Ende wurde James' Ton fast bittend. Ich studierte das Lilienmuster der Tapete. Ich hätte mit ihm über dieses juristische Problem debattieren können, aber allmählich wurde mir klar, daß dieses Gespräch sich gar nicht um den Anwendungsbereich von Habeas-Corpus-Anträgen in Colorado drehte. James' irritierendes Verhalten mußte einen besonderen Grund haben. Irgend etwas war hier im Busch, aber ich wußte noch nicht, was das war. Bevor ich antworten konnte, sprach er weiter, diesmal in bedrohlicherem Ton.

»Die Benutzung von LawText zu unautorisierten Zwekken ist Diebstahl von Dienstleistungen, Lucinda. Wenn der Wert dieser Dienstleistungen höher als sechzig Dollar ist, handelt es sich um ein Vergehen. Ihre Verbindung hat, schauen wir einmal, ja, hat eine Stunde und siebenundfünfzig Minuten gedauert. Ich glaube, die Preise von LawText liegen bei über hundert Dollar pro Stunde. Und ich bin sicher, der Disziplinarausschuß würde einen solchen Verstoß als Anzeichen dafür betrachten, daß Sie zur Ausübung der anwaltlichen Tätigkeit schlecht geeignet sind.«

Ich fing an, mich zu entspannen; er wollte sich bloß mit kraftvollen Sprüchen aus der Affäre ziehen. Es mochte ja stimmen, daß ich nicht bestellt worden war, um Jason bei einem Habeas-Corpus-Antrag zu vertreten – verdammt, ja, da *hatte* er recht. Doch selbst in der Hitze des Gefechts war mir klar: Wenn er das benutzen wollte, um mich gerichtlich zu verfolgen, weil ich für meinen Mandanten ein bißchen zuviel recherchiert hatte, dann würde das in der Öffentlichkeit auf ihn und das Gericht ein nicht minder schlechtes Licht werfen als auf mich. Wie würden die Schlagzeilen lauten? VERTEIDIGERIN AUS DER ANWALTSKAMMER AUSGESCHLOSSEN, WEIL SIE FÜR IHREN MANDANTEN ZU GUTE ARBEIT GELEISTET HAT? Es war klar, daß er die Absicht hatte, mir die

Lust an weiterer Recherche darüber zu verderben, ob Jason Smiley für einen Habeas-Corpus-Antrag in Frage kam. Natürlich wollte ich begreifen, warum ihm dieses Ziel soviel bedeutete. Doch die Mischung aus Einschüchterung und Bitten in seinem Verhalten, ließ mich vermuten, daß er die Sache nicht weiter verfolgen würde, wenn er glaubte, Erfolg gehabt zu haben.

Ich schaute auf meine Kaffeetasse herab und versuchte, zerknirscht auszusehen. »Es tut mir leid«, sagte ich für den Fall, daß mein Mienenspiel ihn noch nicht überzeugt hatte.

Er atmete tief aus, anscheinend besänftigt. »Und es wird keine unautorisierten Recherchen mehr geben?«

»Nein, Sir. Mir sind die, äh, die Parameter meiner Bestellung jetzt klar.«

»Gut.« Er nickte. »Dann ist dazu nichts weiter zu sagen. Möchten Sie eine Nachspeise, Lucinda?«

Ich spähte unter den langen Ärmel meines schwarzen Wollkleides und tat so, als befände sich dort eine Uhr. »Ach je, nein, Sir, tut mir leid, ich sollte besser gehen. Ich habe einen Zahnarzttermin.« Wieder eine Lüge. »Danke für das Mittagessen. Das ist ein interessantes altes Gebäude. Und das Essen war auch interessant.« James stand nicht auf, als ich mich erhob und zur Tür ging. Ich schlüpfte in meinen Mantel, nahm die ordentlich verstauten Handschuhe aus den Manteltaschen und drehte mich nach ihm um. Er war in seine unordentlichen Papierstapel vertieft, und ich ging ohne ein weiteres Wort hinaus.

Ich hielt erst inne, als ich draußen auf dem schmutzigen Bürgersteig der Stout Street war und mich zu erinnern versuchte, wo ich den Subaru geparkt hatte. Ich blieb stehen, Passanten eilten im Wind an mir vorbei, und auf einmal spürte ich eine Hand auf meiner Schulter. Ich drehte mich um und sah in die Augen des Kellners mit dem Pferdeschwanz. Er trug eine braune Lederjacke über seinem weißen Kellnerjackett.

»Das da drinnen war mir ein bißchen unheimlich«, sagte er. »Dieser Typ, der Richter, machte einen ziemlich kaputten Eindruck. Bevor Sie kamen, murmelte er vor sich hin, als würde er für eine große Rede üben. Alles in Ordnung mit Ihnen? Ich habe mit Martin den Dienst getauscht und draußen vor der Tür aufgepaßt für den Fall, daß er irgendwie durchdreht, aber er ist ein überaus wichtiges Mitglied, wissen Sie?«

»Nein, nein, es geht mir gut«, antwortete ich. »Aber vielen Dank. Das war sehr nett von Ihnen.«

»Kein Problem.«

»Wie heißen Sie überhaupt?« fragte ich ihn.

»Lincoln«, gab er zur Antwort. »In Wirklichkeit bin ich Musiker, aber ich muß diesen Job machen, um die Miete zu bezahlen.« Er grinste schüchtern. »Obwohl ich noch bei meinen Eltern wohne und sie eigentlich keine Miete von mir verlangen. Na ja, jedenfalls bin ich froh, daß mit Ihnen alles in Ordnung ist. Jetzt sollte ich wohl wieder zurückgehen.« Er wandte sich um, blieb aber noch einmal stehen, zog etwas aus seiner Jackentasche und reichte es mir. »Für den Fall, daß Sie jemals eine große Party geben und eine Band brauchen, rufen Sie mich an, ja?« Er lächelte liebreizend und sprintete davon.

Ich betrachtete die lavendelfarbene Karte in meiner Hand. *Perestroika Pogo Stick* war der Name der Band, der Keyboarder hieß Lincoln Tolkien. Ich steckte die Karte ein und fragte mich, ob das wohl sein richtiger Name war; aus irgendeinem Grund hoffte ich, er sei es. Es schien Ewigkeiten her, daß ich so jung gewesen war.

Einstweilen belastete mich das bizarre Mittagessen mit Hilton James nicht sonderlich. Ich wollte wirklich verstehen, warum es ihm so wichtig war, daß ich den Gedanken an einen Habeas-Corpus-Antrag für Jason Smiley aufgab, aber der 15. Februar war der letzte Termin für die Abgabe meines Schriftsatzes für die Revision. Auch ohne James' Versuch, mich zu stoppen, hätte ich vorübergehend alle Recherchen zu einem Habeas-Corpus-Antrag aufgeben müssen. Ich machte nichts anderes mehr als arbeiten, essen und ein wenig schlafen.

Seit ich das Büro der Staatsanwaltschaft verlassen hatte, war ich nicht mehr in diesem durch Überarbeitung verursachten Dämmerzustand herumgelaufen. Gegen Ende mußte ich mich sogar früher von der Arbeit im Krisenzentrum wegstehlen, um ein paar Stunden am Computer zuzubringen, ehe ich nach Mitternacht erschöpft ins Bett fiel. Keiner im Büro sagte etwas, aber ich hatte entsetzliche Schuldgefühle, weil ich so wenig präsent war, besonders unter den gegebenen Umständen. Ein paarmal war ich an einem der Besprechungszimmer vorbeigekommen und hatte bemerkt, wie angeregte Gespräche zwischen zwei oder mehr Mitgliedern unseres Teams plötzlich verstummten, wenn jemand aufblickte und mich sah. Ich hörte nie, was sie sprachen; aber ich bildete mir irgendwie ein, sie redeten darüber, daß ich Jason Smiley vertrat.

Nach dem bestürzenden Gespräch mit Lainie an Thanksgiving hatte ich immer wieder daran gedacht, eine Personalversammlung einzuberufen, um über die Smiley-Sache zu sprechen, auch wenn Lainie sich nicht für die Idee hatte begeistern können. Unmittelbar vor Weihnachten hatte ich dann auch noch mit Grace darüber geredet, aber deren Reaktion war noch ablehnender gewesen als die von Lainie.

»Hören Sie, das ist mir wirklich egal«, sagte sie, und ihre großen, dunklen Augen studierten dabei die Ringe an ihren eigenartig schlanken Händen. »Ich weiß eigentlich nicht sehr viel über diesen Smiley-Fall. Aber viele hier sind wirklich wütend darüber, und ich glaube nicht, daß sich das bessert, wenn man ein bißchen darüber redet. Da bekämen Sie viel Zorn und Enttäuschung zu spüren, und am Ende haben Sie vielleicht den Eindruck, Sie müßten entweder Smileys Fall abgeben oder das Zentrum verlassen. Hören Sie auf eine professionelle Beraterin: dadurch, daß man Gefühle äußert, verschwinden sie keineswegs.«

Dieses Gespräch hatte ausgereicht, um mich vorerst vom Gedanken an eine Personalversammlung abzubringen. Jetzt war mein Bedürfnis, den anderen meine Verpflichtung im Smiley-Fall verständlich zu machen, allerdings noch größer geworden, und ich hätte es mir vielleicht anders überlegt, wenn ich irgendwie Zeit für eine solche Versammlung hätte finden können. Aber das konnte ich nicht. Ich werkelte an meinem Schriftsatz herum, während ich an meinem Tisch allein zu Abend aß, und nachts träumte ich unter meiner Daunendecke sogar davon.

Nach erheblicher Bearbeitung und mehrmaligem Umschreiben enthielt der Schriftsatz drei Hauptargumente. Erstens würde ich anhand des Falles *Curtis* argumentieren, daß Richter Bogue es versäumt hatte, Smiley offiziell über sein Recht zu belehren, in eigener Sache auszusagen.

Zweitens war zwischen der Vergewaltigung von Nicole

Caswell in ihrem Schlafzimmer in Colorado Springs und ihrem Tod in einer einsamen Schlucht im westlichen Boulder County zu viel Zeit verstrichen, um von einem Mord ersten Grades sprechen zu können. Und schließlich gab es einfach nicht genug Beweismaterial für gewaltsame sexuelle Aktivitäten, um den Schluß der Jury zu rechtfertigen, daß eine Vergewaltigung begangen worden war (behauptete ich). Ohne Zeugenaussage des Opfers wußten die Geschworenen nur, daß es Beweise für den Geschlechtsverkehr zwischen Jason und Nicole am Abend ihres Verschwindens gab und daß beide am Schauplatz dieses Geschlechtsverkehrs etwas Blut verloren hatten. Es gab viele Erklärungen für dieses Beweismaterial, die mit Jason Smileys Unschuld am Verbrechen der Vergewaltigung vereinbar waren (behauptete ich). Und ohne zweifelsfreien Beweis für die Vergewaltigung mußte auch die Verurteilung wegen Mordes revidiert werden, da sie auf der Theorie der Tateinheit beruhte.

Bei diesem Argument war mir nicht ganz wohl. Jedesmal, wenn ich es von neuem durchlas, fiel mir wieder mein Gespräch an Thanksgiving mit Lainie ein. *Sie wollen doch wohl nicht behaupten, daß er es nicht getan hat?* hatte sie mich gefragt. *Das ist etwas kompliziert*, hatte ich geantwortet ... *aber nein, darum geht es bei einer Revision nicht.*

Wie beim zweiten Argument hatte ich einige Fälle gefunden, die ich als Präzedenzfälle verwenden konnte. Mehrere Berufungsgerichte in anderen Bundesstaaten hatten in den letzten paar Jahren Urteile wegen Vergewaltigung revidiert, indem sie sagten, dies oder jenes sei nicht genügend bewiesen: Gewalt, Widerstand oder Unfreiwilligkeit. Gerichte, das überraschte mich nicht, glauben bemerkenswert widerwillig, daß eine Vergewaltigung stattgefunden hat, wenn es keine objektiven Zeugen für das Geschehen gibt. Priester und

Nonnen sind hervorragende Zeugen, doch unpraktischerweise sind bei den meisten Vergewaltigungen weder Priester noch Nonnen anwesend.

Gegen dieses Argument war also nichts einzuwenden. Jason war mein Mandant, und ich mußte alles vortragen, was in seinem Fall hilfreich sein konnte. Trotzdem fühlte ich mich dabei so elend wie noch nie zuvor. Drei Tage vor dem Abgabetermin des Schriftsatzes, als ich fast fertig war und noch einmal Rechtschreibung und Zeichensetzung überprüft hatte, um alles so perfekt wie möglich zu machen, hatte ich trotz meiner Erschöpfung mitten in der Nacht wachgelegen und daran gedacht, was passieren würde, wenn Lainie oder sonst jemand im Zentrum den Schriftsatz jemals zu Gesicht bekäme. Wenn nun eine der Frauen zur mündlichen Verhandlung erscheinen würde? Oder wenn einer der Richter mich fragte, welche Erklärung ich denn für all das Blut hätte. Ich drehte mich auf den Bauch und drosch wild auf mein Kopfkissen ein.

Dann folgte ein langer Abschnitt, in dem ich jedes Argument gegen die Verfassungsmäßigkeit der Todesstrafe vortrug, das ich hatte finden oder erfinden können. Viele dieser Argumente hatten mich überzeugt, als ich noch studierte, aber seither war jedes von ihnen vom Obersten Gerichtshof der Vereinigten Staaten verworfen worden. Wieder und wieder hatten die Gerichte gesagt, die Todesstrafe sei nicht grausam und auch keine außergewöhnliche Strafe. Daher erwartete ich nicht, daß meine gegenteiligen Argumente erfolgreich sein würden, mußte sie aber trotzdem vortragen.

An dem Tag, an dem der Schriftsatz einzureichen war, trug ich ihn um acht Uhr morgens in den Copyshop und ließ die erforderliche Anzahl von Kopien machen. Ich kam zum Postamt, als es gerade öffnete, und als ich es wieder verließ, hatte ich das unangenehme Gefühl, ziellos und desorientiert zu sein. Die schwache Februarsonne auf dem Gehsteig war eine Verheißung, daß der Winter nicht ewig dauern würde, doch heute berührte mich diese Botschaft nicht. Ich hätte vor Dienstbeginn ins Zentrum gehen, mit dem restlichen Team Kaffee trinken und ein bißchen plaudern können, bevor ich mit der Arbeit anfing; außerdem hatte ich ein paar überfällige Stipendienvorschläge zu schreiben. Doch mir wurde klar, daß das Zentrum jetzt schon ein paar Wochen lang reibungslos lief, ohne daß ich mich besonders engagiert hatte. Im Grunde wußte ich nicht genau, was dort eigentlich vor sich ging. Und der Gedanke, das Zentrum zu betreten und den bemüht neutralen Gesichtern meiner Mitarbeiterinnen zu begegnen, die mich inzwischen für eine Verräterin hielten, war auf einmal niederschmetternd.

Ich ließ meinen Wagen vor dem Postamt stehen und ging fünf Blocks weit die Pearl Street entlang, wobei ich erfolglos versuchte, die für Februar ungewöhnliche Wärme und den blauen Himmel zu genießen. An der Ecke Tenth und Pearl blieb ich an der Tür des *Pour la France* stehen, eines dieser schicken Espresso-Schuppen für Yuppies, von denen es heutzutage in Boulder in jedem Block einen zu geben scheint. Sams Büro lag im Obergeschoß, über dem Café; er hatte mich einmal dorthin mitgenommen, um mir seine Sammlung afrikanischer Masken zu zeigen. Ich dachte daran, hinaufzugehen und nachzusehen, ob er schon da war und vielleicht Lust hatte, mit mir einen Kaffee zu trinken, aber ich war nicht sicher, ob ich im Augenblick in der Lage sein würde, jemandem angenehme Gesellschaft zu leisten. Also ging ich stattdessen allein ins *Pour la France* und bestellte einen doppelten Cappuccino. Bis ich den versäumten Schlaf nachholen konnte, würde ich meine Erschöpfung mit Koffein bekämpfen müssen. Ich setzte mich ans Fenster, damit ich zu den Flatirons ungefähr sechs Kilometer südwestlich hinaufschauen konnte. Fünf riesige Felsplatten, die, wie ihr Name besagt, an Bügeleisen erinnern, erheben sich nach Osten gewandt über den niedrigeren Hügeln, so daß sie die Morgensonne einfangen. Ich sah ungefähr fünf Minuten lang zu, wie sich das Licht auf ihren Oberflächen veränderte, trank meinen Cappuccino und bemerkte dann auf dem Nebentisch ein liegengebliebenes Exemplar der *Daily Camera*.

Ich schlug es auf, um die Schlagzeilen zu überfliegen, wie immer mit der ängstlichen Erwartung, eine weitere Story über einen sexuellen Übergriff zu finden, von dem wir im Zentrum noch nichts gehört hatten. Aber in den Schlagzeilen oben auf der Titelseite tauchten nur internationale und nationale Ereignisse auf: George Bush und der Golfkrieg, in Buffalo wurden bei einer Massenhochzeit einhundertfünfzig Brautpaare am Valentinstag getraut. Mir wurde klar, daß der Valentinstag vergangen war, ohne daß ich daran gedacht hatte.

Auf der unteren Hälfte der Seite fand ich, als ich die Zeitung umdrehte, noch eine Schlagzeile: KLETTERER AUS BOULDER IN ELDORADO SPRINGS TÖDLICH VERUNGLÜCKT. Bei solchen Unglücken, die in Boulder nicht selten vorkamen, war ich immer erstaunt über den Mut (oder die Dummheit) des Verstorbenen und traurig für seine Freunde und Familie. Eldorado Springs ist ein berühmtes Klettergebiet südlich von Boulder. Es gibt dort einige der spektakulärsten und schwierigsten Felsen der Welt zu erklettern. Ich überflog die Spalten und dachte, es sei vielleicht ein Bekannter von Tory, der dort umgekommen war. Sie hatte mit dem Felsklettern angefangen, als sie Josh kennengelernt hatte. Der Bericht war auf den 14. Februar datiert und lautete: »Der Leichnam des

Kletterers und freiberuflichen Autors Joshua Hardy aus Boulder wurde heute von einem Felsvorsprung in Gipfelnähe geborgen. Hardy war offenbar allein auf der Naked-Edge-Route unterwegs gewesen. Die Bergung erfolgte durch Mitglieder der Bergrettung Rocky Mountains, unterstützt vom Such- und Rettungstrupp des Boulder County Sheriff's Department. Bergsteigerkreise in Boulder äußerten Bestürzung und Trauer über den Tod von Hardy, der als einer der unerschrockensten und ...«

Joshua Hardy. Ich hatte Torys Josh einige Male getroffen: Er war ein kräftiger, blauäugiger Wikinger mit wirrem, rotem Haar, bärtig und immer mürrisch. Tory hatte mir einmal halb entschuldigend erklärt, ich solle seine Grobheit nicht persönlich nehmen. »Er behandelt jeden so«, hatte sie gesagt. »Er hat einen Komplex, aber im Herzen ist er ein Teddybär.« Tory hatte schwierige Menschen immer gemocht. Ich versuchte mich zu erinnern, ob ich Joshs Nachnamen jemals gehört hatte, aber ich konnte es nicht. Er hatte in einem hiesigen Sportgeschäft gearbeitet, aber natürlich konnte er nebenbei auch freischaffender Autor gewesen sein; anscheinend ging die halbe Bevölkerung der Stadt dieser Tätigkeit nach.

In dem schmalen Korridor, der zur Küche des *Pour la France* führte, gab es ein öffentliches Telefon. Ich wich den Tabletts aus, die aus der Küche getragen wurden, und wählte die Nummer der Staatsanwaltschaft. Ich erkannte Lucilles Stimme und beschloß, mich nicht mit Namen zu melden. »Hallo«, sagte ich mit nasaler Stimme, »könnte ich bitte mit Victoria Meadows sprechen?«

»Wer ist am Apparat, bitte?«

Ich überlegte rasch und log mühelos. Das wurde allmählich zur Gewohnheit. »Hier ist die Praxis ihres Gynäkologen.

Sie hat heute morgen einen Termin und ist bis jetzt nicht gekommen.«

»Ach du liebe Güte«, sagte Lucille. »Es tut mir so leid. Ich bin sicher, daß sie ihn nicht einhalten wird, es hat nämlich einen Todesfall in, äh, in ihrer Familie gegeben. Sie ist deswegen beurlaubt. Sicher hat sie vergessen, den Termin abzusagen.«

Es war Josh. Tory tat mir schrecklich leid. »Danke«, murmelte ich und legte auf.

Ich ging die Treppe hinauf, um nachzusehen, ob Sam vielleicht in seinem Büro war. Ich freute mich, durch die geriffelte Glastür Licht zu sehen. Er stand im Empfangsraum und sah seine Post durch, die Lesebrille auf der Nase, eine Tasse Kaffee in der Hand.

»Ah, da bist du ja, mein kleines Eichhörnchen.«

Es war nicht der richtige Moment für seine Imitation von W. C. Fields, aber woher sollte er das wissen? »Sam«, begann ich, aber plötzlich konnte ich nicht mehr, und ich sank auf einen der Stühle in seinem Empfangsraum und schüttelte sinnlos den Kopf, während mir die Tränen über die Wangen liefen. Er holte mir ein Glas Wasser, förderte ein sauberes Taschentuch zutage, fragte seine Sekretärin Beverly höflich, ob sie vielleicht ein paar Bagels besorgen könne, und setzte sich dann schweigend auf den Stuhl neben mir. Ein Teil von mir war so außer Kontrolle, daß ich auch bei einem schweren Erdbeben wohl nicht hätte aufhören können zu weinen, und gleichzeitig beobachtete ich erstaunt, daß ich, die jahrelang nicht geweint hatte, nun plötzlich bei jeder Gelegenheit losheulte. Kann man mit 35 Jahren in die Wechseljahre kommen, fragte ich mich, oder bin ich bloß überarbeitet, daß ich sentimental werde? Die Traurigkeit darüber, daß ich Tory verloren hatte und Tory Josh, fuhr mit meinen Gefühlen Karussell.

Sam war jetzt ganz er selbst, still und ruhig, und hörte zu. Ich massierte mir mit dem Mittelfinger den Nasenrücken, und irgendwie versetzte mich das schließlich in die Lage, meine Tränen so weit zu unterdrücken, daß ich sprechen konnte. »Hast du jemals Torys Freund Josh kennengelernt, Sam? Joshua Hardy?«

Sam schüttelte den Kopf. »Warum? Was ist passiert?«

»Er ist tot. Bei einem Kletterunfall umgekommen. Und Tory redet noch immer nicht mit mir, mein *Gott*, und dabei tut sie mir so leid.« Mit dem sauberen Taschentuch putzte ich mir die Nase.

»Es tut mir leid, Baby.« Er zögerte. »Hast du versucht, sie anzurufen?«

»Im Büro«, sagte ich schluchzend. »Man hat mir gesagt, sie wäre wegen eines Todesfalls beurlaubt.«

»Hast du es bei ihr zu Hause probiert?«

Ich schüttelte den Kopf.

»Möchtest du, daß ich es versuche und sie frage, ob sie mit dir reden will?«

»Okay.«

Sam füllte in seiner kleinen Büroküche mein Wasserglas nach, tätschelte mir den Arm, ging in sein Büro und zog die Tür hinter sich zu. Die afrikanischen Masken starrten gleichgültig auf mich herab.

Rasch überflog ich den Rest des Zeitungsartikels über Josh' Tod. Man hatte keine Seile, Gurte oder Haken bei oder in der Nähe der Leiche gefunden. Die Route, auf der er gefunden worden war, war erst einmal von einem weltberühmten Kletterer solo begangen worden. Ein hiesiger Bergsteiger wurde mit der Aussage zitiert, unter perfekten Bedingungen an einem sehr guten Tag wäre Joshua Hardy wohl fähig gewesen, diese Route zu klettern, aber er finde es sehr überraschend, daß Joshua es ohne Seilgefährten gewagt habe.

Nach weniger als zwei Minuten kam Sam zurück. »Ich habe nur den Anrufbeantworter erreicht. Auf dem Band heißt es, daß Victoria Meadows wegen des Todes ihres besten Freundes Josh Hardy nicht zu sprechen ist. Sie weiß es zu schätzen, wenn ihre Freunde sie trösten wollen, kann aber keine Anrufe entgegennehmen. Dienstliche Anrufer sollen bei Lucille im Büro der Staatsanwaltschaft Nachrichten hinterlassen.« Er setzte sich wieder neben mich. »Kann ich irgend etwas tun?«

»Ich weiß nicht. Danke. Ich bin so verwirrt und müde, daß ich gar nicht richtig denken kann. Ich habe heute morgen den Smiley-Schriftsatz eingereicht und war so ziemlich die ganze Nacht auf.«

Sam legte eine Hand auf meinen Kopf und streichelte mich. Es fühlte sich wunderbar an. Ich war bereit, mich in diesem Sessel zusammenzurollen und auf der Stelle einzuschlafen. Ich schloß die Augen, und seine Stimme schien aus weiter Ferne zu kommen. »Welche Argumente hast du denn schließlich vorgetragen?«

»Wie?«

»In dem Schriftsatz? Welche Argumente hast du nun angeführt?«

Ich öffnete die Augen. »Ach, so ziemlich die, über die wir gesprochen hatten: *Curtis*, Mord in Tateinheit mit einem anderen Verbrechen, unzulängliche Beweise für die Vergewaltigung. Und die üblichen Todesstrafenargumente.« Sam hatte mehrere Revisionen vor dem Obersten Gerichtshof von Colorado gewonnen, und ich vertraute seinem Urteil. Ich hatte ihn ziemlich oft konsultiert, während ich an dem Schriftsatz gearbeitet hatte. Unsere Gespräche über das Thema waren manchmal etwas unbehaglich gewesen und hatten mich daran erinnert, daß er Smiley einmal vertreten hatte und vermutlich Dinge über ihn wußte, die ich nicht wußte. Doch meistens war er in der Lage gewesen, mir hilfreiche Ratschläge zu geben.

Mit kostenlosen Ratschlägen war Sam überhaupt großzügig und hatte daher überall in der Stadt Freunde, die »ihm etwas schuldig« waren. So hörte er beispielsweise eines Abends, als er bei mir war, seinen Anrufbeantworter ab und fragte dann, ob er das Telefon benutzen könne, um jemanden zurückzurufen. Hinterher erzählte er mir unter dem Siegel der Verschwiegenheit, daß der Mann, der *Rock and Ice* herausgab, ein örtliches Bergsteigermagazin, ihn um Rat gefragt hatte: Er hatte etwas, das wie ein Tütchen Kokain aussah, in der Spitze eines der Kletterstiefel gefunden, die überall in den Büros der Zeitschrift herumlagen, und diese Büros befanden sich zufällig in seinem Haus. Sam riet ihm, das Pulver analysieren zu lassen, bevor er weitere Schritte unternahm, und empfahl für die Anfrage beim Labor einen falschen Namen anzugeben. Dieser Ratschlag ersparte dem Mann erhebliche Schwierigkeiten, denn das weiße Pulver erwies sich als Talkumpuder.

Diese Erinnerung brachte mich auf eine Idee. »Sam, ich glaube doch, daß du etwas tun könntest. Du kennst doch diesen Mann, der *Rock and Ice* herausgibt?«

»Natürlich, Chris Burke. Warum?«

Ich schüttelte den Kopf. »Ich bin nicht sicher. Meinst du, daß er vielleicht etwas über den Unfall weiß, das nicht in den Zeitungen steht? Ich kann einfach nicht verstehen, warum Tory nicht mit mir reden will.«

»Ich bezweifle, daß Chris Burke die Antwort auf diese Frage kennt. Aber ich werde ihn anrufen und fragen, ob er irgend etwas weiß, wenn du möchtest. Soll ich es gleich machen?«

»Nein«, sagte ich langsam. »Ich glaube, ich muß nach Hause und ein bißchen Schlaf nachholen. Im Zentrum sind sie ohnehin nicht scharf auf meine Anwesenheit. Ich kann dich später anrufen und fragen, was du herausgefunden hast.« Ich stand auf. »Das Taschentuch gebe ich dir ein andermal zurück.«

Sam hielt mich einen Moment zärtlich an sich gedrückt. Es erschien mir schrecklich, diesen Augenblick zu verderben. »Sam, beantwortest du mir eine Frage?«

»Was für eine Frage?«

»Worum ging es, als du Tory damals im November angerufen und ihr gesagt hast, du müßtest mit ihr über mich reden?«

Er ließ mich los und trat zurück. »Woher weißt du davon? Ich dachte, da hätte sie schon nicht mehr mit dir geredet.«

»Das spielt keine Rolle. Weswegen hast du sie angerufen?«

Er klappte seine Brille zusammen und steckte sie in die Tasche. »Das spielt auch keine Rolle.«

Ich war zu müde, um mich so zu ärgern, wie ich mich eigentlich hätte ärgern sollen. »Ich werde dich wieder danach fragen, weißt du.«

»Sei nicht so hart zu mir.« Er küßte mich gerade noch einmal, als Beverly mit einer Tüte Bagels zurückkam. »Aha, Proviant für die Reise. Ruf mich an, Cinda.«

Ich ging zu meinem Wagen zurück und fuhr unter dem wolkenlosen Winterhimmel nach Hause. Nachdem ich Lainie angerufen und ihr gesagt hatte, ich würde erst nachmittags ins Zentrum kommen, schaltete ich das Telefon aus und fiel in tiefen Schlaf.

Nach dem Wochenende fühlte ich mich fast wieder in Ordnung. Am Sonntag war ich zum ersten Mal in diesem Winter zum Skilaufen gewesen. Sam und ich waren nach Eldora gefahren, ein Skigebiet, das vor unserer Haustür lag. Er hatte mich überredet, Telemarkskier auszuprobieren. Ich hatte einige Erfahrung im Langlauf und auch auf normalen Abfahrtsskiern, aber dies war etwas anderes. Auf den langen Skiern ohne Fersenbindung einen steilen Abhang hinunterzufahren war anfangs, als versuchte ich auf einem Fahrrad zu surfen (nicht, daß ich das jemals probiert hätte). Es war auch nicht gerade hilfreich, daß Eldora neuerdings von einer Horde von Teenagern als Paradies zum Snowboardfahren entdeckt worden war, einem wahrhaft selbstmörderischen Sport. Verrückte Snowboarder bretterten auf den schmalen Pisten auf beiden Seiten an mir vorbei, daß der Schnee nur so aufspritzte, völlig ohne Kontrolle und offenbar auch noch stolz darauf. Wenn sie zusammenprallten und stürzten, kreischten sie vor Vergnügen.

Aber Sam war ein geduldiger Lehrer, und am Ende des Nachmittags konnte ich die anmutigen Schwünge halbwegs nachahmen. Ich stürzte zwar dauernd und dachte zerknirscht, daß mein Hintern am nächsten Morgen blau und grün sein würde, aber es machte Spaß. Wir aßen Spaghetti und tranken Rotwein in dem kleinen Bergdorf Nederland, bevor wir langsam in Sams ungeheiztem alten Saab wieder den Boulder Canyon hinunterfuhren. Der Wein und das Schaukeln des Wagens schläferten mich ein. Meine Hand lag auf Sams Schenkel, während er den Wagen über die kurvenreiche Straße manövrierte.

Gegen sieben Uhr waren wir wieder in Boulder. Sam hielt vor meinem Haus, das kalt und dunkel aussah. Wir hätten im Ofen Feuer machen können, aber das taten wir nicht. Seine

Hände waren eisig, als ich sie auf dem Weg die Treppe hinauf in mein Schlafzimmer hielt, aber seine Mitte glühte vor Hitze, als ich ihm das langärmelige Unterhemd über den Kopf zog. Ich drückte mein kaltes Gesicht an seinen Bauch, und er fuhr mir mit den Händen durch das wirre Haar. Ich zitterte, aber nicht vor Kälte. Meine Wange streifte seinen Schoß, aber er setzte sich auf und drückte mich sanft auf die Matratze zurück, die Hände auf meinen Schultern. »Du mußt nicht für alles verantwortlich sein, Cinda«, brummte er. Er wärmte seine Hände an meinem Gesicht und meinen Armen, bevor er meine Brüste berührte. Aber ich schmeckte ihn doch, bevor es vorbei war. Sein Aroma war herb auf meiner Zunge, und wie Meerwasser machte es mir Durst auf mehr.

Einige Zeit später lag ich da, sein Körper um meinen geschmiegt, und atmete den Duft unseres Schweißes und die anderen Gerüche ein, die sich auf seiner Haut vermischten. Mein Körper zuckte in einem dieser kurzen Krämpfe zusammen, die mich manchmal unmittelbar vor dem Einschlafen erfassen. Schon halb im Traum war ich soeben auf Skiern knapp dem Sturz über den Rand eines Abhangs entgangen. Ich glaube, Sam deutete den Ursprung der plötzlichen Bewegung und mein benommenes Wimmern falsch. »Pssst«, flüsterte er. »Hab keine Angst.« Doch ich hatte keine Angst. Jedenfalls nicht vor ihm.

Am Montag schien es im Zentrum ein bißchen besser zu laufen. Alle waren morgens bei unserer wöchentlichen Personalversammlung guter Laune. Die einzige dunkle Wolke am Horizont zog in Form einer giftigen, in mehreren Zeitungen erschienenen Kolumne auf, die am Wochenende in der *Daily Camera* abgedruckt worden war. Dort stand, die feministische Kampagne, Vergewaltigung durch den eigenen Freund als schweres Sexualvergehen zu betrachten, mache aus einer ganzen Generation von Frauen im College-Alter hysterische Weiber. Wir sprachen kurz darüber, eine Erwiderung zu schreiben, aber Marilyn überzeugte uns schließlich, daß es besser wäre, wenn jemand, der nichts mit dem Zentrum zu tun hatte, einen Brief an den Herausgeber verfassen würde. Jede Antwort von uns hätte bei einigen Lesern nur die Behauptung des Artikels untermauert, daß die »Feministinnen aus dem Zentrum« eine Epidemie unberechtigter Vergewaltigungsanzeigen provozierten, damit sie etwas zu tun hatten.

Niemand erwähnte Jason Smiley, und ich war dankbar, nicht über ihn reden zu müssen. Ich dachte auch einen ganzen langen Nachmittag nicht an ihn, während ich eine neue Gruppe von Freiwilligen schulte, von denen viele Studentinnen waren. Ich fragte mich, woher junge Frauen in diesem Alter ihre strahlende Selbstsicherheit nahmen. Einige trugen Doc-Martens-Stiefel und Overalls, andere lange Flatterröcke und dicke Pullover, aber sie sahen aus wie eine Mannschaft junger Amazonen. Ich hatte nie eine weniger hysterisch wirkende Gruppe gesehen.

Ich gebe zu, ab und zu war ich in Gedanken bei Sam. Als wir uns am frühen Morgen getrennt hatten, hatte er mir gesagt, er würde noch einmal versuchen, Chris Burke bei *Rock and Ice* zu erreichen, um ihn zu fragen, ob er irgend etwas über Josh Hardys Tod wisse. Später am Vormittag hatte er kurz angerufen, um mir zu sagen, Chris habe ihm nur sagen können oder wollen, daß am Dienstag nachmittag im Flagstaff Amphitheater eine Trauerfeier abgehalten werde. Ich dachte darüber nach und überlegte, ob ich hingehen sollte. Aber ich dachte auch an Sams Hände und seinen breiten, braunen Rücken. Vor Sam hatte ich sehr lange nicht mehr mit einem Mann die ganze Nacht verbracht. Es machte mir ein bißchen Sorgen, wie gut es mir gefallen hatte.

An diesem Abend zu Hause erinnerte ich mich, daß ich Jason Smiley seine Kopie des Revisionsschriftsatzes noch nicht geschickt hatte. Ich setzte mich an meinen Computer, um ihm einen Begleitbrief zu schreiben, und versuchte dabei, durch sachliche Formulierungen Distanz zu wahren.

Lieber Jason,

anliegend finden Sie Ihre Kopie der Revisionsbegründung. Sie werden sehen, daß sie die von uns diskutierten Argumente enthält. Der Staat hat jetzt dreißig Tage Zeit für seine Erwiderung, und kurz danach sollte der Fall zur mündlichen Verhandlung kommen. Fälle, in denen die Todesstrafe verhängt wurde, haben auf dem Terminplan des Gerichts Priorität, also rechne ich damit, daß die Verhandlung in diesem Frühjahr stattfinden wird.

Ich habe nicht vergessen, daß Sie mich nach der Möglichkeit eines Habeas-Corpus-Antrags fragten. Obwohl dieses Rechtsmittel zur Prüfung der Berechtigung einer Verurteilung in Colorado nicht zur Verfügung steht, sind die diesbezüglichen Fälle alt, und es ist möglich, daß das Oberste Gericht von Colorado dazu überredet werden könnte, diese Bestimmung noch einmal zu überdenken.

Wie ich schon bei unserem letzten Treffen erwähnte, haben bereits verurteilte Angeklagte bei Habeas-Corpus-Verfahren leider keinen Anspruch auf einen Pflichtverteidiger. Sollten Sie in der Lage sein, sich gegen Vorschuß einen Anwalt zu nehmen oder einen Anwalt zu finden, der Sie ehrenamtlich vertritt, so sollten Sie wissen, daß kürzlich ein Gesetz erlassen wurde, in dem festgelegt ist, daß alle Habeas-Corpus-Anträge »binnen eines Jahres nach der Entdeckung der Gründe für die Stellung des Antrags« erfolgen müssen. Es ist unklar, was genau diese Einschränkung in einem Fall wie Ihrem bedeuten würde, in dem der Antragsteller seine Unschuld behauptet, aber das Sicherste wäre, den Antrag binnen Jahresfrist nach Ihrer Verurteilung zu stellen. Es tut mir leid, daß meine Situation es mir nicht gestattet, Sie bei einem Habeas-Corpus-Verfahren ehrenamtlich zu vertreten.

Ich hoffe, es geht Ihnen den Umständen entsprechend gut. Bitte lassen Sie mich wissen, ob Sie weitere Bücher oder Zeitschriftenabonnements haben möchten.

Mit den besten Wünschen
Lucinda Hayes

Ich las den Brief auf dem Bildschirm noch einmal durch, bevor ich ihn ausdruckte, und mein Blick verweilte unwillig beim vorletzten Absatz. Wie selbstgefällig das klang. *Aber, aber, aber;* die Einwände knatterten in meinem Kopf wie Maschinengewehrfeuer. Natürlich hatte ich einen ganzen Patronengurt voller Gründe, warum ich ihn bei einem Habeas-Corpus-Antrag nicht vertreten konnte, besonders, wenn es dabei um seine Unschuld gehen sollte. *Aber* ich wußte auch, daß keiner sonst sich ehrenamtlich erbieten würde, ihm zu helfen, und ohne juristischen Beistand konnte er sich nicht selbst vertreten. Die einzigen Menschen, die mir vielleicht helfen konnten, diese Zwangslage zu überdenken, waren Sam und Tory, und aus verschiedenen Gründen stand keiner von ihnen dafür zur Verfügung. *Scheiße.* Ich markierte den vorletzten Absatz und löschte ihn. Ich wußte, ich schob das Problem nur vor mir her, aber ich druckte den Brief aus und adressierte den Umschlag, bevor ich erneut anfangen konnte, zwanghaft darüber nachzugrübeln. Ich schrieb VERTRAULICH:

ANWALTSPOST auf den Umschlag und legte ihn neben die Tür, um ihn am nächsten Tag abzuschicken. Ich mußte zu Bett gehen; in der Nacht zuvor hatte ich nicht viel geschlafen.

Josh Hardys Trauerfeier sollte um drei Uhr im Flagstaff Amphitheater stattfinden. Dienstag nachmittag. Dies war ein ungewöhnlicherer Ort, als es zunächst klingt, denn das Amphitheater liegt im Freien, am Hang des Flagstaff Mountain hoch über Boulder. Ich hatte dort schon mehreren Sommerhochzeiten und anderen sommerlichen Ereignissen beigewohnt, aber im Winter war ich nie weiter als bis zum *Flagstaff House*, einem schicken Restaurant weiter unten am Hang, den Berg hochgekommen. Sam konnte mich nicht begleiten, weil er bei einem Prozeß war, also fuhr ich allein. Ich war unsicher gewesen, was ich anziehen sollte, und trug ein schwarzes Wollkleid, Strumpfhose, dicke Socken, feste Wanderstiefel und eine weite, schmuddelige Daunenjacke, die ich seit meiner Trekking-Expedition in Nepal vor fünf Jahren nicht mehr angehabt hatte. Ich steuerte den Subaru die steilen Kurven der Flagstaff Road hinauf und hoffte, er würde nicht an einer der vielen Stellen, wo der Straßenrand dicht am Felsabhang lag, auf einer vereisten Stelle abrutschen. Oberhalb des Restaurants war die Straße unebener, aber nicht mehr so steil, und bald hatte ich eine Schlange anderer Autos erreicht. Anscheinend waren wir alle zum selben Ort unterwegs, denn oberhalb des *Flagstaff House* gibt es nicht mehr als einige spektakuläre Aussichtspunkte und das Amphitheater. Und ein paar berühmte Kletterstellen, aber ich nahm an, daß jeder Kletterer der Stadt unterwegs war, um von Josh Hardy Abschied zu nehmen. Aus den Zeitungsartikeln über seinen Tod ging deutlich hervor, daß er in Bergsteigerkreisen ein Held war.

Der Parkplatz des Amphitheaters füllte sich mit Autos und Lieferwagen, meist verbeulten Nutzfahrzeugen, die noch älter waren als mein Gefährt. Ich schaute mich nach Torys rotem Cherokee um, sah ihn aber nicht. Ich sah auch sonst niemanden, den ich kannte, aber es war auch nicht ganz einfach, denn alle waren dick in Mützen und Anoraks verpackt.

Es war sonnig und windstill, die Lufttemperatur betrug vermutlich nicht mehr als zehn Grad unter Null. Vorsichtig trottete ich über die vereisten Stufen des Amphitheaters auf die mittleren Reihen zu. Mir war unbehaglich bewußt, daß meine Anwesenheit vielleicht nicht willkommen war, weil ich Josh eigentlich nicht gekannt hatte. Ich fand einen etwas abseits gelegenen Platz und setzte mich hin. Ich betrachtete die eisige Aussicht auf die Stadt unter uns. Andere Leute strömten herbei, die gleich von Freunden begrüßt wurden. Ich drehte mich einmal um, um hinter mich zu schauen, und bemerkte Linda Hutchinson, die Pathologin des Bezirks, die ohne Mütze ein paar Reihen hinter mir saß. Offenbar ist sie nicht nur Triathletin, sondern klettert auch, dachte ich. Sonst erkannte ich niemanden.

Im Sommer flatterten hier Kolibris umher, und beeindruckend große Vögel ließen sich von den warmen Luftströmungen tragen. Der Ausblick hatte mich immer glücklich gestimmt, so hoch über dem klebrigen Straßenpflaster und dem Verkehrslärm. Auch jetzt herrschte im Amphitheater Stille bis auf die Schritte und das Flüstern der eintreffenden Gäste und das leise, eintönige Klingen eines tibetanischen Glockeninstruments, das rhythmisch von einem Mann geschlagen wurde, der mit gekreuzten Beinen auf der Felsenbühne saß und Gamaschen und Filzhosen trug. Aus der Ferne sah die Stadt arm und einladend aus, und ich dachte sehnsüchtig an eine heiße Schokolade in *The James Bar*. Schon vor langer

Zeit hatte ich mich damit abgefunden, daß ich nicht für Schneehöhlen und Eisklettern geschaffen war. Ganz im Gegensatz zu den anderen Trauergästen, die aussahen, als fühlten sie sich auf den eisigen Steinstufen bei Temperaturen unter Null im Freien genauso wohl wie vor dem Kamin im *The James*.

Wettergegerbte Gesichter, männliche wie weibliche, blickten mit düsterer Miene unter wollenen Mützen hervor. Plötzlich verstummten die Glocken, und Tory kam von irgendwo hinter der Bühne in deren Mitte, ohne Kopfbedeckung und in einen langen, roten Mantel gewickelt, in dem ich sie nie zuvor gesehen hatte. Die gedämpften Stimmen der Anwesenden, insgesamt vielleicht neunzig oder hundert Menschen, verstummten ganz.

Tory begann mit der verhaltenen, aber gebieterischen Stimme zu sprechen, die ich so oft im Gerichtssaal gehört hatte. Sie klang weniger trauernd als trotzig, und die Stille des Ortes so fern von der Stadt, gepaart mit der hervorragenden Akustik des steinernen Amphitheaters, bewirkte, daß man jede Nuance ihrer Ansprache hören konnte.

»Die meisten von Ihnen wissen«, begann sie, »daß Joshuas Eltern beschlossen haben, ihn in der Nähe ihres Wohnorts in Montana zu beerdigen, und sie haben für Ende dieser Woche einen Trauergottesdienst in ihrer Kirche geplant. Da Joshua kein Testament hinterlassen hat und die Eltern juristisch seine einzigen Angehörigen sind« – hier glaubte ich von irgendwo ein leises Zischen zu hören –, »konnten Josh' Freunde nichts tun, um sie daran zu hindern, nach ihren Wünschen zu verfahren. Aber wir haben gedacht, es hätte ihm gefallen, wenn wir Zeit hätten, uns an ihn zu erinnern und ihn zu vermissen, unter freiem Himmel, in den Bergen, die er so sehr geliebt hat.«

»Josh war einer der besten Freunde, die ich jemals hatte«, fuhr sie fort, »und auch wenn es viele Dinge gab, die wir nicht teilen konnten, gab es noch mehr, die uns gemeinsam waren. Ich habe gelernt, seine Liebe zu den Bergen zu teilen, eine Liebe, die die meisten von Ihnen, die meisten seiner Freunde, ebenfalls empfinden. Im Geist dieser Liebe möchte ich hier ein Gedicht für dich sprechen, Josh.« Bei seinem Namen versagte Tory ein wenig die Stimme, aber sie räusperte sich und fuhr fort: »Es soll auch uns alle trösten, die wir dich vermissen werden. Das Gedicht heißt ›Hohe Berge‹ und stammt von Geoffrey Winthrop Young:

Es liegt viel Trost in hohen Bergen,
und sie besänftigen das Herz.
Wir betrachten sie, und unser leichter Sinn
füllt sich mit Bildern eines anderen Lebens.
Sie führen unsern Fuß auf freie Hänge,
durchbrechen so den Kreislauf unsrer Pein.
Berge sind getragen von einem größern Takt
und Brücken zur Unendlichkeit,
Momente des Gedenkens, die auch uns
vergessen lassen unser kurzes Sein.

Die kleine Menge atmete mit einem Seufzer aus, als Tory verstummte. Sie neigte einen Moment den Kopf, blickte dann auf und sagte: »Als nächster hat, glaube ich, Jimmy Walcott Josh und uns etwas zu sagen. Jimmy.« Ich erkannte Walcotts Namen. Er war der Arzt, der vor ein paar Jahren eine erfolgreiche Expedition zu dem furchteinflößenden Gipfel des pakistanischen K2 geleitet hatte. Ich erwartete irgendeinen Yuppietyp, aber als Tory hinüberging, um sich an den Rand der steinernen Bühne zu setzen, trat ein Riese in einem weiten Anden-Pullover und einer Mütze mit Ohrenklappen in die Mitte. Er trug keine Handschuhe, und in den riesigen Händen hielt er ein zerknittertes gelbes Blatt Papier.

»Ach, Josh«, begann er in singendem Tonfall, »du Hundesohn, warum mußtest du uns verlassen?« Er klang wirklich wütend. Er nahm seine Mütze ab, und ich konnte sehen, daß sein Gesicht tränennaß war. Seine Stimme wurde sanfter. »Ich mache dir keinen Vorwurf. Aber verdammt«, seine Stimme wurde zu einem intensiven Flüstern, »wir hätten dich gern noch ein Weilchen behalten. Ich weiß, du hast dich nie vor etwas gefürchtet, vielleicht hättest du es tun sollen, aber du hast es nicht getan. Aber ich dachte, das hier würde dir vielleicht trotzdem gefallen.« Blinzelnd schaute der melancholische Riese jetzt auf das gelbe Papier und begann zu lesen.

Fürchte nicht mehr Sonnenglut,
Noch des Winters grimmen Hohn!
Jetzt dein irdisch Treiben ruht,
Heim gehst, nahmst den Tageslohn:
Jüngling und Jungfrau goldgehaart,
Zu Essenkehrers Staub geschart.

Als er weiterlas, erkannte ich die Zeilen, da ich viele Sommer lang das Colorado-Shakespeare-Festival besucht hatte: Es war das Lied aus *Cymbeline*, gesungen von Imogens Freunden, als sie denken, sie sei tot. Diesmal untermalte der Mann mit den tibetanischen Glocken das Ende des Gedichts mit einem *Kling!*, und der Arzt sprang von der Bühne und rieb sich mit dem Ärmel die Augen. Doch ehe ich noch weiter über den Text des schönen Liedes nachdenken konnte, war Tory wieder aufgestanden. Ihre Fassung war erstaunlich, ja besorgniserregend. Sie hatte ihren Liebhaber verloren, aber sie wirkte bei dieser Versammlung eher wie eine Gastgeberin als wie eine Witwe. Obwohl sie nicht laut sprach, war ihre feste Stimme ringsum in der steinernen Arena zu hören; sie klang heiser, aber nicht zittrig.

Sie nannte die Namen von sechs oder sieben anderen Leuten, und alle traten vor, um kurz zu sprechen, einige vom Blatt ablesend, andere aus dem Stegreif. Zwei Frauen waren dabei, die anderen waren Männer. Alle schienen Kletterkameraden von Josh gewesen zu sein. Hier sprach niemand Gedichte; sie redeten einfach über Berge, über gemeinsame Mahlzeiten in Zelten und Biwaks auf schmalen Felskanten. Einige weinten, einige sprachen mit fester Stimme, aber es wurde deutlich, daß alle tiefen Respekt und Zuneigung für den mürrischen, schwierigen Mann empfunden hatten, den ich nur als Torys Freund gekannt hatte. Ich wünschte, ich hätte mir mehr Mühe gegeben, mich mit ihm anzufreunden.

Eine Stunde war seit meiner Ankunft vergangen. Meine Finger und Zehen waren steif. Tory kam wieder nach vorn an die Rampe, ihr kastanienbraunes Haar glänzte im verblassenden Sonnenlicht. Sie schaute mitten in die Menge und hob dann einen einzelnen Mann mit einem zärtlichen Lächeln heraus. »Sandy Rothman«, sagte sie.

Ich hatte nie zuvor von diesem Rothman gehört, aber die Leute behandelten ihn, als wäre seine Anwesenheit etwas Besonderes. Auf dem Weg von seinem Platz zur Bühne wurde er alle paar Schritte von einem der Trauergäste umarmt oder berührt. Er sah extrem gut aus und hatte ein markantes, dunkles Gesicht und einen kompakten, muskulösen Körper. Daraus, wie man ihn behandelte, schloß ich, daß er wohl ein berühmter Kletterer sein mußte. Wie Tory trug er keine Mütze und sein offener Parka ließ ein T-Shirt der Frauenexpedition zum Mount Everest erkennen, das ich schon einmal gesehen hatte. Ein ziemlich dünnes Kleidungsstück für einen so bitterkalten Tag, aber er machte nicht den Eindruck, als würde er frieren. Er nahm Torys Hand, und sie küßte ihn sanft auf die Wange, ehe sie sich wieder in den Schatten im Hintergrund der Bühne zurückzog.

Er stand lange am Rand der Felsenplattform, bevor er zu sprechen anfing. Die Stille war so vollkommen, wie ich es seit Monaten nicht mehr gehört hatte: kein Autolärm, keine Vögel, kein Wind, nur der leise Atem von etwa hundert Versammelten, der jedes Gesicht mit einem kleinen Dampfwölkchen umgab. Als der Mann zu sprechen begann, tat er es ohne Einleitung und ohne Notizen. Es dauerte einen Moment, bis ich merkte, daß auch er ein Gedicht aufsagte. Ich nahm eine leichte Unruhe am Ende meiner Sitzreihe wahr, und dann sah ich, daß graue Papierblätter weitergereicht wurden. Jeder schien eines zu nehmen, also tat ich das auch. Das Gedicht war in eleganter Serife gedruckt, aber ich wollte lieber Sandy Rothman beobachten als mitlesen. Er hatte den Kopf zurückgeworfen, seine Arme hingen mit geöffneten Handflächen seitlich herunter. Seine ausgeprägten Gesichtszüge waren schön. Das Gedicht war lang und handelte von einem Mann, der mit seinem Seilgefährten sprach.

Halt, bleib am Rande der Halde stehen und schau zurück,
Du, der du zu hastig gehst – halt noch einmal Ausschau.
Da ist die Felswand steil gegen Ost, gefurcht
Hier und da: wie gut ich sie kenne.
Als wir dort stiegen, du weißt, wie wir uns über den
Winzigen Vorsprung zogen – dann auf das Plateau:
Wie kraftvoll die Finger.

Und dann dieser andere Tag, naß die Felsen, alles naß,
Die Wolken zogen vorüber, oder Wind kam auf und Schnee.
Spärlich bewachsen, dieses öde Kliff,
Tot, schlafend oder lebend.
Aber die Gedanken kommen zurück, oder trauere ich um die Toten?
Und bist das du, wo sich im Sonnenlicht der Fels abzeichnet?
Du bist es, nur du.
Staub wird deine Gestalt bedecken,
und Flechten dich umkränzen.

Geh deines Weges, geh unbeschwert
Und wende mir den Rücken zu: geh
Über den federnden Boden: so
Sollen wir Abschied feiern.

Kling! machten die tibetanischen Glocken, nachdem Sandy Rothman geendet hatte, und dann betrat Jimmy Walcott die Bühne und schloß ihn fest in seine riesigen Arme. Tory kam zu den beiden und schloß sich der Umarmung an, und zu dritt wiegten sie sich zum leisen Klang der Glocken. Nach ungefähr einer Minute lösten sie sich voneinander. Tory setzte sich an den Rand der eiskalten Felsplattform, und Walcott nahm eine Art Blasinstrument aus einer Manteltasche und setzte es an die Lippen. Eine unbeschreiblich traurige Melodie, die klang, als sei sie in den Anden oder anderswo entstanden, wo es hohe, einsame Berge gibt, zog über uns hin. Zu ihren Klängen ging Rothman auf seinen Platz zurück. Sofort war er umringt; es schien, als sei jeder im Amphitheater außer Tory, Jimmy Walcott, dem Glockenspieler und mir

Teil einer schweigenden Gruppe mit Rothman im Mittelpunkt. Ich konnte nur noch den oberen Teil seines Kopfes sehen, hatte aber den Eindruck, daß er schluchzte. Die anderen Gäste umringten ihn, als wollten sie die Trauer von ihm fernhalten.

Auch ich weinte. Ich schaute zu Tory. Die Gedenkfeier schien zu Ende, aber sie saß noch immer am Rand der Plattform. Einen Augenblick dachte ich, sie schaue mich an, aber ich konnte nur unscharf sehen, und es war schwer zu erkennen. Sie stand auf, verließ die Plattform und schloß sich den Umstehenden an. Sie machten ihr Platz, aber während ich Tory beobachtete, trat sie nicht in die Mitte des Kreises. Ich wollte verzweifelt mit ihr reden, doch statt dessen drehte ich mich um und ging langsam zu meinem Wagen zurück. Vorsichtig fuhr ich wieder den Berg hinunter, in die Stadt und nach Hause. Ich fühlte mich traurig und verwirrt.

März 1991

An den folgenden vier Tagen versuchte ich, Tory anzurufen, aber Lucille behauptete, sie sei nicht bei der Arbeit. »Es stimmt, Cinda«, sagte sie klagend, »ich sage das nicht bloß so.« Bei Tory zu Hause erreichte ich bloß den schrecklichen Anrufbeantworter, also gab ich wieder auf. Ich war hin und her gerissen zwischen meinem Bedürfnis, sie zu sehen und der Angst vor einer weiteren Zurückweisung wie im Januar. Vielleicht wollte sie einfach nicht mehr meine Freundin sein; das würde ich akzeptieren müssen.

Ungefähr eineinhalb Wochen nach der Gedenkfeier kam ich nach einem langen Arbeitstag nach Hause und fand in meinem Briefkasten einen Brief von Jason Smiley, den ich erwartet und gefürchtet hatte. Seine Handschrift war gerundet wie die eines Kindes und sehr gut lesbar. Er hatte auf liniertes blaues Papier geschrieben, das an einem Rand zerfranst war, als habe er es aus einem Spiralblock gerissen.

Liebe Miss Cinda Hayes,

das war ja ein toller Schriftsatz, den Sie da geschrieben haben. Wenn ich Nicole umgebracht hätte, hätte ich mich sicher glücklich geschätzt, so eine schlaue Anwältin zu haben. Ich finde, Sie machen einen klasse Job, aber ich möchte trotzdem eines wissen: Wann kann ich aussagen, daß ich es nicht getan habe? Sie schreiben, es ist möglich, daß der Oberste Gerichtshof von Colorado einen Habeas-Corpus-Antrag zur Frage meiner Unschuld zulassen wird. Ich würde Sie gern bitten, diesen Antrag für mich zu stellen. Gibt es eine Frist dafür? Ein paar von den Knastanwälten hier sagen mir, ein Jahr, aber sie wissen anscheinend nicht, von wann an man ein Jahr rechnen muß. Ich wurde vor einem Jahr im Mai verurteilt, deswegen frage ich.

Ich finde, Sie schreiben sehr gut, und ich wünschte, ich könnte das auch. Dann könnte ich den Habeas-Corpus-Antrag vielleicht selbst schreiben, aber ich glaube nicht, daß ich das kann, zumindest nicht gut. Vielleicht ist es nicht fair von mir, Sie darum zu bitten, aber ich habe sonst niemanden, den ich bitten kann. Manchmal ist das Leben eben nicht fair, nicht wahr, Cinda?

Ich darf in meinem Haus jetzt eine Gitarre haben und aufbewahren und muß nicht mehr jedesmal die Wachleute bitten, sie mir zu bringen (was sie manchmal taten und manchmal nicht). Das ist nur eine kleine Verbesserung, aber sie macht mich viel glücklicher.

Könnten Sie mich noch einmal besuchen kommen, damit wir besprechen, wieso dieser DNS-Beweis falsch gewesen sein könnte? Denn ich sage Ihnen, Cinda, ich habe Nicole nicht umgebracht, und mit all diesen Tests stimmt etwas nicht, wenn die ergeben, ich hätte es getan.

Aber trotzdem danke für den Schriftsatz. Er ist wirklich gut, und Sie sind sowieso die beste Anwältin, die ich je hatte, das steht fest.

Beste Grüße
Jason

Ich las den Brief zweimal und legte ihn dann in die Schublade, die ich verwirrender Post vorhielt, Briefen, auf die ich antworten mußte, und denen ich mich vorerst nicht gewachsen fühlte. Das erinnerte mich unter anderem daran, daß ich noch immer nicht entschieden hatte, was ich gegen Richter Hilton James und seinen bizarren Kreuzzug unternehmen sollte, mit dem er mich vom Rechtsmittel des Habeas-Corpus-Antrags abhalten wollte.

Ich war seit mehreren Tagen nicht gelaufen, und obwohl es schon dämmerte, war es noch mild. Ich zog also eine Trainingshose an und schnürte meine Laufschuhe. Nach etwa einer halben Meile, als mein Atem regelmäßiger wurde und des Ziehen in meinen Beinen sich gelegt hatte, sah ich mich um. Meine Gedanken verfielen in diesen seltsamen Zustand undisziplinierten Umherschweifens, der mich manchmal überkam, wenn ich joggte. Zu meiner Linken, jenseits des Sees, erhob sich der Gebirgskamm. Aus einiger Entfernung sah er hell und trocken aus, aber ich wußte, unter dem verdorrten Gras und dem welken Blattwerk war der Boden matschig von geschmolzenem Schnee. Als ich anfing, die lange Steigung hinaufzulaufen, spürte ich die Anstrengung in den Wadenmuskeln. Ich mußte achtgeben, sie in der Kälte nicht zu überlasten. Ich dachte über die Zähigkeit der Kletterer nach, die bei Joshs Trauerfeier gewesen waren, ihre scheinbare Unempfindlichkeit gegen Kälte. Mich hatte es gestört, daß anscheinend niemand Tory jenen besonderen Trost gegeben hatte, den sie als Geliebte des Toten verdiente. Alle Aufmerksamkeit schien Rothman gegolten zu haben, und selbst wenn er ein berühmter Kletterer war, fand ich es Tory gegenüber unsensibel. Nun mußte ich genau auf die Strecke achten, denn es war rasch dunkler geworden, und ich konnte leicht gegen einen Stein stoßen und stürzen. Die Erinnerung an die Trauerfeier ließ mich an das Gedicht denken, das Rothman vorgelesen hatte und dessen Text verteilt worden war. Ich wußte nicht mehr, was ich mit meinem Exemplar gemacht hatte.

Endlich war ich wieder zu Hause. Ich ging um den dunklen Block herum, erholte mich vom Laufen und genoß das warme gelbe Licht, das aus den Fenstern meiner Nachbarn schien. Als ich vor meiner eigenen Tür stand, dachte ich wieder an das Gedicht und machte einen Umweg in die Garage, um nachzusehen, ob das graue Blatt Papier noch in meinem Wagen lag. Die Innenbeleuchtung des Subaru funktionierte seit Monaten nicht mehr, deshalb nahm ich die kleine Taschenlampe aus dem Handschuhfach und beleuchtete damit den Vordersitz. Das Gedicht klemmte neben der Gangschaltung zwischen den Sitzen und hatte in der Mitte einen häßlichen Knick. Ich nahm es mit ins Haus, setzte den Teekessel auf den Herd und legte das Blatt auf den Tisch, wo ich es zerstreut glattstrich, während ich das Gedicht las.

Ich hatte den Namen des Dichters nicht bemerkt, der fettgedruckt unten auf dem Blatt stand: John Menlove Edwards (1910–1958). Ich las die Zeilen nochmals. Sie hatten etwas an sich, das mich verwirrte, das ich aber nicht definieren konnte. Ich griff nach meinem Adreßbuch, das neben dem Küchentelefon lag, und in diesem Moment pfiff der Teekessel. Ich goß mir einen Lapsang Souchong auf und blätterte ziellos in dem Adreßbuch, als wüßte ich nicht, wo der Eintrag stand, den ich suchte, als könne ich mich nicht an den Nachnamen des Mannes erinnern, mit dem ich verheiratet gewesen war.

Warum sollte ich ihn nicht anrufen? Ich belästigte ihn ja nicht dauernd. Ich konnte mich nicht entsinnen, daß ich mich bei Mike seit jener schrecklichen Nacht gemeldet hatte, in der ich in unser altes Haus in Lefthand Canyon zurückgekehrt war und festgestellt hatte, daß seine Kleider, seine Bücher und Platten verschwunden waren. Ein getippter Zettel lag auf der Wachstuchdecke des Küchentischs. Die Fakultät für Englisch habe abgestimmt und ihm keine feste Stelle gewährt, stand darauf. Er habe das seit einer Woche gewußt, mir aber nicht sagen wollen. Es gebe eine Möglichkeit, dagegen Beschwerde einzulegen, und seine Freunde drängten ihn, es zu tun, aber er wolle nicht. Sollten doch alle sich zum Teufel scheren. Er wisse, ich werde verstehen, daß er nicht an einem Ort bleiben könne, wo seine Begabung nicht geschätzt werde. Er bedaure, mich mit der Miete für das Haus sitzenzulassen, aber er wisse, daß ich genug verdiene, um sie zu bezahlen. Er werde sich melden, wenn er irgendwo eine Stelle gefunden habe, wo die Kreativität eines Menschen nicht erstickt werde. Alles Liebe, Mike.

Der Brief war typisch Mike. Nichts deutete darauf hin, daß er überhaupt auf den Gedanken gekommen war, unsere Ehe verdiente eine Erwähnung in seinem letzten Schreiben, unsere unvollkommene Liebe, die Tränen, die wir zusammen vergossen hatten, als ich ihm die Affäre mit seiner Forschungsassistentin verzieh, unser gemeinsames Leben – und sei es auch nur, um aufgelöst, bereut oder begraben zu werden. In meiner Wut schlug ich in dieser Nacht eine Fensterscheibe ein und setzte mich und mein Zuhause dem arktischen Winter von Colorado aus. Diese Tat erschreckte mich selbst so sehr, daß ich mich sofort beruhigte. Ich ging hinaus in den Schuppen, fand eine Sperrholzplatte und nagelte sie für die Nacht vor das Fenster. In der Speisekammer entdeckte ich eine ungeöffnete Flasche Rotwein. Ich machte mein Herz hart wie Stein und verbot ihm, auch nur einen weiteren Tropfen Blut zu vergießen. Ich setzte eine Scheidung wegen böswilligen Verlassens durch, kaufte mir ein schönes Haus, reiste nach Nepal und Südamerika, schlief eine Zeitlang mit zu vielen Männern und dann eine Zeitlang mit niemandem. Ich unternahm nie auch nur den Versuch herauszufinden, wo er gelandet war. Dann, vor etwa drei Jahren, hatte er angefangen, mich zwei- oder dreimal im Jahr aus Idaho anzurufen, wo er an der Universität Kurse für kreatives Schreiben abhielt. Ich fragte ihn nie nach irgendwelchen Rechtfertigungen oder Erklärungen. Am Telefon waren wir höflich miteinander, und er hatte mir seine Nummer gegeben. Warum sollte ich ihn nicht anrufen?

Das Telefon läutete nur zweimal. »Mike Cannon«, bellte er mit seiner vertrauten, ungeduldigen Stimme.

»Hallo, Mike, hier ist Cinda. Cinda Hayes.« Ich haßte Leute, die sich nicht mit Namen meldeten, wenn sie anriefen, oder einfach sagten: »Hier ist Susan.« Ich kannte ein Dutzend Susans. Aber vielleicht war mein Verhalten in diesem Fall übertrieben. Wie auch immer, er sagte nichts dazu.

»Cinda. Was ist los?« Er klang weder verärgert noch erfreut, von mir zu hören.

»Nicht viel. Ich habe da eine komische Sache, und dabei hat sich etwas ergeben, wobei du mir vielleicht helfen kannst. Aber zuerst, wie geht es dir? Wo bist du? In Moskau?«

»Sieht aus wie Moskau. Frühlingsschneesturm, zwanzig Zentimeter Neuschnee, und es schneit weiter. Aber es heißt Pocatello, Schätzchen. Idaho State, nicht die Universität von Idaho. Hast du überhaupt nicht aufgepaßt, als wir darüber geredet haben?«

»Tut mir leid, Mike. Mir war nicht klar, daß es zwei Unis dort gibt.«

»Idaho ist nicht so übel, wie ihr kosmopolitischen Typen vielleicht glaubt, Schätzchen.« Im Hintergrund konnte ich schwach den Ton eines Fernsehgeräts hören. »Bleib dran«, sagte er, und obwohl er die Hand auf den Hörer legte, bekam ich mit, daß er rief: »Maureen! Kannst du das mal für ein paar Minuten leise stellen?« Dann wurde seine Stimme wieder deutlich. »Wo waren wir? Ach ja, Moskau. Weswegen rufst du an, brauchst du ein Empfehlungsschreiben? Über deine Aufmerksamkeitsspanne kann ich nicht viel Gutes sagen, aber du warst immer eine sehr ordentliche Hausfrau.«

Seine Grobheit, die mich früher so wütend gemacht hatte, wirkte aus dieser Entfernung gekünstelt. »Bedaure, wenn ich dich gerade störe.«

»Was? Nein, bloß eine meiner Studentinnen, die gekommen ist, um in letzter Minute eine Arbeit abzugeben und durch den Schnee in meiner Einfahrt steckengeblieben ist. Kein Problem.«

Eine Arbeit in letzter Minute. Ach du liebe Güte. Ich wünschte, ich hätte nicht angerufen. Alte Wut- und Trauergefühle wallten in mir auf. Aber nun war es zu spät, also konnte ich auch fragen, was ich hatte fragen wollen. »Mike, hast du hier nicht mal in einem Semester beim Rektor durchgesetzt, daß du einen Kurs abhalten durftest, der Bergliteratur hieß oder so ähnlich?«

»Ja, dieser Hundesohn. Ich mußte ihm ein Stück meiner Seele zum Fraß vorwerfen, aber er hat es gestattet. Ich hatte die größten Hörerzahlen aller Kurse der Fakultät in diesem Semester, was ihm natürlich nicht gefallen hat. Und dann durfte ich den Kurs nie wieder abhalten – nachdem ich einen Sommer investiert hatte, um eine Literaturliste aufzustellen. Scheiße, warum mußtest du mich daran erinnern, Cinda?«

»Mike, hör mal, ich dachte, du könntest mir vielleicht helfen. Ich habe da ein Gedicht, und ich vermute, daß der Autor Brite ist und kein Amerikaner. Es heißt John Menlove Edwards. Kennst du ihn?«

»Klar. Menlove. Wie bist du darauf gekommen, daß er Brite ist?«

»Ich weiß selbst nicht genau, aber die Sprache hörte sich eher nach einem Engländer als einem Amerikaner an.«

»Ganz schön scharfsinnig für jemanden mit der Aufmerksamkeitsspanne Null. Er war tatsächlich Engländer. Berühmter Kletterer und mittelmäßiger Dichter. Manche würden außerordentlich mittelmäßiger Dichter sagen. Aber ich glaube, er kommt neuerdings wieder ein bißchen in Mode. Ich kümmere mich nicht mehr sonderlich um dieses Zeug, aber in letzter Zeit ist einiges über ihn geschrieben worden. Weil Schwule jetzt en vogue sind, denke ich.«

Plötzlich schien ich sehr langsam zu denken. Vielleicht waren Mikes Bemerkungen über meine Aufmerksamkeitsspanne ja zutreffend, denn ich hatte das Bedürfnis, mir etwas aufzuschreiben. »Warte eine Minute, Mike«, sagte ich. Ich kramte herum und fand in einer Küchenschublade einen alten Bleistift. Langsam drehte ich ihn zwischen den Fingern, musterte nachdenklich den fettigen Radiergummi am Ende und ging dann wieder ans Telefon.

»Mike? Hast du gesagt, daß er schwul war?«

»Klar, das war ja so traurig an seinem Leben. Da war also dieser Macho-Bergsteiger, hervorragende Erziehung, aus irgendeiner alten, feinen Familie aus Lancashire, glaube ich, und er liebt Männer, verliebt sich in einen seiner Kletterpartner und schreibt ihm all diese Liebesgedichte. Früher haben die Studenten Witze über ihn gerissen, da waren wir alle noch nicht so politisch korrekt. Damals kannte man ihn nur unter dem Namen Menlove, Männerliebe. Am Ende ist er völlig allein und heruntergekommen gestorben – Cinda, hörst du mir überhaupt zu?«

»Natürlich, Mike, ich versuche nur, mir einiges aufzuschreiben.« Doch nach dem ersten Wort hatte ich aufgehört. Mike plapperte weiter über Menlove Edwards und sein Leben, die ersten Besteigungen, die er geschafft hatte (Mike war ebenfalls Bergsteiger und wußte viel über Geschichte und Literatur des Bergsteigens), seine berühmten Essays, seine unerwiderten Lieben, seinen einsamen Tod. Ich hörte nur mit halbem Ohr zu, aber ich registrierte sehr wohl, daß es Michael Cannon gefiel, wieder den Professor zu spielen und Bekanntes und Unbekanntes, Veröffentlichtes und Unausgesprochenes in ein blumiges Gewand aus Sprache und Geschichte zu hüllen.

Der Welt war ein großer Redner verlorengegangen, als seine Kollegen ihm die Professur verweigert hatten. Es machte mich traurig. Ich hoffte, daß er jetzt etwas Freude an seinen bescheidenen Kursen hatte. Ich ließ ihn zu Ende sprechen, bevor ich mich bedankte und sagte, ich müsse Schluß machen. Inzwischen klang er definitiv freundlicher. »Hör mal, Cinda, ich könnte in ein paar Büchern nachschlagen und vielleicht noch mehr herausfinden, wenn du möchtest.«

»Nein, Mike, danke. Ich danke dir vielmals. Du hast mir sehr geholfen. Und jetzt muß ich Schluß machen. Paß auf dich auf, ja?«

»Hör mal, Cinda, warum hast du…«

Sanft legte ich den Hörer auf die Gabel. Ich hatte erfahren, was ich wissen mußte. Alle Fragen, die ich ihm einst so dringend hatte stellen wollen, hatten sich erübrigt.

Ich sah mir das Gedicht noch einmal an. Jetzt wußte ich, was mich verwirrt hatte und warum. *Du bist es, nur du,* hatte der Dichter an seinen Geliebten geschrieben.

Sams Haus liegt östlich der Stadt, ein ganzes Stück von den Bergen entfernt, in Richtung Kansas. Als ich am Samstag abend hinfuhr, mußte ich anhalten, damit eine Familie von Maultierhirschen die Straße überqueren konnte. Ich stand in der Mitte der Straße, beobachtete die Tiere in der hereinbrechenden Dämmerung und schaltete das Radio aus, um die Stille zu hören.

In seinem letzten Brief hatte Jason Smiley mir erzählt, das Härteste im Gefängnis sei der ständige Lärm. *Immer läuft der Fernseher,* hatte er geschrieben, *und am schlimmsten ist die Football-Saison. Stellen Sie sich bloß vor, hier ist eine Gruppe von Typen, deren letzte Stunde bald schlagen wird, und sie schreien und brüllen für die Mannschaft der Universität von Colorado, als würde jedesmal, wenn der Quarterback einen Touchdown macht, ein Gitterstab ihrer Zelle durchgesägt. Aber wenn ich ein bißchen Leadbelly oder auch Midnight Special spiele, was sie eigentlich was angehen sollte, brüllen sie, ich solle ruhig sein, sie wollten schlafen.*

Nachdem ich mich lange damit herumgequält hatte, hatte ich ihm geantwortet und mich bereit erklärt, für ihn einen Habeas-Corpus-Antrag zu stellen. Ich wußte noch immer nicht genau, warum ich das getan hatte. In meinem Brief erklärte ich ihm, selbst wenn wir das Gericht davon überzeugen könnten, seine Unschuldsbehauptung rechtfertige ein Habeas-Corpus-Verfahren, bräuchten wir mehr Beweismaterial, um Zweifel an seiner Schuld an dem Verbrechen zu belegen, mehr als sein bloßes Leugnen der Tat. Ich schlug ihm vor, mir einen vollständigen Bericht über seine Beziehung zu Nicole Caswell und über alles zu schicken, was er in der Woche vor ihrem Verschwinden, an dem Wochenende, an dem sie verschwand, und bis zu seiner Verhaftung in Laramie getan hatte. Ich dachte, daß er eine Weile brauchen würde, um seine Geschichte niederzuschreiben. In einer Woche war die Erwiderung des Staates auf Jasons Revisionsbegründung fällig, und ich nahm an, daß der Fall ziemlich bald danach zur Verhandlung angesetzt werden würde.

Sam lebte in einem ehemaligen Farmhaus, das das Farmerehepaar zusammen mit den umliegenden vier Morgen Land verkauft hatte. Das rote Ziegelhaus lag auf dem höchsten Punkt des hügeligen Geländes und schaute mit matronenhafter Mißbilligung auf die Reihenhäuser herab, von denen es jetzt umgeben war. Knirschend fuhr mein Wagen über die Kieseinfahrt. Ich parkte unter dem Schutzdach vor dem Hauseingang, wo an den Rändern des Rasens einige frühe Narzissen sprießten. Ich hoffte, daß ihre Erwartungen an das Wetter nicht enttäuscht werden würden. Ich blieb stehen, um den Blick auf die Rockies zu bewundern. Am westlichen Rand von Boulder, wo ich wohne, verdecken die nahen Hügel die Aussicht auf die riesigen Gipfel dahinter, aber aus dieser Entfernung hat man einen herrlichen Blick auf sie.

Ich ging durch die Seitentür und rief nach Sam, während ich den mitgebrachten Wein und das Brot in die riesige alte Küche trug. Sam hatte die alten Holzböden des Hauses abziehen lassen und die Wände cremefarben gestrichen. Weitere afrikanische Masken und seine Sammlung von Orientteppichen gaben dem Haus eine fast exotische Anmutung, was gar nicht zu seinem Äußeren paßte. Allmählich schätzte ich Sam als einen Mann, der Dissonanzen genoß. Dafür sprach auch die extrem progressive Jazzmusik, die aus dem Wohnzimmer drang. »Sam!« rief ich noch einmal und fragte mich dabei, ob wir uns so nahestanden, daß ich die CD wechseln und etwas auflegen durfte, was mir ein wenig hörenswerter erschien.

»Komme gleich!« rief er von oben. Ich saß auf dem hübschen Sofa und sah mich um. Sam war der ordentlichste alleinstehende Mann, den ich je gekannt hatte. Exemplare von *Harper's* und *Atlantic Monthly* waren auf dem Couchtisch gestapelt, die Ränder exakt parallel zur Tischkante ausgerichtet. Selbst die auf dem Sofa verteilten Kissen schienen ästhetisch perfekt angeordnet, obwohl ich Sam nicht verdächtigen konnte, sie absichtlich so arrangiert zu haben. Wenn er es getan hatte, dann hatte ich die Ordnung jedenfalls zerstört, denn kaum hatte ich mich hingesetzt, gab das weiche Polster unter mir nach, und die Kissen purzelten umher.

Sam summte die Musik von Thelonius Monk oder wem auch immer, als er die Treppe herunterkam. Er trug schwarze Trainingshosen und einen grauen Pullover mir rundem, engem Halsausschnitt. Ich in meinen Jeans und Stiefeln kam mir gleich etwas schäbig vor. Mit einem Mann zusammenzusein, der soviel besser aussah als ich, war eine neue Erfahrung für mich, und wenn wir uns trafen, brauchte ich jedesmal ein paar Minuten, um mich von diesem Gefühl der Unzulänglichkeit zu erholen. Falls Sam das wahrnahm, ließ er es sich nicht anmerken. Er setzte sich neben mich, küßte meine Hand und brachte es dann mit einer schnellen, akrobatischen Bewegung fertig, daß sein Kopf in meinem Schoß und der Rest seines schlaksigen Körpers auf dem Sofa ausgestreckt lag. Seelenvoll schaute er mir in die Augen und deklamierte mit ernster, tiefer Stimme: »Für mich gibt es hier nichts als eine Truhe voller Kohlenstaub, Loretta.«

Zum Glück war ich an diese Spinnerei von ihm gewöhnt und antwortete wie aus der Pistole geschossen: *»Nashville Lady, Tommy Lee Jones.«* Wir hatten uns das Video eines Abends zusammen angesehen, nachdem er mich gefragt hatte, welche Musik ich möge, und seine Fassungslosigkeit darüber geäußert hatte, daß jemand Country Music lieben konnte. Er tat so, als schreibe er mir auf irgendeiner Tafel in der Luft einen Punkt gut. Dann setzte er sich auf und küßte mich richtig.

»Was riecht hier eigentlich so gut?« fragte ich.

»Rosmarinhühnchen und Ratatouille.«

»Hmm. Und was klingt hier so schrecklich?«

»Bitte, laß deine Unwissenheit nicht so heraushängen. Das ist Thelonius Monk. Zeig ein bißchen Respekt.«

Ich nickte, hoffentlich respektvoll genug, und ging in die Küche, um das Abendessen herzurichten.

Nach dem Essen saßen wir an dem alten Farmertisch, tranken Cappuccino und knabberten Schokolade. Er hatte mir von seiner Jugend in West Virginia erzählt, von seiner mageren Schwester, die einen afrikanisch klingenden Namen angenommen hatte und nach einer kurzen Karriere als Model Modedesignerin in New York geworden war, und von seiner Mutter, die noch immer auf der Familienfarm außerhalb von Wheeling lebte. (»Ich glaube, deshalb mußte ich dieses häßliche Bauernhaus unbedingt haben, als ich es sah«, sagte er.) Ich lachte und dachte laut über den Gegensatz zwischen seiner und meiner Familie nach. Nach einer Weile versickerte das Gespräch. Sam erbot sich, mir noch einen Cappuccino zu machen, aber ich lehnte dankend ab.

»Also«, sagte er zu mir, »warum bist du so traurig?«

»Ich bin nicht traurig. Wieso sagst du das?«

»Komm schon, Cinda, ich kenne dich ja jetzt schon eine Weile, nicht? Ich weiß, wann du traurig bist. Liegt es an mir?«

Ich lächelte ihn an. »Es liegt nicht an dir. Du machst wohl Witze. Ich treffe mich mit einem Mann, der so kochen kann und 250 CDs besitzt, wie sollte ich da traurig sein?«

»Vielleicht, weil dir 247 von den CDs überhaupt nicht gefallen?«

»Nein. Ich bin sicher, daß es mindestens zehn gibt, die mir gefallen. Zwanzig. Wenn wir nur die von Ray Charles und Billie zählen, kommen wir garantiert auf zwanzig.« Ich lehnte mich auf dem Rohrstuhl zurück. »Vor ein paar Tagen habe ich mit meinem Exmann gesprochen.«

Er schüttelte den Kopf. »Manche Leute sind einfach auf Probleme aus, wie meine Mutter sagen würde. Wolltest du traurig sein, ist es das? Ist dir dein Leben nicht dramatisch genug?«

»Nein, darum geht es nicht. Er war früher Professor für Englisch, und ich dachte, er könnte mir vielleicht etwas über dieses Gedicht sagen, das ein Mann bei Joshs Trauerfeier vorgelesen hat. Erinnerst du dich an den Typ, von dem ich dir erzählt habe, der, von dem ich dachte, er müsse irgendein berühmter Bergsteiger sein?«

Sam schien sich nicht dafür zu interessieren. »Warum machst du dir über so etwas Gedanken?«

»Hör mal, ich bin sicher, daß bei dieser Trauerfeier irgend etwas nicht stimmte. Keiner hat Tory so behandelt wie die Frau, mit der Josh zusammen war – alle haben sich benommen, als wäre sie nur die Organisatorin. Dieser andere Typ war der Mittelpunkt der Aufmerksamkeit, aber jetzt verstehe ich das.«

»Hmm.« Er stand auf, trug das Geschirr zu dem riesigen, kupfernen Spülbecken und drehte schwungvoll den Wasserhahn auf.

»Sam, bitte hör zu, das ist wichtig. Josh war schwul, das habe ich herausgefunden. Der Dichter war ein schwuler Bergsteiger, und der Mann, der das Gedicht vorgelesen hat, dieser Rothman, muß Joshs Liebhaber gewesen sein; das habe ich durch das Gedicht begriffen. Es erklärt alles.«

»Na, und wenn schon?« sagte er über das Geräusch des laufenden Wassers hinweg, den Rücken mir zugewandt. »Das geht dich nichts an, oder? Bergsteigen ist ein Macho-Sport. Ich kann mir kaum vorstellen, daß jemand, der sich in dieser Gemeinschaft wohl fühlen will, sein Schwulsein allzu offen zeigen darf. Laß die Sache auf sich beruhen, Cinda.«

»Aber Sam – Sam, verdammt, könntest du bitte das Wasser für eine Minute abdrehen und mir zuhören?«

Er trocknete sich langsam die Hände ab und kam zum Tisch zurück, den Mund fest geschlossen, das Kinn erhoben. »Was?«

»Was ist mit Tory? Tory hat mir immer erzählt, Josh wäre ihr Freund. Ich meine, sie haben viel zusammen unternommen, zumindest hat sie mir das gesagt, Bergsteigen und Rucksacktouren, und einmal waren sie sogar zum Tauchen in Australien. Warum hat sie sich verstellt? Warum hat sie mich belogen? Und wo war sie in Wirklichkeit, wenn er mit Sandy Rothman zusammen war?«

»Das kann ich dir nicht sagen, Cinda.«

Irgend etwas an der Art, wie er das sagte, machte mich stutzig. Er sagte nicht: »Ich weiß es nicht.« Er sagte: »Das kann ich dir nicht sagen.« Ich schaute aus den dunklen Fenstern und sah den leuchtenden Mond über den Indian Peaks stehen. »Du weißt es, nicht? Was soll das? Warum weißt du etwas über meine beste Freundin, das ich nicht weiß, und willst es mir nicht sagen? Warum hast du letzten Herbst mit ihr über mich geredet? *Warum will sie nicht mit mir sprechen?*«

Sam setzte sich an den polierten Tisch und stützte den Kopf in die Hände. »Geh nach Hause, Cinda«, sagte er schließlich. »Ich muß über etwas nachdenken.«

»Das ist nicht dein Ernst.«

»Doch.« Er stand vom Tisch auf, nahm meine Jacke, meinen Schal, den Lederrucksack mit meinem Schlaf-T-Shirt und der sauberen Unterwäsche und reichte mir alles. »Fahr jetzt. Ich rufe dich in ein paar Tagen an.«

Ich legte ein angebissenes Stück Schokolade auf den Tisch, nahm wortlos die Sachen und ging in die Nacht hinaus, ohne auch nur die Jacke anzuziehen. Auf dem Weg nach draußen schlug ich die Tür des alten Hauses so fest hinter mir zu, daß der Wetterhahn auf dem Dach im Sternenlicht bebte.

Ich glaube, es war drei oder vier Nächte später, als das Telefon läutete. Die Leuchtziffern der Digitaluhr auf meinem Nachttisch standen auf 2:12 Uhr. Ich hatte auch gesehen, wie sie 2:11 und 2:10 anzeigten.

Seit dem Abend, an dem Sam mich aufgefordert hatte, sein Haus zu verlassen, hatte ich mich auf die Arbeit im Zentrum gestürzt. Ich hatte angefangen, das Handbuch für unsere ehrenamtlichen Hilfskräfte umzuschreiben, um einige Gesetzesänderungen und neuere Forschungsergebnisse über die Psychologie von Vergewaltigungsopfern einzubeziehen. Ich hatte vor einem Seminar der juristischen Fakultät einen Vortrag gehalten und mich gefreut, als hinterher ein paar Studentinnen gekommen waren und gefragt hatten, ob sie bei uns mithelfen könnten. Zufrieden hatte ich ihre Namen und Telefonnummern notiert und ihnen versprochen, Grace, die jetzt unser Freiwilligenprogramm koordinierte, werde sich bei ihnen melden. An einem Abend war ich lange im Zentrum geblieben, um persönliche Briefe an ein halbes Dutzend Leute zu schreiben, die in letzter Zeit großzügige Spenden gemacht hatten. An einem anderen Abend war ich sechs Meilen gelaufen, eine Distanz, die ich sonst so früh in der Rennsaison selten in Angriff nahm. Meine Schuhe waren an einigen Stellen der Strecke bis zu den Schnürsenkeln im Schlamm versunken. Aber keine dieser Bemühungen, mich zu erschöpfen, war so erfolgreich, daß ich schlafen konnte.

Wut und Gekränktheit stritten sich um die Herrschaft über meine Gedanken, wann immer ich mich hinlegte und die Augen schloß. Ich war wütend auf Sam, auf Tory, auf Jason, weil ich ihn bei diesem lächerlichen Habeas-Corpus-Antrag zu vertreten hatte, auf alle im Zentrum, weil sie nicht verstanden, warum ich das tun mußte, auf Hilton James, der sich als Spinner entpuppt hatte, auf Mike, weil er sein Leben verpfuscht hatte, sogar auf Dana, weil sie nicht die Art von Schwester war, die ich in solchen Zeiten anrufen konnte, um Trost zu finden. So kämpfte ich mich durch die dunklen Stunden, anfangs leicht betrunken von dem Versuch, mich mit Rotwein zu betäuben, aber hellwach.

Ich war nicht einmal überrascht, als das Telefon läutete. Sam hatte gesagt, er werde mich bald anrufen. Das mitten in der Nacht zu tun war auch nicht seltsamer als sein übriges Verhalten. Ein paar Tage lang hatte ich mir bissige Dinge zurechtgelegt, um sie ihm an den Kopf zu werfen, wenn er sich endlich meldete, aber jetzt fühlte ich mich so elend, daß ich bereit war, jede Ablenkung von meinem unerträglichen Zustand willkommen zu heißen. Vielleicht hatte er ja eine Erklärung, die meiner Qual ein Ende machte. Ich ließ das Telefon noch einmal läuten und nahm dann den Hörer ab. »Hallo«, sagte ich leise. Aber es war nicht Sam. Es war Tory.

»Hallo, Kumpel«, sagte die vertraute Altstimme.

»Hallo«, sagte ich. Wie intelligent, dachte ich. Das dritte *Hallo* in diesem Gespräch. Genau, was man seiner besten Freundin sagen will, wenn man seit fast vier Monaten nicht mehr miteinander geredet hat.

»Tut mir leid, daß ich dich geweckt habe«, sagte sie.

»Tory, was ist los?« Die Banalität dieser Unterhaltung wurde allmählich unerträglich, aber ich wollte ihr nicht sagen, daß sie mich gar nicht geweckt hatte.

»Cinda, ich weiß nicht, wie ich alles so vermurkst habe, aber ich bin es leid. Wir müssen miteinander reden.«

Ich gab mir einen Ruck.

»Kannst du jetzt?«

»Ach, ja, doch«, sagte ich, bemüht, mir meine Aufregung nicht anmerken zu lassen.

»Ja«, flüsterte sie. »Es ist wichtig.«

Ich versuchte verzweifelt, nicht zu heulen, vor ihr zu verbergen, was an meinem Ende der Leitung vor sich ging. »Warte eine Sekunde.« Ich deckte den Hörer mit meinem Kopfkissen ab und putzte mir kräftig die Nase. »Psst«, sagte ich zu mir und nahm den Hörer wieder auf. »Willst du herkommen?«

Sie schwieg einen Augenblick. »Vermutlich spielt das jetzt keine Rolle, aber vielleicht sollten wir uns woanders treffen. Kommst du mit deinem Auto bis nach Estes Park? Da gibt es ein *Denny's*, das die ganze Nacht geöffnet ist, wir könnten reden, solange wir wollen.«

»Okay«, sagte ich, »aber es gibt ein *Denny's* gleich hier in Boulder, in der Baseline, direkt östlich von der Universität. Das wäre viel näher.«

»Ja, aber laß uns heute nacht in das andere gehen, ja? Den Grund sag ich dir, wenn wir dort sind.«

»Du meinst, in zwei Autos?«

»Ja, ich denke schon. Ja.«

»Tory ...«

»Cinda, ich weiß, ich muß dir eine Menge erklären. Kannst du mir nicht einfach vertrauen? Das *Denny's* liegt gleich neben der Hauptstraße, Elkhorn oder wie sie heißt. Direkt nach dem Stanley Hotel. Wir treffen uns dort in einer Stunde.«

»Eineinhalb«, sagte ich. »Eindreiviertel.« Estes Park war eine Stunde entfernt. Ich wollte mir die Haare waschen. Warum, wußte ich nicht. Ich hatte Tory lange nicht gesehen. Nichts von alledem ergab irgendeinen Sinn.

»Okay, Kumpel«, sagte sie, ehe sie auflegte. »Und fahr nicht schneller als erlaubt.«

Es war nicht mal ein *Denny's*, es war ein *Perkins*. Aber ich wußte, daß es das richtige Lokal sein mußte; in dem kleinen Touristenort war sonst kein einziger Laden um diese Zeit geöffnet, und als ich auf den Parkplatz fuhr, sah ich Torys Wagen. Das Restaurant war hell erleuchtet, und durch das Panoramafenster konnte ich sie in einer Nische sitzen sehen, den Kragen ihrer schwarzen Skijacke hochgeschlagen. Ich nahm eine Bürste aus meinem Rucksack und fuhr mir damit durchs Haar, das ich im Luftstrom der Autoheizung getrocknet hatte. Ich konnte mich nicht entscheiden, welche Miene ich aufsetzen sollte: *Das wurde auchZeit* oder *Ich hab dich so vermißt.* Zum Teufel damit, dachte ich, öffnete die Autotür, ging über den rissigen Asphalt des Parkplatzes und öffnete die Tür des Lokals. Ich winkte die schläfrig aussehende Kellnerin beiseite und ging direkt auf Torys Nische zu.

»Hallo«, sagte ich wieder und setzte mich ihr gegenüber. Ich wollte gerade einen Satz sagen, der mit »Was, zum Teufel denkst du dir eigentlich ...« begann, aber ich hielt die Luft an, als sie aufblickte. Tory hatte immer eine Art mühelose natürliche Schönheit besessen, die dadurch betont wurde, daß sie sich anscheinend gar nichts daraus machte, aber in diesem Moment sah sie schrecklich aus. Ihre Augen waren trübe und verquollen, ihre Haut wirkte in der unbarmherzigen Lokalbeleuchtung fahl. Das helle Haar war von einer Baseballkappe bedeckt, aber die Strähnen, die heraushingen, sahen schlaff und fettig aus. Ich ertappte mich dabei, daß ich ohne nachzudenken die Hand über den Tisch streckte. Sie berührte kurz meinen Handrücken und sah mich mit einem matten Lächeln an.

»Ich weiß, daß ich beschissen aussehe. Aber ich bin okay, ich glaube, das Schlimmste ist überstanden. Und du siehst auch nicht gerade berückend aus, Minnie Mouse. Nur dein Haar ist schön. Was ist das, L'Oreal?« Ostentativ schnupperte sie in die Luft.

Ich zog meine Hand zurück. »Miststück. Glaubst du, ich bin den ganzen Weg hierher gefahren, um mich beleidigen zu lassen?« Aber ich war froh, daß sie trotz ihres entmutigten Aussehens so frech war. »Also, Tory, was ist los? Warte, sag mir zuerst, ob Sam dich bewogen hat, mich anzurufen. Ist das der Grund, warum du dich endlich gemeldet hast, nachdem du all diese Monate meine Anrufe ignoriert hast? Und, Tory«, fügte ich hinzu, weil es mir jetzt wieder einfiel, »das mit Josh tut mir leid. Aber ich bin nicht sicher, ob ich verstehe...«

Sie seufzte tief. Die Kellnerin erschien an unserem Tisch und hielt mir eine Speisekarte hin. »Nur Kaffee, bitte«, sagte ich zu ihr. »Könnten Sie... vielleicht eine ganze Kanne bringen?«

»Natürlich«, sagte sie und sah Tory neugierig an. »Miss?«

Tory schüttelte den Kopf. »Auch nur Kaffee.« Sie nahm die Mütze ab, schüttelte ihr Haar aus und rieb sich mit den Händen das Gesicht. Dann begann sie zu reden. Wir saßen mehr als drei Stunden an diesem Tisch. Die Kellnerin kam und ging und füllte unsere Kaffeekanne nach. Später kamen drei Männer in Schneeanzügen herein und verzehrten in der uns gegenüber liegenden Nische ein üppiges Frühstück. Vermutlich waren sie das Team, das morgens vor dem Öffnen die Pisten pflegt.

Und das ist die Geschichte, die Tory mir erzählte.

»Ich weiß, du willst etwas über Sam und Josh hören, aber du mußt es mich so erzählen lassen, wie es mir sinnvoll erscheint, ja, Minnie? Ich will bloß sagen, daß Sam sehr viel an dir liegt, und das wußte ich noch nicht, als ich ihn bat... nein, ich greife vor. Schau, ich hatte ihn einfach in eine schreckliche Lage gebracht, ohne daß ich das wußte. Und ja, er ist derjenige, der mich dazu gebracht hat, dich endlich anzurufen. Er hatte es schon mehrmals versucht, aber vorher konnte ich mich nicht melden oder glaubte, es nicht zu können. Aber diesmal habe ich eingesehen, daß ich es mußte. Es hat auch mit anderen Leuten zu tun, Cinda, es ging nicht bloß um mich, sonst hätte ich früher mit dir geredet, okay?«

Ich nickte benommen. Ich hatte absolut keine Ahnung, wovon sie sprach.

Hastig fuhr sie fort: »Erinnerst du dich, wie ich vor zwei Jahren herkam und anfing, bei der Staatsanwaltschaft zu arbeiten?«

»Sicher.« Wie hätte ich das vergessen können? Als sie das steife Büro betreten hatte, war es wie der Moment in *Der Zauberer von Oz* gewesen, in dem die schwarzweiße Welt farbig wird.

Ihre Worte überstürzten sich jetzt. »Und nicht lange danach machte ich diese Tour nach Canyonlands und begegnete Josh. Als ich zurückkam, habe ich dir erzählt, daß ich dort diesen Mann aus Boulder kennengelernt hatte, der mir sehr gefiel, und wahrscheinlich anfangen würde, mich mit ihm zu treffen. Ich habe dir auch gesagt, er wäre nicht sehr präsentabel, weil er Bergsteiger und ziemlich ruppig ist, und daß ich ihn wahrscheinlich nicht auf viele Partys mitbringen würde, erinnerst du dich?«

»Ich erinnere mich.«

»Na ja, das hat alles gestimmt, aber ich habe dir nicht erzählt, daß er schwul war. Wir machten in Canyonlands eine lange Wanderung, den ganzen Tag, und haben uns schließlich all diese Dinge erzählt. Ich glaube, ich habe es irgendwie schon gewußt, aber er hat mir gesagt, daß er schwul ist, und ich denke, er hat gemerkt, daß ich es auch bin, also schien es für uns beide ungefährlich.« Hier hob sie den Blick und sah mich direkt an. »Aber du hast es nicht gewußt, oder?«

Ich hatte gedacht, das Lokal sei ruhig, aber auf einmal konnte ich in der Küche Geschirr klappern und die Kaffeemaschine hinter der Theke zischen hören.

»Du bist lesbisch?«

Sie nickte, ein bißchen trotzig, wie ich dachte.

»Aber Tory, das ist mir doch egal«, sagte ich schnell und fragte mich dabei, ob das stimmte. Ich wußte, ich würde ein bißchen Zeit brauchen, um die Information zu verdauen. »Warum hast du es mir nicht gesagt? Warst du nicht sicher, ob ich noch deine Freundin sein würde, wenn ich es gewußt hätte? Das tut mir wirklich weh.«

Sie schüttelte den Kopf. »Da ist noch mehr, Minnie. Hör einfach zu. Josh und ich mochten uns wirklich, aber wir fanden auch ziemlich schnell heraus, daß wir uns gegenseitig helfen konnten, wenn wir so taten, als wären wir ein Paar; das machte uns beiden das Leben einfacher, ohne daß wir uns allen offenbaren mußten. Wir konnten vorgeben, unsere freie Zeit miteinander zu verbringen, und keiner dachte, daß wir homosexuell waren. Er hatte zwei kleine Söhne, die er über alles liebte, aus seiner Ehe; sie leben jetzt bei ihrer Mutter in Colorado Springs, aber er sah sie oft. Er glaubte, sie wären noch nicht alt genug, um zu verstehen, daß ihr Vater schwul war. Seine Exfrau wußte es auch nicht, zumindest glaubte er das. Aber für Josh war es vor allem deshalb wichtig, weil Bergsteiger, jedenfalls viele davon, auf so einer Art Macho-Trip sind und einige mit Schwulen nichts zu tun haben wollen. Und Josh war wirklich ein guter Bergsteiger und wollte, daß man zu ihm aufschaute. Er hatte kein sehr tolles Leben, er wohnte in irgendeiner schäbigen Bergsteigerunterkunft und arbeitete für einen Mindestlohn in dem Sportgeschäft. Aber er hatte diese Bewunderung und seine Kinder, und er liebte Sandy Rothman. Mit mir konnte er all das behalten.

Wir waren wirklich ein paarmal zusammen Bergsteigen, und einmal bin ich mit ihm und Sandy gegangen. Aber die meiste Zeit, wenn wir den Leuten sagten, wir wären zusammen, war er bei Sandy. Ein paar von seinen Freunden wußten es, nach einer Weile eigentlich immer mehr, aber inzwischen brauchte ich dieses Arrangement auch, und so hielten wir es aufrecht. Und ich habe ihn wirklich lieb gehabt, Cinda, und ich vermisse ihn.« Sie schluckte und trank aus ihrem Wasserglas, und dann hustete sie, als habe sie sich verschluckt. Ich konnte mich nicht erinnern, sie jemals weinen gesehen zu haben.

Ich griff über den Tisch und nahm ihre Hand. »Tory, es tut mir so leid. Ich hätte dir das bei der Trauerfeier so gern gesagt, aber ich fühlte mich fehl am Platz. Ich wußte nicht, was da vorging.«

Sie drehte ihre Hand um und verflocht ihre Finger mit meinen. »Ja, ich wußte, daß du meinetwegen da warst. Ich wollte dich sehen, aber ich fühlte mich auch fehl am Platz. Sandy wollte eine Trauerfeier, an der alle teilnehmen können, ob sie es wußten oder nicht, die aber für diejenigen, die es wußten, eine besondere Bedeutung haben sollte. Er und ich haben das gemeinsam geplant. Außerdem hatte er Schuldgefühle, weil er und Josh sich in der Nacht, bevor Josh diese Bergtour machte, gestritten hatten.

Sandy glaubte, daß Josh immer verrücktere Touren machte, um irgend etwas zu beweisen. Jedesmal, wenn Josh etwas Gehässiges über Schwule gelesen hatte, sie wären verweichlicht oder ungeeignet, beim Militär zu dienen, oder sonst so etwas, was diese Typen so reden, die die Verfassung ändern wollen, dann machte er irgendeine verrückte neue Klettertour. Sandy hatte Angst, er würde sich umbringen, bloß um zu demonstrieren, daß er kein Weichling war. Was er vermutlich auch getan hat. Also war diese Trauerfeier vielleicht noch trauriger, als manche Leute gewußt haben. Sam hat mir aber gesagt, du wärst durch das Gedicht dahintergekommen.« Langsam schüttelte sie den Kopf. »Scheiße. Das war alles so unnötig.«

Ich glaube, ungefähr um diese Zeit standen die Männer in der nächsten Nische auf, um zu gehen, und stießen sich gegenseitig an, als sie sahen, daß wir uns an den Händen hielten. Ich wandte mich um, um einem von ihnen in die Augen zu sehen, und er zwinkerte mir zu. »Verpiß dich«, rief ich ihm zu. Er antwortete, in dem er mir den Rücken zuwandte und hörbar furzte. Ich sah wieder Tory an. »Das hat wahrscheinlich nicht viel damit zu tun«, sagte ich, »aber welche Leute, die die Verfassung ändern wollen?«

»Cinda, wo lebst du denn? Weißt du nicht, daß sie versuchen, die Verfassung von Colorado ändern zu lassen, damit die Diskriminierung von Schwulen nicht mehr rechtswidrig ist?«

»Herrgott, nein. Ich sollte wieder anfangen, Zeitung zu lesen. Wird darüber irgendwann abgestimmt?«

»Wenn sie genug Unterschriften für ihre Anträge sammeln, dann ja. Sie meinen es ernst, und sie haben sehr viel Geld.«

Eine Menge Fragen schwirrten mir durch den Kopf. »Okay, kapiert, ich werde mich besser über diese Dinge informieren. Aber warum mußtest du mir all das verheimlichen?«

Sie warf mir einen flammenden Blick zu. »Cinda, hast du

nicht zugehört? Da war ich, ganz neu in Colorado, gerade in die Anwaltskammer aufgenommen, neuer Job, all die Typen bei der Staatsanwaltschaft, die versuchten, mich rumzukriegen, obwohl ich nicht interessiert war, und hatte eine einzige wirkliche Freundin gefunden: dich. Aber wir lernten uns erst kennen, und ich wußte nicht, wie gute Freundinnen wir werden würden. Und als ich ein paar Lesbierinnen begegnete, hörte ich gleich von dieser Kampagne, in Colorado gegen Homosexuelle vorzugehen.«

»Aber später, Tory, als wir uns näherstanden. Ich habe mir diese Kampagne schließlich nicht ausgedacht, oder? Wir waren doch Freundinnen, oder?«

Tory wandte den Kopf zum Fenster, wo eine schwache, wolkige Dämmerung den schwarzen Himmel allmählich erhellte. »Da war ich schon in einem Käfig, und ich wußte nicht, wie ich wieder herauskomme.«

»Einem *Käfig*? Was für einem Käfig?«

»Da traf ich mich schon mit jemandem. Ich war in sie verliebt, aber zuerst wollte ich es keinem erzählen, und dann habe ich einen ziemlich großen Fehler gemacht.« Sie steckte einen Fingerknöchel in den Mund und kaute darauf herum. »Ich habe sie bei einer Verhandlung kennengelernt. Wir sind einen Kaffee trinken gegangen und ins Reden gekommen, weißt du. Als der Prozeß vorbei war, habe ich die Nacht mit ihr verbracht.«

»Na ja, das hört sich doch ziemlich vorsichtig an. Du meinst, du bist nicht weiter gegangen, sondern hattest nur eine rein freundschaftliche Beziehung, solange der Prozeß dauerte?« fragte ich.

»Ja. Jedenfalls *dieser* Prozeß.«

»Was soll das heißen, *dieser* Prozeß?«

»Nach ungefähr sechs Monaten hatte ich einen weiteren

Prozeß. Inzwischen hatte ich Josh kennengelernt, und wir hatten dieses Arrangement, also konnte ich problemlos mit ihr zusammensein. Wir dachten, keiner wüßte davon. Sie wohnt oben in den Bergen und ich auch, es sah nicht so aus, als würde jemand darauf achten, wessen Wagen in manchen Nächten wo geparkt war. Eigentlich war ich fast schon soweit, es den Leuten selbst zu sagen, vor allem dir von ihr zu erzählen. Aber wir mußten auch an ihre Stellung denken, und sie legt mehr Wert als ich darauf, daß ihr Privatleben wirklich privat bleibt. Also haben wir nichts gesagt, nicht zu diesem Zeitpunkt. Und dann kam dieser andere Prozeß, und ich brauchte sie auch dafür als Zeugin. Also ...«

Das ergab überhaupt keinen Sinn. »Moment mal, Tory, ich kann dir nicht folgen. Dieselbe Frau war Zeugin bei zwei verschiedenen Verbrechen, die du vor Gericht zu verhandeln hattest?«

Sie nahm einen tiefen Schluck aus ihrem Kaffeebecher. »Keine normale Zeugin. Sachverständige.«

Sachverständige, dachte ich bei mir. Fingerabdrücke? Handschrift? Psychiatrie? Dann kam mir die Erinnerung an eine kühle Stimme auf Torys Anrufbeantworter am Wochenende von Thanksgiving: »Hallo, du bist sicher schon unterwegs. Wenn nicht, warum nicht? Bis bald.« Ich hatte gewußt, daß ich diese Stimme schon einmal gehört hatte.

»Sie ist Pathologin«, sagte ich. Tory sagte nichts.

Ich lehnte mich auf der kunstledernen Bank zurück und merkte, daß ich großen Hunger hatte. Ich winkte der Kellnerin. »Noch eine Kanne Kaffee! Und könnte ich vielleicht Rührei und Toast bekommen?« Tory schaute hartnäckig aus dem Fenster auf den Parkplatz. Leute kamen einzeln und paarweise in das Lokal, für einen Arbeitstag oder zum Skilaufen gekleidet.

Ich streckte die Hand aus und faßte Tory sanft am Ellbogen, bis sie sich zu mir wandte. »Linda Hutchinson?« fragte ich.

Sie nickte.

Tory und Linda Hutchinson. Kurz und ohne es zu wollen sah ich die beiden schönen Frauen nackt zusammen vor mir, aber ich schob das Bild schnell beiseite. Ich hatte tausend andere Fragen. »Du hast gesagt, du hättest einen Fehler gemacht. Was für einen Fehler?«

Sie schüttelte den Kopf, als wolle sie die Erinnerung abschütteln. »Bei diesem zweiten Prozeß waren wir ein Liebespaar, aber wir haben es keinem gesagt. Ihre Zeugenaussage war wichtig – es war ein Fall von Kindesmißhandlung mit Todesfolge, die Eltern hatten behauptet, das Kind wäre von einer Schaukel gefallen, du weißt ja, wie solche Fälle sind. Linda war gut, und sie war überzeugend, sie hat ausgesagt, was sie bei jedem Prozeß ausgesagt hätte, und am Ende haben die Geschworenen die Eltern schuldig gesprochen.«

Ich erinnerte mich an den Fall; er war in der Presse eingehend behandelt worden. Langsam schüttelte ich den Kopf. »Scheiße, ich sehe schon, was jetzt kommt. Jemand hat es herausgefunden und dem Anwalt der Eltern gesagt. Und er hat dir vorgeworfen, daß du eine Tatsache verschwiegen hast, die er hätte benutzen können, um Linda wegen Voreingenommenheit abzulehnen.«

Tory nickte müde. »Das stimmt teilweise. Jemand hat das über uns herausgefunden. Aber er hat es nicht gleich dem Anwalt der Eltern oder sonst jemandem erzählt. Ich habe erst Monate später erfahren, daß Linda und ich aufgeflogen waren.«

In diesem Augenblick kamen meine Rühreier mit Toast. Ich bemerkte, daß die Kellnerin nicht dieselbe war, die uns während der Nacht mit Kaffee versorgt hatte; die Schicht hatte gewechselt. Das Restaurant begann sich zu füllen. Tory setzte ihre Baseballkappe wieder auf, stopfte ihr Haar darunter und zog einen Pferdeschwanz durch die Öffnung am Hinterkopf. Sie schob sich den Schirm noch tiefer als vorher in die Stirn, so daß ich ihr Gesicht in dessen Schatten kaum sehen konnte. Inzwischen war ich hellwach und völlig überdreht von all dem Kaffee, den wir in den letzten drei Stunden getrunken hatten; ich versuchte, gleichzeitig zu reden und zu essen.

»Und wer? Wer hat es herausgefunden? Und wenn derjenige, wer immer es war, keinem davon erzählt hat, wo liegt dann das Problem?«

Tory sah sich unbehaglich in dem nun gefüllten Raum um und glitt dann von ihrer Sitzbank. »Ich bin gleich wieder da«, sagte sie und ging in Richtung Toiletten. Während ich die Rühreier verschlang, schwirrten die frischen Enthüllungen in meinem Kopf herum. Zwei kräftig aussehende Soldaten ließen sich in der gegenüberliegenden Nische Kaffee und Zimtrollen schmecken; sie hatten die Fahrer der Pistenraupe ersetzt.

Ich spülte den letzten Bissen Toast mit einigen Schlucken Wasser hinunter; ich hätte auch dann keinen Kaffee mehr trinken können, wenn man mir versichert hätte, die nächste Tasse enthalte das Geheimnis des ewigen Lebens. Tory schien lange auszubleiben. Die Kellnerin brachte mir eine dieser Caférechnungen auf grünliniertem Papier, einmal zusammengefaltet. Ohne Neugier nahm ich sie zur Hand, und ein kleinerer Zettel fiel heraus: ein leeres Blatt desselben linierten Papiers, diagonal in einer mir unbekannten Handschrift beschrieben. *Ihre Freundin möchte, daß Sie sie am Bear Lake Trailhead treffen.* Ich schaute hinaus auf den Parkplatz. Torys Cherokee war verschwunden.

Ich dachte, Tory wäre vielleicht übergeschnappt, ihr Verstand entgleist wie der Zug in einer dieser Examensfragen in der juristischen Fakultät, aber was konnte ich tun außer gehorchen? Nachdem ich die Rechnung bezahlt hatte und rasch auf der Toilette gewesen war, stieg ich wieder in den Subaru und machte mich auf in Richtung Rocky Mountains Nationalpark. Schnell fuhr ich am Parkeingang unter der hochgehenden Schranke durch und hoffte, Tory noch einzuholen, aber auf den zehn Meilen atemberaubender Bergszenerie bis zum Parkplatz am Bear Lake konnte ich sie nirgends entdecken. Inzwischen war die Sonne durch die Wolken gedrungen, und die eisige Landschaft schien sich in Erwartung baldigen Tauwetters zu regen.

Sie wartete neben ihrem Lieferwagen auf dem ansonsten leeren Parkplatz, die Hände in den Taschen ihrer Jacke. Ich stellte meinen Wagen neben ihr ab und stieg aus. Bevor ich den Mund aufmachen konnte, sagte sie: »Laß uns gehen.« Und schon eilte sie den teilweise schneebedeckten Weg entlang.

»Verdammt, warte doch eine Minute«, rief ich ihr nach. Ich wollte nicht wie ein junger Hund hinter ihr herlaufen, aber trotzdem folgte ich ihr schließlich. »Was sollte diese Komödie überhaupt? Du schuldest mir drei Dollar für all den Kaffee, den du getrunken hast, aber ich verzichte darauf, wenn du bloß langsamer gehst.«

Sie drehte sich um, und ich sah, daß ihr Gesicht naß war. Ich muß über den mit Zweigen übersäten Boden zu ihr gerannt sein, denn wir umarmten uns mitten auf dem Fußweg. Ihre Handfläche drückte mein Gesicht an ihre Schulter. »Mein Gott, es tut mir so leid, Cinda«, flüsterte sie.

Durch mein Haar konnte ich die Kälte spüren, die von ihrer Hand ausging; sie trug keine Handschuhe. Ich erstickte beinah an meinen Gefühlen, schluckte entschlossen und versuchte, etwas Prosaisches zu sagen. »Kriegst du nicht zu kalte Hände, wenn wir einen Spaziergang machen?« fragte ich.

Sie sah ihre Hände an und zuckte mit den Achseln. »Ich stecke sie in die Taschen. Komm, geh mit mir. Ich kann einfach nicht mehr sitzen, und ich muß dir noch viel erzählen.«

Also gingen wir um den Bear Lake herum, nicht einmal, sondern dreimal. An diesem stillen Morgen schien sonst keine Menschenseele auf der Welt zu sein. Während der ersten Umrundung des zugefrorenen Sees fiel mir ein, daß ich im Zentrum anrufen sollte, um zu sagen, daß ich erst viel später kommen würde, aber das nächste Telefon war Meilen entfernt. Danach dachte ich nicht mal mehr daran.

Wir gingen, und Tory redete, nicht immer ganz verständlich. Sie erklärte ihren hastigen Aufbruch damit, daß sie an einem Nebentisch einen der Beamten von der State Patrol bemerkt hatte; sie hatten vor etwa einem Jahr bei einem Fall zusammengearbeitet, aber sie glaubte nicht, daß er sie unter ihrer Baseballkappe erkannt hatte. Sie wollte nicht, daß er uns zusammen sah, denn er hätte einem der Polizisten aus Boulder davon erzählen können, die so gern engen Kontakt mit Wally Groesbeck hielten.

»Deswegen konnte ich dich die ganze Zeit nicht sehen, Cinda. Wally hat mich von all seinen Kumpels beobachten lassen, und dich auch, glaube ich. Er hat mir gesagt, daß ich mich von dir fernhalten soll, dich einfach absägen. Dann, als du immer wieder anriefst, sollte ich dich zurückrufen und so tun, als wäre ich zu beschäftigt, um dich zu sehen. Er hat mitgehört. Ich hatte keine Wahl.«

Ich hatte versucht, ihre Geschichte nicht zu unterbrechen, sie erzählen zu lassen, wie unzusammenhängend auch immer, aber das war zuviel. *»Was?«* schrie ich. Ich war zu wütend, um Rücksicht auf sie zu nehmen. *»Du hattest keine Wahl?* Sagt Wally dir neuerdings, mit wem du befreundet sein darfst, ja? Tory, wenn er das versucht hätte, hättest du ihm gesagt, er soll sich ins Knie ficken. Wovon redest du eigentlich?«

Sie hielt inne, um sich auf einen großen Felsbrocken zu setzen, und senkte den Kopf. Sie band die Schnürsenkel ihrer Wanderstiefel fester. Als sie endlich zu mir aufblickte, verriet ihre Miene Angst und Scham. Dieser Anblick erschreckte mich. Eine Welt, in der jemand Tory Angst einjagen konnte, war nicht mehr die Welt, die ich vor dem heutigen Morgen gekannt hatte.

»Kapierst du denn nicht?« fragte sie drängend. »Er ist derjenige, der das über mich und Linda herausgefunden hat; er hat gedroht, mir die Anwaltslizenz zu entziehen, wenn ich sein Spiel nicht mitspiele. Einer seiner Schläger hat uns die ganze Zeit beobachtet. Er wußte von mir und Linda, noch vor dem zweiten Prozeß; er hat bloß abgewartet, was passieren würde. Er *wollte*, daß ich in die Falle tappe, um etwas gegen mich in der Hand zu haben, wenn er es brauchte. Du weißt ja nicht, wie er ist, du denkst, er ist bloß ein jämmerlicher Holzkopf von Politiker, aber er ist bösartig. Er weiß *alles*, was in Boulder läuft, damit hat er vor mir geprahlt. Er weiß intime Details über Richter, Mitglieder der Legislative, alle. Alle tanzen nach seiner Pfeife. Was glaubst du, weshalb er außer diesem einen Spinner vor ein paar Jahren niemals einen Gegner hatte?«

Ich schüttelte den Kopf, ging ein paar Schritte den Weg hinunter und rückte mein inneres Universum zurecht; dann ging ich wieder zu dem großen Felsen zurück, wo sie saß, den Kopf in den bloßen Händen.

»Warum, Tory? Selbst wenn das alles stimmt, wieso lag Wally etwas daran, ob du und ich Freundinnen sind? Warum wollte er uns auseinanderhalten?«

Sie schaute über den See hinweg zu einem fernen Gipfel – Long's Peak wahrscheinlich –, holte tief Luft und stieß sie langsam wieder aus. Ihr Atem bildete eine leere Dampfwolke, als wäre sie eine Comicfigur, die nichts zu sagen hat. Einen Augenblick befürchtete ich, sie würde nicht antworten, aber dann erzählte sie mir auch noch den Rest. Oder jedenfalls den größten Teil davon.

Sie brauchte mich nicht daran zu erinnern, daß Linda im Fall Jason Smiley Zeugin der Anklage gewesen war; ich hatte die kühle, kompetente Aussage der Ärztin aus der Niederschrift, die ich studiert hatte, noch sehr gut im Gedächtnis. Etwa fünf Monate später, als Smiley schuldig gesprochen und verurteilt worden war, hatten sie und Linda an einem Sonntagabend in *Sixty Minutes* einen Bericht über die DNS-Analysen bei Kriminalfällen gesehen. Tory interessierte sich dafür, hatte aber noch nie einen Fall gehabt, in dem so etwas nötig gewesen war, und Linda einige Fragen dazu gestellt. Linda glaubte fest an die Methode und hielt sie für ebenso zuverlässig wie Fingerabdrücke, noch zuverlässiger sogar, solange das Labor, das die Arbeit durchführte, kompetent war. Tatsächlich glaubte Linda, es täte ihr leid, daß es im Fall Smiley keine Blutprobe von Nicole Caswell gegeben hätte, um die Leiche besser zu identifizieren. Sie wußte, daß die Mutter den Leichnam identifiziert hatte und daß ein großer Teil des Beweismaterials bei der Leiche gefunden worden war, aber es hatte an ihrem professionellen Ehrgeiz genagt, keine letzte Gewißheit zu haben. Aber sie akzeptiere das, hatte sie gesagt; es sei selten, daß es noch Blut- oder Gewebeproben von Toten oder Vermißten gebe, es sei denn, die betreffende Person habe kurz zuvor Blut gespendet.

Moment mal, hatte Tory sie unterbrochen. Du meinst Blut

von der lebenden Nicole Caswell, bevor der Leichnam aufgefunden wurde? Ja, sagte Linda, dann hätte ich definitiv feststellen können, daß sie das Opfer war.

Hör zu, hatte Tory zu Linda gesagt. An einem Wochenende vor Smileys Prozeßbeginn hatte ich Bereitschaftsdienst bei der Staatsanwaltschaft. Ich wurde Samstag morgen angepiepst; als ich zurückrief, sagte mir Jim Gunderson, der Polizist, der mit den Ermittlungen in diesem Fall beauftragt war, er brauche einen Durchsuchungsbefehl. Ich fragte ihn, ob das nicht bis Montag Zeit hätte, damit Don Kitchens das erledigen könne, aber Gunderson sagte mir, wenn er nicht bald ausgestellt würde, könnte Beweismaterial verlorengehen. Also ging ich im Trainingsanzug ins Büro und bereitete einen Durchsuchungsbefehl zur Vorlage bei einem Richter in El Paso County in Colorado Springs vor. Es war ein Durchsuchungsbefehl für das Haus von Edgar und Rose Caswell, um Beweismaterial im Zusammenhang mit dem Tod ihrer Tochter Nicole sicherzustellen – du weißt, wie so etwas läuft: Kleidung, Terminkalender, Korrespondenz. Ich fragte Gunderson, wieso die Caswells ihn ihr Haus nicht freiwillig durchsuchen ließen, und er sagte, sie hätten sich in ihrer Trauer zurückgezogen und wollten nicht mehr mit der Polizei sprechen, nachdem die Leiche identifiziert worden war. Er fürchtete, sie könnten Nicoles Zimmer ausräumen und Sachen wegwerfen oder vernichten. Leute, die trauern, tun verrückte Dinge, sagte er.

Ich stellte also die Dokumente aus und gab sie dem Beamten, der sie nach Colorado Springs fahren sollte, und dann dachte ich nicht weiter daran, da das nicht mein Fall war, hatte Tory zu Linda gesagt. Reine Routine. Aber weil mein Name auf dem Antrag für den Durchsuchungsbefehl stand, bekam ich ungefähr eine Woche später den Bericht und eine

Liste der aufgefundenen und sichergestellten Gegenstände. Das war nicht viel, aber an eines erinnere ich mich ganz deutlich: einen Ausweis des örtlichen Roten Kreuzes, auf der Nicoles Blutgruppe vermerkt war.

Tory hatte Linda gefragt: Bedeutet das nicht, daß Nicole wenigstens einmal Blut gespendet hat?

Linda war wütend, als sie das hörte. Natürlich bedeutet es das, sagte sie, und sie wollte wissen, wieso die Entdeckung des Blutspendeausweises nicht zur Beschlagnahme von Nicole Caswells Blut geführt hatte, falls es noch vorhanden war. Dann, erklärte sie wütend, hätte sie es zu einem DNS-Vergleich mit Gewebe, das der in Pennsylvania Gulch aufgefundenen Leiche entnommen worden war, ins Labor schicken und eine sichere Identifizierung der Toten vornehmen können. Das wäre die professionelle Vorgehensweise gewesen. Tory versprach nachzufragen. Eigentlich mehr aus Neugier.

Am nächsten Tag hatte Tory Don Kitchens gesehen und ihn darauf angesprochen. Ohne wirklich auszuräumen, daß es einen Ausweis gab, sagte er ihr, sie solle es vergessen. Der Prozeß sei vorbei, meinte er. »Der Kerl hat bekommen, was er verdient hat, an der Identität der Toten besteht keinerlei Zweifel, also lassen Sie die Sache auf sich beruhen.« Tory war damit nicht zufrieden, marschierte in Wally Groesbecks Büro und verlangte ihn zu sprechen. Er hörte ihr ungefähr fünf Minuten zu, dann stand er auf, kam hinter seinem massiven Nußbaumschreibtisch hervor und ging an ihr vorbei, um die Tür zu schließen.

»Da habe ich zum ersten Mal verstanden, warum Leute sich benehmen, als hätten sie Angst vor ihm«, erzählte mir Tory. »Er saß auf der Kante seines Schreibtischs, ungefähr einen Meter von mir entfernt, so daß ich von meinem Platz aus zu ihm aufblicken mußte. Er sagte, die Bevölkerung habe den Sieg der Staatsanwaltschaft im Fall Smiley begrüßt, es sei das erste Mal, daß er je die Todesstrafe gefordert habe, und er sei ganz verblüfft, welche Popularität ihm das eingebracht habe. Er werde den Sieg seiner Dienststelle nicht durch irgendwelche verspäteten Fragen nach der Identität des Opfers in den Schmutz ziehen lassen; er empfahl mir, die Sache auf der Stelle fallenzulassen.

Ich hatte eigentlich nicht gedacht, daß es irgendwelche Zweifel in bezug auf die Tote *gäbe*, bis er so massiv wurde, aber da ... Nun ja, du kennst mich, Cinda. Je länger er redete, desto wütender wurde ich. Ich glaube, am Ende sagte ich etwas in dem Sinne, er solle mir besser nicht drohen, vielleicht habe ich auch Sky Kings Namen erwähnt und gesagt, welches Fressen das für die Presse wäre.

Und da rückte er damit heraus: Er wußte über mich und Linda Bescheid. Er hatte Fotos. Er hatte Zeugen. Selbst wenn es mir egal wäre, daß jeder von meinen Neigungen weiß – so nannte er das, Neigungen –, was ich wohl meinte, wie Linda das finden würde? Was ich glaubte, wie der Disziplinarausschuß es finden würde, daß ich bei einem wichtigen Kriminalfall eine sexuelle Beziehung mit einer Zeugin der Anklage verschwiegen hätte? Ob ich glaubte, daß ich noch jemals einen Job finden würde, wenn das herauskäme? Und ob ich glaubte, ich wäre die einzige, die weiß, wie man inoffiziell mit der Presse spricht?«

»Mein Gott, Tory.« Meine Hände in den Fäustlingen waren feucht, und mir schwirrte der Kopf. »Was hast du zu ihm gesagt?«

»Ich habe gesagt, daß ich etwas Zeit zum Nachdenken brauche. Am Abend habe ich mit Linda darüber gesprochen. Sie sorgte sich darum, ob ich wirklich meine Zulassung als

Anwältin verlieren könnte, und deshalb einigten wir uns darauf, daß ich mir juristischen Rat holen sollte. Sie fragte mich, wen ich für den besten Strafverteidiger in Boulder hielte, und ich nannte Sam Holt. Also sagte sie, ich solle ihn aufsuchen, und das habe ich getan.« Tory zog sich die Kappe noch tiefer ins Gesicht und trat gegen einen Stein auf dem Fußweg.

Ich nickte; ich hatte geahnt, daß das kommen würde, hatte es mir selbst zugeflüstert, und ein paar Sekunden später hatte sie es ausgesprochen. *Sam.* Das erklärte einiges.

»Ich habe ihn also angerufen«, fuhr Tory fort, »und ihm gesagt, ich bräuchte in einer wichtigen juristischen Angelegenheit seinen Rat und vielleicht seine Vertretung. Ich vereinbarte einen Termin mit ihm, um ihm die ganze Geschichte zu erzählen. Am Montag. Aber bis dahin war alles schon wieder anders.« Sie trat wieder und heftiger, diesmal gegen einen Baum. »Scheiße, ich *hasse* das.«

»Tory!« Der Pfad um den kleinen Bergsee war gepflegt wie das Innere eines Schmuckkästchens. Ich hätte nicht entrüsteter sein können, wenn sie eine Kirche entweiht hätte. Ich faßte sie am Oberarm, bugsierte sie wieder auf den Weg und zog sie weiter. »Was war an Thanksgiving?«

Sie schob die Hände noch tiefer in die Taschen ihrer Jacke und neigte den Kopf unter dem Mützenschirm, als wolle sie in ihrer Kleidung verschwinden. »Es ist so *gottverdammt* demütigend. Ich kam an dem Tag von der Arbeit nach Hause, am Tag vor Thanksgiving, und es ging mir fast schon wieder gut. Ich machte mir schreckliche Sorgen wegen der Sache mit Wally, aber ich war beinahe bereit nachzugeben, Wally zu sagen, er solle meinetwegen machen, was er wolle. Am folgenden Montag würde ich Sam sehen, und ich dachte, er könnte vielleicht bewirken, daß ich dem Disziplinarausschuß selbst mitteilen könnte, was ich getan hatte; ich dachte, sie würden mich vielleicht verwarnen oder sogar für eine Weile suspendieren, aber ich glaubte nicht, daß sie mir die Zulassung entziehen würden. Damit konnte ich leben. Ich dachte, die Zeitungen würden keine dicken Schlagzeilen über mein oder auch über Lindas Sexualleben bringen; das ist geschmacklos. Die *Daily Camera* ist ein biederes Blatt, sagte ich mir.

Ich dachte überhaupt nicht an die andere Sache, diesen DNS-Test, der im Fall Smiley nicht durchgeführt wurde. Scheiße, ich hatte ja eigentlich nur aus Neugier danach gefragt. Ich wollte einfach nicht Wallys Opfer werden und ihn in dem Glauben lassen, er könnte mich für den Rest meines Lebens herumschubsen, weil er meine Geheimnisse in seiner Schublade hatte. Und ich hatte überhaupt keinen Gedanken daran verschwendet, daß du Jason Smiley in der Revision vertreten würdest, Cinda. Ich habe Wally nie gedroht, die Information über die Blutspende an dich weiterzugeben. Nicht, daß ich so etwas nicht getan hätte. Ich habe einfach nicht dran gedacht.«

Ich war ungeduldig, merkte aber, daß die Ursache physischer Natur war. Die Toilettenhäuschen am Anfang des Weges lagen auf der uns gegenüber liegenden Seite des Sees. Wahrscheinlich hätte ich warten können, bis wir sie wieder erreichten, aber ich sah keine Notwendigkeit dazu. Seit wir den See erreicht hatten, waren wir keiner Menschenseele begegnet.

»Tory, warte eine Sekunde. Ich muß dringend pinkeln. All der Kaffee vorhin.« Ich duckte mich hinter eine riesige Fichte, zog meine Jeans herunter und beneidete die Männer nicht zum ersten Mal um ihre sehr viel bequemere Ausstattung.

Als ich wieder auf den Weg trat und den Reißverschluß

meiner Jeans hochzog, sah ich, daß Tory sich mitten auf dem Weg mit gekreuzten Beinen auf die gefrorene Erde gesetzt hatte. Sie wirkte wie betäubt vor Müdigkeit, und wo sie früher respektlose Energie verströmt hatte, war nur mehr tiefste Niedergeschlagenheit. Ich haßte Wally Groesbeck dafür, daß er ihr das angetan hatte, was immer er vielleicht sonst noch getan hatte. Ich zog sie wieder auf die Füße, und wir einigten uns darauf, zum Parkplatz zurückzugehen und uns in eines der Autos zu setzen. Unterwegs erzählte sie weiter.

»An Thanksgiving sollte ich Bereitschaftsdienst haben, bis Freitag. Dann wollte ich mit Linda nach Keystone zum Skilaufen, und den Piepser sollte jemand anders übernehmen. Am Mittwoch abend gegen sieben Uhr war ich zu Hause, hörte Musik, freute mich auf das Thanksgiving-Dinner bei dir und bereitete Süßkartoffeln mit Butter und Zimt und ein bißchen Cognac vor, um sie mitzubringen. Ich versuchte, nicht an die Arbeit und den ganzen Schlamassel zu denken, aber da klingelte das Telefon. Es war Wally. Tory, es hat sich etwas ergeben, und wir müssen uns im Justizgebäude treffen, sagte er. Ich fand das sehr seltsam, denn du weißt ja auch, daß Wally sich niemals persönlich in eine Anklage einmischt, nicht mal im Fall Smiley, aber wie auch immer, ich hatte ja Dienst, also willigte ich ein. Ich habe die Süßkartoffeln fertig gemacht und zum Abkühlen auf die Arbeitsplatte gestellt, und dann bin ich ins Büro gefahren. Ich fahre also in die Tiefgarage, wo wir unsere Parkplätze haben, und als ich drinnen bin, sehe ich Wally und irgendeinen Polizisten in einem Polizeiwagen sitzen, der in der Nähe geparkt hat. Es ist dieser Thompson Malaga. Kennst du den?«

»Ich kenne ihn«, sagte ich und erinnerte mich, daß ich ihn zuletzt bei meiner Abschiedsparty von der Staatsanwaltschaft gesehen hatte.

»Malaga sitzt am Steuer, und Wally kurbelt das Fenster auf der Beifahrerseite herunter und ruft mir zu: Kommen Sie, Tory. Ein Tatort. Wir erzählen es Ihnen unterwegs. Also schließe ich meinen Wagen ab und springe wie ein artiges kleines Mädchen auf den Rücksitz des Dienstwagens. Als ich frage, wohin die Fahrt geht, sieht mich keiner der beiden Typen auch nur an, sie tauschen einen Blick und schauen dann wieder nach vorn, und als wir aus der Garage fahren, weiß ich auf einmal, daß ich nicht in diesem Wagen sein will. Ich greife nach dem Hebel für die Tür, aber es ist natürlich keiner da. Wie auch? Ich sitze auf dem Rücksitz eines Polizeiwagens, natürlich komme ich da nicht raus. Ich bin verdammt sauer, aber ich habe auch Angst, und so sitze ich einfach da und sage kein Wort, während der Wagen durch die Nacht fährt. Vom Justizgebäude aus biegt Malaga links ab und fährt in den Canyon rauf, und ich habe keine Ahnung, wohin es geht, aber als er an der Sugarloaf Road einbiegt, merke ich, daß wir zu meinem Haus fahren. Und aus irgendeinem Grund ängstigt mich das mehr als alles andere.

Als wir bei meinem Haus sind, steigt Malaga aus, zieht mich am Arm aus dem Wagen und fängt an, mich zu stoßen, den ganzen Gehweg bis zur Haustür, nur kleine Stöße, aber hart, und dann sagt er: Wo ist der Schlüssel? Und ich sage: Sie können mich mal, Malaga. Originell, nicht? Wo Wally ist, sehe ich gar nicht, er ist irgendwo hinter uns. Und Malaga dreht mir den Arm auf den Rücken und sagt: Sie wollen es auf die harte Tour, was? Und dann betatscht er mich mit seinen dreckigen Händen überall, auch zwischen den Beinen, bis er endlich meine Schlüssel aus der Gesäßtasche zieht.

Dann sperrt er die Tür auf und stößt mich ins Haus, diesmal noch fester, so daß ich stolpere, und er tritt mir mit seinen Polizeistiefeln in den *Hintern*, ich falle, es tut höllisch weh, und zum ersten Mal denke ich, daß dieser Typ mir wirklich etwas antun und Wally ihn nicht daran hindern wird. Dann kommt Wally hinter ihm durch die Tür, diesen großen Briefumschlag in der Hand, und tut, als ginge es ihn überhaupt nichts an, was Malaga macht. Wally setzt sich an meinen Küchentisch, zieht mir einen Stuhl heraus, als wäre er der Hausherr, und bedeutet mir, mich hinzusetzen. Malaga geht zur Arbeitsplatte und fängt an, meine Süßkartoffeln zu essen, mit den *Fingern*, und sagt dabei dauernd *Mmmm* und schmatzt und solchen Scheiß.«

Irgendwie ist diese häßliche Vorstellung für mich verstörender als alles andere, was sie mir bisher erzählt hat. »Igitt!« rufe ich angewidert.

»Ja«, sagt sie und nickt zustimmend. »Und dann nimmt Wally diese Hochglanzfotos aus seinem Umschlag und legt sie so ordentlich wie Patiencekarten auf dem Küchentisch aus. Dann macht er darüber eine Handbewegung« – sie führte die Bewegung vor –, »die wohl heißen sollte, ich soll mir das ansehen, und ich sehe es mir an. Die ersten fünf oder sechs Aufnahmen sind von mir und Linda, abends in ihrem Haus. Nicht sehr kompromittierend, aber sicherlich peinlich. Wir haben nichts an und sitzen vor ihrem Kamin. Die sind nicht so schlimm, wie ich gefürchtet hatte, denke ich. Dann breitet er ein paar weitere Fotos auf dem Tisch aus, und die sind von Josh und Sandy. Sie liegen im Freien, an der Vegetation sieht man, daß es ziemlich hoch oben sein muß, über der Baumgrenze, im Sommer, und sie lieben sich. Die Details auf diesem Foto sind verblüffend, man sieht jeden Kratzer auf ihrer Haut, und ich kann mir nicht vorstellen, wie der Fotograf so nah rangekommen ist. Ich kann mir aber auch nicht vorstellen, daß sie es für die Kamera gemacht haben, sie haßten Pornographie und all diese Spielchen.

Wally beobachtet mich und sagt: Beachtlich, nicht? Und da weiß ich, daß er irgendeinen verdeckten Ermittler auf die beiden angesetzt hat, damit er ihnen in die Berge folgt und mit einem Teleobjektiv diese Aufnahmen macht. Malaga hinter mir schmatzt und schlürft noch immer an den Süßkartoffeln herum, und ich weiß nicht, was Wally ihn mit mir machen lassen wird und habe schreckliche Angst, aber irgendwie habe ich auf einmal den Mund voller Speichel und spucke Wally voll ins Gesicht. Und er sagt mit dieser schmierigen Stimme, die er immer bei Pressekonferenzen hat: Das werden Sie noch bereuen, Tory. Er zieht sein Taschentuch heraus und wischt sich das Gesicht ab. Und dann erklärt er mir, was ich zu tun habe.«

Hier erreichten Tory und ich den Beginn des Wanderweges am Parkplatz. Der Lieferwagen eines Parkaufsehers stand dort, sonst war niemand zu sehen. »Komm«, sagte ich und führte Tory zu meinem Wagen. Meine Hände zitterten, als ich versuchte, die Beifahrertür zu öffnen, um sie einzulassen. Gehorsam setzte Tory sich hin. Die Säure des frühmorgendlichen Kaffees brannte mir ein Loch in die Eingeweide, als ich zur Fahrerseite hinüberging. Noch nie hatte ich das Bedürfnis empfunden, Tory zu beschützen. Sie war wie die Berge von Colorado gewesen: Ich liebte sie, aber ich hätte mir nie vorgestellt, daß ich einmal auf sie aufpassen müßte.

Ich ließ mich auf den Sitz fallen, ließ den Motor an und drehte die Heizung auf. »Und dann?« fragte ich über das Geräusch des Gebläses hinweg.

Tory setzte ihren Bericht fort, als merkte sie gar nicht, wo sie war.

»Wally bietet mir an, die Bilder zu vergessen, ich könnte sie sogar haben, sagt er – ich weiß natürlich, daß er Negative hat –, wenn ich kooperativ bin. *Wenn ich tue, was er sagt.*

Er hat die Verbindung hergestellt, an die ich eigentlich gar nicht gedacht hatte, die Verbindung zwischen mir und dir und Jason Smiley, und aus dem, was er sagt, schließe ich, daß seine größte Angst ist, ich könnte dir von der Blutprobe und den DNS-Tests erzählen, die nicht gemacht worden sind. Ich hatte nie die Absicht, das zu tun, hauptsächlich, weil ich nie wirklich gedacht hatte, die tote Frau könnte jemand anders sein als Nicole Caswell, aber nachdem er sie einmal erwähnt hat, denke ich: *Wieso liegt ihm etwas daran?* Doch wahrscheinlich nur, weil er denkt, diese Information könnte seinen großen Sieg in Gefahr bringen.

Ich mache mir vor Angst fast in die Hose mit diesem unheimlichen Malaga im Nacken und versichere Wally eilig, ich würde dir kein Wort sagen. Ich verspreche, daß ich schweigen werde wie ein Grab. Aber er traut mir noch nicht. Er sagt, ich müßte unsere Freundschaft schleunigst beenden. Ich darf dich nie mehr wiedersehen, sagt er. Nur so kann er sicher sein, daß ich es dir nicht erzähle. Und ich soll nicht versuchen, dich anzurufen, zu Hause oder im Büro, denn das würde er erfahren. Ich weiß nicht recht, ob ich ihm glauben soll, aber wenn ich an die Fotos denke, erscheint es mir möglich. Außerdem, sagt er, wenn Cinda Hayes sich jemals für diese Blutuntersuchung interessieren sollte, dann wird er mich persönlich dafür verantwortlich machen, und der Anwalt meiner Mutter bekommt Kopien von den Fotos. Wenn ich aber tue, was er sagt, sind mein Job, mein Liebesleben und meine Zulassung nicht in Gefahr, und Lindas Privatleben bleibt geheim. Was ich dazu meine, fragt er.

Ich meine natürlich, daß er ein ausgemachtes Arschloch ist. Aber in dem Augenblick bin ich nicht so mutig und sage bloß, es würde vielleicht gehen. Ich will nur, daß die beiden aus meinem Haus verschwinden; was ich machen soll, überlege ich mir hinterher. Dann läutet das Telefon, und ich zucke zusammen. Du weißt ja, daß mein Telefon wirklich laut klingelt.«

Ich nickte schuldbewußt bei der Erinnerung.

»Ich drehe mich nach dem Telefon um und sehe, wie Malaga sich noch immer die Finger ableckt, und an seinem Blick erkenne ich, daß ich den Hörer nicht abnehmen werde. So warten wir drei einfach, sitzen da wie erstarrt, und nach dem vierten Läuten schaltet sich der Anrufbeantworter ein. Wir können alle hören, daß du es bist. Und nach Mineralwasser oder irgendwas fragst.«

Tory schaute mich an, und ich zuckte zusammen, als ich Tränen in ihren Augen sah. »Mein Gott«, flüsterte sie, »es war so gut, deine Stimme zu hören. Im Hintergrund spielte Musik, diese saftigen Folksongs, die du magst, und ich konnte mir dein Haus vorstellen mit dem Feuer im Ofen und dich auf Socken, wie du herumläufst und dir Sorgen machst, ob du genug Wasser hast. Meine Güte, es war, als wärst du tausend Meilen weit weg. Am liebsten hätte ich nach dir geschrien, aber du hättest mich natürlich nicht hören können.

Dann schaltet der Apparat sich ab, und ich wende mich wieder Wally zu. Er hat noch etwas aus dem Umschlag genommen, irgendwelche fleckigen alten Fotokopien, und er gibt sie mir mit einer spöttischen kleinen Verbeugung und sagt: Die haben Sie wahrscheinlich noch nie gesehen, oder?«

Tory zog die Füße auf den Sitz und schlang fröstelnd die Arme um den Körper. Durch die Heizung war es im Wagen wirklich heiß geworden, aber ich drehte sie noch einen Strich weiter auf. »Was war das?« fragte ich.

Sie sah mich lange an, als überlege sie, was sie antworten sollte. Schließlich atmete sie tief aus. »Verrücktenunterlagen«, sagte sie. Und begann erneut zu bibbern.

Ich rieb durch die Daunenjacke ihre Schulter, aber ich konnte nicht viel tun, um sie zu wärmen, solange wir auf so engem Raum im Auto saßen. Ich war nicht sicher, ob ich richtig gehört hatte. »Was?« sagte ich.

»Verrücktenunterlagen«, wiederholte sie deutlicher. »Von mir. Als ich sechs Monate lang in einer Nervenheilanstalt war. Über all die Schockbehandlungen, die ich bekommen habe. Und Wally sagt zu mir: Für den Fall, daß Sie denken, Sie könnten jemand von heute abend – und dann sieht er Malaga an – oder von morgen erzählen, dann müssen Sie wissen, daß Ihnen keiner jemals glauben wird. Erst recht nicht, wenn er diese Papiere gesehen hat.«

Torys Frösteln war auf mich übergegangen, und ich zitterte plötzlich heftig. »Du warst in einer psychiatrischen Anstalt? Tory, du bist die normalste Person, die ich kenne! Das ergibt alles überhaupt keinen Sinn.«

Sie schüttelte den Kopf, und ich konnte nicht erkennen, ob das zustimmend oder verneinend gemeint war. »Als ich sechzehn war, wußte ich, daß ich lesbisch bin. Ich war wahnsinnig verknallt in unsere Volleyballtrainerin, und als wir einmal bei einem Turnier in Kansas City waren, klopfte ich im Hotel an ihre Zimmertür, ging hinein und sagte es ihr. Ich war damals ziemlich tollkühn, ich hätte alles mögliche gemacht. Sie war wirklich toll; sie sagte mir, wir könnten nie etwas anderes sein als Freunde, aber sie machte mir Mut, meinen Eltern zu erzählen, daß ich lesbisch bin. Sie sagte, nachdem sie es ihrer Familie erzählt hätte, wäre für sie manches viel einfacher gewesen. Mein Vater war da schon tot, er war bei einem Autounfall umgekommen, als ich dreizehn war, aber ich befolgte ihren Rat und sagte es meiner Mutter. Ich glaubte, meine Mutter hatte sich ohnehin Sorgen um mich gemacht, weil ich so ein Wildfang war, und sie flippte völlig aus und rief ihre beste Freundin an. Deren Mann war Psychiater. Am nächsten Tag fuhr sie mich in eine Klinik draußen auf dem Land und setzte mich mit einem Koffer voller Rüschennachthemden ab; sie küßte mich zum Abschied, und dann sperrten sie die Tür hinter mir zu.«

Das Bild verursachte mir eine Gänsehaut. »Und sie haben dich mit Elektroschocks behandelt?«

»Na ja, das war 1974. Dieser Seelenklempner, der Mann der besten Freundin meiner Mutter, hatte so ein Forschungsprojekt; er behandelte jugendliche Homosexuelle mit Elektroschocks, weil er die Theorie vertrat, daß man drastische Maßnahmen anwenden müßte, solange die Probanden noch jung genug wären, um sie dadurch zu verändern.«

Roßkur war noch ein milder Ausdruck für dieses Konzept. Die Säure des Kaffees brannte so heftig in meinem Magen, daß ich ihn in der Kehle noch immer schmeckte.

Tory fuhr jetzt fast verträumt fort: »Sie behielten mich für sechs Monate dort. Da habe ich mir selbst Origami beigebracht, aus einem Buch, das jemand zurückgelassen hatte. Erinnerst du dich noch an die Sache mit dem Konfetti?«

Ich nickte, und die Erinnerung an die unbesiegbare Tory schnürte mir die Kehle zu.

»Eines Tages kommt der Arzt zu mir«, erzählte Tory weiter, »und sieht wirklich verärgert aus. Er erzählt mir, daß meine Mutter beschlossen hat, mich gegen jeden medizinischen Rat aus der Klinik zu nehmen. Gegen seinen Rat, meinte er natürlich. Er war Mitbesitzer der Klinik, und sie verdienten einen Haufen Geld an mir, das hatte ich begriffen, obwohl sie mich dauernd unter starke Medikamente gesetzt hatten. Als ich in den Empfangsbereich komme, erwartete mich da meine Mutter mit Kay, der Volleyballtrainierin. Ich nehme an, Kay hat sie wochenlang bearbeitet und schließlich überredet, mich aus der Klinik zu nehmen. Meine arme Mutter, sie hat sich das nie wirklich verziehen. Sie kann noch immer nicht darüber reden. Einmal, als ich ihr zu sagen versucht habe, daß ich ihr verziehen habe, ist sie einfach aus dem Zimmer gegangen.

Jedenfalls habe ich ein Schuljahr versäumt, aber meine Mutter hat mich für die letzten zwei High-School-Jahre auf eine Privatschule in Virginia geschickt. Ich habe keine Ahnung, wie Wally das herausgefunden hat oder wie er an diese Papiere gekommen ist. Aber ich glaube, daß er recht hat, keiner wird mir jemals glauben, wenn ich erzähle, was er mir angetan hat.«

Das glaubte ich auch. Stumm hingen wir beide unseren Gedanken nach, und einige Sekunden vergingen. Tory streckte die Hand aus und schaltete das Radio ein. Der Empfang dort oben in den Bergen war schlecht, aber es gelang ihr, einen Sender zu finden, der *Lucy in the Sky with Diamonds* spielte, unterbrochen von statischem Rauschen. Meine Gedanken verließen das Lied, schweiften ab, weil ich nicht an das Häßliche denken wollte, das in Torys Bericht lauerte und das sie noch nicht erzählt hatte.

»Was haben sie mit dir gemacht, Tory?« fragte ich.

Sie schüttelte den Kopf und sah allmählich wieder hart und dickköpfig aus. »Ich glaube, daß meine Mutter vielleicht recht hatte, Cinda. Es hat keinen Sinn, über manche Dinge zu reden. Sie zwangen mich, dich zurückzurufen und zu sagen, ich könnte nicht zu deinem Thanksgiving-Dinner kommen. Und dann – Tommy Malaga ist Wallys Ein-Mann-Schlägertrupp. Soviel ich weiß, ist Wally nicht reich, er hat bloß ein Staatsanwaltsgehalt. Und so habe ich herausgefunden, wie Wally ihn für seine Dienste bezahlt.«

Ich nickte beklommen, dachte an all die Gerüchte, die ich

über Malaga gehört hatte, und wollte mir nicht vorstellen, was das für Tory bedeutete.

Tory fuhr fort: »Thanksgiving habe ich mit Tommy Malaga irgendwo in einem Jagdrevier verbracht, ich weiß nicht, wo es war, es lag sehr hoch, und es war sehr kalt. Gegen zehn Uhr am Freitag hat er mich auf dem Parkplatz der Staatsanwaltschaft im Justizgebäude abgesetzt, hat mir meinen Wagen aufgeschlossen und mich daran erinnert, warum ich diese Geschichte nie jemandem erzählen dürfte. Was ich auch nicht getan habe. Bis heute.«

Schweigen bis auf das Rauschen im Radio, das jetzt so laut war, daß man überhaupt keine Musik mehr hörte. Ich schaltete es aus; die Uhr am Armaturenbrett zeigte 9:22 Uhr. Die Wirkung des Koffeins war inzwischen vergangen, und ich fühlte mich so müde wie noch nie. Ich will wirklich nicht wissen, was Tommy Malaga in diesen sechsunddreißig Stunden mit Tory gemacht hat, dachte ich. Sie hatte recht, es war besser, das einfach zu vergessen, nicht daran zu denken.

Doch natürlich wußte ich, daß das Unsinn war. All meine Erfahrungen aus dem Krisenzentrum sagten mir, daß Tory mit ziemlicher Sicherheit von ihren Erinnerungen fast aufgefressen wurde und daß sie sich ohne Hilfe nicht erholen würde. Ich war feige, so war das, ich hatte Angst davor, Einzelheiten zu erfahren. Tory war die stärkste Frau, die ich je kennengelernt hatte, die unverwundbarste. Was immer Wally und Tommy Malaga ihr antun konnten, das konnten sie jeder von uns antun. Ich wollte nicht wissen, was das war.

Und so redete ich mir in diesem Augenblick ein, Tory brauche jetzt unbedingt Ruhe, sie müsse nach Hause, heißen Tee trinken, schlafen und alles vergessen. Das sagte ich ihr, und sie stimmte rasch zu – zu rasch. Sie sah zu mitgenommen aus, um auch nur nach Boulder zurückzufahren. Ich bemerkte, daß ein Parkaufseher Mülltüten über den Parkplatz zu seinem Lieferwagen trug, und ich stieg aus, um mit ihm zu reden. Ich sagte ihm, meine Freundin sei krank, und ich müsse sie nach Hause fahren, und er gestattete uns, den Cherokee für zwei oder drei Tage in einer Ecke des Parkplatzes zu lassen. »Um diese Jahreszeit ist der Parkplatz sowieso nie voll«, sagte er. »Um anständig Ski zu laufen, ist es zu spät, und zum Wandern ist es noch zu früh.«

Ich klopfte an das Fenster des Subaru, damit Tory es herunterkurbelte, und ließ mir ihre Autoschlüssel geben. Sie zog sie aus der Tasche und reichte sie mir wortlos. Ich fuhr ihren Wagen in die Ecke, dann stieg ich wieder in mein eigenes Auto und erklärte Tory, was ich vorhatte. Ich rechnete damit, daß sie protestieren würde, aber sie war schon fast eingeschlafen und nickte benommen. Als wir zum Eingang des Parks zurückfuhren, sagte sie mir, sie habe sich eine Woche Urlaub genommen. »Bring mich einfach nach Hause, ja? Sam kann dir den Rest erzählen«, sagte sie, lehnte dann den Kopf an die Scheibe und schloß die Augen.

Sie schlief während der eineinhalb Stunden, die wir bis zu ihrem Haus auf dem Sugarloaf brauchten. Als wir ankamen, weckte ich sie, führte sie nach oben in ihr Zimmer und zog den flauschigen Quilt vom Bett, so daß sie sich hinlegen konnte. Sie war gehorsam wie ein Kind. Nachdem ich ihr die schlammigen Stiefel ausgezogen und sie zugedeckt hatte, ging ich hinunter in die Küche, um Teewasser aufzusetzen. Als ich mit einer dampfenden Tasse wieder nach oben kam, schlief sie fest. Ich fragte mich, wie lange sie wohl nicht mehr geschlafen hatte. Ich ließ die Teetasse auf ihrem Nachttisch zurück und ging nach unten, um im Zentrum anzurufen und Lainie zu sagen, daß ich an diesem Tag nicht mehr kommen würde.

Es war nach elf Uhr. Lainie klang nervös, weil ich nicht dort war. »Cinda, Sie haben um zwei Uhr in Ihrem Büro einen Termin mit der Anwältin aus dem Sheriff's Department, die für Zeugenaussagen der Opfer zuständig ist. Sie wollten doch mit ihr besprechen, wie man es bewerkstelligen kann, Opfer sexueller Übergriffe an uns zu verweisen. Erinnern Sie sich nicht, daß Sie ungefähr vor einem Monat um diesen Termin nachgesucht haben? Soll ich ihn so kurzfristig absagen, oder was?«

Ich hatte dieses Treffen vergessen, aber in dem Moment erschien es mir nicht so wichtig. »Warum rufen Sie nicht an und fragen, ob wir es verschieben können – nein, warten Sie, Lainie. Ist Grace da?«

»Einen Moment, Cinda.« Ich konnte Lainie mit jemandem reden hören, aber sie mußte die Sprechmuschel mit der Hand bedecken, denn ich konnte nicht hören, was oder mit wem. »Grace ist hier«, sagte sie plötzlich ganz deutlich.

»Kann ich sie dann bitte sprechen?« fragte ich. Irgend etwas kam mir seltsam vor, aber ich führte mein Unbehagen auf meine Schuldgefühle zurück, weil ich den Vormittag im Büro versäumt hatte, ohne anzurufen.

»Hallo, Cinda«, sagte Grace' angenehme Stimme. Mir fiel ihr erstaunlicher A-capella-Gesang bei einem Überraschungsdinner ein, das wir letzten Herbst im Zentrum für unsere Freiwilligen gegeben hatten. Ihre Stimme konnte einem das Herz brechen. In diesem Augenblick klang sie warm und beruhigend.

»Hallo, Grace. Hören Sie, äh, ich, ich meine, ich stecke in einer Art persönlichen Krise.« Es war mir zuwider, nur so wenig zu enthüllen, aber mir fiel nichts ein, was ich sonst hätte sagen können. Ich war eigentlich nicht krank, und obwohl ich in letzter Zeit als Lügnerin ziemlich gut geworden war, wollte ich doch im Zentrum niemanden belügen. »Ich habe um zwei Uhr einen Termin mit Brenda Wilkes. Erinnern Sie sich, daß wir kürzlich darüber gesprochen haben?«

»Natürlich«, sagte sie mitfühlend. »Möchten Sie, daß ich das übernehme? Kein Problem, ich mache es gern. Wo ist das, beim Sheriff?«

»Nein, sie kommt ins Zentrum. Benutzen Sie mein Büro und erklären Sie ihr, daß ich einen Notfall hatte, okay?«

»Sicher, Cinda. Kann ich Ihnen irgendwie helfen? Ich meine, Sie hören sich ein bißchen mitgenommen an.« Im Hintergrund konnte ich Lainie sprechen hören und dann ein leises »Pssst, schon okay« von Grace, das offenbar an Lainie gerichtet war.

»Nein, danke. Vielen Dank, Grace. Muß ich noch einmal mit Lainie sprechen?«

»Nein, ich glaube nicht«, sagte sie tröstend. »Passen Sie auf sich auf, Cinda. Sie stehen in letzter Zeit ziemlich unter Druck.«

»Ja. Okay. Wir sehen uns morgen. Sie können mich anrufen, wahrscheinlich zu Hause, wenn es irgend etwas gibt, das ich wissen muß.«

»In Ordnung. Wiederhören.« Ich hielt den summenden Hörer in der Hand und dachte, daß sie im Zentrum mittlerweile recht gut ohne mich zurechtkamen. Kein so tolles Gefühl, aber wenigstens hatte ich den Rest des Tages, um die Dinge zu verarbeiten, die Tory mir erzählt hatte.

Nachdem ich nach Tory geschaut und sie fest schlafend angetroffen hatte, zündete ich im Holzofen mit einigen Scheiten von dem Stapel an der Seitenwand des Hauses ein Feuer an und ging dann, wobei ich mich vergewisserte, daß die Tür hinter mir ins Schloß fiel. Auf der Heimfahrt beschloß ich,

Linda Hutchinson anzurufen und ihr mitzuteilen, daß Tory jemanden brauchte, der später nach ihr schaute. Ich hatte noch immer Dutzende von Fragen an Tory – und noch mehr, je länger ich über das nachdachte, was sie mir erzählt hatte –, aber sie brauchte jetzt Ruhe.

Zu Hause erinnerten mich mein ungemachtes Bett und das T-Shirt und der Slip auf dem Fußboden des Schlafzimmers an meinen hastigen Aufbruch. An den Rändern begann meine Erinnerung schon sich zu verzerren, und die Stunden mit Tory kamen mir vor wie eine Einbildung, ein Alptraum. Ich muß eine Liste aufstellen, was zu tun ist, dachte ich. Aber zuerst lege ich mich ein paar Minuten hin. Ich kroch ins Bett und war verloren.

Als ich aufwachte war es dunkel, also blieb ich friedlich ein paar Minuten liegen. Die grünen Digitalziffern des Weckers zeigten 6:03 Uhr. Ich drehte mich noch einmal auf die andere Seite und genoß das vertraute wonnige Gefühl, vor der Morgendämmerung wach zu sein und erst beim ersten Morgenlicht aufstehen zu müssen. Langsam kamen mir die Ereignisse des vergangenen Vormittags wieder in den Sinn, und dabei begann mein Herz schneller zu schlagen, und meine Beine schwitzten unter der schweren Daunendecke. Abrupt setzte ich mich auf. 6:07 Uhr. Hatte ich *achtzehn Stunden* geschlafen? Tory, flüsterte ich.

Ich stolperte ins Badezimmer und spritzte mir Wasser ins Gesicht. Als ich aus dem Fenster in Richtung Flatirons schaute, um zu sehen, ob die geröteten Hänge mir zeigten, daß es schon fast dämmerte, bemerkte ich statt dessen, daß in fast allen Häusern meines Blocks Licht brannte, und aus den Fenstern gegenüber im Erdgeschoß schimmerte der blaue Schein eines Fernsehers. Du Dummkopf, sagte ich zu mir. Es ist Abend, nicht Morgen. Sechs Uhr abends. Meine Desorientierung verursachte mir eine leichte Übelkeit. Alles, was ich trug, fühlte sich steif und verschwitzt an, also zog ich mich aus und nahm eine lange, heiße Dusche. Vielleicht würde sie auch die grausame Leere in Torys Augen, als sie mir gesagt hatte, über manche Dinge rede man besser nicht, aus meinem Gedächtnis löschen. Aber das tat sie nicht.

Als ich mich endlich warm angezogen hatte, einen schweren Wollpullover und eine Vlieshose, die ich normalerweise zum Zelten trug, machte ich mir eine heiße Schokolade und Toast – den Gedanken an Kaffee konnte ich nicht ertragen. Während ich den heißen Kakao trank, wählte ich Torys Nummer. Eine kehlige Stimme meldete sich.

Ich wußte natürlich, wer das war, war mir aber nicht sicher, ob ich dieses Wissen zu erkennen geben durfte. »Hallo«, sagte ich gespielt unsicher, »ist das der Anschluß von Tory Meadows?«

»Hallo, Cinda. Hier ist Linda Hutchinson.« Sie klang müde. Ich hatte nie zuvor an die Ähnlichkeit unserer Namen gedacht. Cinda, Linda; im Augenblick fand ich das gar nicht erheiternd.

»Ist Tory – okay?« fragte ich.

»Ich weiß nicht. Ich bin nach der Arbeit vorbeigekommen, und sie schlief. Sie ist erst vor ein paar Minuten aufgewacht; jetzt ist sie im Badezimmer. Sie wirkt benommen. Wissen Sie, was passiert ist?«

Es hörte sich an, als sei Tory nicht in bester Form; ich entschied, daß Linda und ich auf derselben Seite stehen mußten. »Sie hat mich mitten in der Nacht angerufen; wir sind zum Estes Park raufgefahren und haben den größten Teil der Nacht und des Morgens geredet.« Ich zögerte. »Sie hat mir so ziemlich alles erzählt.«

In der folgenden Stille stellte ich mir vor, wie Lindas erstklassiges wissenschaftliches Hirn verarbeitete, was diese Enthüllung für sie, für Tory, für uns alle bedeutete.

»Ich bin froh«, sagte sie endlich. »Hat sie Ihnen von – Malaga erzählt?«

»Das nicht«, antwortete ich. »Nicht im Detail. Wissen Sie Bescheid?«

»Nein. Sie will es mir nicht erzählen. Aber sie läßt sich auch nicht mehr von mir berühren, nicht wirklich. Ich nehme an, ich kann es mir vorstellen. Warten Sie, da kommt sie.«

Ich hörte ein scharrendes Geräusch, Flüstern, und dann sagte Tory heiser: »Minnie Mouse.«

»Tory, bist du in Ordnung?«

»Es geht mir gut, Minnie. Aber ich muß dich was fragen. Linda sagt, daß mein Wagen nicht hier ist. Haben wir ihn irgendwo stehenlassen?«

Ich schluckte schwer. »Alles okay, Tory. Wir haben ihn am Bear Lake gelassen, erinnerst du dich?«

»Ach, ja.« Ihre rauhe Stimme war schwach, nicht überzeugt. Eigentlich erinnerte sie sich nicht.

»Laß mich noch mal mit Linda sprechen, ja? Geh wieder schlafen. Hast du den Rest der Woche frei?«

»Ja. Gut, hier.« Ich hörte ein gedämpftes Poltern, als hätte sie den Hörer fallen lassen.

Ich hörte Linda etwas Tröstendes sagen. Dann sprach sie in den Apparat. »Ich bleibe heute nacht bei ihr.«

»Gut«, erwiderte ich. »Ich rufe morgen früh wieder an.« Ich hätte liebend gern gewußt, ob es sie genauso erschreckte wie mich, Tory so gebrochen zu sehen, aber ich wußte nicht, wie ich danach fragen sollte. Statt dessen fragte ich etwas anderes. »Linda, hat Tory Sie angerufen, nachdem Malaga sie hatte gehen lassen? Am Tag nach Thanksgiving?«

»Einen Moment, bitte.« Ich konnte Linda mit Tory sprechen und dann eine Tür zufallen hören. Sie mußte das Telefon aus dem Schlafzimmer auf den Treppenabsatz getragen haben. »Ich war da. Als sie nach Hause kam, meine ich. Ich hatte mir schreckliche Sorgen um sie gemacht. Ich wußte, daß da diese ganze Scheiße mit Wally Groesbeck lief, und als sie am Freitag morgen nicht kam, um mich zum Skilaufen abzuholen, habe ich immer wieder bei ihr angerufen und nur den Anrufbeantworter erreicht. Nach dem ersten Mal habe ich mir nicht mehr die Mühe gemacht, eine Nachricht zu hinterlassen, und als es neun Uhr geworden war, fuhr ich hierher. Sie war nicht da, das Haus war kalt und dunkel. Ihre Skier standen noch im Schrank, auf der Arbeitsplatte in der Küche stand diese angebrochene Schüssel mit Süßkartoffeln oder so was, und das war alles. Ich habe versucht, bei der Staatsanwaltschaft anzurufen, aber nichts, es war ja Feiertag. Einmal läutete Torys Telefon, und es war Sam Holt, aber ich habe mich nicht gemeldet, sondern nur seine Nachricht mitgehört. Es war klar, daß er nicht wußte, wo sie war, er versuchte sie ja auch zu erreichen. Gegen elf Uhr hörte ich draußen den Cherokee und ging hinaus; sie öffnete die Tür und wäre fast aus dem Wagen gefallen. Sie hatte ein blaues Auge und wollte nicht mit mir reden, sie konnte fast überhaupt nicht reden. Ich brachte sie ins Haus, legte sie hin, öffnete ihre Bluse und sah diese häßlichen Male an ihren Handgelenken; solche hatte ich früher schon gesehen, bei Autopsien. Handschellen.«

Hören Sie auf, hätte ich am liebsten gesagt. *Danach habe ich Sie nicht gefragt.*

»Was haben Sie dann getan?« fragte ich statt dessen.

»Sie wollte nicht, daß ich sie in die Notaufnahme des Krankenhauses bringe, und sie schien Angst zu haben, in ihrem Haus zu bleiben, also nahm ich sie mit zu mir, wusch sie, behandelte ihre Verletzungen und gab ihr ein Beruhigungsmittel. Ihren Wagen haben wir hiergelassen, wir haben nicht einmal Kleidung von ihr mitgenommen, aber bevor wir gingen, bat sie mich um zweierlei.«

»Was war das?« fragte ich, glaubte aber eines zu wissen: der Anrufbeantworter. Ich erinnerte mich, daß er ausgeschaltet gewesen war, als ich Tory am Samstag anzurufen versucht hatte.

»Eines war, ihren Anrufbeantworter auszuschalten, das andere, diese Schüssel mit Essen zu nehmen und so weit wegzuwerfen, wie ich konnte, den Abhang hinunter. Sie wollte nicht sagen warum, aber sie bestand darauf, also tat ich es. Ich denke, sie ist ziemlich weit geflogen, wahrscheinlich den halben Berg runter.«

Tory mußte Linda weniger von der Geschichte erzählt haben als mir. »Woher wußten Sie, daß sie mit Malaga zusammengewesen war?« fragte ich sie.

»Das hat sie mir gesagt. Sie hat mir gesagt, daß ich mich von ihm fernhalten soll, aber weiter wollte sie sich nicht äußern. Sie hat gesagt, wir würden das vergessen.« Ich konnte Lindas Stimme zittern hören. »Ich mache mir Sorgen um sie, Cinda, ich habe sie noch nie in so schlechter Verfassung gesehen, nicht mal, als es gerade passiert war. Sie erholt sich gar nicht. Ich weiß, daß er sie vergewaltigt hat. Sie sind Anwältin für Vergewaltigungsopfer. Wird er damit durchkommen?«

»Ich weiß es nicht«, sagte ich zu Linda. »Ich weiß es nicht.«

Ich zwängte meine Füße mit den dicken Socken in Clogs und wagte mich bis zum Briefkasten nach draußen. Ich trug Post und Zeitung ins Haus zurück und warf die Zeitung, ohne sie auch nur anzusehen, sofort ins Altpapier. Der größte Teil der

Post sah aus, als gehöre er ebenfalls dorthin, aber zwischen einer Telefonrechnung und dem Werbebrief einer Lotterie (LUCINDA HAYES, VIELLEICHT HABEN SIE SCHON GEWONNEN) fand ich einen schmalen Umschlag mit dem Briefkopf des Obersten Gerichtshofes von Colorado. Das Schreiben, das er enthielt, war kurz. Nach einer Betreffzeile mit Namen und Nummer von Jasons Revision hieß es da: *Entsprechend Regel 9 (f) des Obersten Gerichtshofes von Colorado (Beschleunigte Entscheidungen in Todesstrafenfällen) wird die oben genannte Angelegenheit hiermit zur mündlichen Verhandlung am Montag, dem 27. Juni 1991 angesetzt.* Unterschrieben von Richter Joseph K. Sanderson III. In nicht viel mehr als zwölf Wochen. Ich hatte noch nicht einmal die Erwiderung des Staates erhalten, aber das Gericht würde Jasons Revision nicht irgendwo in dem riesigen Berg anderer anhängiger Fälle versinken lassen. Fälle, in denen es um die Todesstrafe ging, standen ganz oben auf der Warteliste.

Als ich mich an die gewundenen, weit hergeholten juristischen Argumente in unserer Revisionsschrift erinnerte, überlief mich ein ängstlicher Schauer. Alle, darunter die meiste Zeit auch ich, hatten Jasons Revision behandelt, als wäre sie ein Ritual, das möglichst schnell abgewickelt werden muß, eine notwendige Vorbereitung auf die unvermeidliche Hinrichtung und den Abschluß des Falles.

Aber jetzt gab es neue Informationen. Jetzt gab es vielleicht Gründe für einen Habeas-Corpus-Antrag.

Nachdem ich den ganzen Nachmittag geschlafen hatte, war mir um elf Uhr abends überhaupt nicht danach, mich hinzulegen, aber gegen Mitternacht zwang ich mich, ins Bett zu kriechen. Ich mußte wieder zu einer Art regelmäßigem Stundenplan zurückfinden und aufhören, meine Arbeit im Zentrum so zu vernachlässigen. Und ich mußte mir darüber klarwerden, was mit Tory zu geschehen hatte; sie sollte nicht lange allein bleiben, dachte ich, und Linda konnte nicht die ganze Zeit bei ihr sein. Außerdem war es Zeit, sich auf die mündliche Verhandlung zu Jasons hoffnungsloser Revision vorzubereiten. Und ich mußte mir eine Strategie für einen Habeas-Corpus-Antrag zurechtlegen, der nach meinen Berechnungen am 10. Mai eingereicht sein mußte. Obwohl ich nicht eigentlich müde war, weckten all diese Verantwortungen in mir das Bedürfnis, mich in einen Winterschlaf zurückzuziehen. Als ich mit weit offenen Augen in meinem zerknitterten Bett lag, machte mein Gehirn so entschieden dicht wie ein Laptop, dessen Batterie soeben versagt hat: drei höfliche Piepser, dann Schwärze. Ich wickelte mich fester in die Daunendecke und ließ meine Gedanken schweifen; ich sehnte mich nach Sam, nach seinem köstlichen, dunklen Mund und der Hitze, die seine Haut ausstrahlte. Zu den vielen Dingen, die ich nicht wußte, gehörte auch die Frage, ob wir noch miteinander redeten.

Als mir am nächsten Morgen die Sonne in die Augen schien, zuckte ich zusammen. Sie fühlten sich an, als seien sie mit Hafermehl verklebt. Zehn Minuten stand ich unter der rauschenden Dusche und versuchte, nicht nur meine Augen, sondern auch meinen Kopf zu klären. Als ich mich abtrocknete, konnte ich wieder richtig sehen, aber meine Gedanken waren verschwommener denn je.

Ich sah mir die morgendliche *Daily Camera* an, während ich eine Kanne Kaffee kochte. Unter den Nachrichten schien nichts zu stehen, das mit mir zu tun hatte. Ich hatte Hunger, aber mein Kühlschrank war so öde wie die sibirische Tundra. Sogar Hafermehl wäre gut gewesen, trotz der jüngsten

Assoziationen, aber als ich tatsächlich eine alte Schachtel in meiner Speisekammer entdeckte, sah ich, daß sich darin etwas bewegte, eine Art kleiner Käfer. Rasch machte ich die Schachtel wieder zu und stellte sie zurück. Ich beschloß, auf dem Weg zur Arbeit bei *Brillig's* anzuhalten und mir ein Muffin zu kaufen. Vielleicht würde ein kurzer Besuch dort mir wieder dieses Gefühl vermitteln, wohlgepflegt zu sein.

Ich zog mich schnell an und fuhr in Richtung Zentrum. *Brillig's* war fast leer, und die wenigen Gäste sahen leider ziemlich proper aus. Sogar die junge Frau hinter der Gebäcktheke war in ein elegantes, geblümtes Kleid gewandet und trug ein antik aussehendes Medaillon um den Hals. Sie sah schön aus, aber irgend etwas Geprügeltes in ihrem Ausdruck ließ mich den Blick abwenden, und ich erinnerte mich daran, daß ich Tory anrufen mußte, sobald ich im Büro war.

Ich trat durch die Tür des Zentrums, ein Muffin mit Pfirsich und Aprikose in der Hand, als die hölzerne Wanduhr, die einer unserer Wohltäter gestiftet hatte, acht Uhr schlug. Als sie verstummte, konnte ich hören, daß Lainie eine alte Kassette von Joni Mitchell spielte – *Ladies of the Canyon*. Die Wärme des Raumes hüllte mich ein; ich mochte die Möbel, die »Nein heißt Nein«-Poster, den alten Kamin, der zugemauert und daher nutzlos war. Lainie saß hinter ihrem Schreibtisch und betrachtete den großen Terminkalender. Ich war noch immer in dieser weichen Stimmung und bewunderte die glänzenden Locken, die um ihren gebeugten Kopf tanzten, doch etwas an der Neigung dieses Kopfes verriet mir auf einmal, daß sie nur so tat, als studiere sie das schwere Buch. Als sie endlich aufblickte, sah sie mich nur für einen winzigen Moment an und wandte sich dann wieder dem Kalender zu.

»Hallo, Cinda«, sagte sie.

»Hallo.« Ich nahm Gesprächsfetzen wahr, die durch die offene Tür meines Büros drangen. »Hat Grace' Termin mit dieser Frau von der Opferhilfe gestern geklappt?«

»Ja, bestens.« Sie blickte nicht auf.

»Lainie?« Endlich sah sie mich direkt an. »Ist da jemand in meinem Büro?«

»Äh, ja, ich glaube, Grace ist…«

Ich wandte den Kopf nach meiner Bürotür um und sah Grace dort stehen, die auberginebIauen Augen unergründlicher denn je, den massigen Körper in ein prachtvolles seidenes Zelt von tiefdunklem Purpur gekleidet.

Sie lächelte anmutig. »Kommen Sie herein, Cinda, Sally und ich haben gerade von Ihnen gesprochen.«

Hereinkommen? wiederholte ich bei mir. In mein *eigenes* Büro? Wo ihr über mich *geredet* habt? Ich hatte nie Besitzergefühle gegenüber dem kleinen Zimmerchen gehabt; das Personal des Zentrums ging dort die ganze Zeit ein und aus, in meiner Anwesenheit und auch in meiner Abwesenheit. Aber etwas stimmte hier ganz entschieden nicht. Ich sah mich nach Lainie um, die beflissen so tat, als machte sie Eintragungen in den Terminkalender. Dann ging ich so schnell durch die Tür zu meinem Büro, daß Grace fast springen mußte, um mir Platz zu machen.

Sally Bell, die Leiterin der Sozialdienste von Boulder County, saß auf der Couch. Sally war eine angenehme Erscheinung mit einer attraktiven, ganzjährigen Bräune im Gesicht und dickem, glattem, weißem Haar, das zu einem perfekten Pagenkopf geschnitten war. Ich hatte sie nie anders als in vollkommen flachen Schuhen gesehen, und ich argwöhnte, daß sie trotz ihrer Stellung einen persönlichen Strumpfhosenfaktor nahe Null erreicht hatte. Sie bekleidete ihr Amt schon seit mehr als zwanzig Jahren und hatte mehr Änderungen in Verwaltung und Partei überlebt als irgend jemand sonst in der Regierung des Bezirks. Ich bewunderte sie sehr, und wir waren immer prächtig miteinander ausgekommen. Organisatorisch unterstand ihr das Krisenzentrum, aber wir hatten nach meinem Amtsantritt ein langes Gespräch geführt, in dem sie mir klarmachte, daß sie nicht die Absicht hatte, sich in die Arbeit des Zentrums einzumischen, und daß sie es vor allem politischen Druck schützen würde.

Da auf meinem Schreibtisch ein leicht dampfender Kaffeebecher mit einem Muster aus Musiknoten stand, war deutlich zu erkennen, daß Grace auf meinem Stuhl gesessen hatte. Ich versuchte mich noch zu entschließen, was ich sagen sollte, als Sally das Wort ergriff.

»Kommen Sie, meine Liebe, setzen Sie sich hier zu mir«, sagte sie und klopfte neben sich auf das Sofa.

Ich schaute von ihr zu Grace, die noch immer in der Nähe der Tür stand und unbeteiligt tat. Wie eine riesige Aubergine, dachte ich boshaft. »Vielleicht setze ich mich einfach an meinen Schreibtisch«, sagte ich entschlossen, ging um die Seite der vertrauten, angeschlagenen Tischplatte herum und ließ mein Muffin besitzergreifend darauf fallen, als ich in den Stuhl sank. Ich nahm Grace' Becher auf und streckte ihn ihr entgegen. »Der gehört sicher Ihnen.« Sie nahm ihn ohne Kommentar und zog sich dann wieder zur Tür zurück, wo sie sich an die Wand lehnte. Ihr Gesicht war ernst und mitfühlend; ich nahm an, daß sie dieses Gesicht Dutzenden von Frauen gezeigt hatte. Sie runzelte aufmerksam die Stirn, als Sally wieder sprach.

»Meine Liebe, Sie sollten wissen, wieviel Zuneigung und Loyalität Ihnen Ihre Mitarbeiterinnen entgegenbringen.« Sie wartete, als wolle sie, daß ich den Gedanken zur Kenntnis nahm, und ich konnte dem Wunsch nicht widerstehen zu nicken, um sie zu beruhigen und meine Dankbarkeit für das

Kompliment auszudrücken. Doch noch während ich auf diesen Impuls reagierte, indem ich mit einem halben Lächeln das Kinn hob, wußte ich, daß jetzt nichts Gutes kommen würde.

»Ich weiß seit einiger Zeit, daß andere Verpflichtungen es Ihnen schwergemacht haben, dem Zentrum soviel Engagement und Energie zu widmen wie im ersten Jahr Ihrer Arbeit hier«, fuhr Sally fort. »Nein«, sagte sie und hob die Hand, als wolle sie einem Kommentar von mir zuvorkommen, »bitte, Sie brauchen das nicht zu erklären. Man hat Sie in eine unmögliche Situation gebracht. Das ist in keiner Weise Ihre Schuld. Aber die Arbeit des Zentrums hat unter Ihrem, sagen wir, *außergewöhlichen* Einsatz für einen Mandanten gelitten. Die Moral des Teams ist angegriffen. Das ist bedauerlich, aber Sie dürfen sich nicht die Schuld dafür geben.«

Ich konnte weder sie noch Grace ansehen. Statt dessen starrte ich auf das noch immer unberührte Muffin, fasziniert von der rissigen, unebenen Oberfläche über der Papiermanschette. Fast wie der Boden über der Baumgrenze während einer Trockenperiode, dachte ich. Form und Beschaffenheit des Muffins erinnerten mich an die Stelle, wo Josh und Sandy sich geliebt und die Kamera irgendeines bezahlten Voyeurs ihre Körper für immer festgehalten hatte.

Sallys ruhige Stimme sprach irgendwo im Raum weiter, erklärte, entschuldigte, aber ich war nicht da. *Tory*, dachte ich. *Ich muß anrufen und mich erkundigen, ob du in Ordnung bist. Du solltest nicht allein sein.*

Wer bist du? fragte ich die tote Frau, die still und kalt in Pennsylvania Gulch lag.

Jason, vielleicht haben wir doch eine Chance.

Sam, reden wir miteinander? Was weißt du, das du mir nicht sagen willst?

»... und auch am besten für Sie«, sagte Sally gerade. »Sie

sehen erschöpft aus, meine Liebe. Es ist sehr bedauerlich, daß Sie in diese Lage gebracht wurden.«

Als ich sie endlich ansehen konnte, sah ich, daß sie besorgt war; sie mußte damit gerechnet haben, daß ich eine Auseinandersetzung beginnen oder eine Erklärung fordern würde, vielleicht darauf bestehen würde zu erfahren, wer aus dem Zentrum sie informiert hatte. Aber eigentlich hatte sie recht. Ich war erschöpft. Auf einmal konnte ich die Augen kaum noch offen halten.

»Sie haben wirklich recht«, sagte ich und brachte mit dem Rest meiner Fassung ein Lächeln zustande. Sie und Grace tauschten rasche, unbehagliche Blicke. Offensichtlich war das nicht die Reaktion, die sie erwartet hatten.

Ich sah mich um. »Vielleicht könnte ich morgen wiederkommen und mein Büro ausräumen. Ich glaube, an einem Samstag wäre es weniger schmerzlich.«

»Selbstverständlich«, sagte Sally schnell. »Sie müssen das nicht als endgültig betrachten, Cinda. Wie sind übereingekommen« – hier machte sie eine Geste in Grace' Richtung, schien es sich dann aber anders zu überlegen – »daß eine zeitweilige Beurlaubung, bis Ihre anderen Verpflichtungen weniger werden und Sie zurückkommen können, akzeptabel wäre. So wird die Bekanntgabe lauten.«

»Gut.« Ich lächelte wieder. Es tat überhaupt nicht weh. Ich fühlte mich, als stünde ich unter dem Einfluß dieses Narkosemittels, das der Zahnarzt mir gibt, wenn ich eine neue Füllung brauche. Hier passierte etwas sehr Schmerzhaftes, aber es schien eigentlich nicht mir zu widerfahren.

Ich wandte mich an Grace. »Sie haben doch nichts dagegen, Grace?«

»Dagegen?« Das war das erste, was sie zu mir sagte, seit ich das Zimmer betreten hatte.

»Bis Montag zu warten, um Ihr Büro zu beziehen?«

Ich rechnete damit, daß sie leugnen würde, halbherzig behaupten würde, über meine Nachfolge sei noch nicht entschieden, und mußte sie bewundern, weil sie nicht bereit war, mich in dieser Weise anzuschwindeln. Sie war nicht mal verwirrt.

»Ganz und gar nicht«, sagte sie. »Wir werden Sie vermissen, Cinda.«

Ich saß eine Weile im Auto und knabberte an dem Muffin. Es schmeckte wie Baumrinde. Ich versuchte mich zu erinnern, wann ich das letzte Mal ohne Anstellung gewesen war. Vermutlich in dem Sommer, bevor ich in Vassar anfing. Ich hatte allein auf große Tour gehen wollen, ein Vorschlag, der meine Mutter entsetzte. Daher verbrachte ich die Zeit mit Aktivitäten, die für den letzten Sommer eines wohlerzogenen Mädchens vor dem College geeigneter waren: Ich probierte verschiedene Haarschnitte aus (von denen jeder zwangsläufig kürzer war als der vorherige) und versuchte erfolglos, die gutgemeinten Bemühungen meiner Mutter abzuwehren, mich mit einem Schrankkoffer voller Kleidungsstücke von Neiman-Marcus in Größe sechsundvierzig auszustatten.

Selbst im College und während des Jurastudiums hatte ich immer einen Teilzeitjob. Jetzt arbeitete ich für vierzig Dollar die Stunde für Jasons Revision, was zweifellos bald vorbei sein würde, und vertrat ihn ehrenamtlich bei dem Versuch, seine Unschuld zu erklären. Außerdem hatte ich eine Hypothek, und auf meinem Bankkonto befand sich nicht viel.

Wenigstens war der Subaru bezahlt. Ich streichelte das Steuerrad, bürstete Muffinkrümel ab und freute mich, daß ich dem häufigen Impuls, ihn gegen etwas Schickeres auszutauschen, nicht nachgegeben hatte. Aber mein Unbehagen war nicht eigentlich durch Geldsorgen verursacht, obwohl ich sicher war, daß ich in naher Zukunft welche haben würde; es war einfach die Vorstellung, keinen Job zu haben. Ich dachte an Dana, deren Leben mit Gebetsgruppen und Golfpartien und vor allem mit dem ständigen Bemühungen ausgefüllt war, Jerry glücklich zu machen. Ich hatte Frauen immer verachtet, die glaubten, ohne Mann niemand zu sein, die sich der Aufgabe widmeten, irgend jemandes persönliche Vollzeitsklavin zu sein und nur gegelegentlich etwas freie Zeit für harmlose, einer Ehefrau angemessene Aktivitäten zu haben. Ich fand das dumm. Der Mann konnte beschließen, sich davonzumachen, und was hatte man dann? In einer Minute war man noch jemandes Ehefrau gewesen, in der nächsten war man niemand mehr.

Aber war ich soviel klüger? Meine Arbeit hatte mich verlassen wie ein untreuer Gatte, und ich saß in einem schäbigen Auto in einer Stadt, in der niemand von meiner Familie wohnte, unfähig, mir eine Identität zu schaffen, die sich nicht um einen Job drehte. Ich fühlte mich genauso perplex und hilflos wie eine vertriebene Hausfrau. Ich war eine vertriebene Unruhestifterin, ja, das war ich. Vermutlich waren meine Aussichten sogar schlechter als die einer verlassenen Hausfrau, dachte ich düster. Sie konnte sich wenigstens jemand anderen suchen, der sich von ihr ein schönes Zuhause bereiten lassen wollte; daß es da draußen viele Leute gab, die hofften, ich würde kommen und ihnen ein paar Schwierigkeiten bereiten, bezweifelte ich.

Schließlich hatte ich dieses Selbstmitleid satt und fuhr ziellos durch die Gegend. Ich hatte keine Lust, zu meinem leeren Kühlschrank und meiner von Käfern heimgesuchten Speisekammer nach Hause zu fahren. Ich überlegte kurz, hochzufahren und nach Tory zu sehen, dachte aber dann, daß

Wallys Schläger ihr Haus vielleicht noch beobachteten. Ich hatte niemanden gesehen und glaubte auch nicht, daß jemand mich gesehen hatte, als ich sie gestern morgen nach Hause gebracht hatte, aber vielleicht wäre es sicherer, Linda in ihrem Büro anzurufen.

Ich hielt bei einer Telefonzelle vor dem *Penny Lane* in der Pearl Street. Das *Penny Lane* ist ein aufstrebendes Beat-Café, wo Allen Ginsberg früher manchmal auftauchte, um seine Gedichte zu lesen, ein Raucher tolerierendes Paradies in einer Stadt von Gesundheitsfanatikern, und um diese Vormittagsstunde war es voll. Jugendliche mit grünen oder lilafarbenen Strähnen im Haar strömten ein und aus, und einige der Jungen trugen weite, schwabbelige Hosen. Unter den Kaffeetrinkern, die ich durch die Panoramafenster sehen konnte, waren alle Altersgruppen und Moderichtungen vertreten. Draußen auf dem Gehsteig entging ein muskulöser Rollerblader mit auf die Stirn tätowiertem Friedenssymbol nur knapp der Verstrickung der Leine, die eine kahlköpfige junge Frau mit einem Tier verband, das ein Wiesel zu sein schien. Das Tier krümmte den Rücken und fletschte die Zähne, als der Rollerblader Zentimeter an seinem Kopf vorbeischoß, aber mit einem magischen Ruck seiner Fußknöchel entkam dieser und vermied so wahrscheinlich eine Serie von Spritzen gegen Tollwut. Plötzlich fühlte ich mich besser. Himmel, ich hätte gewettet, daß mehr als die Hälfte der Leute im *Penny Lane* arbeitslos waren; wieso wären sie sonst um diese Tageszeit hier? Bei vielen von ihnen war das abgerissene Aussehen echt und keine Mode wie bei den Studenten im *Brillig's.* Aber sie sahen glücklich aus. Ich lächelte der Wieselbesitzerin freundlich zu, als sie an mir vorbeiging und in der Luft den Duft von Patschuli hinterließ.

Es war natürlich keine richtige Telefonzelle, sondern eine

dieser offenen Metallvorrichtungen. Völlig nutzlos, um zum Spaß jemanden einzusperren oder sich umzuziehen, und zum Telefonieren auch nicht sonderlich geeignet. Dem Telefonbuch fehlte mehr als die Hälfte der Seiten, aber zum Glück war der Teil mit den Nummern der Bezirksverwaltung intakt. Ich warf einen Vierteldollar ein und wählte die Nummer der Pathologie.

Linda überraschte mich, indem sie selbst an den Apparat kam. »Pathologie«, sagte sie mit ihrer kühlen Stimme.

»Hallo, Linda, hier ist Cinda. Ich wollte mich erkundigen, wie es Tory geht. Glauben Sie, daß es ungefährlich ist, wenn ich zu ihr fahre und nach ihr sehe?«

Pause. »O natürlich, ich erinnere mich an Sie, James. Wie nett, daß Sie anrufen. Ich würde – ich würde Sie gern treffen, aber im Augenblick bin ich in einer Besprechung. Kann ich Sie später zurückrufen?«

Ich zuckte zusammen, als mir plötzlich bewußt wurde, wie indiskret ich gewesen war. Es mußten noch andere Leute in ihrem Büro sein.

»Tut mir leid«, sagte ich schwach. »Das war unüberlegt. Ich bin in einer Telefonzelle. Können Sie mich in etwa einer Stunde zu Hause anrufen?«

»Das müßte gehen.« Ich fand, daß sie den munteren Ton ein bißchen übertrieb. »Zu Hause, nicht im Büro?«

»Ja«, antwortete ich grimmig.

»Stehen Sie im Telefonbuch?«

»Vorerst noch, ja. C. Hayes.«

»Bis später dann«, sagte sie kokett und legte auf.

Ich würde also in einer Stunde zu Hause sein müssen. Ich hielt bei einem Ideal Market und kaufte ein paar Lebensmittel ein, wobei ich mehr als sonst auf die Preise achtete. Ich nahm gefrorenen Orangensaft statt frisch gepreßten und entschied mich schließlich gegen irgendwelche der köstlich aussehenden Delikatessen, nachdem ich sie durch die Glasscheibe melancholisch betrachtet hatte.

Ich stellte gerade eine neue Packung Hafermehl in die Speisekammer, als das Telefon läutete. Ich sah auf die Uhr: genau eine Stunde, seit ich Linda angerufen hatte. Tut sie alles mit dieser wissenschaftlichen Präzision? fragte ich mich, während ich nach dem Hörer griff.

»Hallo?«

»Hallo, Cinda.« Da ich einen Sopran erwartete, klang Sams Bariton wie ein Nebelhorn.

»Sam.« Weiter fiel mir einfach nichts ein.

Er sprach wieder. »Hör mal, tut mir leid, daß du Probleme hattest. Ich habe gerade mit Linda gesprochen. Wir denken, wir sollten uns alle vier zusammensetzen und versuchen, diese Sache zu klären. Heute abend. Kannst du?«

»Du meinst, du und ich und Tory und Linda?«

»Ja, wir alle.«

»Gehörst du auch zum Team, Sam?« fragte ich.

Er gab einen verzweifelten Laut von sich. »Können wir darüber heute abend reden? Bei mir, um halb acht?«

»Okay, ich werde da sein.« Ich dachte daran, ihn zu fragen, ob ich früher kommen könnte, um allein mit ihm zu sprechen, aber wenn er das nicht vorschlug, würde ich es auch nicht tun.

»Bis dann, Cinda.«

Als ich am Abend nach einem einsamen Käsemakkaronimahl zu Sams Haus fuhr, beschloß ich, sehr kühl zu sein, bis ich eine Erklärung dafür hörte, wie Sam mich am vorigen Wochenende behandelt hatte. Offensichtlich hatte er Tory vertreten; er hatte das, was sie ihm anvertraut hatte, für sich behalten müssen, und er hatte mich schließlich nicht mehr treffen können, bis Tory einwilligte, mich einzuweihen. Aber ich wußte nicht, was er jetzt für mich empfand, warum er mich anstelle von Linda angerufen hatte und in welcher Eigenschaft er und ich an diesem Gespräch teilnahmen. Ich würde vorsichtig, ja extrem distanziert sein, dachte ich bei mir, bis ich gewisse Erklärungen erhielt.

Das matronenhafte Farmhaus sah mißbilligender aus denn je, als ich unter das Vordach fuhr. Zweifellos entsprach es nicht seinem Stil, arbeitslose Individuen gastlich aufzunehmen. Strahlendes Licht fiel aus den großen alten Fenstern und erhellte die Umgebung. Ich sah keine anderen Autos, außer Sams altem blauen Saab. Schüchtern klopfte ich an die Tür, und die Erinnerung, daß ich bei meinem letzten Besuch selbstsicher genug gewesen war, einfach einzutreten, gab mit einen Stich. Würde ich das je wieder tun?

Die Tür öffnete sich, und Sam stand vor mir; seine Beine in Bluejeans wirkten unglaublich lang. Der Raum hinter ihm sah hell und einladend aus, die bunten Teppiche leuchteten wie Begrüßungsflaggen, im Kamin flackerte ein Feuer, und aus den Lautsprechern drang ein Trompetensolo. Mehr als alles andere wollte ich bei ihm da drinnen sein, aber ich zögerte und wartete auf eine Einladung. Er streckte die Hand aus.

»Bin ich die erste?« fragte ich, weil mir nichts anderes einfiel. Er zog mich ins Haus, schloß die Tür, nahm meine Tasche und meinen Mantel und legte sie sorgfältig auf eine alte Kirchenbank, die an der Wand stand. Dann umarmte er mich.

»Tory und Linda kommen um acht«, sagte er in mein Haar.

Gewöhnlich hasse ich schnellen Sex. Es macht mich wütend. Und ich hatte keine Antworten auf irgendeine der Fragen, die ich mir unterwegs so sorgfältig zurechtgelegt hatte. Also hatte ich eigentlich keine Erklärung dafür, daß ich, als Tory und Linda um acht Uhr an der Tür klingelten, oben in Sams altem Holzbett lag, den Kopf auf seiner Brust, und lauschte, wie sein Herzschlag sich wieder beruhigte.

»O Gott, sie sind da.« Ich schämte mich fast ein wenig, als ich mich selbst kichern hörte.

Sam bewegte sich und stützte sich dann auf einen Ellbogen. »Zieh dich an«, flüsterte er. »Ich werde Ihnen sagen, daß du im Bad bist.«

Ich bewunderte sein muskulöses Gesäß, als er seine Jeans anzog und das Zimmer verließ, das T-Shirt halb über den Kopf gezogen. Dann seufzte ich und rollte mich zu meinen eigenen zerdrückten Kleidern. Wenn Tory noch die Alte wäre, würde sie sofort wissen, was Sache ist, aber eigentlich war es mir egal. Sie und ich hatten schon früher über Sex gesprochen; es würde mir nicht peinlich sein, wenn sie begriff, was soeben vor sich gegangen war. Dabei fielen mir all die Anlässe ein, bei denen ich ihr gegenüber Bemerkungen über die Attraktivität irgendeines Mannes gemacht hatte. Natürlich hatte ich angenommen, sie sei heterosexuell. Aber sie schien es mir nicht zu verübeln. Doch vielleicht achteten auch Lesbierinnen auf Männer. Was wußte ich schon? Nichts, dachte ich, während ich mir mit einem Kamm von Sams Kommode durch das wirre braune Haar fuhr. Aber auch gar nichts. Ich zog mir selbst im Spiegel eine Grimasse, bevor ich nach unten lief, wo ich über die perlenden Noten von Duke Ellingtons Band hinweg Lindas und Torys Stimmen hören konnte.

Tory sah viel besser aus als bei unserer letzten Begegnung;

sie saß auf dem chinesischen Kaminvorleger und trug einen weichen grauen Kaschmirpullover mit Rollkragen und schwarze Kordjeans. Das kupferne Haar fiel ihr wieder sauber gewaschen auf die Schultern, und ihre Haut schimmerte im Schein des Feuers, das Sam wieder zum Leben erweckte. Doch als sie sich umschaute und zusah, wie ich die breite Treppe herunterkam, dachte ich, daß ihre Augen weniger klar waren, als ich sie in Erinnerung hatte. »Minnie«, sagte sie.

»Wer ist Minnie?« fragte Sam, der uns den Rücken zudrehte, während er in den Holzscheiten stocherte.

»Niemand«, sagte ich und warf Tory einen warnenden Blick zu.

Linda saß ruhig auf dem Sofa, die langen Beine übereinander geschlagen. Sie trug eines dieser allgegenwärtigen T-Shirts mit dem Aufdruck *Women's Expedition to Mount Everest* in die ausgebleichten Jeans gestopft und Sandalen an den bloßen Füßen. Ich nahm an, daß draußen ungefähr fünf Grad über Null waren. Von all dem Triathlon-Training mußte sie eine bemerkenswert gute Durchblutung haben. »Hallo, Linda«, sagte ich. Sie blickte auf, lächelte mich strahlend an und reichte mir die Hand. »Danke, daß Sie neulich nach Tory gesehen haben«, sagte sie, als ich ihre Hand nahm und mich neben sie setzte; ich fand allerdings, daß ich mich überhaupt nicht gut um Tory gekümmert hatte.

Sam hörte auf, im Feuer zu stochern, und lehnte das Schüreisen aus Messing an die Wand. »Ich bin gleich wieder da«, sagte er und ging in die Küche.

Tory warf mir einen schelmischen Blick zu. »Na, wie war's denn im *Badezimmer*, Minnie?«

Vielleicht war sie doch wieder in Ordnung. »Sei bloß still«, sagte ich zu ihr. »Und nichts mehr mit Minnie, sonst...« Lahm brach ich ab. Welche spielerische Drohung konnte für jemanden lustig klingen, der echter Erpressung ausgesetzt war?

»...sagen Sie allen, daß Tory mit dreiundzwanzig Dauerwellen hatte«, beendete Linda gewandt meinen Satz. »Geben Sie sich keine Mühe, Cinda, ich weiß alles darüber. Ich habe Bilder gesehen. Sie sah wirklich niedlich aus. Ein bißchen wie Harpo Marx, nur noch bescheuerter.«

Ich lachte, dankbar, daß sie meine Taktlosigkeit überspielt hatte, aber innerlich zuckte ich zusammen. *Ich habe Bilder gesehen.* Wann würde es wieder ungefährlich sein, harmlose Späße zu machen?

Sam kam mit einem großen Tablett zurück, das er vorsichtig auf dem quadratischen Couchtisch aus rohem Holz absetzte. Auf dem Tablett standen eine Kanne mit aromatischem Kaffee, vier dicke Keramikbecher, ein Kännchen mit Sahne und ein Teller mit nach Zimt duftenden Keksen.

Linda sperrte komisch den Mund auf. »Hat er die *gebacken*?« fragte sie mich ungläubig. Ich zuckte mit den Achseln.

»He!« sagte Sam. »Warum fragen Sie nicht mich? Ja, ich *habe* sie gebacken. Ich bin schließlich ein emanzipierter Mann! So, könnten wir jetzt aufhören, über Haushaltsfragen zu diskutieren, und zum Geschäft kommen?«

»Jawohl, Sir«, murmelte Linda gespielt respektvoll.

»Cinda«, sagte Sam mit seinem ernsten, professionellen Ton, »du weißt jetzt, daß ich Torys Anwalt und Berater in Fragen bin, die mit ihrer Anstellung und ihrem Status als praktizierende Anwältin zu tun haben, ist das richtig? Habt ihr beide darüber gesprochen?« Sein Blick umfaßte mich und Tory.

»Stimmt«, sagte ich und nickte, von Torys Nicken ermutigt. »Ich denke, ja.«

Sam fuhr fort: »Tory, Sie wissen, daß alles, was Sie mir bisher erzählt haben, vertraulich war. Ich kann es keinem weitererzählen, auch Cinda nicht…«

»Cinda weiß über mich und Linda Bescheid«, unterbrach ihn Tory. »Sie weiß alles, was Sie wissen. Sie weiß sogar Dinge, die Sie *nicht* wissen, Sam.« Einen schrecklichen Augenblick lang dachte ich, sie würde grinsen, aber dann schüttelte sie den Kopf und schaute ins Feuer. Sie schien schrecklich labil zu sein. Ich warf Linda, die ebenfalls besorgt aussah, einen Seitenblick zu.

Sam sprach weiter. »Schauen Sie, Tory, ich versuche nicht, Sie etwas sagen zu lassen, das Sie nicht sagen möchten, aber Sie müssen darüber nachdenken, ob ich Ihnen überhaupt helfen kann, wenn ich nicht alles weiß, was für Ihre Situation wichtig ist. Manchmal, wie ich Cinda auch zu erklären versuche, ist es am besten, wenn man nicht alles weiß, was der Mandant weiß. In einer Strafsache zum Beispiel. Aber Sie sind keine Kriminelle, Sie waren das Opfer von Erpressung und Bedrohung…«

»Und Entführung und Vergewaltigung«, sagte Linda leise, als Sam Atem holte.

»Sei *still*!« zischte Tory mit flammendem Blick.

Ich weiß nicht, warum Sam seine Frage an mich richtete. »Ist das wahr?« fragte er.

Ich sah Tory an, die jetzt auf den Knien hockte und zu mir aufsah wie ein in die Enge getriebenes Tier.

»Du hältst den Mund, Minnie«, sagte sie wild. »Und du auch, Linda. Ihr wißt überhaupt nichts, versteht ihr! Ihr ratet nur! Ihr – wißt – gar – nichts!«

Linda sah bestürzt aus, in ihren blauen Augen standen Tränen. »Tory, du mußt es jemandem erzählen«, flüsterte sie.

Ich wandte mich wieder an Sam. »Wenn du Tory heute

abend beraten wirst, weiß ich gar nicht, ob ich hier sein sollte. Die Dinge, die sie dir sagt, sind nicht vertraulich, wenn eine dritte Person anwesend ist.«

»Doch, wenn die dritte Person an ihrer Vertretung mitwirkt«, sagte Sam, der noch immer Tory ansah.

»Okay, und vielleicht kannst du sagen, daß du Linda gebeten hast, bei Torys Vertretung mitzuhelfen, aber *ich* kann Tory nicht vertreten. Ich könnte in einen Interessenkonflikt geraten, weil Tory Dinge weiß, die vielleicht meinem Mandanten Jason Smiley helfen könnten. Ich würde sie benutzen müssen, um ihm zu helfen; dazu bin ich als seine Anwältin verpflichtet.« Ich merkte, daß ich fast schrie, weil mir allmählich die ganze Belastung der Situation klar wurde. Tory *hatte* mir bereits Dinge gesagt, die ich für Jasons Habeas-Corpus-Antrag benutzen mußte, erkannte ich. Und Sie hatte sie mir nicht in meiner Eigenschaft als ihrer Anwältin anvertraut. Jetzt hatte ich keine andere Wahl, als sie zu verwenden, selbst wenn ich Tory dadurch in Gefahr brachte. Dieses Problem würde nicht verschwinden, wenn ich Sams warmes Wohnzimmer jetzt gleich verließ und ihn mit seiner Mandantin und seiner Assistentin allein ließ.

Sams Stimme war noch immer ruhig. »Ich glaube, daß Tory dazu vielleicht schon eine Entscheidung getroffen hat«, sagte er leise.

Ich sah sie an. »Kann ich etwas von diesem Kaffee haben?« fragte sie und goß sich einen Becher voll, ohne auf Antwort zu warten.

»Okay, Minnie«, sagte sie, nachdem sie einen großen Schluck getrunken hatte. »Josh ist tot, diese Dreckskerle können ihm nichts mehr anhaben. Um meinen Job mache ich mir keine Sorgen, ich werde die Staatsanwaltschaft sowieso verlassen. Ich kann da nicht mehr arbeiten. Sam denkt anscheinend, daß er mir helfen kann, meine Zulassung zu behalten. Linda« – hier wandte sie sich ihrer Geliebten zu und lächelte – »ist die mutigste Frau der Welt und sagt, ich soll alles erzählen, sie würde mit den Konsequenzen leben.«

Sie seufzte tief, und ihre Augen verschleierten sich wieder. »Was zwischen mir und Malaga vorgefallen ist, bin ich noch nicht bereit zu erzählen.« Sie sah sich um, als warne sie alle, dagegen etwas einzuwenden. Sam sah nur verwirrt aus, und ich schloß daraus, daß er Malagas Namen im Zusammenhang mit Torys Erlebnissen zum ersten Mal hörte. »Eines Tages vielleicht«, fuhr Tory fort. »Aber der Rest von dem, was ich dir erzählt habe, Cinda, gehört dir. Tu, was du kannst, um deinem Mandanten zu helfen. Zum Teufel, vielleicht hat er Nicole Caswell wirklich nicht umgebracht. Linda wird auch mithelfen. Und Sam«, fügte sie zuversichtlich hinzu. »Und ich.«

Sam machte den Mund auf und dann wieder zu. Das Feuer prasselte und zischte in der Stille. Konnte das funktionieren? fragte ich mich. War dieses Gewirr widerstreitender Loyalitäten und komplizierter Geheimnisse wirklich so leicht zu lösen, als schneide man einen Knoten durch? Ich fühlte mich, als ob die schwere Last, die sich in den letzten Monaten auf meinen Schultern angesammelt hatte, vielleicht etwas leichter würde, zaghaft Flügel bekäme.

Sam schüttelte den Kopf. »Das glaube ich nicht. Ich weiß zuviel über diesen Smiley, verstehen Sie?«

»Ich habe eine Idee«, sagte ich und goß mir einen Becher Kaffee ein. »Laßt mich erklären, was ich meine. Professionelle Konsultation, ganz und gar vertraulich, ja?« Ich wandte mich an Sam. »Wenn du dann entscheidest, daß du aus irgendeinem Grund nicht mithelfen willst, kann die Sache zu Ende sein. Du brauchst nichts zu sagen«, fügte ich schnell hinzu, als ich seinen zweifelnden Blick sah. »Hör bloß zu.«

Tory sah interessiert aus; sie nahm einen der duftenden Kekse und begann zu kauen. Vielleicht, dachte ich, wird es zu ihrer Genesung beitragen, wenn sie mithilft, Jason zu retten. Dann wurde mir klar, daß manche Leute diesen Gedanken ziemlich absurd finden würden: erhole dich von einer Vergewaltigung, indem du hilfst, einen Vergewaltiger zu befreien. Aber vielleicht *ist* er kein Vergewaltiger, dachte ich. Ich merkte, die drei anderen warteten darauf, daß ich etwas sagte, aber ich hatte den Faden verloren. Dieser innere Dialog hatte mich an etwas anderes erinnert.

»Vielleicht sollte ich euch zuerst erzählen, daß ich heute gefeuert worden bin. Ich arbeite nicht mehr im Krisenzentrum für vergewaltigte Frauen.« Ich fühlte mich wieder zittrig, als ich mich erinnerte, wie der Boden unter meinen Füßen gebebt hatte. Sam öffnete eine Flasche Wein, und wir stießen an auf unsere Freundschaft und alles, was nun vor uns lag.

Sie waren mit eine wahre Hilfe. Ich erzählte ihnen, wie alles gekommen war, und sprach auch über das selbstmitleidige Gefühl, arbeitslos zu sein, und die ungewohnte Bescheidenheit meiner Lebensmitteleinkäufe. Ihre Reaktion war höchst befriedigend.

Tory war sauer über Grace' Intrige. »Ich habe sie nie gemocht«, sagte sie. »Einmal habe ich sie aus Wallys Büro kommen sehen. Sie ist ihm in den Arsch gekrochen. Ich glaube, sie war schon lange scharf auf deinen Job.«

Linda machte sich über Sally Bell lustig und behauptete, Lainie sei schon immer ein Feigling gewesen, trotz ihrer demonstrativ draufgängerischen Art. Tory sagte, wir beide würden unsere eigene Anwaltskanzlei eröffnen und es dem ganzen Bundesstaat zeigen, wenn diese Sache erst vorbei wäre. Sam war ruhiger, er hörte fast amüsiert zu, sagte allerdings, über Geld bräuchte ich mir keine Sorgen zu machen. »Ich kann dir sofort Arbeit zuweisen«, sagte er. »Und ich glaube, du kannst in die Krankenversicherung meines Büros eintreten, wenn wir dich als beratende Anwältin einstellen. Tory auch, wenn sie will«, fügte er hinzu. Ich hatte mich gesorgt, er werde mir Geld anbieten oder leihen, aber ich hätte wissen sollen, daß er dazu viel zu taktvoll war.

»Sam«, sagte ich, »du bist ein Goldstück.« Tory kroch zu seinem Stuhl, winkte ihm, den Kopf zu ihr zu senken, und verpaßte ihm mit den Knöcheln die zweifelhafte Liebkosung, die man wohl allgemein als »Nasenstüber« kennt. Wir lachten alle laut auf. Die Dämonen hinter den dunklen Fenstern schienen sehr weit weg, ferngehalten vom hellen Licht und unserem Gelächter.

»Also, zum Thema«, sagte ich endlich, nachdem wir das Thema Krankenversicherung, den durch Arbeitslosigkeit bedingten drastisch verbesserten Strumpfhosenfaktor und die besten Orte in Boulder, um sich bei Tageslicht zu amüsieren (Lindas Beitrag), erschöpfend behandelt hatten. »Ich brauche wirklich Hilfe in dieser Habeas-Corpus-Sache für Jason Smiley. Könnt ihr mir sagen, ob meine Überlegungen einen Sinn ergeben? Bis auf dich, Sam, du weißt ja, ich glaube nicht, daß du dich äußern solltest, also höre bloß zu.«

Sam nickte. Irgendwie hatten sich in seiner linken Hand ein gelber Notizblock und in seiner rechten ein silberner Stift materialisiert. Ich erinnerte mich, daß er mir einmal gesagt hatte, er mache sich oft Notizen, selbst wenn er nie wieder darauf schaue, weil ihm das helfe, aufmerksam zu sein. Eine alte Angewohnheit aus Studienzeiten, hatte er erklärt.

»Bei diesem Habeas Corpus gibt es zwei große Probleme«,

begann ich. »Erstens muß ich das erstinstanzliche Gericht davon überzeugen, daß Beweismaterial für die Unschuld eines verurteilten Angeklagten ein Grund ist, einen Habeas-Corpus-Antrag anzunehmen. Und zweitens muß ich Beweismaterial dafür *vorlegen*, daß Jason unschuldig ist. Was ich im Augenblick habe, ist die Wahrscheinlichkeit, wenn man Wally Groesbecks Verhalten bedenkt, daß die Leiche, die als Nicole Caswell identifiziert wurde, in Wirklichkeit jemand anderer war.«

»Selbst wenn das stimmt«, wandte Linda ein, »ist es eigentlich kein Beweis für Jasons Unschuld. Es gab jede Menge Beweise dafür, daß er sie vergewaltigt hat, nicht? Ich meine, sein Sperma, Spuren, die dem DNS-Test zufolge von ihm stammten, waren überall in Nicoles Zimmer, wenn ich mich recht erinnere. Und wenn sie nicht tot ist, wo ist sie dann? Wenn er sie vergewaltigt hat, hatte er ein Motiv und eine Gelegenheit, sie umzubringen.«

»Ich weiß«, sagte ich widerstrebend. »Daran habe ich auch gedacht. Und die Leiche wurde als Nicole identifiziert, hatte ihren Ring, ihre Kleider.«

»Könnte das manipuliert gewesen sein?« unterbrach Tory. »Ich meine, hätte Wally oder sonst jemand Nicoles Sachen bei irgendeiner anderen Leiche ablegen können?«

»Das habe ich mich auch gefragt«, antwortete ich, »aber ich glaube es nicht. Ich meine, warum sollte Wally oder sonst jemand das tun? Jason war bloß ein kleiner Penner ohne irgendwelche Feinde, soviel ich weiß. Keiner hatte einen Grund, ihm den Mord an Nicole anhängen zu wollen. Und ich kann mir keine Verschwörung vorstellen, an der so viele Leute beteiligt waren, wie dazu nötig gewesen wären. Wally muß sich auf diesen sadistischen Psychopathen Tommy Malaga verlassen, der seine – Dreckarbeit erledigt«, sagte ich unbeholfen.

Es tat mir leid, darauf anzuspielen, aber ich mußte den Gedanken bis zum Ende verfolgen. »Das deutet auf einen Mann hin, der verzweifelt Verbündete braucht, nicht auf einen Anführer, der arrangieren kann, daß eine ganze Reihe von Leuten Meineide leistet und die Justiz behindert, denn das wäre bei einer Manipulation nötig gewesen.

Mir kommt es wahrscheinlicher vor, daß die Anklage gegen Jason Smiley anfangs legitim war, daß aber Wally irgendwann später erfuhr oder argwöhnte, an der Identität der Leiche könnten Zweifel bestehen. Und da beschloß er, alle Beweise zu unterdrücken, die das Verfahren verlangsamen könnten.«

»Ja«, stimmte Linda mir ruhig zu. »Ich kann mir leicht vorstellen, daß Wally so eine Entscheidung getroffen hat. Er war ganz begeistert, als er merkte, wieviel Popularität es ihm einbringen würde, seinen ersten mit der Todesstrafe belegten Fall als Staatsanwalt zu gewinnen.«

»Aber die Kleidungsstücke, der Ring – wenn sie Nicole gehörten, wie kamen sie dann zu jemand anderem?« fragte Tory.

»Ich weiß nicht«, antwortete ich. »Vielleicht ist Nicole nach der Vergewaltigung aus Colorado Springs weggelaufen und hat beschlossen zu verschwinden. Vielleicht hat sie ihre Kleider gegen einen falschen Ausweis eingetauscht. Das werden wir vermutlich nie erfahren. Die Hauptfrage ist jetzt: War das tote Mädchen Nicole?«

»Und was ist, wenn sie es nicht war? Wie willst du das in einem Habeas-Corpus-Verfahren beweisen?« sagte Tory.

»Das ist die große Frage. Habeas-Corpus-Fälle werden, wenn möglich, immer vom selben Richter gehört, der auch an der Verurteilung beteiligt war. Nehmen wir an, ich würde mit meinem Antrag durchkommen – nehmen wir an, ich könnte Richter Bogue davon überzeugen, daß er verpflichtet ist, sich unser Beweismaterial dafür anzuhören, daß Jason vielleicht nicht schuldig ist. Woraus würde dieses Beweismaterial dann bestehen? Aus dem Blutspenderausweis in Nicole Caswells Zimmer? Der allein beweist noch gar nichts. Was könnten wir sonst noch finden?«

Bis auf das Knistern und Prasseln des Feuers war es still im Raum. Sam hörte auf zu schreiben und machte ein betont unbeteiligtes Gesicht. Linda sah verträumt aus; Tory hatte eine Haarsträhne im Mund und kaute darauf herum, aber sie hörte zu und dachte nach.

Als niemandem etwas einzufallen schien, fuhr ich fort: »Ich habe daran gedacht, vielleicht das Blut zu beschaffen, das sie gespendet hat, wenn es noch vorhanden ist, es analysieren zu lassen und zu sehen, ob es mit der DNS der Leiche übereinstimmt, die in Pennsylvania Gulch gefunden wurde. Für eine Exhumierung der Leiche bräuchte man einen Gerichtsbeschluß, aber ...«

»Moment«, sagte Linda. »Warte.« Ich hielt inne und sah sie an. Sie hob die Hand, damit ich schwieg, schaute ins Feuer und wandte sich dann langsam wieder mir zu. »Sag mir noch einmal, wie das mit dem Beweismaterial der Körperflüssigkeiten war.«

»Es gab zwei verschiedene Arten von Körperflüssigkeiten auf den Laken in Nicoles Schlafzimmer«, sagte ich zu ihr. »Die eine war Blut der Blutgruppe A positiv – wie Nicoles –, die andere war Sperma eines Nonsekretors mit der Blutgruppe B negativ wie Jason. Tatsächlich, wie Tory sagt, wissen wir, daß das Sperma von Jason stammte, weil es seiner DNS entsprach. Es gab Blut der Blutgruppe A positiv auf den Kleidungsstücken, die bei der Leiche gefunden wurden, Kleider, die Nicoles Eltern als ihre identifiziert haben. Anderes

Blut befand sich nicht auf den Kleidern, aber weiteres Sperma. Dem DNS-Test zufolge stammte es ebenfalls von Jason.«

»Also gut«, sagte Linda, und ich konnte die Stimme hören, mit der sie an der medizinischen Fakultät in Denver Forensik gelehrt haben mußte. »Zwingen wir uns also für einen Moment zu der Annahme, daß die Leiche, die mit Nicoles Kleidern, ihrem Ring und ihrem Führerschein in den Bergen entdeckt wurde, schließlich doch nicht Nicole war. Wer immer die Leiche war, wir haben keinen Grund, daran zu zweifeln, daß Kleider, Ring und Ausweis wirklich Nicole gehörten. Also kann das Blut auf den Kleidern auch von Nicole sein und bei dem Vorfall vergossen worden sein, der sich in ihrem Schlafzimmer mit Jason ereignet hat, was immer das gewesen sein mag. Wenn das so ist, dann wird ein Vergleich mit dem Blut an den Laken keinen Zweifel an Jasons Schuld ergeben, weil die Proben übereinstimmen werden.«

Sam schrieb jetzt wie besessen, während Linda ihren Gedankengang fortsetzte. »Das Blut an den Kleidern könnte aber auch von der anderen Frau stammen, entweder, weil sie diese Kleider trug, als sie erstochen wurde, oder weil ihr Körper darauf blutete, als sie unter ihr lagen. Sie könnte ebenfalls die Blutgruppe A positiv gehabt haben. Die kommt sehr häufig vor.«

»Diese andere Frau«, sagte ich. »Können wir ihr einen Namen geben? Dann ist es vielleicht einfacher, diesen komplizierten Ableitungen zu folgen.«

»Sicher«, sagte Linda in bester Lehrerinnenmanier. »Tory, du gibst ihr einen Namen.«

»Lucy«, sagte Tory schnell und lächelte mir zu. *Lucy in the Sky with Diamonds*, sang ich im stillen. Sie erinnerte sich. Ich schaute auf Sams Notizblick. Er war mit Gleichungen und Formeln bedeckt. Die letzte lautete:

Frau in den Bergen = LUCY

Er bemerkte meinen Blick und erwiderte ihn hochmütig. »Du bist seltsam«, flüsterte ich ihm zu.

»Nehmen wir also an, Lucy hat ebenfalls Blutgruppe A positiv wie Nicole«, sagte Linda. »Aber wenn das Blut an den Kleidern von Lucy stammte, dann würde dieses Blut mit ziemlicher Sicherheit nicht dieselbe DNS aufweisen wie das Blut der Blutgruppe A, das auf den Bettlaken in Nicoles Zimmer im Haus ihrer Eltern gefunden wurde. Denn wenn das Verfahren gegen Jason nicht von Anfang an manipuliert war, und das nehmen wir ja nicht an, gibt es keinen Grund, warum sich in Nicoles Zimmer Blut von irgendeiner anderen jungen Frau befinden sollte.

Können wir also auf irgendeine Weise etwas von diesen beiden Blutproben beschaffen – die eine von den Kleidern, die andere aus Nicoles Zimmer – und testen lassen? Wenn sie übereinstimmen, dann ist Lucy doch Nicole, und damit hat sich dieser Gedankengang erledigt. Wenn sie aber nicht übereinstimmen, wäre das ein ausgezeichneter Beweis für Jasons Unschuld.«

»Unschuld ganz gewiß nicht«, unterbrach Sam. »Schließlich scheint es klar zu sein, daß er sie vergewaltigt hat.«

»Psst!« sagte ich zu ihm. »Du sollst doch nichts sagen, erinnerst du dich? Keine völlige Unschuld im gewöhnlichen Sinne vielleicht. Aber wenn die Frau, die in Nicole Caswells Schlafzimmer vergewaltigt wurde, nicht dieselbe Frau war, die in Pennsylvania Gulch ermordet wurde, dann gibt es zumindest keinen Beweis für einen Mord in Tateinheit mit dem Verbrechen der Vergewaltigung, weil die Vergewaltigte und die Ermordete nicht dieselbe Frau waren. Und Mord in Tateinheit mit einem anderen Verbrechen war das, wofür Jason Smiley schuldig gesprochen und zum Tode verurteilt wurde«, schloß ich triumphierend. »Ja! Das ist es!« Meine aufflackernde Begeisterung erlosch gleich wieder, als mir klar wurde, daß ich mich auf die Aussicht freute, für die Freilassung eines Vergewaltigers zu plädieren, aber ich hatte keine Zeit, darüber weiter nachzudenken. Ich bemerkte, daß Sam aufgehört hatte zu schreiben; seine Augen blickten in weite Ferne.

»Es gibt auch noch eine andere Möglichkeit«, fuhr Linda fort. »Wenn wir uns das Blut beschaffen könnten, das Nicole gespendet hat, nur eine kleine Probe, dann könnte man einen DNS-Vergleich mit dem Blut auf den Kleidern anstellen. Wenn die beiden Proben nicht übereinstimmen, würde dieser Beweis uns auch zu der Schlußfolgerung zwingen, daß die vergewaltigte Frau und die ermordete Frau nicht dieselbe Person waren.« Sie schaute einen Augenblick nachdenklich vor sich hin. »Tatsächlich wäre das sogar besser, denn frisches Blut ist für eine DNS-Analyse viel besser geeignet als ein Fleck. Ein Fleck ist häufig verunreinigt, aber frisches Blut, das unter klinischen Bedingungen gespendet wurde, wäre rein. Und es wäre auch billiger. Eingetrocknetes Blut oder einen Flecken für die DNS-Analyse zu präparieren ist wesentlich teurer, als flüssiges Blut zu präparieren.«

An die Kosten hatte ich gar nicht gedacht. »Wieviel würde ein Labor für die Art von Analyse verlangen, von der wir sprechen?« fragte ich.

»Kommt drauf an«, sagte Linda. Sie verschränkte ihre Beine zum Lotussitz, als hätte sie keine Knochen. »Ich schätze, dreihundert Dollar für die Analyse des flüssigen Bluts und um die vier- oder fünfhundert für jede der beiden eingetrockneten Proben. Und noch etwas für einen Bericht und rund tausend Dollar am Tag für eine Zeugenaussage, wenn sie die brauchen.«

»Herrje«, sagte ich düster.

»Aber die Zeugenaussage könnte vermutlich ich machen, wenn wir einen Bericht von einem zuverlässigen Labor hätten. Ich könnte mich auf der Grundlage ihrer Resultate als Sachverständige äußern; das habe ich schon früher getan.«

Ich dachte darüber nach. »Das könnte funktionieren«, sagte ich langsam. »Wenn wir die Proben beschaffen und das Geld für diese Tests aufbringen könnten, könnte es funktionieren. Und falls die Tests zeigen, daß Lucy doch Nicole ist – nun ja, dann werde ich mich wenigstens nicht so schlecht fühlen, wenn mein Mandant hingerichtet wird.« Noch während ich das sagte, fragte ich mich, ob es stimmte.

Sam räusperte sich und wollte etwas sagen. Ich sah ihn warnend an. »Du sollst nichts sagen, weißt du noch?« erinnerte ich ihn.

»Still, Minnie Mouse«, sagte er. »Der Keksbäcker redet, wann er will. Ich kann die Tests finanzieren.« Er sah sich um und reckte das Kinn vor, als erwarte er Widerstand.

»Wieso hast du deine Meinung geändert?« fragte ich. »Vor nicht langer Zeit hast du mir gesagt, ich sollte mich von allem fernhalten, was mit Jason Smileys möglicher Unschuld zu tun hat.« Doch bevor Sam antworten konnte, sprach Linda.

»Bist du sicher, Sam?« sagte sie. »Wir reden hier von rund zweitausend Dollar.«

»Ich bin sicher«, antwortete er. »Aber weiter: Wie könnten wir uns diese Proben beschaffen? Sie müssen irgendwo in einer Asservatenkammer eingeschlossen sein, bis auf die Blutspende, die sich jetzt wahrscheinlich in irgendeinem Empfänger befindet.«

»Nein«, sagte ich störrisch. »Sag uns zuerst, weshalb du deine Meinung in dieser Sache geändert hast.«

Er warf mir einen ärgerlichen Blick zu. »Da du so viele

andere Dinge herausgefunden hast, bin ich überrascht, daß du es nicht weißt.«

Ich dachte an unsere Gespräche über Jason Smiley zurück. »Du hast gesagt, er hätte dir etwas erzählt, und danach hättest du gedacht, er wäre mit einem anderen Anwalt besser dran.«

»Richtig«, sagte er nickend. »Was glaubst du, was das war?«

»Daß er Nicole umgebracht hat?« fragte ich, und plötzlich war mir mulmig. Gott, das wollte ich nicht glauben.

»Wenn er mir das gesagt hätte, wieso hätte ich dann meine Meinung geändert?« fragte er.

»Ja, wieso!« platzte ich heraus. »Sag es uns, verdammt – nein, warte! Er hat dir gesagt, er hätte Nicole *vergewaltigt.*«

Er machte ein Gesicht wie eine Sphinx. »Wenn er das hätte, könnte ich diese vertrauliche Mitteilung natürlich nicht weitergeben.«

Ich nickte. »Ich verstehe. Nachdem er dir das gesagt hatte, hast du gemerkt, daß du es dir nicht leisten kannst, ihn in den Zeugenstand zu rufen, weil du nicht zulassen konntest, daß er aussagt, er hätte sie nicht vergewaltigt, weil du gewußt hättest, daß das ein Meineid wäre. Und wenn du ihn aufgerufen hättest und er ausgesagt hätte, *daß* er sie vergewaltigt hat, dann würden die Geschworenen ihn wegen Mordes verurteilen, weil sie nicht glauben würden, daß er das eine getan hat und das andere nicht. Und wenn du ihn überhaupt nicht aufrufen würdest, dann würden sie ihn wahrscheinlich trotzdem schuldig sprechen, weil die Geschworenen es nicht mögen, wenn der Angeklagte nicht aussagt, und immer glauben, das bedeute, daß er schuldig ist. Also hast du ihm gesagt, er soll sich einen anderen Anwalt nehmen, und ihm geraten, dem nicht zu sagen, was er dir gesagt hat, damit dieser andere Anwalt mehr Freiheit hat, ihn zu verteidigen.«

Sam nickte mit undurchdringlicher Miene. »Du erinnerst dich also an die Regeln für Strafverteidiger.«

»Und wieso hast du dann deine Meinung geändert?« fragte ich.

»Ich sage ja nicht, daß es so gewesen ist«, behauptete Sam. »Das könnte ich dir nicht sagen, selbst wenn es stimmen würde. Aber nimm an, da wäre ein Anwalt, dem sein Mandant ein schreckliches Verbrechen gestanden hat, und dieser Anwalt *hätte* den Mandanten zu einem anderen Anwalt geschickt, aus den Gründen, die du genannt hast. Und hätte ihm geraten, dem anderen Anwalt seine Geschichte nicht zu erzählen – ihn also in Ungewißheit zu lassen, weil es leichter ist, jemanden zu verteidigen, wenn er einem nicht gestanden hat, daß er schuldig ist. Nimm an, der erste Anwalt hätte das getan, weil er vermutete, der Mandant wäre all dessen schuldig, was man ihm vorwarf, weil das die einzig sinnvolle Deutung der Beweise war. Und nimm an, der erste Anwalt wäre später zu dem Schluß gekommen, daß er einen Fehler gemacht hat, daß der Mandant vielleicht des Verbrechens schuldig war, das er gestanden hatte, aber nicht des schlimmeren Verbrechens, das man ihm anlastete. Und nimm an, der erste Anwalt wolle das irgendwie gutmachen.«

»Ich verstehe«, flüsterte ich.

Torys Mund stand noch immer offen. Endlich machte sie ihn zu und sagte verführerisch: »Rechtsanwalt Holt, sind Sie je von einer eingefleischten Lesbe geküßt worden?«

»Ich bin nicht sicher«, sagte Sam. »Ich meine, woher soll ich das wissen?«

Tory sprang auf, nahm sein Gesicht in die Hände und drückte ihm einen schmatzenden Kuß auf den Mund.

»Donnerwetter!« sagte er. »Jetzt weiß ich *bestimmt*, daß ich das noch nie erlebt habe. So *laut*.«

Dann begannen wir darüber zu sprechen, wie man sich das Material beschaffen könnte. Tory schlug vor, wieder zur Arbeit zu gehen und einen Vorwand zu erfinden, um in die Asservatenkammer der Polizei zu gelangen, wo sie die Bettlaken und Nicoles Kleider stehlen könnte. Es freute mich, daß ihre Augen bei dieser Vorstellung aufleuchteten, aber sowohl Linda als auch ich verwarfen die Idee entschieden. Ich bin sicher, daß wir beide ungefähr dasselbe dachten: Tommy Malaga. Ich wollte unter keinen Umständen, daß Tory bei der Polizei von Boulder herumschnüffelte. Linda sagte, sie könne sich vielleicht in ihrer Eigenschaft als Pathologin Zugang zur Asservatenkammer verschaffen, und ich fand, das klang ziemlich vielversprechend.

»Und was ist mit dem Blut, das Nicole dem Roten Kreuz von Colorado Springs gespendet hat?« fragte Sam. »Irgendwelche Einfälle dazu?«

»Am besten wäre, wenn jemand für eine Weile dort arbeiten und heimlich einen Blick auf die Unterlagen werfen würde, um zu sehen, ob dieses Blut noch im Haus ist«, schlug Linda vor. »Sie beschäftigen da oft kurzfristig Hilfskräfte. Aber ich weiß nicht, wen wir schicken könnten.«

In der folgenden Stille ließ mich etwas an das Gefühl einer rechteckigen Karte in meiner Hand denken, als ich früher am Tag die Hände in die Manteltaschen gesteckt hatte. »Wartet eine Minute«, sagte ich. »Ich habe eine Idee. Wo ist mein Mantel? Kann ich mal telefonieren?«

Das Telefon läutete sechs- oder siebenmal, und ich wollte schon auflegen, als eine kultivierte weibliche Stimme sagte: »Tolkien.«

Es *war* also sein richtiger Name. »Könnte ich bitte Lincoln sprechen?« fragte ich.

»Einen Augenblick«, sagte sie und rief dann laut: »Sonny!« Im Hintergrund konnte ich die ansteigenden Töne eines Klaviersolos hören. Chopin, dachte ich, aber so genau kannte ich mich in diesen Dingen nicht aus. Dann hörte ich, daß die Töne abrupt verstummten. Ein paar Sekunden später kam er an den Apparat. »Hier Linc.«

»Hallo, Sie, äh, Sie haben mir neulich die Karte Ihrer Band gegeben. Die *Perestroika Pogo Stick*.«

»O ja.« Sein Lachen war kurz und bitter. »Tut mir leid, wir haben uns getrennt. Unsere Bassistin ist schwanger geworden und hat entschieden, der Lärm wäre nicht gut für das Baby, und dann ist der Schlagzeuger in eine Schlägerei geraten und hat sich die Hand gebrochen. Verdammt, vor einem Monat hätten wir einen Job gut gebrauchen können. Was ist es denn, eine Party?«

»Nun, vielleicht hätten wir Verwendung für einen Solisten.«

»Klavier? Was haben Sie denn, ein Restaurant? Also, Unterhaltungsmusik spiele ich nicht. Kein George Winston. Solo spiele ich nur Klassik und Jazz. Ich bezweifle, daß ich das bin, was Sie wollen.«

»Hören Sie«, sagte ich, »könnten wir einfach darüber reden? Ich würde gern morgen nach Denver kommen und mich mit Ihnen treffen. Haben Sie den Job als Kellner noch?«

»Jetzt weiß ich, wer Sie sind!« rief er aus. »Die, die die angebrannte Ente à l'orange bekommen hat!«

»Ja, das bin ich«, gab ich zu. »Eigentlich hätte ich Ihnen einen etwas ungewöhnlichen Vorschlag zu machen. Wahrscheinlich brauchen Sie Ihr musikalisches Talent dazu nicht, aber Sie müßten ein bißchen schauspielern können.«

»Schauspielern«, sagte er. »Hey, abgefahren!«

»Wie bitte?«

»Ich meine, ja! Klar, treffen wir uns morgen. Möchten Sie in den Club kommen?«

Ich tat so, als würde ich nachdenken. »Ach, Lincoln, eigentlich lieber nicht. Wie wär's mit dem *Punch Bowl*?« Das war ein etwas heruntergekommenes, aber angenehmes Lokal gegenüber dem Bundesgericht, wo früher FBI-Agenten herumhingen und mit den Kellnerinnen scherzten. Ich würde Lincoln Tolkien einen zu kurz gebratenen Hamburger kaufen und ihn für die Suche nach Nicole Caswells Blut engagieren. Ich dachte, das würde ihm Spaß machen. Vampirismus ist *in*, habe ich mir sagen lassen.

April 1991

Für eine Arbeitslose hatte ich ganz schön zu tun. Meine Gedanken schwirrten umher und prallten gegeneinander wie fluguntüchtige Fledermäuse, als der Subaru und ich auf dem Turnpike nach Hause holperten. Mein Treffen mit Lincoln Tolkien war gut verlaufen. Ich hatte ihm ein paar Geschichten aus meinem Leben als Staatsanwältin erzählt, und er hatte mir ein paar ausgewählte Generation-X-Ausdrücke beigebracht. Er war entzückt, die Rolle einer Hilfskraft zu spielen, die für eine Blutbank arbeiten wollte. Er sagte mir, er könne gleich am nächsten Tag nach Colorado Springs fahren; in Erwartung unseres Treffens hatte er im *Patent Club* gekündigt. Ich protestierte und sagte ihm, ich wolle seine Zukunft im Club nicht wegen eines vorübergehenden Jobs gefährden, denn mehr könne ich ihm nicht bieten, aber er schüttelte bloß den Kopf.

»Ich wollte sowieso dort weg«, sagte er.

»Warum?«

»Der Laden ist uncool«, murmelte er mit einem halbrohen Hamburger im Mund.

»Uncool?« wiederholte ich.

»Ist ätzend.«

»Oh.« Durch den Umgang mit Jason Smiley und Lincoln Tolkien würde ich in Kürze über das »hipste« Vokabular für jemanden meiner Generation verfügen. Er hatte mir allerdings zu verstehen gegeben, daß der Ausdruck *hip* eigentliche passé sei. *Abgefahren*, hatte Lincoln mir geraten, sei ein besseres Wort.

Lincoln würde in Colorado Springs bei meinen ehemaligen Kommilitonen Betsy und Travis Connor wohnen; sie hatten eine erfolgreiche Kanzlei, in der sie sich mit Schadensersatzforderungen wegen Körperverletzung befaßten, und bewohnten ein altes Herrenhaus in der Nähe der Innenstadt, das ihnen als Büro, Wohnung und Gästequartier für eine Reihe von Ermittlern, Gerichtsangestellten und Verwandten diente. Sie anzurufen war Sams Idee gewesen. Er hatte sie auf der Universität ebenfalls gekannt und war mit ihnen in Verbindung geblieben; gelegentlich verwies er Mandanten an sie. Sie waren gern bereit, Lincoln für ein paar Wochen aufzunehmen, obwohl ich nicht viel darüber verlauten ließ, was er dort zu erledigen hatte. Ich sagte bloß, daß ich mit Sam in einem Fall zusammenarbeitete und daß unser Ermittler für eine Weile eine Unterkunft in Colorado Springs brauchte.

Lincoln hatte ich angewiesen, zunächst gar nichts zu unternehmen, sondern nur festzustellen, ob Nicoles Blut noch vorhanden war. Ich wußte nicht, was er in der Blutbank finden würde, aber selbst wenn das von Nicole Caswell gespendete Blut nicht mehr verfügbar war – was wahrscheinlich war –, bedeutete das für uns nicht unbedingt das Aus. Ich könnte immer noch versuchen, aus dem Beweismaterial der Polizei zwei eingetrocknete Blutproben zu bekommen – die eine aus Nicoles Bettzeug und die aus den bei der Leiche gefundenen Kleidungsstücken. Wie ich das anstellen sollte, wußte ich allerdings nicht. Ich nahm an, daß man in die Asservatenkammer der Polizei nicht so leicht hereinkam wie in eine Blutbank. In meinen ganzen Jahren als Staatsanwältin hatte ich nie eine Asservatenkammer der Polizei betreten. Wenn ich Zugang zu Beweisen brauchte, wandte ich mich an den Beamten, der den Fall bearbeitete; er oder sie prüfte dann meine Anfrage und brachte mir das Gewünschte. Das bedeutete nicht, daß es einem Staatsanwalt unmöglich war, sich dort Zutritt zu verschaffen, aber es würde nicht einfach sein, vor allem, wenn wir es uns nicht leisten konnten, dabei irgend jemandes Argwohn zu erregen.

Tory wollte ich das nicht versuchen lassen; tatsächlich wünschte ich mir, ihre Kündigung würde so bald wie möglich wirksam werden. Ich konnte den Gedanken nicht ertragen, sie in der Nähe von Wally und vielleicht auch Tommy Malaga zu wissen, selbst wenn eine Menge Leute anwesend waren. Sie aber meinte, wenn sie bekannt gäbe, daß sie kündigen wolle, würde Wally ihre Überwachung noch verstärken; er würde sich wahrscheinlich denken, daß etwas im Busch war. Es war unvermeidlich, daß Wally entdeckte, worauf wir aus waren, aber damit das so spät wie möglich geschah, stimmte ich widerstrebend zu, als Tory wieder zur Arbeit gehen wollte. Sie war in diesem Monat an der Reihe, sich mit Beschwerden zu befassen – sie traf Entscheidungen über Beschlagnahmen und bereitete die notwendigen Dokumente vor, eine Aufgabe, bei der sich die Staatsanwälte abwechselten. Wenn sie Glück hatte, würden das ohnehin keine spektakulären Fälle sein. Und in mancher Hinsicht würde sie unsere Ermittlungen unterstützen können. Dabei dachte ich an eine bestimmte Sache.

Gegen drei Uhr fuhr ich in meine kleine hölzerne Garage. Die Sonne war warm, aber es ging ein böiger, föhnartiger Wind, der Papierfetzen und kleine Äste durch die Straßen und Gärten blies. Ohne allzuviel Begeisterung beschloß ich, ein bißchen zu laufen; durch den Wind zu joggen würde echte Arbeit sein. Während ich darüber nachdachte, was ich anziehen sollte, um bei dem Wind warm zu bleiben und in den Hügeln nicht zu sehr zu schwitzen, machte ich einen Umweg zum Briefkasten. Er enthielt die Wasserrechnung und einen dicken Umschlag mit der Handschrift von Jason.

Ich war froh, ihn zu erhalten. Ich mußte den Habeas-Corpus-Antrag bis zum 10. Mai einreichen, und bevor ich ihn aufsetzte, mußte ich Jasons Bericht über seine Beziehung zu Nicole lesen und darüber, warum er zur Zeit ihres Todes untergetaucht war. Ich hatte keine Ahnung, wie weit seine Schilderung der Wahrheit entsprechen würde, und ich wußte auch nicht, wie weit ich die Wahrheit lesen *wollte*. Als ein weiterer Windstoß drohte, mir die Post aus der Hand zu reißen, beschloß ich, auf das Joggen nun doch zu verzichten.

Ich ging ins Haus und machte mir eine halbe Kanne Kaffee, dann nahm ich meinen Becher und Jasons Brief mit ins Wohnzimmer.

Liebe Lucinda (ich weiß, daß Sie es nicht mögen, wenn ich Sie so anrede), begann der Brief. *Ich weiß nicht so recht, wie ich anfangen soll.* Ich verstand, was er meinte. Aber jeder von uns muß eine Stelle finden, an der er mit seiner Geschichte beginnen kann, und nach der Länge seines Briefes zu urteilen, hatte Jason seine gefunden. Ich legte auf dem Sofa die Beine hoch und fing an, den Rest zu lesen.

Der erste Anwalt, den ich hatte, war Sam Holt. Ich habe ihm genau dasselbe gesagt wie jetzt Ihnen. Dann erklärte er mir, ich hätte das nicht tun sollen, da er nicht wissen wollte, ob ich etwas Ungesetzliches getan hätte. Der nächste Anwalt war Howie Blake. Ihm habe ich nichts erzählt, und das war ihm ganz recht. Nur, daß er einen völlig anderen Weg einschlug und es so darzustellen versuchte, als ob ich verrückt wäre. Statt sich an die Wahrheit zu halten, die ich Ihnen jetzt erzählen werde, Cinda. Wenn Sie sie aus irgendwelchen juristischen Gründen nicht wissen wollen, dann lesen Sie nicht weiter, ja?

Was ich Ihnen an dem Tag im Besucherzimmer erzählt habe, ist wahr. Vielleicht habe ich Nicole geliebt, aber sie hatte ein großes Problem, und manchmal dachte ich, daß sie mich benutzt, um mit ihrem Problem fertig zu werden, statt sich wirklich um mich zu kümmern. Ihr Problem war, daß sie heroinsüchtig war, was bei einem netten, reichen Mädchen wie ihr nicht häufig vorkommt. Aber sie war irgendwie wild und probierte gern eine Menge Dinge aus, doch das war nicht so einfach, als sie bei ihren Eltern wohnte. Es war nicht leicht für sie, an Stoff zu kommen. Als sie und ich uns im Curious George's *angefreundet hatten, fragte sie mich nach einer Weile, ob ich ihr helfen würde.*

Jemanden wie sie hatte ich eigentlich noch nie gekannt. Ich war auf der falschen Straßenseite geboren (nicht in Wirklichkeit, aber Sie wissen, was ich meine) und hatte nie ein College besucht, bis auf ein Semester im Community College. Abgesehen vielleicht von ein bißchen Hasch nach einer Party nehme ich eigentlich nichts. Aber ein paar von den Typen, mit denen ich in all den Jahren befreundet war, hatten mies bezahlte Jobs und verdienten sich mit Dealen ein bißchen was dazu, verstehen Sie? Wie auch immer, ein paar handelten jedenfalls mit gestohlenen Autoradios, andere mit Gras, andere mit dem Zeug, das Nicole wollte.

Sie war so hübsch und intelligent, und ich weiß, daß sie mich anfangs wirklich gern hatte. Manchmal gingen wir nach der Arbeit zu mir, und sie kaufte eine schöne Flasche Wein – Wein mochte sie sehr –, und wir tranken ihn, hörten Musik und liebten uns. Sie erzählte mir von diesen Kunstmuseen in New York, wo die Bilder zu ihr sprachen, wenn sie lange genug davorstand. Ihr Geschichten erzählten, wie sie sagte.

Manchmal sang sie auch für mich. Sie konnte singen wie ein Vogel. Und wir gingen ins Kino, sie liebte Filme. Ich glaube nicht, daß sie in Springs außer mir noch viele andere Freunde hatte, bis auf eine Freundin, die Pam hieß.

Mir war nicht sehr wohl dabei, Cinda, aber ich fing an, bei meinem Kumpel Stoff für sie zu besorgen, weil ihre Quelle ausgetrocknet war und er bereit, mit mir zu handeln. Sie gab mir dann das Geld etc. Ich habe nie etwas daran verdient. Ich bin kein Drogendealer, ich habe ihr bloß geholfen. Sie weinte oft und erzählte mir, wie schlecht sie sich fühlte, wenn sie keinen Stoff bekommen konnte, und ich dachte mir, wenn ich ihr nicht helfe, gerät sie womöglich an irgendeinen schlimmen Typ und kommt zu Schaden. Und sie hat immer gesagt, sie hätte die Sache unter Kontrolle. Sie hat gesagt, das Leben hätte irgendwie schwarze Ränder, wenn sie nichts bekäme. Wahrscheinlich habe ich gewußt, daß das Quatsch war, aber sie war einfach so lieb und hübsch, und ich habe nicht viel nachgedacht. Ich bin ziemlich sicher, daß ihre Eltern von alldem keine Ahnung hatten, Cinda. Sie war sehr vorsichtig, um sie nicht argwöhnisch zu machen, weil sie sie sehr liebte und weil sie wirklich gut zu ihr waren, aber sie wären außer sich gewesen, wenn sie es gewußt hätten. Sie war ein ziemlich verkorkstes Mädchen, aber wie alle Eltern wollten auch ihre das nicht sehen. Sie hielten sie für vollkommen, und in mancher Hinsicht war sie das auch.

Einmal, ungefähr einen Monat vor ihrem Tod, schlief sie bei mir zu Hause ein, und morgens konnte ich sie nicht wachkriegen. Das jagte mir wirklich Angst ein, Cinda, und ich mußte sie in mein Auto schaffen und in die Notaufnahme des Krankenhauses fahren. Ich habe gesagt, ich hätte sie auf der Straße gefunden und keine Ahnung, wer sie wäre, weil ich fürchtete, man würde ihre Eltern anrufen oder mich festnehmen, weil ich ihr den Stoff gegeben hatte. Aber ich hatte das ganze Zeug und ihr Besteck unterwegs aus dem Auto geworfen, also wäre das vermutlich nicht passiert, aber ich hatte trotzdem Angst. Ich versteckte ihre Tasche und ihre Sachen, damit sie nicht erfuhren, wer sie war. Als sie wieder zu sich gekommen war, rief sie Pam an, und Pam kam und holte sie ab und erzählte, sie wäre ihre Schwester. Sie fehlte bei der Arbeit, und als sie wiederkam, gab ich ihr die Tasche zurück, und sie schien in Ordnung zu sein. Sie hat sogar gesagt, sie hätte mich vermißt. Sie verlangte, daß ich ihr wieder Stoff besorge. Aber ich wollte nicht. Ich habe ihr gesagt, das wäre zu gefährlich, und ich wollte nicht mehr sehen, wie sie sich selbst schadet. Ich habe ihr gesagt, sie solle sich helfen lassen, ich hatte sogar die Telefonnummer dieser Hotline. Aber das wollte sie nicht, sie wurde richtig wütend und schrie mich an, wie Junkies das so tun, wenn sie auf Entzug sind. Ich glaube sogar, daß ein paar von den anderen Leuten im Laden (wir waren nämlich im CG) sie gehört haben.

Danach wollte sie überhaupt nicht mehr mit mir reden, und sie fehlte oft wegen Krankheit. Ich machte mir Sorgen um sie, aber sie zeigte mir bloß die kalte Schulter. Und dann, an diesem Samstag im August, ungefähr einen Monat nachdem sie im Krankenhaus war, rief sie morgens vor der Arbeit bei mir zu Hause an. Sie hat gesagt, sie würde nicht zur Arbeit kommen, aber sie würde mich gern sehen, und ob ich nach meiner Schicht zum Haus ihrer Eltern kommen wollte. Ich war irgendwie überrascht, weil sie mich vorher noch nie in das Haus ihrer Eltern hatte kommen lassen, außer einmal, als ich sie abgeholt hatte, aber ich sagte zu. Sie sagte, ihre Eltern wären nicht in der Stadt, und vielleicht würde sie uns ein schönes Essen kochen, und das gefiel mir gut, weil ich sie sehr vermißt hatte.

Ich ging also nach meiner Schicht zu ihr, gegen halb sieben. Sie wissen vermutlich, daß ihre Eltern in diesem großen Haus wohnen, wirklich schön, und sie erwartete mich auf der vorderen Veranda und sah richtig hübsch aus in ihrem langen Rock. Wir tranken Wein und aßen ein schönes Abendessen, und dann habe ich ihr geholfen, das Geschirr zu spülen. Es war richtig nett, sie hat für mich gesungen und alles. Ich hätte sie gern gefragt, ob sie die Hotline angerufen oder es allein geschafft hat oder was. Aber ich hab's nicht getan. Dann haben wir ein bißchen ferngesehen, und sie hat mich geküßt. Sie hat gesagt, wir sollten nach oben ins Schlafzimmer gehen, und das haben wir getan. Es war so ein hübsches Zimmer, alles farblich aufeinander abgestimmt.

Scheiße, Cinda. Ich hasse es, daran zu denken, weil es ist, als ob es jemand anders getan hätte. Wir haben auf dem Bett gesessen, und sie hat meinen Rücken massiert. Das fühlte sich gut an, und auf einmal sagt sie: Bevor wir es tun, laß uns eine Spazierfahrt machen. Ich sage: Was? Und sie sagt: Eine Spazierfahrt. Dahin, wo dieser Kumpel von mir wohnt. Weil ich was brauche. Und dabei macht sie diese Sachen mit meinem Körper. Ich habe solche Lust auf sie, daß ich es gar nicht beschreiben kann. Aber ich will ihr keinen Stoff mehr besorgen, und das sage ich ihr. Aber sie massiert mich weiter und sagt dauernd bitte, bitte, und ich sage immer noch nein. Aber ich will sie unbedingt haben, und sie schlägt auf mich ein und schreit mich an, sie würde mich hassen. Und in dem Moment hasse ich sie auch, weil ich merke, daß sie mich überhaupt nie gewollt hat, so einen dreckigen kleinen Straßenjungen wie mich. Das einzige, woran ihr lag, war, daß ich wußte, wo man ihren Stoff herkriegt. Und ich schlug zurück und zog ihr die Unterwäsche aus und nahm sie, und sie schlug mich ins Gesicht, ich bekam Nasenbluten, und ich schlug sie auf den Mund, und sie blutete auch ein bißchen. Es war schrecklich. Ich mag gar nicht dran denken, daß das die Wahrheit ist. Ich ließ sie weinend zurück und rannte nach draußen zu meinem Auto. Auf halbem Weg nach Hause habe ich am Straßenrand angehalten und mich übergeben. Ich habe die ganze Hummerkasserolle, die sie zum Abendessen gemacht hatte, und den ganzen Wein wieder von mir gegeben.

Ich fuhr nach Hause und wartete drei Tage, was jetzt passieren würde. Dann habe ich in der Zeitung gelesen, daß Nicole vermißt wird, daß ihre Eltern sie als vermißt gemeldet haben. In der Zeitung stand, man würde ein Verbrechen vermuten. An dem Abend habe ich die Stadt verlassen, ohne jemandem ein Wort zu sagen. Meine Mutter ist sowieso tot, und meine Schwester will nichts mit mir zu tun haben. Sie ist verheiratet und hat mehrere nette Kinder. Ich fuhr nach Wyoming und arbeitete ein bißchen als Barkeeper und Rausschmeißer. Ich habe wohl angefangen, ziemlich viel zu trinken, weil ich nicht mehr viel von diesen Wochen weiß, außer, daß ich oft in Schlägereien geriet (was in Laramie in den Bars nicht schwer ist).

Ich weiß, daß Sie mich verachten, Cinda. Ich bin ein Vergewaltiger, und für Sie bin ich Abschaum, und damit haben Sie auch recht. Aber ich habe Nicole nicht ermordet, und ich will nicht sterben. Ich weiß nicht, was mit Nicole passiert ist und wieso sie in der Gegend von Boulder tot aufgefunden wurde. Vielleicht ist sie weggelaufen und hat sich mit ein paar Drogendealern eingelassen. Sie war auf keinem guten Weg. Falls ich sie in den Tod getrieben habe, tut es mir leid. Das habe ich nicht gewollt.

Können Sie mir helfen? Können wir trotzdem einen Habeas-Corpus-Antrag stellen, obwohl ich sie vergewaltigt habe? Sie dürfen das doch keinem erzählen, oder, Cinda?

Jason

Wahrscheinlich hatte ich eine halbe Stunde dagesessen, den Brief im Schoß, als das Telefon läutete. Ich weiß nicht, was ich gedacht oder getan habe, ich weiß nur noch, daß die Sonne erheblich tiefer über den Hügeln stand und der Wind sich gänzlich gelegt hatte.

Es war Torys Kontrollanruf. Linda blieb jede Nacht bei ihr im Haus, aber ich hatte darauf bestanden, daß sie mich wenigstens einmal täglich aus einer öffentlichen Telefonzelle anrief und mir Bescheid sagte, ob sie in Ordnung war und ob sich seit unserem letzten Telefonat irgend etwas Merkwürdiges ereignet hatte. Gestern hatten wir uns geeinigt, daß sie heute um vier Uhr anrufen würde.

»Von wo telefonierst du?« fragte ich. Im Hintergrund war es sehr laut.

»*Oasis*«, sagte sie; das war eine Yuppie-Bar, nicht weit vom Justizgebäude.

»Du solltest zum Telefonieren in Sams Büro gehen, Tory«, sagte ich. »Das ist viel diskreter.«

»Hör mal, Minnie, ich bin schnell weggegangen und habe das erstbeste öffentliche Telefon außerhalb des Justizgebäudes genommen. Zu Sams Büro hätte ich hin und zurück jeweils weitere fünf Minuten gebraucht – und ich habe einen Job, weißt du? Aber bei mir ist alles okay. Nichts hat sich getan. Ich habe Malaga heute auf dem Gang gesehen, ich ging gerade die Treppe rauf, ich weiß nicht, ob er mich auch gesehen hat oder nicht, aber er macht mir jedenfalls keine Angst.«

Das überzeugte mich nicht. Ihre Stimme war gegen Ende merklich unsicherer geworden. »Fein, Tory, halt dich einfach von ihm fern. Wie betrittst und verläßt du das Justizgebäude?«

»Ich parke nicht mehr in der Tiefgarage, ich nehme den öffentlichen Parkplatz auf der anderen Straßenseite. Ich steige nie aus dem Auto, wenn nicht jemand in der Nähe ist, und nachmittags kommt Linda her, fährt auf den Parkplatz und ruft mich von ihrem Autotelefon aus an. Dann komme ich so aus dem Haus, daß sie mich die ganze Zeit sehen kann. Ich bin sicher, daß die anderen das gemerkt haben, aber wahrscheinlich denken sie bloß, daß ich schlechte Erinnerungen an die Tiefgarage habe und sie deshalb nicht mehr benutze, was außerdem auch stimmt. Jemand in einem Lieferwagen ist uns gestern abend, als wir ein paar Kleidungsstücke geholt haben, den ganzen Weg nach Angel Fire gefolgt. Und Linda sagt, daß sie komische Geräusche in ihrem Bürotelefon hört, sie meint, es wäre vielleicht angezapft, also ruft sie dort besser nicht an, außer mit verstellter Stimme.«

Na, großartig. Ich war dazu verdammt, in den Seiten eines Romans von Nancy Drew zu leben. »In Ordnung. Vielleicht können wir einen Geheimcode verabreden, wie ›Die Glokken läuten wieder‹ oder etwas in der Art.«

»Was?« der Lärm hinter Tory wurde noch größer. Jemand hatte Van Morrisons *Wild Night* in der Musikbox voll aufgedreht.

»Vergiß es. Hör mal, kannst du in deiner Eigenschaft als Staatsanwältin etwas für die Ermittlung tun?«

»Warum nicht? Was möchtest du?«

»Würdest du vielleicht Nicole Caswells Eltern anrufen und ihnen ein paar Fragen stellen? Du weißt schon, so tun, als gäbe es da einfach ein paar Kleinigkeiten, die geklärt werden müssen, weil die Revision bevorsteht. Das ist zwar Unsinn, aber das wissen die Eltern wahrscheinlich nicht.«

»Klar«, sagte sie sofort. »Was soll ich sie fragen?«

»Kannst du sagen, daß es dir leid tut, daß das keine Mißachtung von Nicole sein soll, daß sie dein volles Mitgefühl haben und so weiter, daß du aber wissen mußt, ob sie vielleicht irgend etwas aus Nicoles Zimmer weggeworfen haben, bevor der Durchsuchungsbefehl ausgestellt wurde?«

»In Ordnung. Auf welche Antwort bist du aus? Was glaubst du, was sie vielleicht vernichtet haben?«

»Drogenutensilien.«

»Was zum Beispiel? Zigarettenpapier? Eine Pfeife?«

»Nadeln zum Beispiel. Einen Löffel.«

»Heroin?«

»Das hat Jason gesagt.«

»Donnerwetter. Das würden sie sicher nicht gern zugeben, Cinda.«

»Das weiß ich, Tory, deswegen zähle ich ja auch auf dich und deine geschickte Vernehmungstechnik. Und könntest du dich auch erkundigen, ob sie etwas über die Umstände wissen, unter denen Nicole ein paar Monate vor ihrem Tod beim Roten Kreuz Blut gespendet hat? Sag ihnen, das könnte wichtig sein, aber sag ihnen nicht warum. Denk dir irgendeinen Grund aus.«

»Klar, Minnie. Hör mal, ich muß Schluß machen. Wann soll ich morgen anrufen?«

»Mein Terminkalender ist im Augenblick nicht gerade voll. Gegen Mittag?«

»Gut. Bis später dann.« Fröhliches Gelächter drang aus dem Hörer, ehe sie auflegte. Irgendwo gab es Leute mit unbeschwerten Herzen, aber meines lag mir wie ein Bleiklumpen in der Brust. Ich verteidigte einen Vergewaltiger.

Ein paar Abende später, als ich Nanci Griffith hörte und im *New Yorker* eine Kurzgeschichte las, mußte ich wohl eingeschlafen sein, denn als das Telefon läutete, hatte ich geträumt. In meinem Traum lag Lucy nackt am Berghang, die Dunkelheit senkte sich herab, und riesige Wölfe und Kojoten sammelten sich um ihre Leiche. Ich wollte dauernd nachsehen, ob sie auch wirklich tot war, fürchtete mich aber wegen der Tiere, näher an sie heranzugehen. Dann waren Josh Hardy und Sandy Rothman dort, ebenfalls nackt im hellen Mondlicht. »Sie ist okay«, sagte Rothman, und in seinen dunklen Augen spiegelten sich die Sterne. »Machen Sie sich keine Sorgen.«

Ich weiß nicht, wie oft das Telefon geklingelt hatte, ehe es mich weckte. Ich hätte gern die Zeit gehabt, ein Glas Wasser für meinen trockenen Hals zu holen, aber ich fürchtete, der Anrufer würde auflegen, also stolperte ich in die Küche, nahm den Hörer ab und krächzte: »Hallo?«

»Hallo, Cinda, hier ist Sandy.«

Sandy. Ich hatte nie mit Sandy Rothman gesprochen; er hatte keinen Grund, mich anzurufen. Wie auch immer, das war nicht seine Stimme, es war eine Frauenstimme. Ich war verwirrt, und in meinem Kopf summte es wie eine billige Leuchtstoffröhre, die gleich den Geist aufgeben wird.

»Cinda? Habe ich zu spät angerufen?« Die Stimme war mir aber vertraut.

Erleichterung durchflutete mich. Jetzt wußte ich, wer das war. Sandy Hirabayashi. »Sandy, oh, tut mir leid, ich, äh, ich war auf der Couch eingeschlafen, aber das macht nichts. Wie geht es Ihnen?«

»Mir geht es gut, Cinda. Hören Sie, tut mir leid, daß ich so lange gebraucht habe, um Sie wieder anzurufen.«

»Ach, das macht nichts«, sagte ich, noch immer nicht richtig wach. »Haben Sie, äh, etwas herausfinden können?«

»Es war wirklich schwer, das ist ein Grund, warum es so lange gedauert hat. Keiner erinnerte sich an viel, und Sie wissen, Pflichtverteidiger sind irgendwie komisch. Geheimniskrämer, die über manche Dinge partout nicht reden wollen, selbst wenn es keinen Grund gibt, sie geheimzuhalten. Dann mußte ich ein paar alte Akten einsehen, und die waren ausgelagert, es hat Wochen gedauert, sie zu bekommen. Aber heute früh fand ich sie auf meinem Schreibtisch, und die Frage, die Sie mir gestellt hatten, ist wirklich sehr interessant. Kannten Sie die Antwort schon? Ich meine, wollten Sie sie nur bestätigt sehen?«

»Nein«, sagte ich, »ich kannte sie nicht. Hören Sie, Sandy, könnten Sie eine Minute am Apparat bleiben?«

»Natürlich«, sagte sie.

Ich drehte den Hahn in der Küche auf und wartete, bis eiskaltes Colorado-Schmelzwasser herauskam; inzwischen tupfte ich mir mit einem nassen Papiertuch das Gesicht ab. Es war so lange her, daß ich gar nicht mehr genau wußte, um was genau ich Sandy gebeten hatte. Irgend etwas mit einem alten Habeas-Corpus-Fall. Ich trank einen großen Schluck kaltes Wasser, und dann fiel es mir wieder ein: der Name des Pflichtverteidigers, der es versäumt hatte, eine Rechtsmittelschrift einzureichen, mit der er vor dem Obersten Gerichtshof von Colorado hätte erklären können, daß Unschuld eine Begründung für einen Habeas-Corpus-Antrag sein kann. Brian Majors' Anwalt, dessen Versehen (wenn es denn eines war) seinen Mandanten vielleicht in die Verzweiflung gestürzt hatte, die sein Leben beendete.

»Sandy, danke. Ich mußte nur ein bißchen wach werden. Also, was haben Sie in Erfahrung gebracht?«

»Das ist ganz merkwürdig, Cinda. Der letzte, auf den man getippt hätte. Es war Hilton James. Inzwischen Richter James am Obersten Gerichtshof von Colorado. Er war bei der Pflichtverteidigung, bevor er an die Universität ging, wußten Sie das? Wie es so schön heißt, der Rest ist Geschichte.«

Ich würde gern sagen, daß sich in diesem Moment eines

zum anderen fügte, aber so war es nicht. Ich war entweder zu müde oder einfach zu schwer von Begriff, um es gleich zu sehen. Aus irgendeinem Grund wollte ich Sandy nicht merken lassen, daß ich bei diesem Namen besonders aufhorchte.

»Donnerwetter, das ist ja interessant. Vielen Dank, daß Sie es für mich herausgefunden haben.«

»Worum geht es denn eigentlich?« fragte sie. »Ich meine, hat das irgendwie mit dem Fall Smiley zu tun?«

»Ach, als ich Sie gefragt habe, dachte ich, es wäre vermutlich so, aber wahrscheinlich habe ich mich geirrt«, log ich. »Aber ich weiß wirklich zu schätzen, daß Sie sich all die Mühe gemacht haben, um das für mich herauszufinden.« Mir fiel etwas anderes ein. »Sind Sie noch in Ihrem Büro, Sandy?«

»Leider ja«, seufzte sie. »Ich muß diese Woche ein paar Schriftsätze für das Revisionsgericht fertig machen. Ich werde sicher noch ein paar Stunden hier sein.«

»Haben Sie die Akte Majors noch da?«

»Ja, sie ist noch hier.«

»Hmm. Können Sie mir sagen, ob es darin irgendeinen Hinweis gibt, der darauf schließen läßt, warum James beschlossen hatte, gewisse Fragen nicht in seine Rechtsmittelschrift aufzunehmen, als er sie einreichte?«

»Ich weiß nicht, ob ich Ihnen sagen darf, was in der Akte steht, Cinda. Ich meine, der Name des Anwalts ist eine Sache, aber Sie wissen ja, eine Menge von diesen Dingen ist vertraulich zwischen Anwalt und Mandant.«

»Aber der Mandant ist doch tot, nicht?«

»Äh, ja, ich verstehe, was Sie meinen. Also gut, einen Moment, lassen Sie mich nachsehen.« Ich konnte sie mit Papieren rascheln hören und wurde von Sekunde zu Sekunde wacher.

»Tja, da ist etwas, Cinda«, sagte Sandys angenehme Stimme. »Ich weiß nicht, ob ich das darf – nun ja, könnte das unter uns bleiben? Ich meine, Sie werden doch keinem von unserem Gespräch erzählen?«

»Natürlich nicht.« Ich gab mir verzweifelte Mühe, geduldig zu klingen.

»Vielleicht vergaß ja der Pflichtverteidiger Hilton James, diese Schrift einzureichen, bis es fast zu spät war, und am letztmöglichen Termin wurde er daran erinnert, daß er es tun mußte? Also, ich weiß nicht, vielleicht mußte er in aller Eile etwas zusammenschustern. Und dann ist da, nun ja, war da eine Art Verweis vom Chef der Pflichtverteidigung, Lowell Stryker, nachdem der Habeas-Corpus-Antrag gescheitert war. Anscheinend hatte Stryker das Gefühl, James hätte die Schrift unzureichend vorbereitet, und, also, in dem Brief steht: ›Bei der Rechtsfrage, die Sie in Ihrer Rechtsmittelschrift nicht angeführt haben, handelte es sich um einen wesentlichen Punkt, und Ihr Versäumnis hat möglicherweise dazu geführt, daß sich keine Gelegenheit ergab, in einem Fall, in dem es um die Todesstrafe ging, über die Unschuld Ihres Mandanten zu verhandeln.‹ Komisch, daß James diesen Brief in der Akte gelassen hat. Ich hätte das sicher nicht getan. Aber vielleicht hat Stryker ihn hineingetan.«

»Gut, vielen, vielen Dank«, sagte ich inbrünstig. »Das hat mir wirklich geholfen.«

»Ich verstehe nicht recht wieso.« Das war eine unausgesprochene Frage.

»Vielleicht kann ich es Ihnen eines Tages erzählen. Jedenfalls vielen Dank.«

Sie war eine zu freundliche Seele, um auf ihrer Frage zu beharren.

Ein paar Tage zuvor hatte ich die Erwiderungsschrift des Staates auf Jasons Revision erhalten, aber ich hatte sie nur hastig überflogen. Also setzte ich mich am nächsten Morgen an meinen Küchentisch, um sie gründlich zu lesen. Ich hatte die Möglichkeit, einen kurzen dritten Schriftsatz einzureichen, eine sogenannte Replik, wenn ich wollte, und falls ich das tun würde, mußte ich jetzt anfangen – sie war in zwei Wochen fällig.

Die Erwiderung des Staates war ziemlich kompetent; sie war von einer Stellvertretenden Generalstaatsanwältin namens Susan Michaelson verfaßt worden. Ein paar Stunden lang wechselte ich auf meinem Computer zwischen meinem eigenen Schriftsatz und LawText hin und her, um zu sehen, ob es im Lande irgendwelche neuen Fälle gab, die vielleicht die nicht sehr vielversprechenden Argumente unterstützten, die ich vorgetragen hatte. Ich fand keine, und Angst schnürte mir die Brust zusammen, als mir klar wurde, welche hauchdünnen Barrieren Jason Smiley von der Hinrichtung durch eine tödliche Injektion trennten. Nur diese nahezu hoffnungslose Revision und unser Habeas-Corpus-Antrag, wenn ich die doppelten Hindernisse dafür überwinden konnte. Sehr viel hing davon ab, ob wir uns diese Blutproben beschaffen konnten.

Nach ein paar Stunden unterbrach ich endlich die Verbindung zu LawText, und sofort klingelte das Telefon. Mir fiel wieder ein, daß meine Leitung besetzt war, solange ich über mein Modem mit LawText verbunden war. Vielleicht hatte jemand die ganze Zeit versucht, mich anzurufen, womöglich Tory. Ich kämpfte meine aufsteigende Panik nieder und nahm den Hörer ab.

»Ja?«

»Ist dort das Anwaltsbüro Lucinda Hayes?« fragte eine fremde weibliche Stimme.

Ich wollte schon eine sarkastische Antwort geben (»Dies ist der Eßtisch von Lucinda Hayes«), machte mir aber gerade noch rechtzeitig klar, um was es bei diesem Anruf gehen mußte.

»Ja, Lucinda Hayes am Apparat«, sagte ich und wünschte mir, ich hätte mich professioneller gemeldet.

»Miss Hayes, hier ist Laura Jansen vom Amerikanischen Roten Kreuz in Colorado Springs. Ich rufe an, weil Sie von einem jungen Mann als Referenz genannt wurden, der sich bei uns um eine Stelle in der Dokumentation beworben hat. Er hat gesagt, er wäre bei Ihnen in der Aktenablage und als juristische Hilfskraft tätig gewesen. Er heißt Lincoln Washington Tolkien. Können Sie bestätigen, daß Sie ihn empfehlen können?«

»Er war hervorragend«, sagte ich herzlich. »Er ist also jetzt in Springs?«

»Gerade nach hier gezogen, hat er gesagt, glaube ich. Wir sind froh, ihn gefunden zu haben, weil wir ziemlich knapp an Personal sind, und er kann die Stelle sofort antreten. So viele junge Leute sind nicht bereit, für ein Mindestgehalt zu arbeiten, sie haben häufig so unrealistische Erwartungen. Sie können also bestätigen, daß er sich im Umgang mit Akten und Dokumenten bewährt hat?«

»Absolut«, versicherte ich und versuchte mich zu erinnern, ob ich Lincoln jemals mit einem anderen Stück Papier in der Hand gesehen hatte als der Visitenkarte seiner aufgelösten Band.

»Sehr gut. Es freut mich, daß Sie ihn empfehlen können«, sagte Laura Jansen.

»Aber ja«, sagte ich. »Mich freut es auch. Bitte grüßen Sie ihn von mir und richten Sie ihm meine besten Wünsche aus, ja?«

»Selbstverständlich«, sagte sie liebenswürdig. »Auf Wiederhören, Miss Hayes.«

Bestens, Lincoln, dachte ich froh. *Abgefahren.*

Ich glaube nicht, daß es ein häßlicher Tag war, der den Dichter inspirierte, den April zum dramatischsten Monat zu erklären. Ich glaube, es war ein Tag wie dieser, mit Wolken, die wie majestätische Schiffe über den Himmel segeln, und einer Sonne, bei der man sich endlich die Bluse ausziehen und seine sonnenhungrige Haut ihren Strahlen darbieten möchte. Sam rief gegen elf Uhr an und schlug vor, ich solle mit ihm zu Mittag essen gehen und ihn gegen zwölf in seinem Büro abholen. Als ich kam, nahm er meinen Arm, führte mich in die Gasse hinter dem *Pour la France* und dann rasch zum Parkhaus in der Spruce Street. Wir gingen die Stufen zur zweiten Ebene hinauf, und dort schloß er einen silbernen Pick-up auf und ließ mich einsteigen. Ich hatte den Wagen nie zuvor gesehen, und obwohl er funkelnagelneu wirkte, wußte ich, daß er nicht Sam gehören konnte. Am Rückspiegel baumelte ein Gebilde aus Kristallen und Federn, und im Kassettenrecorder steckte ein Band von Travis Tritt, das zu ohrenbetäubendem Leben erwachte, als er den Zündschlüssel drehte.

»Er gehört Beverly«, sagte er auf meine unausgesprochene Frage, zog eine Grimasse und schaltete den Recorder aus. »Ich habe ihn mir geliehen.«

»Warum? Wohin fahren wir?«

»Warum? Weil ich nicht mehr weiß, wer wen verfolgt; wir fahren zum Mittagessen mit Tory und Linda. Ich glaube, Tory hat uns etwas zu erzählen. Sie hat mir heute morgen durch Boten eine Nachricht geschickt.« Er fuhr aus dem dunklen Parkhaus auf die sonnige Straße. Hinter den niedrigen Vorbergen erhoben sich die Flatirons vor einem unglaublich blauen Himmel. Der starke Motor des Wagens röhrte eindrucksvoll auf, als Sam die Kupplung losließ.

»Toll.« Vorsichtig erprobte ich die Polsterung der Sitzbank, indem ich auf und ab hüpfte, und stellte den Kassettenrecorder wieder an, sehr leise. Ich empfand eine eigenartige, freudige Erregung. Ich hatte große Lust auf einen Kaugummi.

»Wo essen wir?«

»Chautauqua Park.« Der Park war eine wellige Grasebene. Viele Bergwanderwege und Kletterrouten der Flatirons begannen dort. Der Park gehörte jetzt der Stadt, und es gab ein wunderbares Restaurant mit umlaufender Veranda, doch das öffnete erst Ende Mai.

»Warte, Sam. Da ist noch geschlossen.«

»Linda und Tory besorgen unterwegs Sandwiches. Keine Sorge, wir bekommen etwas zu essen, Baby. *Muß* ich mir eigentlich dieses blöde Gedudel anhören?«

Ich schaltete den Kassettenrecorder aus und sah murmelnd aus dem Fenster auf der Beifahrerseite.

»Was ist los?« fragte Sam.

»Ich bin kein Baby«, sagte ich langsam. »Nenn mich nicht *Baby*.«

Den Rest des Weges legten wir schweigend zurück; meine freudige Erregung war gewichen, und die Angst klopfte wieder an die Tür, bereit, unaufgefordert hereinzukommen und sich niederzulassen.

Sam steuerte den Pick-up um die runde Rasenfläche in der Mitte des Parks, bis wir Tory und Linda sahen. Sie saßen bei aufgeklapptem Verdeck lachend in Lindas rotem Mazda Miata. Sam fuhr in die Parkbucht daneben. Auf der Wiese tummelten sich Leute mit ihren Hunden und Frisbeescheiben herum. Verstreute Gruppen saßen auf Decken und machten Picknick. Von hier aus konnte man meilenweit über die flachen Ebenen im Osten bis fast nach Kansas schauen; zumindest hatte man diesen Eindruck.

Sam beugte sich aus seinem Fenster dem Miata zu. »Hättet ihr nicht einen weniger auffälligen Wagen nehmen können?« fragte er.

»Sam«, sagte Tory. »Es ist zu schön, Räuber und Gendarm zu spielen. Keiner hat uns gesehen.«

Sam brummte nur vor sich hin und stieg aus dem Wagen. Ich öffnete die Tür auf meiner Seite und stieg ebenfalls aus.

Tory und Linda hatten Sandwiches aus einem Delikatessenladen mitgebracht. Tory wußte noch, was ich am liebsten mochte: Truthahn mit Meerrettichmayonnaise auf dunklem Roggenbrot. Linda förderte aus dem winzigen Kofferraum ihres Autos eine erstaunlich große Decke zutage, und wir breiteten sie an einer sonnigen Stelle auf dem Gras im Schutz eines Hains knorriger Kiefern aus. Wenn uns jemand beobachtet hätte, hätten wir für alle Welt den Eindruck von vier Freunden gemacht, die sich zu einem fröhlichen Mahl im Freien treffen. Aber das, was zwischen Sam und mir im Wagen gesprochen worden war, hatte mich nervös gemacht.

»Habt ihr nichts zu trinken mitgebracht?« fuhr ich Linda an, als sie die Tüte voller Sandwiches auspackte.

»Nein«, sagte sie milde, und ich ertappte sie bei einem überraschten Blick zu Sam. »Das habe ich vergessen. Aber da drüben ist ein Brunnen.« Sie zeigte darauf. »Was ist los, Cinda?«

»Nichts«, sagte ich. »Was soll denn los sein? Ich dachte bloß, du hättest vielleicht etwas zu trinken mitgebracht. Vergiß es.«

Tory saß mit gekreuzten Beinen auf der Decke und biß

herzhaft in etwas, das wie ein Roastbeefsandwich aussah. »Also, ich habe ein paar Neuigkeiten«, sagte sie mit vollem Mund. »Aber ich weiß nicht, was sie bedeuten.«

»Hat deine Mutter dir nicht beigebracht, nicht mit vollem Mund zu reden?« fragte ich sie.

»Nein, Cinda, das hat sie mir wirklich nicht beigebracht. Sie war zu sehr damit beschäftigt, mir beizubringen, Jungen zu lieben«, sagte Tory, noch immer kauend.

»Okay, tut mir leid«, sagte ich und schämte mich. »Tut mir leid, Leute. Ich bin einfach schlecht gelaunt. Was hast du für Neuigkeiten?«

»Ich habe mit den Caswells gesprochen«, sagte sie und wischte sich mit dem Handrücken den Mund ab. »Eigentlich mit Edgar. Ich habe mir eine Geschichte ausgedacht, wie du vorgeschlagen hattest, und ihnen gesagt, die mündliche Revisionsverhandlung stehe bevor, und ich müsse für den damit befaßten Anwalt die Akte noch einmal durchsehen; es gebe da ein paar Kleinigkeiten, ganz unbedeutend, aber wir wollten sie doch recherchieren, nur um sicher zu sein, daß wir für alle Eventualitäten bei der mündlichen Verhandlung gerüstet sind. Ich habe ihnen erzählt, ich würde etliche der Zeugen anrufen und ihnen Fragen stellen, damit sie nicht meinten, ich würde mich nur mit ihnen befassen. Das ist natürlich totaler Unsinn, aber Edgar schien überzeugt. Er hat gesagt, er und seine Frau wollten alles tun, damit Smiley nie wieder jemandem Schaden zufügen kann.«

Sie hielt inne, um noch einen Bissen von ihrem Sandwich zu nehmen. Inzwischen knabberte ich auch an meinem und merkte allmählich, wie köstlich es war. Es gab auch in Butterbrotpapier verpackte Pickles.

»Und?« sagte ich.

»Also, ich habe sie gefragt, ob sie irgend etwas darüber

wüßten, warum Nicole ungefähr sechs Wochen vor ihrem Tod Blut gespendet hat, und zweitens, ob sie sicher seien, daß sie nichts aus ihrem Zimmer entfernt oder weggeworfen haben, bevor die Polizei mit dem Durchsuchungsbefehl kam.«

»Und, was haben sie gesagt?« fragte Sam, der versuchte, die Aufmerksamkeiten eines großen Golden Retrievers abzuwehren, der aus einigen nahen Büschen gekommen und schnurstracks zu uns geeilt war.

»Brich ein kleines Stück von deinem Sandwich ab und wirf es, Sam«, sagte Tory. »Retriever müssen allem nachlaufen, was man wirft. Das liegt in ihren Genen. Also, Edgar hat gesagt, er sei ziemlich sicher, daß sie vor der polizeilichen Durchsuchung nichts aus Nicoles Zimmer genommen hätten, er hat sich darüber beschwert, wie diese Prozedur sie in ihrer Trauer gestört hätte, und ich habe ihm mein Mitgefühl ausgedrückt. Er bestand darauf, sie hätten in dem Zimmer nichts angerührt, er bestand vielleicht ein bißchen zu sehr darauf, aber ich bin nicht sicher. Eines steht allerdings fest: Wenn sie irgend etwas entfernt haben, dann werden sie es nicht zugeben.«

Der Hund war wieder zurückgekommen und wartete begierig wie alle Hunde darauf, daß Sam ihm noch ein Stück Sandwich zuwarf. Sam wollte gerade etwas abbrechen und murmelte vor sich hin, ihm sei schon klar, wie das ausgehen werde, als ein nett aussehender junger Mann in Shorts und Flanellhemd über die Wiese zu uns geeilt kam.

»Trover!« rief er. »Hierher, Junge!«

Trover trabte erfreut zu seinem augenscheinlichen Besitzer, aber der Mann kam weiter auf uns zu, nachdem er den Hund am Halsband gefaßt hatte; er schien sich entschuldigen zu wollen.

»Scheiße!« hörte ich Tory flüstern, und da war er auch schon und sagte, die schlechten Manieren seines Hundes täten ihm leid.

»Ich hätte ihn wirklich angeleint lassen sollen, tut mir leid, ich hoffe, er hat Sie nicht zu sehr gestört – oh, hallo, Tory!« sagte er herzlich. »Ich hatte dich gar nicht gesehen.«

»Hallo, Nick«, grüßte sie. »Wie geht's?«

»Bestens!« sagt er. »Herrlicher Tag, nicht? Tja, dann auf ein andermal.« Er ließ das Halsband des Hundes los, und zusammen entfernten sie sich über die große Wiese.

»Wer war das?« fragte Sam.

Tory schüttelte bestürzt den Kopf. »Nick irgendwas – Graham. Er ist Referendar und absolviert seine Referendarzeit bei der Staatsanwaltschaft. Arbeitet hauptsächlich für Don Kitchens. Scheiße. Ich glaube, er wollte, daß ich euch alle bekanntmache.«

»Wir müssen einfach darauf hoffen, daß er Kitchens gegenüber nicht erwähnt, er hätte dich gesehen, und uns ihm beschreibt; wenn Kitchens Wally das erzählt – ach, Scheiße«, sagte ich wütend. »So muß es sein, wenn man in einem Polizeistaat lebt. Was war noch, Tory. Was war mit der Blutspende?«

»O ja. Zuerst wußte Edgar gar nichts, dann ging er seine Frau fragen, und als er wiederkam, sagte er, sie habe ihn daran erinnert, daß Nicole eine Kusine hatte, die sich einer Gebärmutteroperation unterziehen mußte. Die Ärzte hätten empfohlen, wegen der Aidsgefahr sollten Familienmitglieder vorher Blut für die Operation spenden. Edgars Schilderung hörte sich so an, als habe Nicole das nur ungern getan. Sie hatte Angst vor Nadeln, aber ihre Mutter hatte darauf bestanden und gesagt, das sei sie ihrer Kusine schuldig. Also ging Nicole eines Tages zum Roten Kreuz und kam mit einem Pflaster in der Armbeuge zurück und sagte, sie habe Blut bespendet. Das war alles.«

»Scheiße«, sagte ich und merkte plötzlich, welch großen Raum dieses Wort in meinem Vokabular einnahm. Ich mußte wirklich versuchen, es ein bißchen zu variieren.

»Was ist Scheiße?« fragte Linda.

»Wenn das Blut für die Kusine bestimmt war, dann hat sie es bekommen, es ist nicht mehr da, und ich habe den armen Lincoln umsonst in das blöde Springs geschickt.«

»Vielleicht nicht«, sagte Sam. »Vielleicht hat die Kusine es am Ende doch nicht gebraucht. Das kommt manchmal vor, daß sie einen Blutvorrat für den Notfall anlegen und ihn dann gar nicht verwenden müssen. Oder vielleicht nicht alles verbrauchen.«

»Okay, vielleicht nicht. Was sonst noch? Wer hat noch Neuigkeiten?«

Sam schüttelte den Kopf. Linda sagte, sie habe sich mit CyberGen in Verbindung gesetzt, einem forensischen Labor, und sie könnten die DNS-Tests vornehmen, aber das würde mindestens zwei Monate dauern und zwischen zweitausend und fünftausend Dollar kosten, je nach der Anzahl der Proben, die wir untersuchen lassen wollten, dem Zustand der Proben und der Anzahl der Stränge, die wir getestet haben wollen.

»Stränge?« wiederholte ich.

»Ja«, sagte sie. »Die Segmente der DNS bestehen aus einzelnen Strängen, die man markieren und hybridisieren kann – aber das spielt keine Rolle. Diese Entscheidung können wir treffen, wenn wir sehen, was wir vielleicht ins Labor zu schicken haben.«

»Ja, gut«, sagte ich. »Ich habe auch eine Neuigkeit.«

Alle wandten sich mir zu. »Raus damit«, sagte Tory.

»Habe ich einem von euch schon von meinem ungewöhnlichen Lunch mit Richter Hilton James im Januar erzählt?«

Keiner wußte davon. Ich schilderte also die Szene im *Patent Club*, die Recherchen mit LawText, Hilton James' Bemühen, dafür zu sorgen, daß ich nicht versuchte, mit einem Habeas-Corpus-Antrag Jasons Unschuld zu beweisen. »So habe ich Lincoln eigentlich kennengelernt. Er war dort Kellner, und sogar er fand, daß James sich eigenartig verhielt, also blieb er in der Nähe und paßte auf mich auf. Die meiste Zeit kam mir James' Benehmen komisch vor, das mit der Ente zum Beispiel, aber es gab ein paar Augenblicke, da war er so daneben, daß mir richtig unbehaglich wurde.«

Sam schüttelte den Kopf, als ich mit der Geschichte fertig war. »Der Typ hat nicht alle Tassen im Schrank.«

»Der ist mit dem Klammerbeutel gepudert«, ergänzte Tory sofort.

»Der hat doch einen Schatten«, fiel Linda ein, der das Spaß machte. »Ein paar …«

»Bitte«, sagte Sam. »Ich hätte damit nicht anfangen sollen. Hört auf.«

»Also gut, aber hört euch das an«, sagte ich eilig. »Gestern abend bekam ich einen Anruf von – gestern abend rief mich jemand an, und ich habe etwas über Hilton James erfahren. Erinnert ihr euch, daß damals in den siebziger Jahren ein Mann, der als Hausmeister an der Universität von Denver arbeitete, wegen Mordes an einer Studentin verurteilt wurde? Sie hieß Ellen Berlin; er hieß Brian Majors.«

Sam nickte wissend, Linda überlegte, und Tory schüttelte den Kopf – natürlich, sie war erst viele Jahre später nach Colorado gekommen.

»Der Mann wurde verurteilt, verlor seine Berufungen, und dann versuchte sein Anwalt es mit einem Habeas-Corpus-

Antrag. Er wurde von der Pflichtverteidigung vertreten, aber von verschiedenen Anwälten zu verschiedenen Zeiten – bei seinem Prozeß von jemandem namens Stone, aber bei der Habeas-Corpus-Sache von einem anderen.«

»Ja?« sagte Sam. »Von wem?«

»Von dem, der nicht alle Tassen im Schrank hat.«

»Hilton James?« sagte Sam erstaunt. »Ja, ich erinnere mich, daß er früher Pflichtverteidiger war. Dann ging er an die Universität. Haben wir nicht in seinem ersten Jahr zusammen in seinem Strafrechtskurs gesessen?«

Ich nickte. »Ja, und du hast recht. Er war Brian Majors' Anwalt bei dem Habeas-Corpus-Antrag. Das war irgendwann 1976. Der Prozeßrichter hat den Antrag abgelehnt, und Hilton James hat es bei seiner Berufung gegen diese Ablehnung versäumt, die Frage von Unschuld und Habeas Corpus aufzunehmen.«

Der Stand der Sonne hatte sich verändert, und unsere Decke lag jetzt im Schatten der nahen Bäume. Ich hatte Gänsehaut an den Armen und zog meine rote Flauschjacke wieder an. »Also, ich glaube, er weiß, daß er da großen Mist gebaut hat, daß das seinen Mandanten vielleicht das Leben gekostet hat und daß das all die Jahre an ihm gezehrt hat.«

»Ist sein Mandant hingerichtet worden?« fragte Linda.

»Das nicht. Er hat sich eine Woche nach der gerichtlichen Bestätigung der Ablehnung des Habeas-Corpus-Antrags in seiner Zelle erhängt.«

Linda meldete sich zu Wort. »Ich bin hier die einzige, die keine Anwältin ist, also entschuldigt, wenn ich schwer von Begriff bin, aber was hat das mit Jason Smiley zu tun?«

»Du bist nicht schwer von Begriff«, sagte Sam nachdenklich. »Es liegt nicht direkt auf der Hand, aber ich glaube, Cinda hat recht, da einen Zusammenhang zu sehen. Du denkst, daß Hilton James dich aus einem bestimmten Grund bestellt hat, nicht?« fragte er an mich gewandt. »Und zwar aus einem anderen Grund als dem, den er dir genannt hat.«

Ich nickte. »Einem wesentlich weniger schmeichelhaften als dem, den er mir genannt hat. Ich glaube, er hat mich deshalb gebeten, Jason Smiley zu vertreten, weil er dachte, daß er sich bei mir als Anwältin vergewaltigter Frauen darauf verlassen kann, daß ich mich nicht für Smileys Behauptung interessiere, er habe nicht vergewaltigt und gemordet. Bei unserem ersten Gespräch hat er mich mehr oder weniger instruiert, daß mein Job nur Papierkram sein und daraus bestehen würde, in der Akte nach Verfahrensfehlern zu suchen. Das ist auch der einzige Grund, warum ich den Job überhaupt angenommen habe.«

»Und warum hältst du dich dann nicht an seine Anweisungen?« fragte Sam eindringlich, aber nicht unfreundlich.

»Ich konnte nicht anders«, sagte ich müde. »Es stimmt schon, ich bin nicht daran interessiert, Vergewaltiger zu verteidigen. Ich wollte nie darüber argumentieren, ob Jason schuldig ist. Nie. Aber trotzdem – ich glaube jetzt nicht mehr, daß er Nicole Caswell umgebracht hat. Ich glaube nicht mal, daß Nicole Caswell überhaupt tot ist. Kann ich zulassen, daß er hingerichtet wird, weil er ein Vergewaltiger ist? Oder weil es nicht mein Job ist, das zu verhindern?«

»Natürlich nicht«, sagte Tory entschieden.

»Tut mir leid, aber das mit Richter James kapiere ich immer noch nicht«, sagte Linda, die hübsche Stirn gerunzelt. »Wo ist der Zusammenhang mit diesem Mandanten, den er einmal hatte?«

»Entschuldigung, dazu wollte ich gleich kommen«, sagte ich. »Ich denke folgendes: Dieser Mann hat sich all die Jahre dafür gehaßt, daß er bei dieser Berufungsschrift für Brian

Majors versagt hat. Ich glaube, das könnte der Grund sein, warum er so seltsam geworden ist. Sehen Sie, jemand anders hat gestanden, Ellen Berlin umgebracht zu haben, nachdem Majors verurteilt worden war. Es besteht also die Möglichkeit, daß er wirklich unschuldig war. Und vielleicht gab es eine gewisse Chance, daß das Oberste Gericht zugelassen hätte, seine Unschuld in einem Habeas-Corpus-Verfahren zu beweisen. Wenn das passiert wäre, dann wäre Majors' Fall zur Anhörung an den Habeas-Corpus-Richter zurückverwiesen worden, damit der sich den Beweis anhört, daß ein anderer gestanden hat und was es sonst noch gab, um Zweifel an seiner Schuld zu wecken. Aber das ist wegen der mangelhaften Berufungsschrift nicht geschehen.

Es muß ziemlich schlimm sein, sich viele Jahre lang zu fragen, ob man durch Achtlosigkeit zum Tod eines unschuldigen Menschen beigetragen hat. Ich bin kein Seelenklempner, aber er dachte vermutlich, daß ich diese alte Geschichte nicht wieder aufwärme und keinen Habeas-Corpus-Antrag stellen würde, zumindest nicht mit dem Argument, der Angeklagte sei unschuldig.«

»Weil du als Anwältin Vergewaltigungsopfer vertrittst«, sagte Linda ganz leise.

»Ja.«

Tory bewegte langsam den Kopf vor und zurück, als hätte sie Kopfschmerzen. »Das ist ja alles schön und gut, aber wohin bringt uns das Psychologisieren? Er wird nicht aufgeben, Cinda, das weißt du. Zuerst bestellt er dich, weil er denkt, du würdest die Unschuldsfrage nicht aufbringen, und dann wird er nervös. Er stellt fest, was du recherchierst, und als er merkt, daß du genau die Sache verfolgst, die er fürchtet, versucht er, dich einzuschüchtern, damit du aufgibst. Nimm an, du bietest ihm die Stirn und machst trotzdem weiter. Ich glaube nicht, daß er wirklich versuchen wird, mit einer Beschwerde gegen dich vorzugehen – das wäre verrückt, die Leute könnten anfangen, sich nach seinen Motiven zu fragen. Aber früher oder später wird der Oberste Gerichtshof von Colorado die Frage entscheiden müssen, ob Unschuld bei einem Habeas-Corpus-Antrag Verfahrensgegenstand sein kann. Was glaubst du, wie Hilton James stimmen würde?«

»Er hat nur eine Stimme, Tory«, sagte ich. »Es gibt noch sechs andere.«

»Natürlich«, sagte sie verächtlich. »Was denkst du denn, wer noch auf deiner Seite sein wird? Twitchell ist nicht mehr beim Gericht. Hamilton? Er hat Strafverteidiger noch nie gemocht. Bashinsky? Er war Staatsanwalt, bevor er Richter wurde.«

»Du bist auch Staatsanwältin«, sagte ich.

»Stellvertretende Staatsanwältin. Und das nicht mehr lange. Und überhaupt, bevor das alles passierte, wäre ich hundertprozentig dagegen gewesen, bei einem Habeas-Corpus-Verfahren über Unschuld zu verhandeln. Wenn der Mann einen Prozeß bekommen hat und die Geschworenen ihn schuldig gesprochen haben, sollte der Fall damit erledigt sein. Damit die Sache abgeschlossen ist, verstehst du? Wie oft soll der Staat denn beweisen müssen, daß jemand schuldig ist?«

»Denkst du immer noch so?« fragte ich sie.

»Ich weiß nicht«, sagte sie und schaute zu Boden. »Ich weiß nicht. Es ist keine theoretische Frage mehr, nicht?«

»Nein«, stimmte ich zu. »Das ist es nicht.«

Selbst im April, wenn der Frühling schon begonnen hat, wird Boulders dünne Gebirgsluft schnell eisig kalt, wenn sie nicht von der Sonne erwärmt wird. Nun war die Sonne hinter Wolken verschwunden, und die angenehme Mittagsbrise war recht frisch geworden. Mir sank der Mut, als Tory und Linda das Verdeck des roten Miata geschlossen hatten und in Richtung Justizgebäude davongefahren waren. Ich stieg mit Sam wieder in den silbernen Truck. Für kurze Zeit hatte ich vergessen, was wir auf der Fahrt zum Chautauqua Park gesprochen hatten, doch nun bedrückte es mich wieder. Sam schwieg, während er den Wagen die Ninth Street entlang in Richtung Stadt steuerte. Vom Park bis in die Stadt brauchten wir nur fünf Minuten. Wir waren in der Pine Street auf dem Weg zum Parkhaus, als ich endlich den Mund aufmachte.

»Es tut mir leid«, entschuldigte ich mich.

Er sah mich von der Seite an und richtete den Blick dann wieder auf die überfüllte Straße. Heftig trat er auf die Bremse, um einem Skateboardfahrer auszuweichen, der mit fliegenden Hemdzipfeln zwischen zwei geparkten Autos hervorschoß.

»Mir tut es auch leid«, sagte er endlich, etwa drei Minuten später, nachdem er den Wagen in dem feuchten Parkhaus abgestellt hatte. »Ich habe gewußt, daß wir früher oder später darüber würden reden müssen. Aber vielleicht sollten wir damit warten, bis der Fall Smiley abgeschlossen ist.« Er griff nach dem Türknopf, aber ich streckte den Arm aus und faßte ihn beim Handgelenk.

»Was meinst du mit ›darüber‹?«

»Komm schon, Cinda. Du weißt, was ich meine.«

Mein Blick schweifte über das hölzerne Armaturenbrett. »Was denn?« sagte ich störrisch.

Er nahm mein Kinn in die Hand und zwang mich, ihn anzusehen. »Welche Farbe hat dieses Gesicht, Cinda?« fragte er.

Ich schüttelte den Kopf und befreite mich aus seinem Griff. »Karamel. Umbra. Milchkaffee. Ich weiß nicht. Verschiedene Farben an verschiedenen Stellen. *Warum*?«

Er betrachtete einen Augenblick seinen Handrücken.

»Manchmal denke ich, daß du gern so tun würdest, als ob ich bloß ein netter Kerl mit ganzjähriger Sonnenbräune wäre. Das macht mir zu schaffen. Tut mir leid, wenn ich deine Gefühle verletzt habe, als ich diese Musikkassette als blödes Gedudel bezeichnet habe. Das war nicht beleidigend gemeint. Wenn ich dich *Baby* nenne, meine ich damit nicht, daß du ein Baby bist. Ich denke, das weißt du. Aber so bin ich eben.«

»Ich kann auch nicht anders sein, als ich bin, Sam. Ich bin nicht schwarz. Ich kriege Sommersprossen. Und ich mag blödes Gedudel.«

Er legte eine Hand auf meine Schulter. »Ich weiß.«

»Also, wo liegt dann das Problem?«

Es war in dem Parkhaus so dunkel, daß ich Mühe hatte, seinen Gesichtsausdruck zu erkennen. »Erinnerst du dich an die Holzschnitzerei, die ich dir vor Weihnachten geschenkt habe?«

»Ja, ich erinnere mich. Sie ist schön. Du hast mir nie gesagt, woher sie kommt.«

»Vor ungefähr fünf Jahren wurde mir klar, daß ich nicht weiß, was ich hier mache. Ich hatte mich durchs Studium gekämpft und dann meine Anwaltspraxis eröffnet. Ich hatte mein Haus gekauft und viel Energie darauf verwandt, es so herzurichten, wie ich es haben wollte. Ich traf mich mit einer netten Frau, die in Denver wohnt, einer Lehrerin. Edwina. Es war um die Weihnachtszeit, weißt du, und manche Leute werden um die Feiertage herum irgendwie komisch.«

»Ja«, sagte ich vorsichtig, »das ist mir nicht unbekannt.«

»Also, sie wollte Kwanzaa feiern. Sie und ein paar von ihren Freunden aus der Gemeinde in Denver hatten allerlei Feiern und Zeremonien geplant. Weißt du, was Kwanzaa ist?«

»Ein bißchen. Ein afrikanisches Fest, um die Sonnenwende herum. Hat es nicht mit sieben Nächten oder so zu tun, für sieben verschiedene Prinzipien?«

»Richtig. Ich habe ihr gesagt, es wäre mir recht, aber eigentlich wollte ich nicht daran teilnehmen. Kwanzaa war mir ziemlich egal, im Grunde wollte ich mich wohl nicht so sehr auf Edwina einlassen, das habe ich ihr aber vielleicht nicht deutlich genug gesagt, weil ich es mir einfach machen wollte. Jedenfalls wurde sie wütend, und sie hat mir gesagt, ich wäre der weißeste schwarze Mann, den sie je gekannt hätte, und jeden Tag, den ich in dieser lilienweißen Stadt verbrächte, würde ich ein Stückchen mehr von meiner Seele verlieren.

Danach habe ich sie nicht mehr gesehen, aber ich bekam diese Auseinandersetzung nicht mehr aus dem Kopf. Einen Monat später übergab ich einigen anderen Anwälten meine anhängigen Fälle. Eine Weile habe ich all meine Zeit damit verbracht, meine Familie zu erforschen. Ich habe stundenlang mit meiner Mutter telefoniert und ihre Schwestern in ganz Amerika und meinen Großonkel in einem Pflegeheim angerufen. Dann bin ich für drei Monate nach Afrika gefahren. Die meiste Zeit habe ich in Nigeria verbracht, in einem Yoruba-Dorf, aus dem meine Familie anscheinend stammte, obwohl das schwer zu sagen ist. Mutter hatte nicht viel Schriftliches und die anderen auch nicht, bloß eine Menge alter Geschichten, und sie konnte nicht verstehen, warum mir soviel daran lag. Und ich konnte es ihr auch nicht erklären.«

»Hast du gefunden, was du gesucht hast?« fragte ich.

Er schaute vor sich hin, als könne er durch die Ziegelmauer hindurch auf den anderen Kontinent blicken. »Nein«, sagte er.

Ich wartete darauf, daß er weitersprach, aber das tat er nicht.

»Und die Schnitzerei ist von dort?« fragte ich sanft.

Rasch wandte er den Kopf, als habe ich ihn aus seinen Träumereien geweckt. »Ja. Es gab da in dem Dorf einen sehr tüchtigen Holzschnitzer. Ungefähr einen Monat vor meiner Abreise habe ich ihn gefragt, ob er mir etwas zur Erinnerung an das Dorf machen würde. Ich dachte, er hätte es vergessen, aber am Tag meiner Abreise gab er mir die Frau. Er sagte, er wüßte, daß ich nach etwas suche, und sie könnte mir dabei helfen.«

»Und, hat sie dir geholfen?«

Er schüttelte den Kopf. »Ich weiß nicht. Ich kam aus Afrika zurück, ich ging wieder an die Arbeit, hatte zu tun, und in meiner Erinnerung verschwamm alles ein bißchen. Ich wußte nicht mehr, wonach ich gesucht hatte. Als ich die Frau an dem Abend damals auf deinem Tisch zurückließ, dachte ich, du bräuchtest sie vielleicht nötiger als ich. Jetzt bin ich nicht mehr so sicher. Ich glaube nicht, daß ich hierher gehöre, Cinda, in diese Yuppie-Stadt.«

Mir wurde beklommen zumute. »Das tut mir leid, Sam. Aber bitte, geh jetzt nicht. Meinst du nicht, daß ich auch verloren bin?« flüsterte ich.

Er sah mich an und zog meinen Kopf an seine Brust. »Ich denke, wir sind beide verloren. Ich weiß bloß nicht genau, ob wir die Richtigen sind, um uns gegenseitig zu helfen.«

»Du *bist* der Richtige«, sagte ich entschieden. »Und ich brauche dich. Ich habe keinen Job mehr, ich arbeite nur noch so vor mich hin, die meiste Zeit allein zu Hause. Ich glaube, das kann einen verrückt machen.«

»Ja«, sagte Sam über meinen Kopf hinweg. »Daran habe ich auch schon gedacht. Warum fängst du nicht an, in meinem Büro zu arbeiten? Da gibt es diesen Konferenzraum, den ich kaum benutze. Du wirst ohnehin eine Bibliothek brauchen, um den Habeas-Corpus-Antrag auszuarbeiten und dich auf die mündliche Verhandlung vorzubereiten. Du kannst meine benutzen, statt in die juristische Fakultät zu gehen. Sie ist gut ausgestattet.«

Automatisch schossen mir alle möglichen Einwände durch den Kopf, aber ich beachtete sie nicht. »Das wäre schön. Bist du sicher, daß es dir recht ist?«

»Vermutlich sollte ich Beverly um Erlaubnis fragen. Ich bilde mir ein, daß ich in meiner Kanzlei das Sagen habe, aber eine gute Empfangssekretärin und Büromanagerin ist so schwer zu finden, daß sie fast der Boß ist, und das weiß sie. Ich glaube, sie wird sich freuen – sie mag dich nämlich, weißt du.«

»Sie mag mich? Sie hat mich doch nur einmal gesehen, und da habe ich mir die Augen aus dem Kopf geheult, und du hast sie nach Bagels schicken müssen, weil ich so eine Szene gemacht habe. Sie muß mich für eine Spinnerin halten.«

»Vermutlich mag sie dich deshalb; sie heult auch, manchmal höre ich sie in der Besenkammer. Ich glaube, sie hat oft Krach mit ihrem Mann. Jedenfalls«, fügte er mit einem Lächeln hinzu, »habt ihr beide denselben Musikgeschmack. Aber ich sollte sie vielleicht in die Entscheidung mit einbeziehen.«

»Natürlich. Sollen wir morgen darüber reden?«

»Oder heute abend.«

»Sehen wir uns denn heute abend?«

»Ja«, sagte er und öffnete die Tür des Trucks. »Ich komme nach der Arbeit vorbei. Funktioniert dein Videorecorder?«

»Als ich ihn zuletzt ausprobiert habe, ging er.« Wir verließen das Parkhaus und traten an der Ecke von Spruce und Eleventh Street auf den Gehsteig.

Sam drückte zum Abschied meine Schulter. »Dann bringe ich eine Kassette mit. Ich denke, wir können zur Abwechslung etwas Lustiges vertragen. Kennst du *Tote tragen keine Karos*? Nein, der ist vielleicht nicht so gut.«

»Doch, hört sich perfekt an«, sagte ich und drehte mich um, um in die Pine Street zu gehen, wo mein Wagen geparkt war.

Drei Tage später zog ich mit meinem Computer, meinen Akten und meiner kleinen privaten Sammlung juristischer Fachbücher in Sams Konferenzzimmer ein. Ich kam gegen neun Uhr morgens dort an, schwankend unter der Last der Sachen, die ich von dem einzigen auffindbaren Parkplatz fünf Blocks weit hatte schleppen müssen. Dabei hatte mir ein heftiger Wind entgegengeblasen, meine Hände waren rissig und aufgesprungen, und ich war ziemlich schlechter Laune.

Ich jonglierte mit meiner Last und öffnete die Tür mit dem Schlüssel, den Sam mir gegeben hatte. Dann wankte ich durch den Flur ins Konferenzzimmer. Dort hingen drei weitere afrikanische Masken und ein paar sehr abstrakte Gemälde an den Wänden. Mitten auf dem alten Konferenztisch aus Eichenholz stand eine schlanke silberne Vase mit einem halben Dutzend roter Tulpen. Beverly erschien an der Tür, als ich meine Last gerade absetzte. Mit ihrem roten Blazer und dem marineblauen Rock und dem strahlenden Lächeln unter den blonden Locken sah sie aus wie eine etwas pummelige Stewardeß. Sie fing ein paar Bücher auf, die im Begriff waren, zu Boden zu fallen, und legte sie auf den Tisch.

»Herrje!« sagte ich. »Danke. Das habe ich gebraucht.«

»Die sind für Sie«, sagte sie schüchtern und zeigte auf die Vase. »Ich dachte, Sie möchten vielleicht etwas Fröhliches. Ich freue mich so, daß Sie bei uns sind.«

»Danke, Beverly! Das ist sehr nett von Ihnen.« Angesichts dieser unerwartet freundlichen Begrüßung hatte ich fast Angst, schon wieder in Tränen auszubrechen.

Sie hob erst die eine und dann die andere Schulter zu einem ulkigen Zweiphasen-Achselzucken. »Ich finde es großartig, was Sie machen. Sam hat mir ein bißchen davon erzählt. Von beidem: dem Krisenzentrum für vergewaltigte Frauen und diesem Mann, der zum Tode verurteilt ist.«

»Beverly, Sie sind wunderbar«, sagte ich. »Sie sind vielleicht der einzige Mensch in Colorado, der diese beiden Unternehmungen wirklich gutheißt.«

»Wahrscheinlich verstehen die meisten Leute das eine oder andere nicht richtig, Cinda. Sagen Sie mir Bescheid, wenn ich Ihnen irgendwie helfen kann.«

»Wird gemacht, aber Sie haben mich jetzt schon vor einem massiven Anfall schlechter Laune gerettet. Danke für die freundliche Begrüßung. Vielleicht bekomme ich ein paar Anrufe; ich lasse Telefonate, die bei mir zu Hause ankommen, weiterleiten, wenn ich hier bin. Aber sehr viele werden es nicht sein.«

»Okay«, sagte sie fröhlich und hüpfte auf ihren kurzen Beinen zurück in Richtung Empfangszimmer. »Sam ist heute vormittag bei Gericht; gegen Mittag müßte er wieder da sein«, sagte sie über die Schulter.

»Beverly!« rief ich ihr nach. »Ihren Wagen mag ich auch!«

Den Habeas-Corpus-Antrag zu entwerfen war ein schwieriges Unterfangen. Alle juristischen Fragen, die bei Jasons Revision entschieden werden würden, durften im Habeas-Corpus-Antrag nicht mehr erörtert werden. Da ich erwartete, daß die Revision abgeschlossen werden würde, ehe wir eine Anhörung des Habeas-Corpus-Antrags bekamen, umfaßte mein

Entwurf nur eine einzige Frage: Jasons Unschuld an dem Mord an Nicole Caswell. Es war ein sehr kurzes Dokument, mußte aber dennoch von den üblichen *Wohingegens* und *Insoweits* begleitet werden, die mir ein bißchen mysteriös vorkamen, da ich noch nie etwas mit einem Habeas-Corpus-Antrag zu tun gehabt hatte. Ich muß ganz in meine Arbeit vertieft gewesen sein, denn ich merkte erst, daß Beverly in der Tür stand, als sie sich höflich räusperte.

»Oh! Entschuldigung, ich habe Sie nicht gesehen.«

Sie sah sich besorgt im Zimmer um. »Wir müssen Ihnen hier ein Telefon installieren. Ich glaube, hinter dem Bücherschrank da gibt es eine Buchse. Ich werde mich gleich darum kümmern. Aber jetzt möchte Sie jemand sprechen. Wollen Sie das Gespräch in Sams Büro annehmen? Er ist noch bei Gericht.«

»Natürlich«, sagte ich und stand auf. »Wissen Sie, wer es ist?«

»Er hat Lincoln gesagt, aber ich weiß nicht, ob das der Vor- oder der Nachname ist.«

»Schlechte Neuigkeiten, Cinda«, sagte er, als ich den Hörer abnahm.

Kacke, sagte ich lautlos und setzte mich in Sams großen Ledersessel. »Von wo rufen Sie an, Lincoln?«

»Vom Busbahnhof. Ich habe gesagt, daß ich in meiner Mittagspause einen Spaziergang mache.«

Der Junge hat das Zeug zu einem guten Ermittler, dachte ich. »Und was haben Sie herausgefunden? Nicole Caswells Blut ist kurz nach dem Spenden an einen Empfänger gegangen, oder?«

»Weit gefehlt. Sie haben das Blut fast sofort nach dem Spenden vernichtet.«

»Was?«

»Das wird Sie umhauen, Cinda. Haben Sie in letzter Zeit mal Blut gespendet?«

»Seit Jahren nicht. Schon bei dem Gedanken wird mir komisch im Magen.«

»Also, das läuft so. Seit ein paar Jahren machen die Blutbanken, bevor sie einem Spender Blut abnehmen, eine kurze Befragung. Sie fragen ihn nach seinen Gewohnheiten und seiner medizinischen Vorgeschichte. Auf diese Weise wollen sie feststellen, ob das Blut vielleicht kontaminiert oder pathogen ist.«

Mir fiel auf, daß das Vokabular des Jungen rapide zugenommen hatte.

»Seit Mitte der achtziger Jahre«, fuhr er fort, »seit man sich über Aids und solche Sachen Sorgen macht, hat man noch eine Sicherheitsstufe eingebaut. Wenn der Betreffende mit dem Spenden fertig ist, kann er eine vollkommen vertrauliche Karte ausfüllen, eine letzte Chance, die Blutbank wissen zu lassen, daß das Blut doch nicht benutzt werden sollte. Ich nehme an, daß manche sich vielleicht erst dann an eine Krankheit erinnern. Oder bei der ersten Befragung war ein Elternteil oder Ehegatte anwesend, und deswegen wollte der Spender nichts sagen. Wie auch immer, der Spender bekommt also, nachdem er Blut gespendet hat, diese Karte.«

Ich starrte für einen Augenblick auf ein leuchtend buntes Poster von Le Roy Nieman an der Wand gegenüber Sams Schreibtisch. »Muß der Spender angeben, warum er meint, sein Blut sollte nicht verwendet werden?«

»Nein, das muß er nicht.«

»Welche Gründe gibt es denn dafür? Sind sie in den Anweisungen irgendwie aufgelistet?«

»Ja. Sie kennen doch diese Dinge. Reisen nach Haiti oder Zentralafrika in den letzten sechs Jahren, Homosexualität oder Bisexualität, Konsum intravenöser Drogen. War diese Nicole drogenabhängig?«

»Ich weiß nicht«, sagte ich langsam. »Vielleicht.«

»Möchten Sie, daß ich weiter hierbleibe oder noch etwas herausfinde?«

»Nein«, sagte ich. »Sie können die Blutbank verlassen. Aber ich habe noch einen Auftrag für Sie. Gleich dort in Colorado Springs.«

»Ultragut!« sagte er.

Sam erschien erst am späteren Nachmittag. Ich hörte ihn durch die Eingangstür kommen und kurz mit Beverly reden, blickte aber nicht von meiner Arbeit auf. Ich war entschlossen, ihn durch meinen Aufenthalt in seinem Büro nicht zu belästigen.

»Yo, Adrian«, sagte er eine Minute später, mit einer Handvoll rosa Telefonnotizen in der Tür des Konferenzraums stehend.

»Ich glaube nicht, daß du als Rocky Balboa durchgehen könntest«, antwortete ich. »Du bist zu schlau, als daß man dir einen größeren Hirnschaden abkaufen würde.«

»Ein schwerer Hirnschaden ist genau das, was ich nach sechs Stunden bei Gericht habe. Wie wär's mit einem Kaffee unten, wenn ich diese Anrufe erledigt habe?«

»Klar«, sagte ich. »Lädst du mich ein?«

»Warum nicht? Ich bin reich. Ich habe gerade einen Typ freigekriegt, der zu Unrecht beschuldigt wurde, in einem Münzwaschsalon eingebrochen zu haben, und er hat mich sofort bezahlt. Fünfhundert Dollar in Vierteldollarmünzen. Gib mir fünfzehn Minuten.«

»Woran hast du denn da oben so schwer gearbeitet?« fragte er, als die Kellnerin im *Pour la France* zwei Cappuccini vor uns hinstellte. Die Tassen waren so groß wie kleine Suppenschüsseln.

»Sonst noch etwas?« lispelte die Bedienung, eine blutjunge Person mit weißblonden Haaren und schwarzen Augen. Als ich aufsah, erhaschte ich einen deutlicheren Blick, als mir lieb war auf den goldenen Ring, der durch ihre Augenbraue gepierct war.

»Nein, danke«, sagte ich lächelnd und hoffte, daß ich nicht zusammengezuckt war. Sie lächelte liebreizend zurück und ging – die Glockenfee aus *Peter Pan* in Punkaufmachung.

»Ich bin fast fertig mit meiner Replik für die Revision«, sagte ich. »Würdest du sie für mich überlesen, bevor ich sie abgebe? Sie ist am Donnerstag fällig.«

»Kein Problem. Und sonst? Hast du was von diesem kleinen Hobbit in Colorado Springs gehört?«

»Tja, er erinnert mich wirklich an einen Hobbit, weißt du? Er hat heute morgen angerufen. Halb gute und halb schlechte Nachrichten.«

»Die guten zuerst.« Sam reckte sich und gähnte.

»Vielleicht hat Jason uns die Wahrheit gesagt, als er behauptete, Nicole sei drogensüchtig gewesen.«

Sam rieb sich die Augen. »Entschuldigung, ich bin ein bißchen müde. Was ist gut daran? Ich meine, welchen Unterschied macht das?«

»Daß sie drogensüchtig war, macht wohl keinen Unterschied, außer vielleicht als Erklärung für ihr Verschwinden. Aber es tat mir gut, eine Bestätigung zu sehen, daß Jason endlich aufrichtig zu mir ist. Deswegen denke ich, daß er auch in den anderen Punkten die Wahrheit gesagt haben könnte.«

»Daß er Nicole nicht umgebracht hat, meinst du.«

Ich schaute auf die Flatirons hinaus und beneidete sie um ihre unerschütterliche Festigkeit im Licht des späten Nachmittags. »Ja.«

Sam wollte etwas sagen, doch dann hielt er inne und fragte statt dessen: »Was ist die schlechte Neuigkeit?«

»Ihr Blut ist nicht verfügbar. Es wurde vernichtet, weil sie auf einer Karte angegeben hat, ihre Spende wäre vielleicht nicht in Ordnung und sollte nicht benutzt werden. Wir können sie also nicht verwenden, um zu beweisen, daß die tote Frau – Lucy, meine ich – nicht Nicole war.«

»Aha. Also deshalb denkst du, sie wäre vielleicht drogensüchtig gewesen.«

»Andere Gründe scheinen die Auswahl der Sexualpartner oder Reisen nach Haiti oder Zentralafrika in den letzten sechs Jahren zu sein.«

»Tatsächlich? Ich war innerhalb der letzten sechs Jahre in Zentralafrika.«

»Siehst du. Dann solltest du besser nicht versuchen, Blut zu spenden.«

»Ich spende niemals Blut«, sagte er mit dem perfekten Akzent von Bela Lugosi. »Ich verleibe es mir bloß ein. Komm heute abend in mein Schloß, und ich werde es dir zeigen.«

»Vielleicht, Graf. Fragen Sie mich noch einmal, wenn mein Blutzuckerspiegel wieder höher ist.«

»Gewiß doch, meine Süße.« Dann sagte er mit normaler Stimme: »Was machen wir dann wegen der Proben für die DNS-Tests? Wir müssen also beide Proben aus der Asservatenkammer der Polizei beschaffen, richtig?«

Ich liebte ihn für das *Wir*. »Ich weiß nicht mal, ob sie überhaupt noch dort sind. Vielleicht sind sie langfristig anderswo gelagert, weil in dem Fall nicht mehr ermittelt wird. Ich weiß nicht, wie wir sie finden oder an sie herankommen sollen. Selbst wenn wir sie in die Hände bekämen, wie könnten wir sie vor Gericht verwenden, ohne unsere illegalen Methoden preiszugeben? Ich kann Tory oder sogar Lincoln nicht in solche Schwierigkeiten bringen.« Ich fühlte mich entmutigt.

»Vermutlich mußt du die Herausgabe der Proben beantragen.« Sam gähnte wieder.

»Was?«

»Du weißt schon, einen Antrag einreichen, in dem du den Staat bittest, dir die Proben für Testzwecke zur Verfügung zu stellen.«

»Mein Gott. Daran hatte ich gar nicht gedacht.«

Sam lächelte träge. »Weil du im Herzen Staatsanwältin bist, und Staatsanwälte und Polizisten verfügen immer über alle Beweismittel. Sie brauchen nie jemand anderen dazu zu bewegen, welche herauszugeben. Also wissen sie meistens nicht, wie man das macht.«

Ich dachte hektisch nach. »Aber Wally wird Einwände gegen den Antrag haben.«

»Natürlich wird er das. Laß ihn doch.«

Ich schüttelte den Kopf. »Er wird damit argumentieren, daß das Beweismaterial nicht relevant für das Habeas-Corpus-Verfahren ist, weil Unschuld kein Rechtsgrund für ein solches Verfahren ist. Dasselbe Argument, gegen das wir schon die ganze Zeit ankämpfen!«

Er nahm meine Hand in seine beiden Hände. »Cinda, du wirst dich diesem Argument ohnehin stellen müssen. Besser, du tust es jetzt als später, nachdem du das ganze Geld für die Analyse der Proben ausgegeben hast. Wenn du Bogue überreden kannst, Wally anzuweisen, dir die Proben zu geben, dann hast du ihn davon überzeugt, daß Unschuld relevant ist.

Das ist dann schon die halbe Miete, und wenn die Proben beweisen, daß die Tote nicht Nicole war, hast du die ganze.«

»Du hast recht«, stimmte ich zu. »Komm! Ich werde den Antrag jetzt gleich aufsetzen.«

»Geh du nur«, sagte er. »Ich bleibe noch eine Minute sitzen und werde mir diese Kaffeeschüssel noch einmal nachfüllen lassen. Wir sehen uns dann oben.«

»So sieht also unsere Strategie aus. Ich verspreche mir ziemlich viel davon«, sagte ich ungefähr zehn Tage später zu Jason.

»Ja. Hört sich toll an.« Er schaute im Besucherzimmer herum, das fast leer war, als würde er lieber mit jemand anderem reden.

»Hören Sie, möchten Sie eine Limonade? Etwas zu essen?«

»Nein«, sagt er. »Kein Hunger. Aber holen Sie sich ruhig etwas«, schlug er vor und bemühte sich zu lächeln.

»Jason, was ist los?«

»Hier drinnen ist nicht viel los, Cinda.«

»Und da drinnen?« Sanft berührte ich seine Schläfe.

»*Nada*. Danke für all Ihre Arbeit. Ich weiß das wirklich zu schätzen.« Das klang auswendig gelernt. »Wissen Sie, Sie hätten nicht den ganzen Weg hierher fahren müssen, um mir das zu erzählen. Sie hätten schreiben können.«

»Ich wollte Sie sehen. Sehen, wie es Ihnen geht.« Seine Blässe im Kontrast zu seinem dichten schwarzen Haar und seinem Schnurrbart war beängstigend. *Gefängnisteint*, dachte ich. »Sind Sie müde?«

»Lebensmüde vielleicht. Was soll das alles? Ich meine – all diese Schriftsätze und Sachen, die Sie geschrieben haben, waren toll. Ich denke bloß … ich weiß nicht. Scheint sinnlos. Werde ich je hier rauskommen, um mein Leben noch zu leben?«

»Vielleicht. Es ist durchaus möglich. Sie dürfen die Hoffnung nicht aufgeben.«

Er warf mir einen Blick zu, der Mitleid und auch ein wenig Verachtung enthielt. »Ja. Ich werde es mir merken.«

»Ich werde also nächste Woche bei Richter Bogue einen Antrag stellen, diese Blutproben herauszugeben. Und über das, was mir wirklich Sorgen gemacht hat – daß die Staatsanwaltschaft sagen wird, die Proben seien vernichtet worden oder verlorengegangen –, brauchen wir uns jetzt nicht mehr den Kopf zu zerbrechen. In ihrer Antwort auf unsere Anfrage haben sie nicht bestritten, die Proben zu besitzen, sie haben bloß behauptet, es nütze im Augenblick nichts, sie analysieren zu lassen. Aber bei unserer Habeas-Corpus-Theorie ...«

»Ja, Cinda, erstklassig. Sie sind die Beste. Hören Sie, ich muß jetzt gehen.«

Ich sah auf. Der Uhr hinter der Trennwand zufolge blieb noch fast eine Stunde Besuchszeit, und ich sah niemanden, der Jason auffordernde Zeichen machte. Die beiden Beamten in der durchsichtigen Plastikkabine waren bei einer Schachtel Doughnuts, die durchaus die gleiche wie bei meinem ersten Besuch gewesen sein könnte, in ein Gespräch vertieft.

»Warum?«

»Einfach so. Danke, daß Sie gekommen sind.«

Ich konnte nichts tun, um ihn aufzuhalten. Er sprach mit den Beamten und drehte sich nicht um, um mir zu winken, als er die schwere Tür öffnete und hinausging. Er kam mir kleiner vor denn je, und jünger.

Auf dem Heimweg machte ich in Colorado Springs Station, um Lincoln zu sehen. Er hatte mir gesagt, ich solle um sechs

Uhr im *Curious George's* nach ihm Ausschau halten, aber ich war wegen Jasons abruptem Rückzug zu früh dran.

Wandhohe Bücherregale, vollgepackt mit antiquarischen Büchern über alle denkbaren Themen, machten den riesigen Innenraum des Lokals zu einem wahren Irrgarten. Angeschlagene Kaffeetische und nicht minder ramponierte Stühle standen in den Nischen und Ecken. Geisterhafte New-Age-Musik erfüllte den Raum. Ich kaufte die *New York Times* vom Tage, holte mir an der Bar eine nach Zimt duftende Tasse Kaffee und fand einen leeren Tisch vor einer Bücherwand mit den Aufschriften WEIBLICHE SPIRITUALITÄT, ÖKOFEMINISMUS, HEXENWESEN. Beinahe war ich versucht, meinen BH auszuziehen, ihn in der Untertasse zu verbrennen und dabei Demeter anzurufen.

Statt dessen sah ich mich um und versuchte mir vorzustellen, wie Jason Smiley und Nicole Caswell hier gearbeitet hatten, sich heimlich zulächelnd, wenn sie Tische abräumten oder die Kasse bedienten. Es gelang mir nicht recht. Trotz allem, was ich über sie wußte, hatte ich eigentlich keine Vorstellung, wie Nicole wirklich ausgesehen hatte. Schlank, dunkelhaarig, schön, nahm ich an, aber das traf auf Tausende von Mädchen zu.

Ich blätterte in der *Times*, als Lincoln erschien. Er sah schrecklich gepflegt aus. Der Pferdeschwanz war verschwunden, ersetzt durch einen hochmodischen Haarschnitt, der raspelkurze und längere Partien aufwies. Zweifellos der letzte Schrei.

»Hallo!« sagte er. Als ich aufstand, um ihn zu begrüßen, überraschte er mich mit einer Bärenumarmung. »Cinda!«

»Lincoln, ich freue mich so, Sie zu sehen. Na, macht Ihnen die Arbeit noch immer Spaß?«

Er setzte sich auf den zweiten Stuhl und blies Luft durch die Lippen wie ein Pferd in einer kalten Nacht. »Mann, ich weiß nicht. In diesem Krankenhaus was rauszufinden war viel schwerer als beim Roten Kreuz. Diese Registratur wird bewacht wie Fort Knox, wissen Sie.«

Enttäuschung stieg in mir auf. »Sie – Sie haben also nichts finden können?«

»O doch, durchaus. Aber fragen Sie mich bloß nicht, wie ich das im einzelnen gemacht habe, okay?«

Ich breitete die Hände aus. »Kein Problem.«

Er rückte seinen Stuhl näher an meinen und senkte die Stimme. »Es ist ungefähr so, wie Sie gedacht hatten. Anfang Juni 1989 ist eine Frau mit einer Überdosis Drogen in die Notaufnahme gekommen.« Er zog ein gefaltetes Papier aus seiner Jeanstasche. »Sie war, äh, etwas über einssechzig groß, hundertzehn Pfund schwer, braunes Haar, blaue Augen, Blutgruppe A positiv, keine Ausweispapiere, aufgenommen im Koma, Verdacht auf Heroinüberdosis. Später von Pamela Owens aus dem Krankenhaus abgeholt, die behauptete, die Patientin sei ihre Schwester Mary. Die Patientin wurde in die Obhut von Pamela Owens entlassen, die die Rechnung, fast zweihundert Dollar, bar bezahlte. Der Patientin wurde geraten, sich wegen Drogenabhängigkeit behandeln zu lassen, und man wies sie einem ambulanten Therapieprogramm zu, aber sie leugnete, abhängig zu sein. Das war's«, sagte er fröhlich und faltete das Papier wieder zusammen.

»Lincoln! Das haben Sie wirklich gut gemacht!«

»Ja, ich glaube, ich habe ein Händchen für solche Sachen. Wie Sie gesagt haben, als Sie mich anheuerten, es ist Schauspielerei. ›Entschuldigen Sie, aber finden Sie nicht, daß ich mal die Registratur wischen sollte? Es ist ziemlich schmutzig da drinnen. Warum machen Sie nicht eine Pause? Sie sehen sehr müde aus.‹ Wenn es hinhaut, ist es richtig abgefahren.«

»Das war fabelhaft, Linc. Genau, was ich gebraucht habe.«

»Brauchen Sie sonst noch was, Cinda? Weil Betsy und Travis möchten, daß ich jetzt für sie etwas recherchiere. Ich kann in ihrem Haus wohnen, und es gibt da sogar ein paar Typen, die vielleicht Interesse hätten, eine Band zu gründen. Und Betsy hat diesen wunderbaren Flügel, einen Baldwin, den ihre Großmutter ihr hinterlassen hat – na ja, keiner spielt jemals darauf, und ich darf ihn jederzeit benutzen.«

Ich erinnerte mich an die Chopinklänge aus dem Telefonhörer, als ich ihn im Haus seiner Eltern angerufen hatte. »Das sollten Sie tun. Das ist sicher prima für Sie. Und für die Connors auch.«

»Was ist, Cinda?« Er tippte mir auf den Unterarm. »Was ist los?«

»Nichts.«

»Ich sollte doch noch etwas für Sie tun, oder?«

»Da ist etwas, aber das ist in Boulder. Und ich bin nicht mal sicher, ob es funktionieren würde. Es ist bloß etwas, das mir ein bißchen Sorgen macht.«

»Also, worum geht es? Cinda, ich habe Ihnen viel zu verdanken. Bei meinen Eltern zu Hause war es ätzend. Ich meine, ich liebe sie, aber Mann, ich mußte mal raus aus dem Nest. Sonst würde ich vielleicht mit fünfzig noch da hocken, verstehen Sie? Und immer noch einmal im Monat Zahnseide und Zahnpasta und Rasierklingen und solches Zeug bekommen, das meine Mutter für mich gekauft hat.

Ich kann später bei den Connors anfangen, wenn ich erledigt habe, was Sie brauchen. Kommen Sie, wann wollen Sie mir sagen, worum es sich handelt? All das Blut und die Drogen. Ich kann es aushalten, was immer es ist. Huuu!« Er schnitt ein bemerkenswert makabres Gesicht. Der Junge hatte *tatsächlich* eine große Begabung zum Schauspieler.

»Ich habe eine Freundin, vielleicht meine beste Freundin, und die hat mit einem Mann schlechte Erfahrungen gemacht. Schlimmer als schlecht.«

»Hat er sie verprügelt?«

»Ja. Und vermutlich wird er sie nicht mehr belästigen, aber ich mache mir trotzdem Sorgen deswegen. Sie wohnt allein oben in den Bergen.«

»Es wäre also ein Job als so eine Art Leibwächter?«

»Mehr oder weniger. Bloß muß ich den Leib noch überreden, den Wächter zu akzeptieren. Und es könnte brenzlig werden.«

»Super. Ich habe ein Kampfsporttraining absolviert. Wieso hat Ihre Freundin wegen dieses Mannes nicht die Polizei gerufen?«

»Das ist kompliziert. Ich könnte Ihnen mehr darüber erzählen, wenn Sie es machen wollen.«

»Ja.« er sah mich mit zusammengekniffenen Augen an. »Scheint sich um eine wichtige Sache zu handeln, was? Hat das irgend etwas mit diesem Richter im *Patent Club* zu tun?«

»Äh, entfernt. Und, Linc, haben Sie etwas gegen gleichgeschlechtliche Liebesaffären?«

Er zuckte mit den Achseln und stemmte sich von seinem Stuhl. »Wieso sollte ich? Kommen Sie, fahren wir. Können wir bei den Connors anhalten, damit ich meine Sachen abhole und mich verabschiede?«

Betsy gab Linc einen Kuß und sagte ihm, er solle so bald wie möglich zurückkommen. Sein Job warte auf ihn. Auf dem Rückweg nach Boulder erzählte ich ihm die Geschichte über Tory und Tony Malaga. Das, was ich darüber wußte.

Wir ekelten uns beide bei der Vorstellung, wie Tommy Malaga mit den Fingern Torys Süßkartoffeln in sich hineinstopfte. Aber das lag bloß daran, daß wir den schlimmeren Teil der Geschichte nicht kannten.

Mai 1991

Meine geschäftliche Post kam jetzt an Sams Büroadresse, und so war es Beverly, die mir die gerichtliche Verfügung von Richter Bogue überbrachte, datiert vom Vortag. Unser Habeas-Corpus-Antrag war eingereicht, und unser Antrag, die Staatsanwaltschaft zur Herausgabe der Blutproben zu verpflichten, lag seit etwa zehn Tagen beim Richter. Vor fünf Tagen hatte ich eine Erwiderung erhalten, unterzeichnet von Don Kitchens, in der er wie erwartet argumentierte, die Proben seien für ein Habeas-Corpus-Verfahren nicht relevant, und man rechne auch nicht damit, daß sie zur Entdeckung von relevantem Beweismaterial führen würden, also möge das Gericht ihre Herausgabe nicht anordnen.

Meine Hand zitterte, als ich den Umschlag von Beverly in Empfang nahm. Sie lächelte liebenswürdig, da sie von seiner Bedeutung keine Ahnung hatte, und verließ den Konferenzraum, um ans Telefon zu gehen.

Ihre Stimme schien in der Ferne zu verschwinden und der Umschlag in meinen Händen zu wachsen, als hätte ich ein paar von Alice' Pilzen aus dem Wunderland gegessen. Ich zwang mich, ihn mit einem Brieföffner sorgfältig am schmalen Ende aufzuschlitzen, und nahm langsam die einzelne Seite heraus.

Eigentlich hatte ich mich so dazu zwingen wollen, die Verfügung von Anfang bis Ende zu lesen, aber das brachte ich nicht fertig. Meine ungehorsamen Augen flogen zum letzten Absatz: ein paar Worte in normaler Schrift, und dann mit Großbuchstaben ABGELEHNT. Mein Körper zog sich zusammen wie unter einem Schlag, aber ich zwang mich, das ganze Schriftstück zu lesen. Unter der Nennung des Falles kamen Richter Bogues wohlgesetzte Worte mit der Autorität jahrhundertelanger Ehrfurcht vor dem Gesetz daher, das hinter ihnen stand.

»Die Entscheidung in dieser Frage beruht auf dem Anwendungsbereich des Habeas-Corpus-Verfahrens in diesem Gerichtsbezirk, insbesondere darauf, ob der Habeas-Corpus-Antrag jemandem verfügbar ist, der seine Unschuld an dem Verbrechen zeigen kann, für das er verurteilt wurde. Der einzig maßgebende Fall in dieser Angelegenheit in Colorado stammt aus dem Jahre 1898. Damals wurde ein Habeas-Corpus-Verfahren abgelehnt. Was immer dieses Gericht von der damaligen Entscheidung des Obersten Gerichtshofes von Colorado halten mag, es kann ein Urteil des höchsten Gerichts dieses Staates, so alt es auch sein mag, weder mißachten noch umstoßen. Nur der Oberste Gerichtshof von Colorado darf seinen Beschluß in einem Präzedenzfall, der für diese Angelegenheit zweifellos maßgeblich ist, neu überdenken. Dementsprechend wird der Antrag auf Herausgabe von Beweismitteln hiermit ABGELEHNT.

Beim Lesen empfand ich eine Mischung aus Anerkennung und Entsetzen. Richter Bogue hatte vollkommen recht und legte auch eine gewisse Bescheidenheit an den Tag. Ein Prozeßrichter *sollte* einen maßgeblichen Präzedenzfall nicht mißachten; er *sollte* darauf warten, daß das Oberste Gericht gegebenenfalls seine Meinung ändert. Aber hier ging es um sehr viel mehr. Sollten wir wirklich zulassen, daß ein Mann starb, der vielleicht unschuldig war, nur aus Respekt vor der Entscheidung eines Rats von alten Männern, die inzwischen längst tot waren? Ich nicht, entschied ich. Ich zog meinen Laptop zu mir heran und begann zu schreiben.

»Nun schau sich einer diese fliegenden Finger an«, sagte Sam. Ich blickte auf und sah ihn an der Tür stehen. Ich hatte ungefähr eine Stunde gearbeitet und alles andere darüber vergessen. »Was schreibst du denn da?« fragte er. »Ich dachte, du hättest alle Schriftsätze für die Revision und den Habeas-Corpus-Antrag eingereicht.«

Ich hielt einen Augenblick inne und kramte auf meinem Schreibtisch, um Richter Bogues Beschluß zu finden. Wortlos reichte ich ihn Sam und wandte mich wieder der Tastatur zu, während er ihn zu lesen begann. *Dementsprechend*, schrieb ich, *bittet der Antragsteller das Gericht...*

»Tut mir leid, Baby«, sagte Sam. Seine Hand knetete meine Schulter. »Aber das kam ja nicht unerwartet, oder?«

»Wohl nicht, aber es wird mich jedenfalls nicht aufhalten. Ich lege beim Obersten Gericht Revision ein. Ich glaube, daß Bogue mir das fast nahelegt.«

Er zog sich einen Stuhl heran und schaute auf den Bildschirm. »Stimmt. Aber es ist noch keine endgültige Entscheidung über deinen Habeas-Corpus-Antrag gefallen, Cinda. Bogue hat ihn nicht abgelehnt, zumindest nicht in diesem Beschluß, er hat nur den Antrag auf Herausgabe der Beweismittel abgelehnt. Du kannst nicht gegen einen Beschluß Beschwerde einlegen, der nicht endgültig ist.«

»Doch, ich kann«, sagte ich. »Schau dir das an.« Ich wies auf den dicken roten Wälzer mit den Gesetzen von Colorado. »Ein Habeas-Corpus-Antrag ist theoretisch ein Zivilverfahren. Und in einem Zivilfall kannst du sofort gegen den Beschluß eines Richters Beschwerde einlegen, selbst wenn er nicht endgültig ist.«

Sam lehnte sich auf seinem Stuhl zurück und sah mich an. Langsam begann er zu grinsen. »Bogue soll also bestätigen, daß Jasons Unschuldsbehauptung kein Grund für ein

Habeas-Corpus-Verfahren ist, und da willst du sofort beim Obersten Gericht dagegen Revision einlegen?«

»Genau.«

Er stieß sich vom Tisch ab. »Na, dann mach mal, Mädchen. Ich stehle dir nur deine Zeit!« Auf dem Weg zur Tür des Konferenzzimmers drehte er sich noch einmal um. »Oder soll ich dich vielleicht nicht ›Mädchen‹ nennen?«

Ich winkte ihn ungeduldig hinaus und wandte mich wieder meinem kleinen, leuchtenden Bildschirm zu.

Ich verbrachte so viele Nächte bei Sam und er bei mir, daß es ein Vergnügen war, einmal allein zu Hause zu sein. Die sanfte Maibrise, die durch das offene Fenster wehte, ließ die Papiere auf meinem Schreibtisch rascheln. Die Tage waren wieder lang geworden, und am westlichen Himmel war noch ein heller Streifen zu sehen, obwohl es beinahe acht Uhr war. Es war einer von den Abenden, die einen an Niwots Fluch glauben ließen.

Der Überlieferung zufolge hatte der Arapaho-Häuptling die weißen Siedler verflucht, die in die Heimat seines Volkes eindrangen. Die Weißen kamen in dieses schöne Tal, das sie später Boulder Valley nannten, er konnte sie nicht daran hindern. Aber sie würden nie wieder fortgehen können: Der Fluch würde sie immer wieder zurückholen.

Ich wußte, ich wollte niemals fortgehen. Trotzdem konnte die warme Abendluft meine Ängste nicht besänftigen. Ich dachte daran, nach unten zu gehen und mir ein schönes Glas Weißwein einzuschenken. Vielleicht tat es meiner Konzentration nicht gut – ich las gerade über Strategien der Argumentation bei Revisionen –, aber andererseits würde es meine Nervosität vielleicht etwas lindern. Ich hatte seit zwei oder drei Tagen nicht mehr mit Tory gesprochen. Wir hatten die

Routine der täglichen Anrufe aufgegeben, aber ich machte mir Sorgen um sie, wenn ich nichts von ihr hörte. Sie arbeitete noch immer für Wally und begegnete Malaga von Zeit zu Zeit, aber es hatte keinen Drohungen und keine weiteren Racheakte gegeben. »Sie denken, ich würde nichts gegen sie unternehmen«, hatte sie spekuliert, »weil ich das bis jetzt noch nicht getan habe.«

»Und, wirst du doch?« hatte ich sie gefragt.

Sie hatte mir einen steinernen Blick zugeworfen. »Ich habe mich noch nicht entschieden.« Noch immer hatte sie mir oder Linda nicht genau erzählt, was Malaga während ihrer Entführung getan hatte. Ich nahm an, daß sie mit der Entscheidung rang, was sie unternehmen sollte, weil sie den Gedanken nicht ertragen konnte, irgend jemandem davon zu erzählen. Und da ich den Gedanken nicht ertragen konnte, es zu hören, hatte ich sie nicht gedrängt. Vielleicht hätte ich das tun sollen, aber ich hatte es nicht über mich gebracht. Das ist ihre Entscheidung, hatte ich mir gesagt.

Jetzt versuchte ich mich damit zu beruhigen, daß eigentlich kein Grund zur Sorge bestand. Lincoln wohnte jetzt in Torys Haus in dem freien Schlafzimmer und ging mit ihr überallhin, außer zur Arbeit. Ich war überrascht gewesen, wie bereitwillig sie meinen Vorschlag angenommen hatte, Lincoln solle für eine Weile bei ihr wohnen. »Das wäre vielleicht gut«, hatte sie eingeräumt. »Nur, bis ich meinen Job gekündigt habe. Was ich in aller Kürze tun will.«

Es war nicht mehr nötig, daß sie im Büro der Staatsanwaltschaft blieb, zumindest nicht, um heimlich an die Blutproben heranzukommen. Ich hatte ja den Antrag auf Herausgabe des Materials gestellt. Doch bisher schien im Büro außer Groesbeck und Malaga niemand eine Ahnung davon zu haben, daß Tory mit dem Fall Jason Smiley in Verbindung stand. »Du solltest mal hören, was sie über dich reden, Cinda«, hatte sie gesagt. Ich konnte es mir vorstellen. Und noch schmerzhafter konnte ich mir vorstellen, was sie am anderen Ende der Stadt im Krisenzentrum über mich sagten, aber auch darüber wollte ich nicht nachdenken. Ich war es müde, mir zu überlegen, wie ich anderen mein Handeln erklären könnte, da ich es mir die meiste Zeit selbst nicht erklären konnte.

Ich dachte noch immer über dieses Glas Wein nach, da läutete die Türglocke. Als ich das Licht auf der Veranda einschaltete und durch das schmale Fenster neben der Tür spähte, stießen Tory, Lincoln und Linda sich an und schnitten Gesichter wie drei etwas überaltete Scherzbolde an Halloween.

»Wir brauchen nichts«, sagte ich durch das Fliegengitter, nachdem ich die hölzerne Tür geöffnet hatte.

»Doch, Minnie, du weißt es bloß nicht. Komm mit uns, wir feiern.«

»Feiern?« sagte ich.

»Zieh dir einfach eine Jacke an und komm mit, Mäusefrau«, sagte Tory ungeduldig. »Oder willst du, daß dir alle Nachbarn wegen Ruhestörung auf den Pelz rücken.«

»Nein«, sagte ich hastig. »Gebt mir eine Minute.« Ich ging rasch zur Toilette und griff auf dem Weg nach draußen nach meiner Jeansjacke. Ich hoffte, daß wir uns nicht alle in Lindas Miata würden zwängen müssen, aber am Straßenrand stand ein gedrungener, verwahrloster Pick-up, dessen Farbe, wenn er überhaupt eine hatte, im schwindenden Licht nicht zu erkennen war. *International Harvester* stand auf der Heckklappe. »Wem gehört denn dieses Monster?«

»Mir«, jubelte Lincoln. »Er ist ein Monster, und er gehört mir! Cinda, ich stelle dir Grendel vor. Grendel, Cinda.«

Als ich näher herankam, schnupperte ich. »Grendel riecht nach Zwiebeln.«

»Jawohl!« schrie der Junge, augenscheinlich in einem Zustand wahnsinniger Verliebtheit. »Ich habe ihn von den Tanaka-Farmbetrieben gekauft. Sie haben damit Gemüse transportiert! Ist er nicht einfach abgefahren? Steigt ein, ihr beiden«, wies er mich und Linda an. »Tory und ich fahren im Führerhaus.«

Ich sah Linda an, die grinsend mit ihren kräftigen Schultern zuckte. »Ich denke, wir sollten besser einsteigen, sonst sind sie weg.«

»Weißt du, wohin wir fahren?« fragte ich, als wir in den Laderaum kletterten.

»Ich bin nicht sicher. Tory möchte dir etwas erzählen, und du weißt ja, wie sie ist. Sie verlangt eine angemessen dramatische Umgebung.«

»Ich weiß, was du meinst«, sagte ich und erinnerte mich an mehrere kalte Runden um den Bear Lake.

Es war jetzt fast dunkel. Am westlichen Horizont schimmerte noch immer schwaches Licht, aber im Zenit brachen die Sterne leuchtend und mit wundervoller Intensität durch die Schwärze. Die Milchstraße schien sich über uns zu ergießen. Ich lehnte mich an die rostige Seitenwand des alten Lastwagens und schaute zum Himmel auf, während Lincoln in südlicher Richtung, an der Universität vorbei, durch die Stadt fuhr. Obwohl es zahlreiche Fußgängerunterführungen gab, flitzten Studenten auf ihren Skateboards und Rollerblades über den Broadway, entgingen um Haaresbreite Zusammenstößen mit Autos und vertrauten darauf, daß Jugend unverletzlich ist. So hatte ich mich seit Jahren nicht mehr gefühlt, doch da draußen in der Zärtlichkeit der Nacht, gewiegt von einem nach Erde riechenden Lieferwagen unter den blitzenden Sternen, konnte ich das Gefühl beinahe wieder empfinden.

An der Baseline bog Lincoln rechts ab und fuhr auf den Chautauqua Park zu. Die Steigung überforderte den Auspuff des alten Wagens; er röhrte wie eine Zementmischmaschine, als wir bergauf an den Häusern auf beiden Seiten vorbeifuhren. Ich atmete tief die weiche Nachtluft ein und war wie berauscht. Der Wagen fuhr durch den Parkeingang und weiter bergan, und mir wurde klar, daß Lincoln oben auf den Flagstaff Mountain wollte. Seit der Gedenkfeier für Joshua Hardy war ich nicht mehr dort gewesen.

»Was macht er?« rief ich Linda zu, die auf der anderen Seite der Ladefläche neben dem Radkasten saß.

Sie schüttelte den Kopf, und das kurze blonde Haar flog ihr ums Gesicht. Entweder konnte sie meine Frage nicht hören oder nicht beantworten. Aber wir fuhren tatsächlich den Flagstaff hinauf. Mit knirschenden Gängen nahm Lincoln die scharfen Kurven, und Linda und ich flogen auf der Ladefläche herum. Die wilde Fahrt endete erst, als Lincoln auf dem Kies des Parkplatzes neben dem Amphitheater zum Stehen kam.

»Mann«, sagte Linda und fuhr sich mit den Fingern durch das wirre Haar. »Nächstes Mal halte ich mich an etwas Sicheres wie das Schwimmen in haiverseuchten Gewässern.«

Tory sprang aus dem Fahrerhaus. »Kommt, ihr beiden.« Sie ging auf das dunkle Amphitheater zu. Nur ein anderes Fahrzeug stand auf dem Parkplatz, ein glänzender grauer Acura, aus dem das Gekicher von Mädchen und süßer Rauch drangen. Teenager aus Boulder, die im Auto der Eltern Gras rauchten, diagnostizierte ich. Ich fragte mich, ob die betreffende Mutter am nächsten Morgen auf dem Weg zur Arbeit den harzigen Qualm an der Polsterung bemerken würde, und ob sie in Erinnerung an ihre eigene Jugend wohl lächeln oder die Stirn runzeln würde.

Im Dunkeln wirkte das Amphitheater viel größer, da man seine Grenzen im Schatten nicht ausmachen konnte. Tory ging zur Bühne hinauf und sprang auf den steinernen Sims. Die Erinnerung an das letzte Mal, daß ich sie dort gesehen hatte, machte mich traurig, und ich fragte mich, ob es ihr auch so erging. »Okay!« rief sie. »Ich bitte um Ihre Aufmerksamkeit!«

Lincoln hüpfte mehrere Sitzreihen tiefer und ließ sich auf einen Platz in der Nähe der Mitte plumpsen. »Musik, Gnädigste?« rief er.

»Musik!« wiederholte Tory, und Lincoln nahm eine Mundharmonika aus der Tasche und spielte darauf eine verblüffend kunstvolle kleine Ouvertüre. Linda und ich setzten uns ans Ende seiner Sitzreihe.

»Also!« rief Tory laut, als die Mundharmonika nach einer Minute verstummte. »Ich habe eine Ankündigung zu machen!«

Ich sah Linda an, aber ihre Miene verriet mir, daß sie genausowenig wie ich ahnte, woraus diese Ankündigung bestehen mochte.

»Ich habe GEKÜNDIGT!« rief Tory. »Ich habe meinen Scheißjob GEKÜNDIGT! Heute!«

»Hurra!« schrie Lincoln, und wir applaudierten alle drei.

»Tja«, sagte Tory in normalem Ton, nachdem wir aufgehört hatten zu klatschen, »das war's so ziemlich.«

»Das war alles?« sagte ich. »Du hast uns den ganzen Weg hier hinauffahren lassen, um uns das zu sagen?«

»Reicht das nicht? Ich habe bisher noch nie eine Stelle gekündigt, ohne eine neue zu haben. Als du deinen Job verloren hast, warst du vollkommen von der Rolle, Minnie.« Sie stieg von der Plattform und kam zu uns auf die Steinbank.

»Also gut, meinen Glückwunsch. Und was wirst du jetzt machen?«

»Hayes und Meadows, richtig?« Sie machte eine Geste, als zöge sie ein Banner mit dieser Inschrift auf.

Ich grinste Tory an. »Was meinst du, werden wir Mandanten bekommen?«

»Was brauchen wir, um Mandanten zu kriegen? Wir haben zwei brillante Anwälte, einen hervorragenden Ermittler, der zwanzig Instrumente spielen kann und verschiedene Sprachen spricht« – hier wies sie auf Lincoln, der sich respektvoll verneigte – »und eine geniale Wissenschaftlerin als Beraterin und Sachverständige. Und wir werden uns todschicke Büroräume und eine Inneneinrichtung von Ralph Lauren zulegen, Geschäftskarten, entworfen von einem bekannten Künstler, fabelhafte Klamotten, damit wir nie dasselbe Kostüm zweimal tragen müssen, nicht mal in einem dreiwöchigen Prozeß, um die Geschworenen nicht zu langweilen ...«

»Die Garderobe hast du schon«, bemerkte ich.

»Na, dann«, sagte sie hochnäsig, »müssen wir uns wohl mal um deine kümmern.«

»Das ist super!« sagte Lincoln und kam zu uns herüber. »Werdet ihr das wirklich machen?«

»Ja«, sagte ich und grinste Tory an. »Ich glaube schon. Allerdings sehe ich zwei Probleme.«

»Kann ich dir dabei irgendwie helfen?« sagte Tory beflissen. »Schon wieder diese Hitzewallungen?«

»Sei ernst. Ich muß mich bis zur Verhandlung über Jasons Revision still verhalten. Die ist in ungefähr zweieinhalb Wochen. Danach können wir anfangen, uns nach einem Büro umzuschauen.«

»Das ist nur recht und billig«, sagte Tory gespielt bedächtig. »Und was noch?«

»Wie werden wir diese Extravaganz finanzieren? Ich bin pleite. Was machen deine Wertpapierbestände?«

»Dasselbe wie deine«, sagte sie. »Das könnte ein Problem sein. Aber wir können uns Geld leihen, meinst du nicht? Ich könnte mein Haus beleihen.«

»Das könnte ich wohl auch«, antwortete ich zweifelnd. Ich haßte den Gedanken, mich zu verschulden.

»Und dann ist da noch das Urteil.«

»Wie bitte?«

Linda, die sich auf zwei Bankreihen ausgestreckt und in den Himmel geschaut hatte, wirkte plötzlich aufmerksamer. Lincoln saß vorgebeugt, die Ellbogen auf den Knien.

»Ich habe mir alles überlegt«, sagte Tory. »Wally und Malaga sollen nicht ungeschoren davonkommen. Ich könnte zur Bundesanwaltschaft gehen, aber die sind für Körperverletzung nicht zuständig. Und auch nicht für sexuelle Übergriffe«, fügte sie hinzu. Ich hatte sie nie so deutlich aussprechen hören, was Malaga getan hatte. Ich holte Luft.

»Ich denke also an eine Zivilklage«, fuhr Tory fort. »Wegen Körperverletzung. Die Beweislast ist bei einem solchem Verfahren geringer.«

Ich wollte jetzt sehr vorsichtig sein mit dem, was ich sagte. »Das wäre toll, Tory. Aber was ist mit den Dingen, die dir vorher Sorgen gemacht haben, von denen du dachtest, sie würden es einer Jury schwermachen, deine Geschichte zu glauben?«

Sie bemerkte meine Verlegenheit und sah sich um. »Das ist okay, Cinda. Linda und Linc wissen beide alles, über das Krankenhaus und alles andere. Ich habe in letzter Zeit viel mit meiner Mutter gesprochen. Wir haben endlich über ein paar Dinge geredet, über die wir früher nie reden konnten. Sie ist bereit, als Zeugin darüber auszusagen, warum ich im

Krankenhaus war, falls ich sie dazu brauche. Aber vielleicht wird das gar nicht nötig sein. Mein Anwalt hat mich daran erinnert, daß es zum Schutz von Vergewaltigungsopfern in Colorado verboten ist, bei einem Vergewaltigungsprozeß das sexuelle Vorleben des Opfers zu erwähnen. Und das gilt auch für Zivilklagen.«

»Dein Anwalt?«

»Sam natürlich. Wer denn sonst, Minnie Mouse?«

Ich atmete tief ein, erfüllt von einer riesigen Erleichterung. So ein Fall würde Sam für Jahre in Boulder festhalten. Doch diesen Gedanken behielt ich für mich. Ich ging hinüber zum Rand des Amphitheaters. Tief unten glitzerte und funkelte Boulder, und Autos fuhren die Hauptstraße hinauf und hinunter wie Ameisen. Ich wandte mich wieder meinen Freunden zu. »Tory, ich muß dich das fragen, weil ich früher Sexualstraftaten angeklagt habe. *Gibt* es sonst noch irgendwelche Beweise? Du weißt, es ist schwer, Geschworene von einer Vergewaltigung zu überzeugen.«

»Ich habe gesehen, in welchem Zustand sie war«, meldete sich Linda zu Wort. »Ich habe die Male von den Handschellen an ihren Handgelenken gesehen.«

»Das ist schon was, denke ich, aber du bist ihre Geliebte. Glaubst du nicht, daß Wally und Tommy das benutzen werden, um deine Zeugenaussage zu diskreditieren?« Ich schüttelte den Kopf. »Ich möchte einfach nicht, daß du verletzt wirst, Tory. Was sagt Sam dazu?«

»Er sagt dasselbe wie du. Wir müssen irgendein Beweisstück finden. Aber dazu habe ich eine Idee. Ihr könntet mir helfen.« Sie sah zu Linda und Linc.

»Sprich weiter«, sagte ich zu ihr.

»Einer von den Dreckskerlen hat das Band aus meinem Anrufbeantworter genommen – das Band, das eingehende

Anrufe aufzeichnet. Ich weiß nicht warum, und ich weiß auch nicht genau wann. Vielleicht hat Wally sich noch einmal ins Haus geschlichen, als ich bei Malaga war. Aber es gibt bestimmt einen Zusammenhang, weil das Band an demselben Wochenende verschwand, an dem alles passierte. Warum sollte irgend jemand anderer Interesse daran haben?«

»Also, was sollen wir tun?« fragte Lincoln.

»Einer von ihnen muß es irgendwo versteckt haben. Wenn wir es finden könnten, etwa irgendwo in Wallys Büro oder in Tommy Malagas Haus, dann würde das viel beweisen, meint ihr nicht?«

»Soll das heißen, daß einer von uns da einbrechen soll?« fragte Lincoln eifrig. Er rieb sich förmlich die Hände.

»Äh, Moment mal, Leute«, sagte ich. Mein Gesicht war in der letzten Minute heiß geworden. »Ich, äh, ich glaube nicht, daß das funktionieren wird.«

»Was bist du für ein Feigling, Minnie«, sagte Tory verächtlich. »Keine Sorge, keiner wird von dir verlangen, daß *du* den Einbruch machen sollst.«

Da sagte ich es ihnen.

Lincoln sprang auf, kam zu mir herüber und klatschte mir anerkennend in die erhobene Hand. »Na, super, Minnie Mouse! Das zeigt doch mal Mut!«

»Cinda«, sagte Tory empört. »Du bist in mein *Haus* eingebrochen?«

»Ich bin nicht *eingebrochen*«, sagte ich ärgerlich. »Sei nicht so melodramatisch. Ich habe den Schlüssel benutzt. Tut mir leid, aber ich hatte mir Sorgen um dich gemacht. Mit gutem Grund, wir wir jetzt wissen.«

»Aber warum hast du das Band genommen? Was war drauf?«

»Nichts«, sagte ich. »Nichts. Ich dachte nur, nachdem ich mich nun schon des *Einbruchs* schuldig gemacht hatte, könnte ich drinnen auch gleich eine schwere Straftat begehen, damit es ein richtiges Verbrechen ist und nicht bloß ein lausiges Vergehen. Okay? Weitere Fragen?«

Tory schüttelte noch immer glucksend den Kopf. »Minnie Mouse als Einbrecherin.«

»Also«, sagte Linda zögernd. »Gibt es sonst noch etwas, Tory? Irgend etwas anderes, das als Beweis dienen könnte? Was ist mit Fingerabdrücken?«

»In meinem Haus, meinst du?«

»Ja. Glaubst du, daß Wally oder Tommy welche hinterlassen haben?«

»Daran haben Sam und ich schon gedacht, aber wir haben uns überlegt, daß sie nichts beweisen würden. Erinnerst du dich, daß ich für das ganze Büro letzten Sommer in meinem Haus eine Grillparty gegeben habe? Wally und Tommy waren beide da. Zwei Dutzend Leute haben sie dort gesehen. Selbst wenn ihre Fingerabdrücke im Haus wären, könnten sie sagen, sie stammten von der Grillparty.

»Es muß etwas geben, das sie an diesem Abend angefaßt haben und das im Sommer zuvor, als du die Party gegeben hast, nicht da war«, schlug ich vor.

Tory nickte verstehend und schüttelte dann resigniert den Kopf. »Mir fällt nichts ein.«

»Trotzdem, Tory, ich denke, die Zivilklage ist eine hervorragende Idee. Ich möchte bloß nicht, daß du enttäuscht wirst.«

»Tory«, sagte Linda aus der Dunkelheit in der Mitte des Amphitheaters. »Bist du bereit, jemandem genau zu erzählen, was passiert ist?«

»Das werde ich tun, wenn ich muß«, sagte Tory. »Wenn die

Klage zu nichts führt, besteht dazu keine Notwendigkeit, oder?«

»Vielleicht doch«, antwortete Linda leise.

»Das glaube ich nicht.« Tory stand auf und ging zu Lincoln hinüber, der genau zugehört hatte. Sie streckte die Hand nach ihm aus. »Auf geht's, Kleiner. Wir müssen morgen früh aufstehen.«

»Was macht ihr denn morgen?« fragte ich.

»Linc geht mit mir Snowboard fahren.« Sie grinste mich und Linda an. »Zu schade, daß ihr keinen süßen Typ habt, der euch mitnimmt.«

»Snowboard fahren im Mai?« Linda klang ein bißchen eifersüchtig.

»Letzter Tag am A-Basin«, sagte Lincoln glücklich. »Das wird affengeil.«

Juni 1991

Es gibt Dinge, an die keiner ohne Angst denken kann, ganz gleich, wie oft er sie schon getan hat: Eisläufer und der dreifache Axel, Bergsteiger und Schwierigkeitsgrad 5 am Gipfel, Sänger und *The Star-Spangled Banner.* Zum ersten Mal Sex mit jemandem. Aber man sollte meinen, daß es schließlich zur Routine wird, vor dem Obersten Gerichtshof von Colorado einen Fall vorzutragen. Ich hatte das schon sechsmal getan, aber mein Magen rebellierte noch immer, und mein Puls raste jedesmal, wenn ich mich anschickte, meinen bevorstehenden Vortrag in Jason Smileys Fall zu proben.

Ich versuchte, das zu tun, was früher schon funktioniert hatte. Ich entwarf meine Rede sorgfältig und schrieb sie Wort für Wort nieder. Dann las ich sie mehrmals laut vor und stoppte die Zeit, damit sie nicht die mir zugebilligte halbe Stunde überschritt. Dann legte ich die wörtliche Version beiseite und schrieb mir kürzere Stichworte auf. Anhand dieser Stichworte hielt ich den Vortrag noch ein- oder zweimal. Dann reduzierte ich die Stichworte auf eine Seite.

Ich stellte einen kleinen Spiegel in das Bücherregal des Konferenzzimmers und stellte mich davor, um meine Mimik zu beobachten. »Wir bitten das Hohe Gericht«, sagte ich lächelnd. Nein, das Lächeln war zu breit. »Wir bitten das Hohe Gericht«, sagte ich ernst und würdig. Mein Gesicht im Spiegel sah aus wie ein Gemälde von Edvard Munch – Entsetzen, vermischt mit Langeweile und beginnender Geisteskrankheit. Vielleicht solltest du ohne Spiegel üben, dachte ich. Konzentrier dich auf den Kern der Sache.

Wenn ich mich auf den Kern der Sache konzentrierte, war es noch schlimmer. Alles kam mir gleichzeitig in den Sinn, der logische Aufbau meiner Rede war dahin. Drei Wochen vorher hatte ich Beschwerde gegen Richter Bogues Entscheidung eingelegt, uns beim Habeas-Corpus-Verfahren keinen Zugang zu den Blutproben zu gewähren. Bogue hatte entgegenkommenderweise das Revisionsverfahren beschleunigt, und ich dachte noch immer, insgeheim wünsche er uns in dieser Sache einen Sieg. Eine Woche nach dem Einlegen der Revision erhielt ich einen völlig unerwarteten Beschluß des Obersten Gerichts.

Wegen der Identität der Parteien und der Ähnlichkeit der Sachverhalte, stand darin, *werden die folgenden Angelegenheiten hiermit zur mündlichen Verhandlung zusammengelegt: Nr. 90SA0237, das Volk gegen Jason Troy Smiley, und Nr. 91SA0391, Jason Troy Smiley gegen Warren Dougherty, Repräsentant des Staatsgefängnisses Colorado.*

Unterzeichnet war das Schreiben von Sanderson, dem Vorsitzenden Richter. Es bedeutete, daß ich und der Staatsanwalt über alle Jasons Schicksal betreffende Fragen auf einmal verhandeln würden. Im Verlauf einer einzigen Stunde, die zwischen den beiden Seiten geteilt wurde, würden wir die technischen Fragen besprechen müssen, die ich in der Revision aufgeworfen hatte, etwa, daß das Gericht es versäumt hatte, Jason auf sein Recht zur Aussage hinzuweisen, und auch die wesentliche Frage erörtern müssen – ob Unschuld ein Grund für die richterliche Anordnung eines Haftprüfungstermins ist. Mir gefiel das nicht; ich sorgte mich, warum das Gericht auch Jasons Klage auf Freilassung auf diesen Termin gelegt hatte. Sam hatte gemeint, das könne einfach Gründe der Effizienz haben, aber mein Mißtrauen war geweckt. Ich hatte inzwischen fast jede Nacht Angstträume von züngelnden Schlangen, die in dunklen Teichen lauerten, und Zügen, die auf einen Abgrund zurasten. Es war nicht bloß der Druck, zwei Fälle auf einmal verhandeln zu müssen, der mir den Schlaf raubte, sondern das Wissen, daß nur diese Verhandlung und sonst nicht mehr viel zwischen Jason Smiley und der Hinrichtung durch eine tödliche Injektion stand.

Aus Sicherheitsgründen würde Jason Smiley nicht zur Verhandlung kommen dürfen. Die Worte, die sein Leben retteten oder beendeten, sollten im Gerichtssaal des Obersten Gerichtshofes von Colorado fallen.

Ich hoffte, die Caswells würden nicht zur Verhandlung erscheinen. Ich hatte keine besondere Lust, ihnen gegenüberzutreten; sie würden in mir nur das Sprachrohr des Mannes sehen, den sie für den Mörder ihrer Tochter hielten. Außerdem erinnerte ich mich unbehaglich, daß Tory sie auf meine Veranlassung als »Vertreterin« der Staatsanwaltschaft angerufen hatte, um ihnen einige Fragen zu stellen. Sie wußten natürlich nicht, wie sie aussah, aber was war, wenn sie sich an ihre Stimme erinnerten oder ihren Namen hörten? Ich nahm mir vor, Tory zu bitten, sich getrennt von den anderen hinzusetzen, für den Fall, daß die Caswells auftauchten, und nichts zu sprechen.

Ganz abgesehen von Jasons Fall hatte ich auch noch andere Sorgen. Ich hatte einige tausend Dollar auf mein Haus aufgenommen, aber das Geld würde nicht lange reichen. Tory hatte sich nach Büros umgesehen, und die waren teuer. Sam hatte gesagt, wir könnten sein Büro benutzen, aber ich sah nicht, wie das funktionieren sollte; es hatte kaum genug Platz für ihn, mich und Beverly, und einen Raum für Tory gab es nicht.

Sam war in letzter Zeit etwas zerstreut. Er stand vor einem großen Strafprozeß, und an meinem großen Tag der Verhandlung würde er sich nur mit Mühe freimachen können. Und noch etwas war im Gange – ich hatte ihn von Zeit zu Zeit mit seiner Schwester Natalie telefonieren hören (sie nannte sich nicht mehr Sissela und hatte wieder ihren ursprünglichen Namen angenommen). Ich hoffte, daß mit ihrer Mutter alles in Ordnung war, und hätte Sam gern danach gefragt, aber ich zögerte, weil er mir von sich aus nichts erzählte.

Eines Abends bei ihm zu Hause hatte er seine Fotoalben herausgeholt und mir Bilder von Afrika gezeigt. Ein andermal hatte er mir afrikanische Musik vorgespielt, die er während seines Aufenthaltes aufgenommen hatte – Musiker, von denen ich noch nie gehört hatte, wie Ladysmith Black Mambazi oder King Sunny Ade, gedämpfter Gesang, eindringliche Trommeln. »Gleich nach meiner Rückkehr habe ich die ganze Zeit solche Musik gehört«, erzählte er mir. »Dann, ich weiß nicht wie, fing ich wieder an, Miles Davis und Sonny Rollins und Junior Walker zu hören, und jetzt klingen diese Aufnahmen für mich wieder so fremd wie vor meiner Reise nach Afrika.« Er zuckte mit den Schultern. »Komm, laß uns zuschauen, wie die New York Knicks im Madison Square Garden Utah Jazz fertigmachen.«

Er beobachtete das Spiel, während ich den neuesten Roman von Lawrence Block las, die Füße an seine warme Seite auf der großen Ledercouch geschmiegt. Der Privatdetektiv ohne Lizenz, Matt Scudder, schien viel schlimmere Probleme zu haben als ich, und solange ich mich auf das konzentrierte, was ich las, war ich gelassen und zufrieden.

Als der Tag kam, war ich ziemlich ruhig. So ging es mir häufig: Wenn es für irgendwelche weiteren Vorbereitungen zu spät war, wenn der Punkt überschritten war, an dem weitere

Geschäftigkeit etwas nützen konnte, konnte ich zu einer geradezu erstaunlichen Ruhe finden. In diesem Zustand war ich fünfzehn Minuten vor Beginn der Verhandlung.

Der Gerichtssaal hatte keine Fenster nach draußen, aber die Innenfenster auf beiden Seiten des Raumes gingen auf sehr sonnige Gänge und ließen gefiltertes Sonnenlicht ein. Eines der Fenster war aus Buntglas und stellte einen ehrwürdigen Mann in schwarzer Robe dar, der unter einer fernen Berglandschaft sitzt. Vier Sitzreihen stehen hinter den geschwungenen Anwaltstischen zur Verfügung, aber bei einer Verhandlung vor dem Obersten Gericht sind selten mehr als eine Handvoll Zuschauer anwesend.

Ich drehte mich um, um hinter mich zu schauen, da ich noch immer fürchtete, die Caswells würden erscheinen. Sam lächelte mir aus der ersten Sitzreihe auf meiner Seite zu. Lincoln saß neben ihm; er trug eines von Sams Jacketts, das er sich zu diesem Anlaß geliehen hatte. Es wirkte an ihm etwas zu groß. Ein paar Tage zuvor war mir eingefallen, daß Hilton James Lincoln möglicherweise aus dem *Patent Club* kannte, aber dann hatte ich das doch für unwahrscheinlich gehalten. Und außerdem, was spielte es für eine Rolle, wenn er ihn erkannte? In dieser Sache würde Richter Hilton James auf keinen Fall auf meiner Seite sein, ob er mich nun der Komplizenschaft mit seinem ehemaligen Kellner verdächtigte oder nicht.

Tory und Linda saßen zwei Reihen hinter Sam und Linc und wirkten in ihren Geschäftskostümen unauffällig, fast anonym. Die schweren Doppeltüren an der Rückseite des Gerichtssaals sind von innen nicht zu sehen, da sie von einer Reihe polierter Wandschirme aus Holz verdeckt werden, aber man kann das Schleifen hören, wenn die großen hölzernen Türflügel sich öffnen. Als ich es hörte, drehte ich mich gerade nach Sam um, und erwartungsvoll schaute ich hin, da ich mich noch immer fragte, wen der Staat heute zu seiner Vertretung schicken würde. Wally Groesbeck und Don Kitchens kamen um die linke Seite des Wandschirms herum in den Raum. Wally schaute betont zu Tory und Linda hinüber, als erwarte er, gegrüßt zu werden, aber sie ignorierten ihn. Er und Kitchens gingen nicht an den Tisch des Revisionsgegners, sondern setzten sich dahinter in die erste Zuschauerreihe. Ich war nicht überrascht, denn ich hatte bei ihrem Hereinkommen bemerkt, daß keiner von ihnen eine Aktentasche trug. Dann muß es jemand von der Generalstaatsanwaltschaft sein, dachte ich. Wieder hörte ich die Türen, und Grace Cappucini erschien auf der rechten Seite des Wandschirms. Sie trug ein schwarzes Leinenkleid, das sie sicher extra hatte anfertigen lassen. Sie nahm die Anordnung der Tische in sich auf und ging dann in den Zuschauerteil des Raumes, wo sie sich hinter Wally und Don setzte. Sie grüßte weder diese beiden noch sonst jemanden, aber mir lächelte sie zu.

Kacke, dachte ich, was macht *sie* hier? Ich schämte mich noch immer für eines der Argumente, die ich im Zusammenhang mit der Revision vortragen wollte: daß die vorgelegten Beweise für eine Vergewaltigung nicht ausreichten, um den Spruch der Geschworenen zu rechtfertigen, Jason Smiley habe im Verlauf einer Vergewaltigung gemordet. Schon Monate zuvor, als ich diesen Teil des Schriftsatzes verfaßte, hatte ich mir den Kopf darüber zerbrochen, wie ich Lainie oder sonst jemandem aus dem Krisenzentrum dieses Argument erklären könnte, aber später, als die Liste meiner Sorgen so viel länger wurde, hatte ich es vergessen. Als ich jetzt Grace sah, fiel es mir glühendheiß wieder ein; ich mußte mich ermahnen, tief und gleichmäßig zu atmen. Wahrscheinlich war man im Zentrum der Ansicht, bei der Verhandlung vertreten sein zu müssen, dachte ich bei mir in dem Versuch, vernünftig zu sein. Aber warum Grace? Die Bitterkeit über die Rolle, die sie meiner Vermutung nach bei meiner Entlassung gespielt hatte, stieg wieder in mir auf. Aber wenn ich heute für meinen Mandanten gute Arbeit leisten wollte, durfte ich darüber jetzt nicht nachdenken.

Die Doppeltüren öffneten sich erneut, und Sekunden später rauschte Moira Pennybacker persönlich herein, Generalstaatsanwältin des Staates Colorado. Ihr Kostüm war so rot wie ihr Lippenstift, und ihre Schuhe hatten die gleiche Farbe. Die weiche Mappe aus Kalbsleder, die sie unter dem Arm trug, mußte tausend Dollar gekostet haben. Zwei sehr unscheinbare männliche Assistenten schwammen in ihrem Kielwasser wie Dingis hinter einem Kabinenkreuzer. Sie segelte schnurstracks auf den Tisch des Revisionsgegners zu, wobei ihre Absätze auf dem Holzboden klackten. Mit einer anmutigen Bewegung schob sie den Stuhl zur Seite und legte die Kalbsledermappe auf den Tisch, bevor sie sich mit einem strahlenden Lächeln mir zuwandte. Dann kam sie an meinen Tisch und streckte mir mit beunruhigender Begeisterung die Hand hin. Nicht kichern, ermahnte ich mich streng. Ich wagte nicht, zu Tory hinüberzuschauen.

»Freut mich sehr, Sie kennenzulernen, Miss – Hayes«, sagte Moira Pennybacker mit kehliger Stimme und schaute dabei auf die Terminbenachrichtigung in ihrer linken Hand, auf der mein Name stand. Eigentlich waren wir uns schon mehrmals begegnet, bei offiziellen Anlässen und dergleichen, aber ich nehme an, daß eine Generalstaatsanwältin viele Leute kennenlernte. Ich nehme auch an, daß die Gelegenheit, unter so respektablen Umständen daran beteiligt zu sein, einem schlimmen Verbrecher den Prozeß zu machen, etwas war, das Generalstaatsanwältin Pennybacker sich nicht entgehen lassen konnte.

»Ganz meinerseits«, murmelte ich. Die beiden Assistenten benahmen sich, als sei ich nicht vorhanden. Einer von ihnen zupfte an Pennybackers Ärmel und wies brüsk auf seine Uhr. Moira Pennybacker gewährte mir ein weiteres strahlendes Lächeln und ging rasch zu ihrem Tisch. Sie hatte nur einen Moment Zeit, um einen dünnen Stapel Notizen aus ihrer exquisiten Mappe zu nehmen und sich kurz und flüsternd mit ihren Helfern zu beraten, was dazu führte, daß diese sich in den Zuschauerraum zurückzogen.

Die Vorhänge, mit denen die Wand hinter der Richterbank drapiert war, raschelten, und dann öffnete sich eine Tür in der Wand, und die Richter des Obersten Gerichtshofes von Colorado traten nacheinander ein. Alle im Raum anwesenden Personen erhoben sich gleichzeitig, als die sieben in Roben gehüllten Gestalten feierlich zu ihren mit Namen versehenen Sitzen schritten – McGuffin, Tate, Hamilton, Sanderson, Castillo, Bashinsky, James.

»Meine Damen und Herren«, intonierte der Gerichtsdiener. »Der Oberste Gerichtshof des Staates Colorado ist unter Vorsitz von Richter Sanderson zusammengetreten. Jeder, der vor diesem ehrenwerten Gericht eine Sache zu vertreten hat, möge näher treten.«

»Bitte nehmen Sie Platz«, sagte der Vorsitzende Richter Sanderson. »Bei der ersten Angelegenheit, mit der sich dieses Gericht heute zu befassen hat, handelt es sich um zwei zusammengelegte Verfahren: *Das Volk gegen Smiley* und *Smiley gegen Dougherty*. Würden die die Parteien vertretenden Anwälte sich vorstellen?«

Ich stand auf und hoffte, daß meine Stimme nicht heiser klingen würde; mein Mund fühlte sich an wie mit Watte gefüllt. »Lucinda Hayes für den Revisionsankläger Jason Smiley.«

Pennybacker erhob sich, stand mit leicht geneigtem Kopf da und bot mir einen fabelhaften Blick auf ihr eindrucksvolles Profil. »Moira Pennybacker, Euer Ehren, Generalstaatsanwältin von Colorado, für den Revisionsbeklagten, das Volk des Staates Colorado, und für Warren Dougherty.«

Sanderson lächelte mich an. »Sie können beginnen, Miss Hayes. Möchten Sie sich Zeit für eine Erwiderung aufheben?«

Ich ging zum Podium und dachte daran, ein letztes Mal tief einzuatmen. »Fünf Minuten, bitte, Euer Ehren.« Dann musterte ich alle mit einem langen Blick von links nach rechts und hoffte, ihre Aufmerksamkeit zu gewinnen. »Das Hohe Gericht wird gebeten ...«

Größtenteils lief es, wie ich erwartet hatte. Meine Angst schwand, als ich zu den Einzelheiten meines Vortrages kam. Ich war nicht überrascht von der Skepsis, mit der einige der Richter meine Ausführungen zur Tateinheit der beiden Verbrechen aufnahmen. »Wollen Sie damit sagen, Miss Hayes«, fragte Richterin Tate mich streng, »daß, wenn ein Verbrechen darin besteht, ein Opfer in einem Gerichtsbezirk zu entführen, es aber in einen anderen zu bringen, bevor es umgebracht wird, keine Tateinheit vorliegen kann?«

Das sei etwas anderes, sagte ich zu ihr, weil Entführung eine fortdauernde Straftat ist, während eine Sexualstraftat vorbei ist, wenn sie begangen wurde. Aber Richterin Tate sah nicht überzeugt aus, und wenn ich ehrlich sein soll, mich überzeugte das selbst nicht. Ich wußte zuviel über Vergewaltigung, um anzunehmen, sie sei vorbei, wenn sie vorbei ist, aber davon hatte ich eigentlich nicht geredet. Während ich meine übrigen theoretischen Argumente vortrug, gab es wenige Fragen. Das kann manchmal ein gutes Zeichen sein, aber diesmal glaubte ich, daß die allgemeine Atmosphäre Desinteresse verriet.

Dann befaßte ich mich mit der Habeas-Corpus-Sache. Ich hatte einige feindselige oder zumindest skeptische Fragen erwartet, aber es gab nicht viele. Ich war fast sicher gewesen, daß Hilton James etwas sagen würde, doch er sagte nichts; tatsächlich sah er mich während meines ganzen Vortrages nicht an. Die anderen Richter hörten aufmerksam und ernst zu.

»Ganz gewiß«, sagte ich, und meine eigene Überzeugung wuchs mit jedem Wort, »ist es ein Gebot der Gerechtigkeit, daß man einem Mann, der vor der Hinrichtung steht, Gelegenheit gibt, seine Unschuld zu beweisen, falls er dazu imstande ist. Und ganz gewiß muß Gerechtigkeit, wenn wir sie weiterhin achten wollen, dem unschuldig Verurteilten irgendein Rechtsmittel an die Hand geben.«

Das rote Licht leuchtete auf, was bedeutete, daß meine Zeit um war. Nach den Ausführungen der Generalstaatsanwältin würde ich noch fünf Minuten für eine Erwiderung haben.

Moira leistete keine schlechte Arbeit. Sie hielt sich an ihr Manuskript, den von Susan Michaelson verfaßten Schriftsatz. Als ich während ihrer Ausführungen einmal nach hinten schaute, sah ich im Gerichtssaal eine kleine, braunhaarige Frau, die allein in der letzten Reihe saß; ich hätte gewettet, daß das Michaelson war. Sie mußte während meines Vortrages hereingekommen sein. Ich fragte mich, ob sie sich geehrt fühlte, den Schriftsatz verfaßt zu haben, den ihre glamouröse Chefin vortrug, oder ob sie innerlich schäumte, weil sie wußte, daß sie den Fall selbst viel besser hätte vertreten können. Ich hielt letzteres für wahrscheinlicher. Moira Pennybackers Vortrag klang gewichtig und empört, hatte aber wenig Nuancen. Ihre Antworten auf die Fragen der Richter weckten in mir den Verdacht, daß ihre Bekanntschaft mit dem Fall sich auf die Lektüre von Susan Michaelsons Schriftsatz beschränkte.

Trotzdem mußte ich zugeben, daß sie auf die Richter Eindruck zu machen verstand, vor allem, wenn man sie dazu einlud. Noch bevor sie ihren ersten Satz zur Frage des Habeas-Corpus-Antrags beendet hatte, wurde sie von Hilton James unterbrochen. »Was wäre das Ergebnis, Miss Pennybacker, wenn wir Miss Hayes' Argument zur Anwendbarkeit des Habeas-Corpus-Antrags folgen würden?«

Mieser Schleimer, dachte ich.

»Jason Smiley hatte seinen Prozeß, Euer Ehren«, sagte Moira routiniert. »Er hatte ordentliche Geschworene. Er hatte einen guten Anwalt, Gelegenheit, die Zeugen, die ihn belasteten, zur Rede zu stellen, Gelegenheit, Beweismittel zu seinen eigenen Gunsten vorzulegen. Sein Recht, sich nicht selbst belasten zu müssen, wurde respektiert, und gegen sein Recht, nicht ungesetzlich durchsucht und festgenommen zu werden, wurde nicht verstoßen. Und nun tritt er vor Sie alle hin, um zu sagen, das sei nicht genug gewesen, er habe ein Recht auf einen zweiten Prozeß, eine zweite Chance, seine Beweise vorzulegen und ein Gericht davon zu überzeugen, daß er nicht schuldig ist. Wenn er diese Chance bekommt, wird er vielleicht darauf bestehen, danach noch eine dritte und eine vierte zu erhalten. Das ist keine Gerechtigkeit, Euer Ehren. Gerechtigkeit geht sorgfältig vor, aber sie kommt auch einmal zu einem Ende.«

Gut gebrüllt, das mußte ich zugeben.

Ich erhob mich zu meiner fünfminütigen Erwiderung, aber der Vorsitzende wartete mit einer Frage auf, bevor ich den Mund öffnen konnte. »Miss Hayes», sagte er freundlich, und das Licht spiegelte sich in seinen dicken Brillengläsern, »könnte Ihr Mandant nicht den Gouverneur um eine Strafumwandlung bitten, wenn das Beweismaterial für seine Unschuld so überzeugend ist?«

»Das könnte er, Euer Ehren«, erwiderte ich. »Aber der Beschluß des Prozeßrichters versagt Mr. Smiley den Zugang zu ebendem Beweismittel, das sich im Besitz des Staates befindet. Außerdem sollten wir nicht eine politische Instanz bitten, das ungeschehen zu machen, was das Gesetz getan hat. Wenn der Gouverneur die Todesstrafe umwandelt, die einem Unschuldigen auferlegt wurde, dann ist das Gnade. Aber es ist keine Gerechtigkeit, und es ist nicht das Gesetz. Das Gesetz muß selbst für Gerechtigkeit sorgen.«

»Sie verlangen von uns«, sagte Richter Castillo, »daß wir eine Präzedenzentscheidung umstoßen, die fast ein Jahrhundert alt ist. Sollten wir nicht mehr Respekt vor der Geschichte haben?«

»Das kann ich nicht besser ausdrücken als Oliver Wendell Holmes, Euer Ehren«, antwortete ich. »Er schrieb: ›Es ist empörend, keinen besseren Grund für ein Gesetz zu haben als den, daß es zur Zeit Heinrichs IV. erlassen wurde.‹« Ich wollte gerade hinzufügen, daß seit 1898 schon allerhand Zeit vergangen war, aber ehe ich noch etwas sagen konnte, fiel Sandersons Hammer, und er verkündete, der Fall werde zur Entscheidung angenommen. Der Gerichtsdiener rief: »Bitte erheben Sie sich!« und die Richter verschwanden nacheinander durch ihre Tür.

Ich fühlte mich völlig ausgelaugt, sank auf meinen Stuhl und drehte mich nach Sam um. Sein beredter Blick verriet mir, was er dachte: Laß uns stillsitzen, bis die anderen draußen sind. Ich nickte. Moira Pennybacker warf mir einen mitfühlenden Blick zu, als sie ihre Papiere in die seidige Ledermappe stopfte und hinausging. »Gut gemacht, Cynthia«, sagte sie. »Ich weiß, das muß schwer für Sie gewesen sein.« Wally und Don schlurften hinter ihr und ihren schlauen Assistenten hinaus, ohne auch nur einen einzigen Blick von Tory erhascht zu haben. Grace und Susan Michaelson mußten vor Moira hinausgegangen sein; ich sah sie nicht.

»Mann!« sagte Lincoln in der kurzen Stille, nachdem die großen Türen sich hinter Don Kitchens geschlossen hatten. »Du warst ungeheuerlich, Cinda!«

»Danke, Linc«, sagte ich. »Ich weiß, daß das ein Kompliment sein soll.« Aber mein Herz war nicht so leicht wie meine Worte, und als Tory mir in die erhobene Hand klatschen wollte wie nach einem sportlichen Sieg, wich ich zurück. Ich glaubte nicht, daß wir an diesem Tag den Todeszug gestoppt hatten. Und wenn nicht heute, wann dann?

Oktober 1992

Am Tag, an dem der Brief ankam, fand Beverly mich zurückgelehnt in dem Stuhl hinter dem Tisch, den ich noch immer als Sams Schreibtisch betrachtete. Sie mißdeutete meine Tagträumerei als Konzentration und kam auf Zehenspitzen herein. »Ich dachte, Sie würden das hier sehen wollen«, flüsterte sie, als sie den Umschlag auf meinen Schreibtisch legte. *Büro des Gouverneurs*, stand in goldenen Lettern in der oberen linken Ecke. *Staat Colorado.*

Ich fuhr herum und nahm die Beine vom Tisch. »Danke«, rief ich schwach hinter ihr her. Ich dachte daran, Tory aus ihrem Büro im ehemaligen Konferenzzimmer zu holen, aber dann fiel mir ein, daß sie vor einer halben Stunde zum Joggen gegangen war.

Vierzehn Monate vorher hatte der Oberste Gerichtshof von Colorado in allem gegen uns entschieden. Beim Habeas-Corpus-Antrag war es knapp gewesen: vier zu drei Stimmen. Richter Hilton James hatte die Mehrheitsmeinung geschrieben. »Das Gesetz des Staates Colorado hat nie vorgesehen und sieht auch jetzt nicht vor«, schrieb er, »daß das Rechtsmittel des Habeas-Corpus-Antrags zur Verfügung steht, um neuerlich über die Schuld des Antragstellers zu befinden.«

Danach hatte ich beim Obersten Gerichtshof der Vereinigten Staaten für Jason einen Habeas-Corpus-Antrag gestellt, aber das hatte auch nichts gebracht, wie wir erwartet hatten. Das Oberste Bundesgericht hatte kürzlich erst mitgeteilt, es sei für die Feststellung von Schuld oder Unschuld eines Gefangenen nicht zuständig. Unser Antrag hatte die

Festsetzung des Hinrichtungsdatums nur verzögert. Nachdem es bestimmt war, war der Gouverneur unsere letzte Hoffnung.

Das Herz pochte mir bis zu den Ohren wie bei dem Verrückten in Poes Erzählung. Ich riß den Umschlag so ungestüm auf, daß ich eine Ecke des enthaltenen einseitigen Briefes mit abriß. Ein Blick verriet mir, was darin stand.

Sehr geehrte Miss Hayes... Ihr Mandant Jason Troy Smiley... Verurteilung wegen eines offenbar vorsätzlichen Gewaltverbrechens... junge Frau in der Blüte ihres Lebens... Vergewaltigung ist ein Verbrechen nicht nur gegen das einzelne Opfer, sondern gegen alle Frauen... Infolgedessen sehe ich mich nicht in der Lage, das Todesurteil umzuwandeln... es wird an einem zuvor vom Gericht bestimmten Tage vollstreckt.

Unterschrieben vom Richter persönlich oder einem sehr guten Unterschriftsautomaten.

Bloß... nicht *heulen*... sagte ich mir hysterisch. Ich schaute auf meinen Kalender und vergewisserte mich, daß ich am nächsten Tag keine Termine hatte. Ich würde frei sein, nach Canon City zu fahren und meinem Mandanten zu sagen, daß er sterben würde.

Irgendwann sterben wir alle, Cinda, konnte ich ihn sagen hören. *Ja*, würde ich vielleicht antworten. *Das stimmt.*

Auf dem Weg zu Jason hielt ich in Colorado Springs und verbrachte eine Stunde mit Lincoln Tolkien. Wir trafen uns diesmal nicht im *Curious George's*, sondern im Café des Antlers-Hotels. Lincoln trug einen Anzug mit einer schmalen Krawatte, und sein Ohrring war verschwunden. Die Connors hatten mir erzählt, daß er sich zu einem fabelhaften Ermittler entwickelt hatte; er hatte jetzt fast einen Full-time-

Job bei ihnen. Wir redeten und lachten, aber gedämpft. Er wußte, daß ich bedrückt war und warum.

Wir sprachen hauptsächlich von dem Tag, an dem er den Beweis fand, den Tory für die Zivilklage gegen Wally Groesbeck und Tommy Malaga brauchte. Es war nur ein paar Wochen nach der mündlichen Verhandlung von Jasons Fall, ein Sonntagnachmittag im Spätsommer oben in Torys Haus. Linda, Tory, Sam und ich lagen in Torys vergammeltem Garten in neu gekauften Liegestühlen, auf die Tory sehr stolz war. »Seht mal, sie sind aus recycelten Plastikbehältern für Waschpulver hergestellt«, hatte sie erklärt. Sie waren sehr bequem, obwohl sie ein bißchen nach Seife rochen.

Eigentlich war das eine kleine Party für Linc, der am nächsten Morgen mit Grendel endgültig nach Colorado Springs fahren würde. Wir dachten nicht, daß wir seine Dienste als Leibwächter noch länger brauchten, und Travis und Betsy warteten dringend darauf, daß er wieder für sie arbeitete. Tory, ihre Riesengarderobe und die Gartenmöbel würden in Lindas schönes Haus im Sunshine Canyon umziehen, weil Tory ihr Häuschen für das nächste Studienjahr an zwei Jurastudenten vermietet hatte.

Linc verschwand für ein paar Minuten, als Sam Gin Tonics mischte. »Bin gleich wieder da«, sagte er zu uns und schlenderte über die Lichtung und hinüber zum Abhang.

»Ich hoffe, der Junge paßt auf, wo er hintritt«, sagte Tory faul. »Der Abhang da drüben ist wahnsinnig steil.«

»Wieso hat er Handschuhe an?« fragte Linda.

Ich zuckte mit den Schultern. »Versucht bloß nicht, hinter die Denkvorgänge eines Mannes zu kommen, der seine Band *Perestroika Pogo Stick* nennt.«

Wir schlürften den Drink und sahen zu, wie die Sonne hinter dem Gipfel des Sugarloaf Mountain unterging, als Linc wieder am Rande des Gartens erschien. Kletten und Blätter hingen an seinem T-Shirt, und er atmete schwer. In jeder Hand hielt er etwas, das wie Scherben von zerbrochener Keramik aussah, verkrustet mit einer Art versteinertem Schleim.

Ich sah Tory an. Ihr Mund stand offen wie der Eingang ihres Vogelhäuschens.

Linc kam zu uns und hielt Tory die beiden Scherben so stolz entgegen, als handele es sich um einen erstaunlichen archäologischen Fund.

»Was *ist* das?« fragte ich sie. »Igitt, das ist *eklig*, Tory. Er soll es wegtun.«

»Die habe ich neulich gefunden«, sagte Linc zu Tory, ohne mich zu beachten. »Aber ich habe sie unten gelassen, weil ich sie dir heute geben wollte. Als Andenken an mich. Meinst du, es könnten noch Fingerabdrücke drauf sein?«

»Tory«, sagte Linda ungeduldig, »um Himmels willen, was ist das?«

»Scherben von einer Keramikschüssel«, sagte Tory langsam. »Meine Mutter hat sie mir zu meinem letzten Geburtstag geschenkt. Als ich sie das letzte Mal sah, waren Süßkartoffeln drin.« Mit der Fingerspitze berührte sie die verkrustete Masse. »Sieht so aus, als wären sie immer noch drin.«

Es durchfuhr mich wie ein Stromstoß. »Wann hast du Geburtstag?« fragte ich.

»Im September«, antwortete sie. »Jungfrau.«

Als ich mich in dem Café in Colorado Springs von Linc verabschiedete, drückte er mir eine Kassette in die Hand. »Ein bißchen Musik für die Fahrt«, sagte er. »Ich glaube, die wird dir gefallen.«

»Oh«, sagte ich, »ist sie vielleicht – total abgefahren?«

Er schaute verlegen zu Boden. »Eigentlich gebrauchen diesen Ausdruck nicht mehr viele Leute, Cinda.«

Ich legte die Kassette ein, als ich auf den südlichen Stadtrand zufuhr. *Toad the Wet Sprocket* hieß entweder die Band oder die Aufnahme. Der Name beruhigte mich darüber, daß Linc sich doch nicht so sehr verändert hatte, und die Musik klang besser, als ich erwartet hatte.

Beim Fahren dachte ich noch immer über die Nachwirkungen seiner Entdeckung nach. Nachdem sich gezeigt hatte, daß Malagas Fingerabdrücke auf den Scherben der Schüssel waren, beschloß Tory, eine Vergewaltigungsklage gegen Groesbeck und Malaga einzureichen. Zuerst dachten wir, dabei könnte etwas herauskommen. Da die Klage sich gegen den Staatsanwalt richtete, bestellte Richterin Meiklejohn einen anderen Strafverfolger, um den Fall zu bearbeiten. Wie naiv wir waren …

Der andere Strafverfolger war Hank Dozier aus Greeley. Er sagte, der Grund, warum er eine Anklage ablehne, sei, daß es keine hinreichend zweifelsfreien Beweise gebe, trotz der Schüssel. Aber ich glaube noch immer, daß die Gründe politischer Natur gewesen waren. Doziers Chef und Wally Groesbeck kannten sich seit Jahrzehnten. Und außerdem hatte Wally Dozier die Unterlagen über Torys Klinikaufenthalt gezeigt. Sam hatte versucht, ihm begreiflich zu machen, daß sie bei einem Prozeß mit ziemlicher Sicherheit nicht zulässig sein würden, aber Dozier wollte das nicht glauben. »Ich sage ja nicht, daß sie verrückt ist«, hatte er zu Sam gesagt. »Ich sage bloß, daß wenigstens ein Geschworener das denken wird. Und das reicht schon aus, um eine Verurteilung zu verhindern.« Und damit war das erledigt; eine Berufung gegen diese Entscheidung gab es nicht. Ich mußte aufhören, darüber nachzudenken.

Ich fuhr weiter nach Süden in Richtung Canon City; meine einzige Gesellschaft war *Toad the Wet Sprocket*. Die Straße führte mitten in den überwältigenden herbstlichen Sonnenuntergang hinein. Ich war unterwegs zu meinem Mandanten, um ihm zu sagen, daß der Lokführer das Pedal ganz durchgetreten hatte und daß der Zug seines Lebens die Schienen bald für immer verlassen würde. Ich wußte, daß er ein Vergewaltiger war, und ich hatte keinen Beweis dafür, daß er nicht auch ein Mörder war. Aber er war mein Freund geworden, und ich konnte mir mein Leben nicht vorstellen, wenn das von Jason Smiley erloschen war.

November 1992

Leichte Schneeflocken tanzten im Strahl unserer Scheinwerfer, als wir zum Tor fuhren. Sam kurbelte das Fenster hinunter und zeigte dem Wachmann den Passierschein.

»Der gilt nur für eine Person.«

»Ich weiß«, sagte Sam. »Ich bleibe im Auto.«

»Chauffeur, was?« sagte der Wachmann.

Sam sah mich an und schaffte es, mit den Augen zu rollen, ohne sie wirklich zu bewegen. »Ja«, antwortete er.

Der Wachmann gab den rechteckigen Passierschein zurück. »Fahren Sie zum nächsten Tor da drüben. Ich lasse Sie mit dem Summer durch. Die Dame sollte mit dem Passierschein zu der Metalltür gehen, auf der KEIN EINGANG steht, und dort läuten. Sie bleiben besser im Auto.«

Sam fuhr weiter, und lautlos glitt das Tor hinter uns zu. Nachdem wir das nächste Tor passiert und in Sichtweite der von Scheinwerfern angestrahlten Tür geparkt hatten, wandte ich mich Sam zu. »Wirst du nicht frieren, wenn du hier wartest?«

»Nein, ich habe warme Sachen bei mir – Handschuhe und eine Mütze auf dem Rücksitz. Wirst du es schaffen?«

Ich nickte und schüttelte gleich darauf den Kopf. »Ich weiß nicht. Ich vermute. Ich muß.« Ich nahm seine Hand. »Ich bin froh, daß du hier bist.«

Er berührte kurz mein Gesicht. »Ich bleibe hier.«

Ich trottete auf die abweisende Tür zu und umklammerte die Hülle, die den Passierschein enthielt. Er war in der Vorwoche mit der Post gekommen, zusammen mit einer Liste der anderen Personen, denen die Anwesenheit gestattet wurde. Ich fragte mich, ob es numerierte Plätze geben würde.

Bei unserer letzten Begegnung hatte Jason mich gebeten, vorn zu sitzen, wenn das möglich sei. »Damit ich Sie sehen kann«, hatte er erklärt. »Ich würde Sie gern sehen können.« Unter Tränen erklärte ich mich dazu bereit. Seither hatte ich mir viele Male gewünscht, ich hätte ihm nie versprochen, diese Nacht zu kommen, aber im Grunde wußte ich, daß ich dort sein mußte, ob versprochen oder nicht.

Man hatte mich informiert, daß Don Kitchens und ein Vertreter des Gouverneurs dort sein würden. Jasons Schwester Wanda, die jetzt bei ihm in der Vorbereitungszelle saß, würde ebenfalls in den Zuschauerraum kommen, außerdem ein Gefängnisgeistlicher namens Samuel Stevenson. Dazu noch Sky King für die Zeitung aus Boulder und Reporter der zwei Zeitungen von Denver. Und ein Vertreter der Verbrechensopfervereinigung von Colorado. In meiner Benachrichtigung stand nicht, wer das sein würde, aber ich glaubte es zu wissen.

Letzte Woche hatte ich einen Brief von Marilyn Steptoe bekommen. *Ich wünschte, ich wäre in engerem Kontakt mit Ihnen geblieben,* hatte sie geschrieben, *aber im Zentrum war so viel zu tun, und die Zeit ist wie im Flug vergangen. Ich möchte Sie wissen lassen, daß wir Sie hier alle sehr vermissen, aber Ihren Entschluß zu gehen verstehen.* Tut ihr das? dachte ich. *Wir finden es großartig, was Sie und Tory Meadows für Vergewaltigungsopfer leisten.*

Liebe Cinda, ich möchte, daß Sie wissen, daß wir über den Fall Jason Smiley nicht alle einer Meinung sind. Mir persönlich gefällt der Gedanke nicht, daß jemand von uns bei der Hinrichtung anwesend ist; ich glaube nicht, daß es nötig ist. Aber Sie wissen, wie manche Leute sind – sie wollen sicher sein, daß Vergewaltiger bestraft werden. Ich weiß, er wurde verurteilt, weil er jemanden getötet hat, aber den Leuten hier geht es mehr um die Vergewaltigung. Grace scheint das besonders stark zu empfinden. Wie auch immer, ich möchte nicht, daß Sie denken, wir alle würden so fühlen, und wie auch immer die Leute über Smiley denken, wir bewundern Sie trotzdem. Manch einer kann nur schwer verstehen, wie Sie ihn vertreten konnten, aber die meisten von uns wissen, daß Sie das getan haben, was Sie für das Richtige hielten. Passen Sie auf sich auf. Marilyn.

Es war mein alter Freund Jorge Villalpondo, der mich einließ, nachdem ich auf den Klingelknopf neben der schwarz gestrichenen Metalltür gedrückt hatte. »Wie geht es Ihnen, Miss Hayes?« fragte er höflich. »Es ist kalt heute nacht.« Beflissen nahm er meinen Arm und führte mich einen langen, nackten Gang mit Betonfußboden hinunter. An der Decke waren Kameras befestigt, die uns beobachteten. Am Ende des Korridors reichte Jorge mich an einen anderen Uniformierten weiter, dieser an einen weiteren, und dann wurde ich in den kalten Zuschauerraum geführt. Ich war die vierte Person im Raum. Sky King saß in der letzten Reihe und unterhielt sich leise mit einem anderen Mann; noch ein Reporter, nahm ich an. Ein weiterer uniformierter Gefängnismitarbeiter begrüßte mich, prüfte meinen Passierschein und sagte, ich könne sitzen, wo ich wolle. MILTON CLAIBORNE, stand auf seinem Namensschild.

Die Stühle, am Boden festgeschraubt, standen vor einem breiten, aber nicht sehr hohen Fenster. Das Fenster hatte schwere Vorhänge, die jetzt geöffnet waren. Es führte in einen hellerleuchteten Raum mit Betonboden, der etwa einen halben Meter abgesenkt war. In dem Raum stand ein hölzerner

Stuhl. Ich sah Lederriemen von den Armlehnen und den vorderen Stuhlbeinen hängen und wandte rasch den Blick ab.

»Der Vorhang?« sagte ich zu Claiborne, ohne genau zu wissen, wonach ich eigentlich fragte.

Er schien zu verstehen. »Sie werden den Vorhang zuziehen, wenn sie den – wenn sie Mr. Smiley hereinbringen. Dann werden sie ihn wieder öffnen, wenn Mr. Smiley festgeschnallt ist.«

Festgeschnallt. Eisige Finger griffen nach meinem Herzen. »Sie meinen, auf dem Stuhl festgeschnallt?«

»Ja.« Er nickte wieder.

»Wird er mich sehen können – wenn sie den Vorhang wieder aufgezogen haben?«

»Ja. Das Fenster ist von beiden Seiten durchsichtig.«

»Ich dachte, es würde eine Bahre sein«, sagte ich sinnloserweise. »Ich weiß nicht warum.«

Er schüttelte den Kopf. »Nein, sie benutzen einen Stuhl.«

Ich setzte mich in die vorderste Reihe. Mein Magen krampfte sich zusammen, aber der schlimmste Schmerz saß unter dem Brustbein. Milton Claiborne kehrte an seinen Platz bei der Tür zurück, und Sky King stand von seinem Stuhl auf und kam zu mir.

»Cinda«, sagte er und drückte meine Schulter. Ich sah ihn an und schüttelte den Kopf. Ich konnte nicht sprechen. »Wird schon gehen«, flüsterte er.

Claiborne öffnete die Tür, und Don Kitchens trat feierlich hindurch. Er sah mich und wandte den Blick ab; er ging in den hinteren Teil des kleinen Raumes, setzte sich neben Sky und begann in gedämpftem Ton mit ihm zu sprechen. Sky zog sein Notizbuch heraus und fing an zu schreiben. Zwei weitere Männer in Anzügen traten ein. Noch ein Reporter, dachte ich, und jemand aus dem Büro des Gouverneurs.

Ich wollte den Stuhl nicht anschauen, obwohl das helle Fenster mein Sichtfeld fast ausfüllte. Ich rutschte auf meinem Sitz hin und her und versuchte, mich zu beruhigen, indem ich den Inhalt des Raumes katalogisierte. Er roch stark nach Desinfektionsmittel, war aber nicht sehr sauber. Die hellgrünen Wände hatten stellenweise Flecken. Der ganze Raum vibrierte im Rhythmus irgendeiner enormen Maschinerie, ich mußte an einen Hochofen oder einen Kesselraum denken.

Die Tür öffnete sich wieder, und Grace Cappucini trat ein. Ihre Augen begegneten meinen, aber diesmal wandte ich den Blick ab. Ich fürchtete, sie käme tatsächlich auf die Idee, sich neben mich zu setzen, aber sie nahm einen Stuhl in der zweiten Reihe links hinter mir. Sie hat abgenommen, dachte ich. Ich wandte mich wieder nach vorne. Ich hörte und verfolgte, ohne sie dabei anzusehen, wie sie sich aus ihrem schwarzen Wollmantel schälte. Ich konnte den kalten, sauberen Geruch ihres Haars riechen, als sie eine Angoramütze abzog.

Aus Milton Claibornes Sprechfunkgerät kam ein knisterndes Geräusch. Er sprach leise hinein, kam dann nach vorn und zog die Vorhänge zu. *Nein*, rief meine innere Stimme lautlos. *Nein.*

Der Wachmann ging zurück zur Tür und öffnete sie wieder. Eine Frau etwa in meinem Alter stolperte herein, schluchzend. Sie wurde von einem bleichen jungen Mann mit Priesterkragen gestützt. Jasons Schwester, Wanda Churchill. Ich hatte sie nie getroffen, obwohl wir einmal miteinander telefoniert hatten, als ich ihr die Entscheidung des Gouverneurs mitteilte. Da hätte ich mit ihr reden, versuchen sollen, einige Worte des Trostes für sie zu finden, aber mir waren keine eingefallen.

»Entschuldigung, meine Damen und Herren«, sagte Claiborne leise. »Wenn der Gefangene in die Kammer gebracht worden ist, darf niemand mehr diesen Raum verlassen, bis die Prozedur beendet ist. Möchte jetzt jemand gehen?«

Jasons Schwester schluchzte, und ein leiser Schrei drang aus ihrer Kehle. Der Geistliche drückte ihren Arm, sie sah ihn an und schüttelte den Kopf.

Der Wachmann zog die Vorhänge auf. Jason saß auf dem Stuhl, an Händen, Füßen und Brust festgeschnallt; sein glänzendes Haar und sein Schnurrbart schimmerten im gleißenden Licht der Scheinwerfer. Er sah noch kleiner aus, als ich ihn in Erinnerung hatte, und trug einen lose sitzenden, zweiteiligen grauen Anzug, der mich an einen zu oft gewaschenen Arztkittel denken ließ. Seine Füße steckten in etwas, das aussah wie Papierslipper. Das Ganze wirkte sehr medizinisch, was vielleicht beabsichtigt war. *Die Prozedur*, wie Claiborne es bezeichnet hatte, würde sehr reinlich vor sich gehen. Jasons Brust und seine Arme und Beine waren am Stuhl festgeschnallt, und in seiner Armbeuge steckte eine Nadel, die mit einem Infusionsgerät an einem Rollgestell verbunden war.

Auf einem Rollwagen stand ein Tablett mit glänzenden, scharfen Instrumenten. Ein Mann in weißem Kittel stand daneben und füllte aus einer Ampulle mit klarer Flüssigkeit eine Injektionsspritze. Ich wußte, daß die Infusion aus zweierlei Injektionen bestehen würde: eine, die Bewußtlosigkeit erzeugte, wenn sie im Blutkreislauf war, und die zweite, die den Tod herbeiführte. Ich wußte auch, daß der Mann im weißen Kittel allem Anschein zum Trotz kein Arzt war. Ärzten verbieten es die Regeln ihres Berufes, an Hinrichtungen teilzunehmen. Ich hoffte, der Mann möge trotzdem geschickt und freundlich sein, und ich fragte mich, was er wohl heute nacht träumen würde.

In dem Raum, in dem ich saß, gab es keine Uhr, aber an der Seitenwand der Todeskammer hing eine. Merkwürdigerweise hatte sie keinen Sekundenzeiger. Die beiden großen schwarzen Zeiger standen auf einer Minute vor Mitternacht. Angst schnürte mir die Kehle zusammen.

Jason sah mich an und lächelte. Er schüttelte den Kopf. *Nicht weinen*, sollte das wohl heißen, aber das werde ich nie genau wissen. Dann veränderte sich sein Gesichtsausdruck, wurde erst verwundert, dann drängend. Seine Lippen bewegten sich, aber ich konnte die Worte nicht ablesen; dann fing er an, sich gegen die Fesseln zu wehren. Er sah mich an, und seine Lippen formten wieder dasselbe Wort. Ich beugte mich verzweifelt nach vorn, als könne ich ihn hören, wenn ich ihm näher wäre, doch das war natürlich vergeblich. Der Mann im weißen Kittel leerte die Spritze in den Infusionsbeutel. Jason sprach ihn an, als wolle er dagegen protestieren; dann schloß er den Mund und sah wieder zu uns herüber. Die Droge wirkte schnell; seine Augen fielen zu, sein Mund öffnete sich. Sein Körper in den Lederriemen erschlaffte.

Ich hatte die Absicht gehabt, alles genau zu beobachten, aber ich konnte es nicht. Tränen nahmen mir die Sicht, und ich verbarg das Gesicht in den Händen. Die zweite Injektion sah ich nicht mehr.

Ich war die letzte, die den Raum verließ. Sowohl Sky King als auch der freundliche Geistliche erboten sich, mich nach draußen zu begleiten, aber ich sagte ihnen, es gehe mir gut. Die anderen wurden einzeln oder paarweise hinausgeführt. Endlich trat Milton Claiborne vor mich und fragte nicht unfreundlich: »Meinen Sie, daß Sie jetzt gehen können?«

Als ich zu ihm aufblickte, muß mein Gesichtsausdruck ihn

schockiert haben, denn er sagte: »Manchen von uns gefällt das genausowenig wie Ihnen, Miss, aber das ist das Gesetz.«

Ich stand auf und reichte ihm die Hand. »Danke«, sagte ich, »für Ihre Freundlichkeit. Könnte ich mit dem Mann sprechen, der bei Mr. Smiley im Raum war, als er starb?«

Er schaute zweifelnd. »Das glaube ich nicht.«

»Würden Sie bitte für mich fragen? Ich habe nur eine sehr einfache Frage. Eine einzige. Ich verspreche, daß ich sonst nichts weiter sagen werde.«

»Dann setzen Sie sich wieder. Ich werde mich erkundigen.« Er schloß mich im Zuschauerraum ein, bevor er ging. Ich starrte in die jetzt leere Todeskammer, die noch immer hell erleuchtet war, und fragte mich, ob das, was ich dachte, wohl möglich war.

Der Mann im weißen Kittel hatte die traurigsten Augen, die ich je gesehen hatte. Ich hatte versprochen, ihm nur eine einzige Frage zu stellen, also konnte ich nicht fragen, wie er sich nun fühlte, wie er nachts schlief und was seine Kinder von seinem Job hielten. Statt dessen stellte ich meine andere Frage.

Jetzt hatte ich es eilig. Ich schüttelte Jorge Villalpondos stützende Hand von meinem Arm und hastete vor ihm den letzten Korridor entlang; ungeduldig wartete ich darauf, daß er mich einholte und mir die schwere Tür aufsperrte. »Auf Wiedersehen, Miss Hayes«, rief er hinaus in die wirbelnden Schneeflocken.

Ich glaube nicht, daß ich ihm geantwortet habe. Meine Augen suchten den Parkplatz ab, wo sich hellerleuchtete und dunkle Flächen gegeneinander absetzten. Ich sah, wie sie ganz am Ende des Parkplatzes einen kleinen Wagen öffnete. Sam hupte, um mich daran zu erinnern, wo er parkte, aber ich schüttelte den Kopf in seine Richtung und rannte über den eisglatten Parkplatz zu ihr. Ich erreichte sie, als sie gerade einstieg.

»Es tut mir leid, Cinda«, sagte Grace, während sie den Schlüssel ins Zündschloß steckte. »Ich weiß, Sie haben nicht gewollt, daß das geschieht.« Ich packte ihren Arm oberhalb des Ellbogens und zog sie aus dem Wagen auf den Asphalt.

»Was tun Sie da?« sagte sie empört. »Lassen Sie mich los!«

»Sind Sie jetzt zufrieden, Nicole?« fragte ich sie. »Sind Sie zufrieden, daß man ihn umgebracht hat?«

Sie sah sich um; niemand war in unserer Nähe.

»Nicole ist tot«, sagte sie.

»Das glaube ich nicht«, schrie ich sie in der dunklen Nacht an. »Ich glaube, daß Jason Nicole im Augenblick seines Todes gesehen und ihren Namen gerufen hat. Ich glaube, daß sie lebt. Ich glaube, sie wollte, daß ein Mann für etwas stirbt, das er gar nicht getan hat. Warum? *Warum?*«

Ich schluchzte jetzt wieder, während ich sie noch immer am Arm gepackt hielt. Sie schüttelte meine Hand ab, setzte sich wieder in ihren Wagen und schlug die Tür zu. Sie kurbelte das Fenster halb herunter. »Nicole ist in der Nacht gestorben, in der er sie vergewaltigt hat«, rief sie mir verächtlich zu. »Sie waren nie fähig, das zu verstehen, Cinda. Ausgerechnet Sie hätten das wissen müssen, aber Sie haben es nie sehen wollen. Vergewaltigung tötet eine Frau. Sie tötet ihren Geist, ermordet ihre Seele. Nicole ist tot. Er hat sie umgebracht.«

Ich legte meine Hand auf die Fensterscheibe, damit sie sie nicht schließen konnte.

»Sagen Sie mir nur eins. Wer war das tote Mädchen wirklich?«

»Ich weiß nicht«, zischte sie. »Sie hieß Caroline. Irgendein Straßenmädchen, das bereit war, für ein paar hundert Dollar mit mir die Kleider und den Ausweis zu tauschen. Ich wollte bloß weg. Ich wollte nicht mehr ich selbst sein. Ich habe ja nicht gewußt, daß sie sich ermorden lassen würde. Sie war drogenabhängig. Was weiß ich, wer sie getötet hat und warum!«

»Sie waren auch drogenabhängig«, schrie ich. Ich hatte in dem eisigen Wind zu zittern angefangen.

»Nein. Grace war niemals drogenabhängig. Nicole zog nach Kansas City und ging auf Entzug, und als sie wiederkam, war sie Grace. Grace hat mächtig zugenommen, wie es ehemalige Süchtige eben tun, und Grace hat sich dafür engagiert, Vergewaltigungsopfern zu helfen. Und jetzt hat sie ihren Job getan.«

»Sie sind bloß nach Colorado zurückgekommen, um Jason Smiley sterben zu sehen?«

»Aus vielen Gründen. Ich habe Colorado vermißt, und ich wollte mich für vergewaltigte Frauen einsetzen; jeder kannte das Krisenzentrum in Boulder. Ich wollte nicht in Jasons Fall verwickelt werden; ich wußte, daß das Gesetz seine Aufgabe erledigen würde. Aber dann Sie – Sie! Sie waren bereit, Jasons Anwältin zu sein. Sie haben versucht, ihn freizukriegen! Ich konnte es nicht glauben.«

»Und deshalb haben Sie dafür gesorgt, daß ich meinen Job verlor.«

»Ihnen liegt nichts an den Frauen. Sie waren mehr daran interessiert, diesen Vergewaltiger freizukriegen.« Sie legte die Hand auf die Fensterkurbel.

»Grace, er hatte niemanden umgebracht. Er hatte es nicht verdient zu sterben.«

»Sehen Sie? Sie haben kein Wort verstanden von dem, was ich gesagt habe.«

»Und was ist mit Ihren Eltern?« fragte ich. »Empfinden Sie nichts für sie? Sie glauben, ihre Tochter sei tot.«

»Sie *ist* tot. Und sie haben sie nicht mal gekannt, als sie noch lebte. Ich habe nur gefürchtet, sie würden bei der Verhandlung vor dem Obersten Gericht oder heute nacht hier auftauchen. Aber ich hätte mir keine Sorgen zu machen brauchen, nicht? Lassen Sie sie bloß in Ruhe, Cinda«, sagte sie warnend. »Sie werden mich nie wiedersehen. Es ist besser, daß sie denken, Nicole sei tot, denn sie ist tot.« Sie fing an, das Fenster hochzukurbeln.

»Warten Sie!« rief ich. »Sagen Sie mir nur noch eins. Hat Wally das alles gewußt?«

»Was macht das für einen Unterschied?«

Ich griff durch das Fenster und packte eine Handvoll von dem dunklen, glänzenden Haar. Ich zog daran, so fest ich konnte. »*Hat* er es gewußt? Sagen Sie es mir, Nicole.«

Sie sah mich gleichgültig an; im Dunkel des Wagens waren ihre Augen schwarz. »Ich bin ziemlich sicher, daß er gewußt hat, daß Nicole nicht auf diesem Berg gestorben ist. Das ist alles. Er weiß nicht, was Sie wissen. Oder was ich weiß. Ich habe dafür gesorgt, daß er begriffen hat, wieviel es für die Gemeinschaft bedeutet, daß Jason Smiley für das bezahlt, was er getan hat. Das bedurfte keiner großen Überredungskunst.« Rasch griff sie nach der Fensterkurbel und drehte das Fenster hoch, bis mein Handgelenk zwischen Scheibe und Rahmen festgeklemmt war. »Und jetzt lassen Sie meine Haare los, Cinda, sonst breche ich Ihnen das Handgelenk. Nicole ist tot. Und Grace auch. Deren Arbeit ist getan. Und Ihre Arbeit ist auch getan. Lassen Sie los.«

Als ich meine schmerzende Hand aus der Fensteröffnung gezogen hatte, trat Nicole Caswell aufs Gaspedal und raste auf das Tor zu. Dann leuchteten die Bremslichter auf, und sie wurde langsamer, um dem Wachmann ihren Passierschein zu zeigen.

Sommer 1993

In Colorado ist es im Sommer selten feucht. Schallwellen können sich in der kühlen, trockenen Nachtluft nicht weit fortpflanzen. Nur an seltenen, feuchten Abenden, gewöhnlich vor einem Gewitter, höre ich durch meine offenen Fenster die Räder eines Zuges, der östlich der Stadt die Straßen kreuzt. Meine Hand pocht in der feuchten Nacht, und ich denke an das Zugunglück, das mich auf der juristischen Fakultät so gequält hat. Ich bin noch immer nicht weiser als früher.

Warum ist Jason Smiley gestorben: für ein Verbrechen, das er nicht begangen hat, oder für eines, daß er begangen hat?

Sam war entmutigt gewesen, als er Hank Dozier nicht überreden konnte, Wally anzuklagen, aber er gab nicht auf. Er schickte Wally einen Entwurf der Klage, die er einreichen wollte, um für Tory ein Zivilverfahren einzuleiten – eine Schadensersatzklage gegen Wally und Tommy. Nachdem er den Entwurf gesehen hatte, heuerte Wally Morris Traynor an. Traynor rief Sam an und machte das Angebot, die Sache gütlich zu regeln, bevor Sam die Klage einreichte, falls Tory einwilligte, ihre Anschuldigungen für sich zu behalten.

»Aber eines muß klar sein, Sam«, sagte Morris. »Wenn diese Sache jemals in die Zeitung kommt, ist die Regelung hinfällig, und mein Mandant bekommt jeden Penny zurück.«

Wir redeten endlos darüber, Sam und Linda und Tory und ich. Über die ethische Seite der Sache. Die ökonomische. Die Wahrscheinlichkeit, den Prozeß zu gewinnen. Am Ende sagte ich zu Tory, es sei allein ihre Entscheidung. Ich konnte ihr aus vielen Gründen keinen unparteiischen Rat geben. Einer davon war, daß ich wußte, Sam war nur an Boulder gebunden, bis Torys Fall erledigt war. Schon seit einer ganzen Weile hatte er keine neuen Fälle mehr angenommen.

Tory entschied sich schließlich dafür, das Geld zu nehmen, aber sie bestand auf einer eigenen Bedingung.

Und so kam es, daß im Dezember 1992 Wallace Groesbeck, Bezirksstaatsanwalt von Boulder County, aus persönlichen Gründen von seinem Amt zurücktrat. Und fast alle hielten es für reinen Zufall, daß Thompson Malaga, Sergeant beim Boulder Police Department, in der folgenden Woche bekanntgab, er gebe seine Stellung auf, um in Aspen eine eigene Schutz- und Sicherheitsfirma zu gründen.

Später im Dezember erhielten alle Mitglieder der Anwaltskammer von Boulder Einladungen zur großen Eröffnung der Kanzlei Hayes und Meadows. Das Fest fand in dem kleinen Raum über dem *Pour la France* statt. Viele Umarmungen und Küsse wurden getauscht, und praktischerweise konnten diejenigen, die zuviel Champagner getrunken hatten, unten bei einem Cappuccino wieder nüchtern werden.

Sam würde Anfang des neuen Jahres fortgehen, um mit einem Freund seiner Schwester zusammen in Greenwich Village eine Kanzlei zu eröffnen. Er und ich hatten an diesem Abend ein paar Minuten für uns allein. Ich saß mit einem Glas Champagner auf dem Tisch im Konferenzraum, ließ die Beine baumeln und versuchte erfolglos, glücklich zu sein.

Er setzte sich neben mich und drehte meinen Kopf zu sich. »Was soll die Scheiße?« sagte er in perfektem Dubliner Akzent und berührte mein nasses Gesicht mit den Fingern. Am Abend zuvor hatten wir *Die Commitments* gesehen.

»Nichts«, sagte ich.

»Nichts, sagt sie, aber das kann ich nicht glauben.« Unglaublich, wie er diesen Tonfall hinbekam. Unwillkürlich mußte ich lachen.

»Scheiße, Sam«, sagte ich. »Ich will nicht, daß du gehst.«

Er rieb mir mit den Fingerknöcheln die Wange, legte dann seine Hand auf meine und machte eine Faust. »Warum kommst du nicht mit?«

Ich schüttelte den Kopf. »Du weißt, daß das nicht geht. All das hier.« Ich wies mit dem Kopf in Richtung der Party, die draußen stattfand. »Ich gehöre hierher, Sam. Und du auch.«

»Vielleicht«, sagte er und nickte. »Vielleicht holt Niwots Fluch mich ein. Aber ich muß es versuchen. Du weißt, warum. Und du weißt, wo du mich finden kannst, wenn du mich brauchst.«

»Ich weiß«, sagte ich und sandte ein stilles Gebet zum Geist von Häuptling Niwot empor. In diesem Moment streckte Beverly den Kopf durch die Tür des Konferenzraumes.

»Oh, Entschuldigung«, sagte sie. »Sam, Richterin Meiklejohn ist hier und möchte sich verabschieden, bevor sie geht.«

»Ich komme«, sagte Sam, drückte meine Hand, stand auf und ging zur Tür.

Beverly kam zu mir herüber; ihre baumelnden Ohrringe spiegelten das schwache Licht der Lampe auf dem Konferenztisch wider. »Ach«, hauchte sie, als sie mein Gesicht sah. »Ach, Sie Ärmste.« Sie verließ den Raum und kam nach ein paar Sekunden mit einem dicken Waschlappen zurück, den sie in kaltes Wasser getaucht hatte und den ich mir dankbar aufs Gesicht drückte.

Tory bestand darauf, die ganzen 250 000 Dollar, die sie für die Vereinbarung bekommen hatte, auf das Konto der Kanzlei einzuzahlen. Wir erfuhren nie, wieviel davon von Groesbeck stammte und wieviel von Malaga. Es war Torys Idee, 100 000

Dollar für einen speziellen Zweck zurückzulegen: Wir verkündeten, wir würden kostenlos jedes Opfer einer Sexualstraftat vertreten, wenn es von dem Mann, den es beschuldigte, verklagt wurde. Bisher haben wir zwei Mandantinnen in dieser Lage.

Tory kann fabelhaft mit unseren Mandantinnen umgehen. Sie sagt ihnen, daß unser System funktioniert, und sie glauben ihr. Ich glaube, daß wir eine gute Chance haben, diese Fälle zu gewinnen.

Die Mandantin geht, nachdem sie mir höflich die Hand geschüttelt und Tory herzlich umarmt hat. Tory schließt die Tür hinter ihr und sieht mich vorwurfsvoll an.

»Probleme, Mäusemädchen?«

Ich sage nichts. Ich werde ihr nicht sagen, daß die Art, wie die Frau sie angesehen hat, mich an Jason und das erinnert, was er bei unserer ersten Begegnung zu mir gesagt hat.

Sie sind genau die Anwältin, die ich will.

Anmerkung der Autorin

Ich habe die Schauplätze dieses Buches mit ziemlicher, wenn auch nicht absoluter Genauigkeit wiedergegeben. (Neugierige werden über dem *Pour la France* in Boulder Anwaltsbüros finden, doch das von Sam Holt ist nicht darunter.)

Die Rechtsprechung Colorados hat weniger wortgetreu Eingang gefunden. Die Statuten, gesetzlichen Bestimmungen und Fälle, auf die Cinda bei ihren Recherchen stößt, entsprechen denen Colorados nicht im genauen Wortlaut, wenn es auch viele Ähnlichkeiten gibt. Daß es keine richterliche Anordnung eines Haftprüfungstermins (Habeas Corpus) oder sonstige Rechtsmittel für diejenigen gibt, die behaupten, unschuldig verurteilt worden zu sein, trifft für die meisten amerikanischen Gerichtsbarkeiten zu. In Colorado gibt es die Todesstrafe, obwohl seit vielen Jahren niemand mehr hingerichtet wurde. Während ich dies schreibe, sitzen jedoch mehrere Verurteilte in den Todeszellen Colorados.

Boulder, Colorado
3. März 1997

Danksagungen

Wie Cinda weiß ich nicht recht, wo ich anfangen soll. Freunde berieten mich in allem, von Bergtouren in der Gegend von Boulder bis zur Volkskunst der Yoruba. Einige von ihnen waren: Charlotta Hensley, Chris Archer, Claudia Bayliff, Glenn George, Jan Whitt, Marcia Westkott, Court Peterson, Cliff Calhoun, David Mastbaum. Andere machten mir Mut, wenn ich ihn am meisten brauchte: Rebecca French, Hiroshi Motomura, Jane Peterson Smith, Pat Oesterle, Homer Clark, Lynda Leidiger, Carol Glowinsky, Morrison Torrey, Pamela Beere Briggs, Ellen Galt, Laurie Travers, Art Travers, Jeremiah Healy, Lynn Guissinger, Brad Udall, Jane Backer, Suzanne Juhasz, David Hill und Cindy Cole Finley (fast Cindas Namensvetterin), Gene Nichol und andere von der juristischen Fakultät der Universität von Colorado behandelten meine Arbeit mit dem gleichen Respekt, den sie konventionellerer Gelehrsamkeit erweisen. Der *All Souls Salon* bewahrte mich vor so manchem und inspirierte mich: Dank an Emily Calhoun, Jennifer Woodhull, Patrick Pritchett, Barb Wilder, Pat Somers und vor allem Juliet Wittman. Rex Burns zeigte mir, wie man wie ein Profi schreibt, ohne den spielerischen Geist des Amateurs zu verlieren. Mary Hey holte dieses Buch von der hinteren Kochstelle meines Lebens, wo es sonst mittlerweile vielleicht zu Asche verkohlt wäre. Cynthia Carter verarbeitete sowohl Texte als auch Ideen mit großer Geschicklichkeit und Engagement. Ich danke Sara Paretsky für ihre Anregung und Tom und Enid Schantz für ihre Gesellschaft in der Rue-Morgue-Buchhandlung. Jed Mattes erkannte im Originalmanuskript Dinge, die andere nicht sahen. Ich werde ihm immer dankbar sein. Jason Kaufmann verstand es, alles, was nicht ganz richtig war, in Ordnung zu bringen.

Meine Familie, David Mastbaum, Ben Cantrick und Judy und Larry Wesson, erweckte in mir den Wunsch, sie stolz auf mich zu machen, und dieser Wunsch ließ in vielen dunklen Stunden die Lampe weiterbrennen. Von Jerry Frye habe ich mehr gelernt, als er jemals wissen wird, und dieses Buch ist für ihn.